L'aristocrate et la roturière

Eva LEIGH

CHRONIQUES À L'ENCRE ROUGE – 1

L'aristocrate et la roturière

*Traduit de l'anglais (États-Unis)
par Agnès Girard*

Si vous souhaitez être informée en avant-première
de nos parutions et tout savoir sur vos auteures préférées,
retrouvez-nous ici :

www.jailupourelle.com

Abonnez-vous à notre newsletter
et rejoignez-nous sur Facebook !

Titre original
FOREVER YOUR EARL

Éditeur original
Avon Books, an imprint of *HarperCollins* Publishers, New York

© Ami Silber, 2015

Pour la traduction française
© Éditions J'ai lu, 2018

À Zach, pour toujours.

Remerciements

À Nicole Fischer et à Kevan Lyon, grâce à qui tout ceci a été possible. Et une mention particulière à Rachel Jones pour son soutien sans faille.

1

Même si, pour le reste du monde, Londres est le nec plus ultra en matière de morale et de savoir-vivre, nos lecteurs seront peut-être choqués d'apprendre que derrière l'apparence de la vertu peuvent se cacher bien des vices. Cet humble périodique s'accorde à penser que dépravation et duperie sont bien plus répandues que nos lecteurs ne l'imaginent. C'est pourquoi il nous a paru nécessaire d'écrire ce très respectueux billet : en révélant les activités scandaleuses ayant notre grande et belle cité pour toile de fond, nous leur apportons la lumière nécessaire à la compréhension de cet état de fait. Mais mener une vie de probité peut s'avérer difficile, surtout lorsqu'on se trouve confronté à la tentation...

L'Œil du Faucon, 2 mai 1816

Londres, 1816

Un homme à la fortune aussi considérable que sa réputation était sulfureuse entra dans les bureaux d'Eleanor Hawke.

Cette dernière s'y connaissait en scandale. Tout ce qui se faisait d'immoral, de déshonorant, de choquant ou d'émoustillant finissait dans les colonnes de sa gazette, en particulier quand cela impliquait la crème de la bonne société londonienne. Elle le relatait en détail trois fois par semaine dans *L'Œil du Faucon*.

Que M. Jones, épicier de quartier, ait été ou non surpris dans une situation compromettante avec Mme Smith, veuve et ennuyeuse à mourir, n'intéressait personne. Non, *L'Œil du Faucon* se vendait uniquement parce qu'il relatait les dernières frasques de lord Ceci ou de lady Cela. Le tout, naturellement, sous prétexte de dénoncer la dépravation des mœurs dans cette belle ville, et pour mettre en garde les esprits jeunes et impressionnables contre les dangers de comportements tous plus scabreux les uns que les autres.

Et il était du devoir d'Eleanor, en tant que propriétaire et éditrice du journal, de veiller à l'éducation morale des Londoniens.

Foutaises, bien entendu.

Mais le scandale assurait sa subsistance, et elle y trempait sa plume sans hésiter, au nom de la libre entreprise, entre autres.

Il était donc inévitable que Daniel Balfour, le comte d'Ashford en personne, se présente dans les locaux qui abritaient *L'Œil* un mercredi après-midi, bloquant de son impressionnante silhouette la lumière qui tentait de s'engouffrer par la porte ouverte. Il avait à la main plusieurs exemplaires du journal – jusque-là, rien d'étonnant.

Il traversa d'un pas martial la succession de pièces étroites et confinées sous le regard ébahi des rédacteurs assis à leurs bureaux. Celui d'Eleanor se trouvant tout au bout du couloir, elle observa la scène avec intérêt.

Quand le comte s'arrêta devant le bureau de Harry Welker, le jeune rédacteur leva un regard hésitant sur lord Ashford. Les deux hommes n'étaient pas seulement séparés par un plateau de chêne taché d'encre, mais par le rang et la lignée.

— Que... que puis-je faire pour vous, monsieur ? bredouilla Harry.

— Dites-moi où se trouve M. Hawke.

Lord Ashford avait une voix grave, aux accents polis par des générations de parfaite éducation et de noblesse de sang.

— *M.* Hawke, monsieur le Comte ? répéta Harry avec un étonnement non feint.

Lord Ashford montra un des journaux qu'il tenait à la main.

— Il est écrit ici que *L'Œil du Faucon* appartient à et est publié par un certain E. Hawke. Où puis-je le trouver ?

— Nulle part, monsieur le Comte, répondit Harry. Il n'y a pas de *M.* Hawke ici.

Le comte se rembrunit, n'ayant visiblement pas l'habitude d'être contredit.

— Cette feuille de chou calomniatrice ne se publie pas toute seule.

— Non, en effet, lança Eleanor en posant sa plume avant de se lever. Si vous cherchez *Mlle* Eleanor Hawke, je suis là.

Lord Ashford se tourna vers elle et, pour la première fois, elle comprit ce que le lapin repéré par le loup pouvait ressentir. Mais elle n'était pas la seule à être déstabilisée. Le comte ne put cacher sa surprise en découvrant que l'éditrice et propriétaire du journal était une femme – ce dont Eleanor tira une certaine satisfaction.

Sans un mot, il se détourna de Harry et franchit les quelques mètres qui le séparaient du bureau d'Eleanor. Incapable de bouger, paralysée par son regard, elle le laissa venir, comprenant un peu plus à chaque pas le danger que représentait le comte. Peut-être pas un danger au sens littéral du mot – même si elle avait entendu parler des duels qu'il avait provoqués et remportés et avait écrit des articles sur le sujet – mais assurément en matière de séduction virile. Elle ne l'avait vu que rarement jusque-là, et toujours de loin : au théâtre, aux courses, à des réunions publiques. Elle le connaissait de vue, mais lui ne la connaissait pas – ils n'avaient jamais été présentés. Chaque fois qu'elle l'avait croisé, il lui avait paru être un remarquable spécimen de la gent masculine. Bien de sa personne, il affichait toutes les qualités d'un aristocrate riche et célèbre, dont chacun des gestes disait la bonne éducation.

Mais, de près, lord Ashford était... renversant. Il semblait presque injuste qu'un homme aussi favorisé par la fortune et le titre soit également aussi séduisant.

Ses cheveux bruns étaient parfaitement coupés, et juste assez ébouriffés pour donner le sentiment qu'il quittait à l'instant le lit de sa maîtresse, ce qui, étant donné sa réputation, était fort possible. Il avait le front large, la mâchoire parfaitement rasée, d'épais sourcils et des yeux qui, malgré la distance qui les séparait, la surprirent par la clarté de leur bleu. Naturellement, sa bouche semblait tout à fait douée pour les baisers et... pour le reste.

L'aisance avec laquelle il se déplaçait révélait des qualités de sportif. Une redingote bleu nuit enveloppait parfaitement ses larges épaules, et un gilet crème brodé d'or épousait les lignes de son torse – son tailleur de Jermyn Street était excellent. Un confortable pantalon en daim plongeait dans des bottes cavalières impeccablement cirées tout droit venues de Bond Street.

Oui, il était vraiment dangereux.

— *Mademoiselle* Hawke ? demanda-t-il sèchement en se plantant devant le bureau d'Eleanor. Je ne m'attendais pas à une femme.

— Mes parents non plus, répondit-elle. Mais ils ont fini par s'y faire. En quoi puis-je vous aider, monsieur le Comte ?

Elle s'était sentie obligée de poser la question, mais ne s'attendait en réalité à rien d'autre qu'à un flot de reproches.

Il retira son chapeau et le posa. Puis il prit un numéro de *L'Œil* et se mit à lire.

— « Lord A., personnage bien connu de nos fidèles et distingués lecteurs, a été vu dernièrement en compagnie d'une certaine Mme F., dont feu l'époux fit fortune dans la fabrication et la vente d'un vêtement féminin que nous rougissons de mentionner dans ces pages vertueuses. » C'est complètement faux.

Il jeta l'exemplaire du journal par terre.

— Vous ne pouvez nier que...

Mais il n'avait pas terminé. Brandissant un autre numéro du journal, il se remit à lire.

— « Nos honorables lecteurs seront peut-être surpris – ou pas – d'apprendre que le célèbre lord A., à la suite du duel concernant lady L., n'a en rien modifié ses habitudes et a été vu en compagnie d'une autre femme mariée de réputation douteuse lors des soirées données par M. S., noceur devant l'Éternel. Il n'a cependant pas échappé à notre œil averti que cette femme mariée n'était pas la seule à rechercher les faveurs du comte. »

Cet exemplaire rejoignit le premier sur le sol.

— Encore complètement faux.

Elle avait écrit ces articles elle-même, et même s'il ne s'agissait pas d'un chef-d'œuvre inégalable de la prose anglaise, elle était assez fière du résultat, comme elle l'était de tout ce qu'elle faisait. Voir son travail ainsi jeté par terre comme un vulgaire détritus était insupportable.

— Je vous assure, monsieur le Comte, dit-elle en pinçant les lèvres, que *L'Œil du Faucon* se targue de relater les faits qu'il rapporte avec la plus grande exactitude.

Elle possédait un réseau d'informateurs auxquels elle faisait régulièrement appel pour obtenir des informations. Un grand nombre d'aristocrates manquaient singulièrement d'argent et se dénonçaient joyeusement les uns les autres afin de pouvoir maintenir une apparence de fortune. Eleanor payait toujours ses sources – c'était le meilleur moyen pour qu'elles ne se tarissent pas.

Pour plus de sécurité, elle faisait toujours en sorte de pouvoir valider les déclarations de ses informateurs. Ce qui lui demandait parfois de mener sa petite enquête de son côté. Mais elle était très occupée – elle écrivait bon nombre d'articles, en corrigeait des dizaines, s'occupait de la gestion du journal – et n'avait pas toujours le temps d'aller sur le terrain.

Après tout, il fallait qu'elle gagne sa vie, ce dont les hommes comme le comte étaient dispensés.

— Je trouve très présomptueux de votre part de partir du principe que vous êtes lord A., dit-elle en se carrant dans son fauteuil avec un petit sourire. Il pourrait très bien s'agir de lord Archland. Ou de lord Admond.

— Lord Archland n'a pas quitté son domaine à la campagne depuis au moins dix ans, répondit le comte. Et les frasques de lord Admond remontent à l'époque où la mode était aux talons rouges et aux perruques poudrées. L'homme dont il s'agit dans cet article me ressemble à s'y méprendre. C'est à donner la nausée.

Il allait falloir trouver un autre angle de défense.

— Allons, vous n'êtes pas homme à donner la nausée, monsieur le Comte. Je dirais plutôt que vous suscitez les passions… chez mes lecteurs, s'empressa-t-elle d'ajouter.

Lord Ashford secoua la tête.

— Que les Londoniens aient des vies ennuyeuses au point de s'intéresser à mes faits et gestes me laisse sans voix.

— Les provinciaux aussi, précisa-t-elle. J'ai un millier d'abonnés à travers le pays.

Il leva les mains.

— Voilà qui change tout. Je me demande pourquoi je m'en fais.

— Comme il est écrit dans mon journal, vous êtes le noceur le plus célèbre de Londres. Il est logique que les gens s'intéressent à ce que vous faites.

Il croisa les bras, simple mouvement qui permit à Eleanor de constater qu'il ne devait pas sa largeur d'épaules à l'adresse d'un tailleur hors pair.

— On pourrait imaginer que vos lecteurs s'intéresseraient plus aux pénuries alimentaires provoquées par les mauvaises récoltes de cette année, rétorqua-t-il. Ou qu'ils seraient préoccupés par les éruptions volcaniques en Inde orientale qui ont anéanti ces récoltes. Peut-être, mais je dis bien peut-être, pourraient-ils être inquiets de voir l'Argentine déclarer son indépendance vis-à-vis de l'Espagne. Rien de cela ne vous a donc traversé l'esprit, mademoiselle Hawke, au moment de répandre de fallacieux ragots à propos d'un personnage aussi inintéressant que moi ?

Bien que choquée, l'espace d'un instant, de découvrir qu'un homme à la vie aussi dissolue que lord Ashford pouvait malgré tout être bien informé, elle se reprit rapidement.

— « Inintéressant » n'est pas le mot que j'emploierais, monsieur le Comte. L'histoire de votre famille remonte à la reine Elizabeth. Si j'ai bonne mémoire, votre ancêtre Thomas Balfour a dû son titre au rôle qu'il a joué comme corsaire de la reine, même si pour certains il n'était rien d'autre qu'un pirate payé par le gouvernement. Il semblerait que le goût du scandale soit un trait familial. Comment cela ne fascinerait-il pas le public ?

Ce fut au tour d'Ashford d'être étonné. Il ne s'attendait sans doute pas qu'elle en sache autant sur ses ancêtres. Mais Eleanor mettait un point d'honneur à être méticuleuse dans ses recherches.

Elle connaissait le *Debrett's*, l'annuaire nobiliaire britannique, aussi bien que d'autres connaissent les psaumes de la Bible.

— Parce que je ne suis qu'un homme, répondit-il. Avec une belle garde-robe, certes...

Une belle collection de maîtresses, oui, songea-t-elle.

— ... mais qui ne mérite guère qu'on lui consacre autant de pages et d'encre, conclut-il.

— Vous êtes membre d'un club, n'est-ce pas ? demanda-t-elle. Le *White's*, si j'ai bonne mémoire. Qu'y faites-vous, exactement ?

— J'y bois.

— Vous semblez tout à fait sobre, là, et vous y prenez toujours votre déjeuner. Étant donné l'heure, vous en venez donc. Comme je ne sens aucun effluve d'alcool venant de votre souffle ou de votre personne, je doute fort que boire soit la seule activité que vous pratiquiez à votre club.

— Ah. Vous m'avez percé à jour. À vrai dire, murmura-t-il d'un ton de conspirateur, je passe le plus clair de mon temps au *White's* à réfléchir à la meilleure façon de sucer le sang des classes inférieures.

— J'ai la très nette impression que si c'était effectivement le cas mes frères roturiers et moi-même n'aurions plus rien dans les veines, depuis le temps.

— Peut-être la motivation m'a-t-elle manqué. Mais vous vous y prenez à merveille, car je sens qu'elle renaît.

— Quel beau jour pour moi. Avoir fait naître chez un comte les germes du vampirisme ! Allons, ne faites pas semblant de ne pas comprendre. En dehors de vous alcooliser et de fomenter l'agonie des classes inférieures, à quoi vous occupez-vous vraiment quand vous êtes à votre club ?

— Je lis le journal, répondit-il.

Ah, enfin !

— Et pour ces messieurs qui n'ont pas les moyens de devenir membres d'un club, ni les relations nécessaires pour y entrer, il y a toujours les cafés. Là-bas aussi, on met des journaux à la disposition de la clientèle.

— J'avoue que je ne vois pas à quoi vous voulez en venir, dit-il d'un ton acide.

Elle se leva et contourna son bureau pour s'y appuyer, de manière à n'être plus qu'à quelques centimètres de lui.

— Je veux en venir, monsieur le Comte, au fait que les nouvelles dont vous avez parlé se lisent dans d'innombrables publications dont, pour la plupart, les bureaux se trouvent dans le quartier. Ces journaux font dans l'information. *L'Œil du Faucon*, lui, offre aux lecteurs ce dont le *Times* et autres titres semblent ignorer l'existence.

— Du papier pour emballer le poisson.

— Des conseils moraux.

Il eut un rire bref, sévère.

— Je ferais mieux d'aller chercher les infirmiers de Bedlam[1], car vous êtes visiblement en proie à une crise de délire. Comme notre pauvre roi, Dieu le protège. Vous apporterai-je une mitre et une crosse afin de vous déclarer pape ?

Elle pinça les lèvres. Ce n'était pas la première fois qu'on l'attaquait sur le contenu de son journal, mais jusqu'ici, ses détracteurs avaient rarement été aussi cultivés et intelligents que le comte. Le fait qu'il soit doté d'un physique pour le moins avantageux n'aidait en rien. Comment un homme pouvait-il avoir des yeux aussi spectaculairement bleus ? Son regard avait l'éclat du saphir dans la lumière d'automne.

— C'est écrit là, juste en dessous du nom du journal, dit-elle en prenant un exemplaire sur son bureau. *Consilium per stadium.* « Observer et conseiller ». Si vous meniez une vie moins dissolue, mon journal ne mentionnerait jamais votre nom.

---

1. Bedlam est un hôpital psychiatrique londonien. *(N.d.T.)*

Il la fixa d'un regard délibérément dubitatif.

— Quel incroyable toupet vous avez de me juger de la sorte, vous qui vous nourrissez de charognes, telle une hyène armée d'une plume.

Eleanor avait le cuir dur et se savait capable de faire relativement bonne contenance, mais les paroles du comte éveillèrent en elle un sentiment étrange, qu'elle n'avait pas éprouvé depuis longtemps. On eût dit un mélange de peine et... de honte.

Elle chassa bien vite ce sentiment. La honte était réservée à ceux qui en avaient les moyens. Et ce n'était pas son cas.

— Je ne juge personne, répliqua-t-elle. Je ne fais que rapporter des faits tels qu'on me les décrit.

Il eut une moue dégoûtée.

— Ce ne sont pas des faits, ce sont des demi-vérités enfouies dans une prose médiocre.

— Mon style n'est *pas* médiocre, riposta-t-elle, agacée. Avez-vous lu *The Examiner*, dernièrement ? Voilà ce que j'appelle de la presse de caniveau.

— Pourtant, c'est ici que je me trouve. Dans *votre* bureau.

— En effet. Mais, cher monsieur, vous pouvez railler, vous plaindre, pleurnicher comme un enfant gâté autant que vous voudrez...

Il retint un cri d'indignation.

— ... il n'en demeure pas moins que vous êtes un personnage public. Et cela fait de vous un objet d'attention. Le reste du monde mène une existence plutôt monotone. Le matin, nous nous levons...

— Moi aussi.

— Nous allons travailler.

Le comte resta silencieux.

— La plupart d'entre nous n'ont pas les moyens d'aller au théâtre, au cercle de jeu, et n'ont pas les relations nécessaires pour être invités au bal. Mais vous, oui, et c'est ce que vous faites. Vous incarnez ce à quoi nous aspirons, monsieur le Comte.

Il eut un rire amer.

— Vous et vos lecteurs devriez peut-être viser un peu plus haut. Il existe des gens de... comment le formuleriez-vous... d'une plus grande moralité vers qui se tourner.

— Peut-être. Je peux vous faire une liste d'une dizaine d'hommes et de femmes à l'ambition et aux objectifs bien plus élevés que les vôtres, et que j'aimerais voir érigés en exemples. Des professeurs, des philanthropes...

Il sembla vexé.

— Je fais de généreux dons aux orphelinats et aux associations d'aide aux anciens combattants, ici, à Londres.

— Vraiment ?

Aucune de ses sources n'avait jamais évoqué cet aspect-là de la vie du comte, mais il servirait de contrepoint surprenant – et des plus délicieux – à son comportement ouvertement débauché en public. Par ailleurs, le fait que lord Ashford soit peu disert sur sa générosité envers les œuvres caritatives jouait plutôt en sa faveur. Mais, pour Eleanor, la tâche était plus facile quand elle n'avait pas une trop haute estime de son sujet.

— Quelle que soit votre véritable personnalité, monsieur, poursuivit-elle, vous menez une existence que seule une infinie fraction de la population peut espérer vivre un jour. Cela fait de vous un objet de fascination. Et le fait est que vous ne pouvez empêcher qui que ce soit d'écrire sur vous.

— Un fait fort malheureux dont je suis parfaitement conscient, répondit-il.

Eleanor retourna à sa place, derrière son bureau.

— Bien. Si délicieuse cette conversation soit-elle, je pense que nous nous sommes tout dit. Je vous souhaite le bonjour, monsieur le Comte, ajouta-t-elle en faisant mine de s'asseoir. Je suis très occupée, mais je peux demander à Harry de vous raccompagner, si vous le désirez.

Lord Ashford ne bougea pas. Il resta là, les bras croisés.

— Si vous devez écrire sur moi, la moindre des choses serait de connaître vraiment votre sujet.

Elle s'arrêta au-dessus de son fauteuil.

— Pardonnez mon éducation rudimentaire – Cambridge n'était pas dans mes moyens –, mais je ne suis pas sûre de comprendre ce que vous suggérez.

Il décroisa les bras, s'appuya sur le bureau et se pencha légèrement en avant. Malgré la distance qui les séparait, elle ne put s'empêcher de s'écarter.

— Ce que je suggère, mademoiselle Hawke, murmura-t-il, c'est que vous m'accompagniez. Jour et nuit. Ainsi, vous saurez exactement ce que je fais de mon temps. Voyez-vous, ajouta-t-il avec un sourire en coin, mon intention n'est pas de vous empêcher d'écrire sur moi. Je veux juste que ce que vous écrivez soit vrai.

Daniel ne s'était pas complètement remis du choc de sa découverte. E. Hawke était en réalité *Eleanor* Hawke. Et elle ne correspondait pas à l'image du journaliste débraillé qu'il s'était attendu à trouver dans le milieu de la presse de caniveau. Mlle Hawke ressemblait à l'épouse d'un commerçant prospère – une épouse certes jolie, avec ses cheveux blonds comme les blés, son regard noisette lumineux, ses traits prononcés mais féminins et ses courbes ma foi très agréables. Elle devait avoir dans les trente-deux ans, un âge honnête pour tout individu possédant et gérant sa propre entreprise.

Une femme dans un milieu presque exclusivement masculin. Si d'autres femmes avaient la même activité qu'elle, il n'en avait jamais entendu parler. Elle avait dû hériter le journal d'un parent mâle – un père ou un mari. Mais elle n'avait pas pu fonder cette gazette elle-même.

Et pourtant elle était là, affichant une respectabilité surprenante. Elle portait une robe couleur pêche toute simple, et ses cheveux étaient sagement ramenés en chignon. Le seul signe qui trahissait son activité, c'était l'encre sur ses doigts.

Il ne s'était pas attendu qu'E. Hawke soit une femme. Mais, finalement, c'était parfait. La suggestion qu'il venait de lui faire n'en serait que plus tentante pour elle. Les journalistes et les femmes étaient les créatures les plus curieuses de la planète. Alors une femme journaliste...

Il allait détourner son attention des activités qui l'avaient occupé ces deux dernières semaines, la distraire, et pendant qu'elle regarderait ailleurs, il poursuivrait son véritable objectif : retrouver Jonathan.

De toute évidence, sa proposition intriguait Mlle Hawke, qui ne s'était toujours pas rassise.

— Et pourquoi voudriez-vous que j'écrive sur vous ? demanda-t-elle, méfiante malgré sa curiosité.

— Comme vous l'avez dit, expliqua-t-il, je ne peux pas vous empêcher d'écrire ces articles absurdes sur la vie que je mène. Alors, le moins que vous puissiez faire est de relater les choses avec précision. Quoi de mieux pour cela que de me suivre jour et nuit afin de noter mes activités dans le moindre détail ? À moins que vous ne vous sentiez pas capable de faire la fête jusqu'au petit matin et d'observer, aux premières loges, la façon dont l'élite de notre société occupe ses nuits.

Ce n'était pas ainsi qu'il passait ses soirées, loin de là. Mais il se refusait à lui expliquer que Jonathan Lawson, son ami le plus proche depuis l'enfance, avait disparu depuis près d'un mois. Et que, pire encore, peu après la disparition de Jonathan, le frère aîné de celui-ci s'était éteint. Aujourd'hui, Jonathan était l'héritier de l'un des plus anciens et plus respectés duchés d'Angleterre, et personne ne savait où il se trouvait. Juste avant sa disparition, il avait été vu en compagnie d'individus fort peu recommandables. Des hommes qui traînaient dans les ruelles de l'East End et vivaient comme des rats. Si la nouvelle de la disparition de Jonathan se répandait, en particulier dans les journaux, toute sa famille risquait la ruine.

Or Daniel, comme Mlle Hawke l'avait clairement démontré, était un personnage public. Elle suivait le moindre de ses mouvements. Il devait absolument faire en sorte qu'elle continue à ignorer qu'il recherchait Jonathan. Lui fournir exactement les distractions auxquelles elle s'attendait, voilà la stratégie qu'il avait décidé d'adopter. Il allait la laisser le suivre, l'observer, parce qu'il le devait à Jonathan. Et c'était un inconvénient bien mineur au regard de son incapacité à se comporter en ami loyal.

Car Daniel avait bafoué l'amitié de Jonathan de façon spectaculaire.

Mlle Hawke se laissa tomber sur son siège et le fit pivoter d'un côté, puis de l'autre, tout en réfléchissant à sa proposition. Elle avait les sourcils froncés, les bras sur les accoudoirs, et pressait ses deux index joints contre sa lèvre inférieure. S'il avait su peindre, ce qui n'était pas le cas, il aurait immortalisé la scène avec ses pinceaux et l'aurait intitulée *Étude de personnage en pleine réflexion*.

Enfin, le siège cessa de pivoter, et elle lui fit face.

— Je n'ai pas confiance en vous, lâcha-t-elle tout de go.

Personne, en dehors de Jonathan et de son ami Marwood, n'aurait osé lui parler aussi franchement. Pourtant, Mlle Hawke s'adressait à lui comme si elle s'estimait en droit de le faire. Comme s'ils étaient égaux.

Il attendit que monte en lui la colère ou l'indignation. Mais rien ne vint. C'était... rafraîchissant. Elle lui parlait comme s'il était... lui-même. Pas le comte d'Ashford, pas un aristocrate qu'il fallait flatter, ménager, à qui il fallait faire des courbettes, mais un homme ordinaire.

— Le contraire serait étonnant, rétorqua-t-il.

Cette franchise sembla la surprendre, et ce fut pour lui comme une petite victoire. Elle n'était pas la seule capable de déconcerter quelqu'un.

— Je n'ai aucune raison de vous faire confiance, reprit-elle. Il a été clairement établi que nous avions des intérêts opposés. Vous avez déjà observé deux faits notables à mon sujet : je suis la propriétaire de cette gazette, et je suis une femme.

— Ces deux faits ont effectivement été notés.

De même que le fait qu'elle était diablement attirante. Pour tout dire, s'il avait repéré Mlle Hawke de l'autre côté d'une salle de bal, il aurait cherché à obtenir d'elle une danse, pour ne pas dire plus. Elle était séduisante, intelligente, rompue aux usages de la société. Mince et tout en courbes. Mais il ne pouvait pas se laisser détourner de son objectif par ces considérations d'ordre... secondaire.

Elle ne devait pas savoir pourquoi il était là, ni découvrir ce qui l'avait poussé à lui faire une proposition aussi excentrique. Et si elle refusait cette proposition... Non, il fallait qu'elle accepte. La réputation d'une famille influente en dépendait. Plus important encore, la vie de Jonathan était en jeu.

— Aucun de ces deux paramètres ne m'a encouragée jusqu'ici à faire confiance à qui que ce soit, a fortiori aux hommes.

Cette dernière remarque retint l'attention de Daniel, mais elle ne lui laissa pas le temps de l'interroger sur cet intéressant aveu.

— Et pourtant... poursuivit-elle, je serais idiote de refuser votre proposition. Après tout, rien ne vous empêche d'aller faire la même offre à l'un de mes concurrents.

Il ne précisa pas qu'aucun autre titre de la presse à scandale ne parlait aussi régulièrement, et avec autant de jubilation, de lui que *L'Œil du Faucon*.

— Rien, dit-il. Juste mon bon vouloir.

Toujours pensive, elle se leva et se mit à aller et venir dans son bureau. Celui-ci n'étant pas très grand, elle semblait cogner et rebondir contre les murs à la manière d'une boule de billard contre la bande.

— Nous pourrions faire une série d'articles, murmura-t-elle, s'adressant avant tout à elle-même. Il faudrait en annoncer le début dans les numéros précédents. Cela stimulerait les ventes. Et on l'appellerait... on l'appellerait...

— *Les Aventures de lord A.*, suggéra-t-il.

Elle lui lança un regard exaspéré, comme si ses efforts la décevaient.

— Pas assez racoleur, allons.

— Pardonnez-moi. Les arcanes de la presse à sensation me sont assez peu familiers.

— Vous ne serez jamais un bon journaliste, rétorqua-t-elle.

— Dieu m'en préserve.

Elle ne cessait d'arpenter le petit bureau, le frôlant à chaque passage. Il huma son odeur, mélange d'encre, de graisse des presses et de cannelle. N'ayant aucune envie de battre en retraite dans un coin tel un chien apeuré, il resta là où il se tenait, malgré la proximité troublante de Mlle Hawke.

Elle s'immobilisa soudain, et son visage s'illumina. L'inspiration lui était venue et faisait de cette femme jolie une créature extraordinaire.

— *Sur les pas d'un dépravé*, articula-t-elle.

Il grimaça. De tous les noms dont on l'avait qualifié dans sa vie – « voyou », « débauché », « libertin » –, « dépravé » avait toujours été celui qu'il aimait le moins, car il impliquait une certaine forme de mépris.

— Il n'est peut-être pas indispensable d'utiliser ce terme, dit-il.

— Oh mais si, répondit-elle, rayonnante. En dehors du terme « duc », rien n'intrigue plus les lecteurs potentiels que le mot « dépravé ». Et vous souhaitez que les gens lisent ces articles, n'est-ce pas ?

Sa première réaction fut de dire non. Mais les circonstances impliquaient certains sacrifices, et il avait besoin qu'un grand nombre de lecteurs suivent ses faits et gestes.

— Oui, répondit-il en serrant les dents.

— Parfait ! Alors c'est décidé ! Notre nouvelle série s'appellera *Sur les pas d'un dépravé*.

Il pensa soudain à une chose.

— Mes exceptionnelles capacités d'observation m'ont permis de noter qu'effectivement vous étiez une femme. Me tenir compagnie nuira assurément à votre réputation.

Elle eut un rire soyeux, doux comme du miel sur une pierre polie.

— Je suis un auteur, monsieur le Comte. Je n'ai pas de réputation.

La plupart des femmes de sa connaissance protégeaient leur nom avec ferveur et crainte. Elles vivaient dans un monde où le statut social était tout. Mais cette étrange Mlle Hawke semblait venir d'un autre territoire, complètement indifférente à ce qu'on pensait d'elle. Comme si elle était un homme. Ou, en tout cas, l'égale d'un homme.

Très curieux, décidément.

— Nous sommes donc d'accord ? insista-t-elle. Je vous accompagnerai dans vos diverses activités, et je les relaterai dans *L'Œil du Faucon* ?

Cette fois, il était au pied du mur. C'était sa dernière chance de refuser, avant d'ouvrir grand les portes de sa vie et de s'offrir en pâture aux regards scrutateurs de la société. Il avait déjà été le centre de l'attention, mais jamais à ce point. Imaginer ce qui l'attendait l'oppressait un peu, lui faisait serrer les poings, pour se défendre et défendre son intimité. Un gentleman ne faisait jamais rien pour en tirer de la notoriété. Un gentleman se devait d'être discret, élégant, et de rester sur son quant-à-soi.

Or il n'y avait rien de discret ni d'élégant à figurer, telle une attraction de cirque, dans les colonnes de la feuille de chou de Mlle Hawke. Mais il devait le faire. Pour la famille de Jonathan. Pour Jonathan lui-même, surtout.

— Nous sommes d'accord, dit-il.

Elle lui tendit la main. Il la regarda un instant. Une femme ne serrait pas la main ; elle la tendait pour qu'on s'incline dessus, ou alors elle faisait la révérence. Il vit là une nouvelle preuve que Mlle Hawke n'avait rien de commun avec les femmes qu'il avait côtoyées jusqu'à ce jour.

Échanger une poignée de main avec elle le lierait. Ce geste scellerait son destin.

Enfin, il serra la main d'Eleanor Hawke. Il n'avait pas retiré ses gants, mais à travers la fine peau d'agneau, il sentit les cals sur ses doigts – elle travaillait pour gagner sa vie. Sa main était chaude, aussi, et fit pulser dans ses veines un courant torride. Qu'aurait-il ressenti s'il avait eu la main nue, sans la barrière du cuir ? Il avait serré de nombreuses femmes contre lui, mais jamais quelqu'un comme elle.

Elle baissa les yeux sur leurs mains jointes, les sourcils légèrement froncés comme si elle tentait de résoudre une énigme.

Il allait devoir rester sur ses gardes avec elle. À coup sûr, c'était le type de personne qui ne renonçait jamais devant un mystère, en décortiquait tous les aspects jusqu'à ce qu'il soit résolu. Si elle découvrait la véritable raison qui avait motivé sa proposition, il en sortirait très mal en point.

Elle retira brusquement sa main, la posa sur ses jupes et se racla la gorge.

— Le mieux serait d'établir un programme. Quand pouvons-nous commencer ?

— Le plus tôt possible.

Elle posa sur lui un regard inquisiteur.

— Vous êtes pressé, monsieur le Comte ?

Il répondit d'une voix lisse et détachée – un aristocrate était rompu à ce genre de chose.

— Je m'en voudrais de maintenir vos lecteurs dans l'ignorance plus longtemps.

Ce n'était pas une réponse, mais il n'avait pas l'intention de lui en donner une.

— Commençons donc demain, dit-elle. Si cela vous convient.

— C'est parfait. J'avais prévu de passer la soirée au *Donnegan's*.

— Je ne connais pas cet endroit.

— Ce cercle de jeu n'est pas à proprement parler... officiel.

Elle se leva d'un bond ou presque. Sa curiosité était piquée.

— Un cercle de jeu, dites-vous ? Les femmes y sont admises ?

— Non. Il va peut-être falloir que je trouve autre chose.

Depuis le début, il avait parié sur le fait qu'E. Hawke était un homme.

— Je peux trouver des vêtements d'homme, dit-elle. Un déguisement, en quelque sorte.

Loin de sembler perturbée par la perspective de devoir porter des vêtements d'homme et de s'infiltrer dans un antre du vice masculin, Mlle Hawke semblait aussi excitée qu'un enfant lâché dans une boutique de jouets. Une boutique pour le moins immorale.

— Comment ?

— J'ai des amis dans le milieu du théâtre.

— Naturellement. La mauvaise réputation attire la mauvaise réputation.

— Et dire que vous autres gentlemen menez des vies tellement vertueuses.

— Nous apprécions beaucoup le théâtre, dit-il sèchement. Nous y assouvissons notre goût pour la débauche.

— Eh bien, mes amis débauchés du Théâtre Impérial me laisseront me servir dans leurs costumes et leurs perruques.

Il haussa les sourcils.

— Le Théâtre Impérial. Cette troupe est connue pour ses... propositions scéniques peu conventionnelles.

Son ami Marwood ne ratait jamais une représentation à l'Impérial. Il appréciait particulièrement les courts opéras-comiques de Mme Delamere, qui se moquaient avec mordant des classes supérieures.

Le sourire rapide, lumineux, de Mlle Hawke le transperça.

— Quand on n'a pas de licence, il faut bien faire preuve d'inventivité pour attirer les clients.

Il remit son chapeau.

— Demain soir, alors. Je passerai vous chercher à l'Impérial.

— Demain soir, très bien.

Après un instant d'hésitation, il tourna les talons et s'en alla, conscient du regard de Mlle Hawke dans son dos.

Il n'avait pas le choix, il devait le faire. Aller au bout de cette histoire, quelles qu'en soient les conséquences. Pourtant, il ne pouvait oublier la sensation de sa main dans la sienne. Mince, chaude et forte. Lorsqu'il sortit dans la rue, où l'attendait sa voiture, une petite voix lui murmura qu'il venait de passer un marché avec un très joli petit diable.

2

> *Malgré la probité et l'intégrité dont se réclame – sincèrement le plus souvent – notre époque, les vertueux lecteurs de cette gazette seront peut-être surpris et choqués d'apprendre qu'une forte dose d'hypocrisie... non, de mensonge délibéré se tapit dans les recoins de notre société. Ainsi, dans la réalité, certains personnages se révèlent très différents de ce qu'ils donnent à voir. Ils avancent déguisés, au propre ou au figuré, poursuivant d'obscurs desseins que cette modeste publication ne peut que tenter de deviner...*
>
> L'Œil du Faucon, 4 mai 1816

Le lendemain, lorsqu'elle pénétra en fin d'après-midi dans le Théâtre Impérial par l'entrée des artistes, Eleanor trouva la pagaille bigarrée dont elle avait l'habitude. Kingston, le régisseur, courait de toutes parts avec sa liasse de documents, criant après tout ce qui croisait son chemin. Les répétitions tournaient invariablement au chaos. Pour l'heure, des danseurs costumés quittaient la scène en se plaignant grossièrement des exigences impossibles du chorégraphe. Après tout, une jambe ne possédait qu'un nombre donné d'articulations. Arriva ensuite un duo comique en pantalon et gilet de couleurs vives, espérant visiblement que si ses plaisanteries n'amusaient pas le public, son extravagante tenue, elle, y parviendrait.

Il flottait dans l'air une épaisse odeur de pétrole lampant, de sueur et de fard. Eleanor s'arrêta dans les coulisses et inspira profondément. Ici, elle se sentait chez elle, avec les siens. Elle avait vécu toute son existence en lisière de la respectabilité, côtoyant comédiens, musiciens, écrivains, artistes en tout genre. C'était l'autre facette d'elle-même – l'éditrice, la directrice de journal – qui lui semblait parfois un peu étrangère.

À des années-lumière de lord Ashford.

Debout dans les coulisses, elle regardait le duo comique tenter jeu de mots sur jeu de mots quand une femme brune passa devant elle et s'arrêta.

— Tu es venue pour assassiner une de mes pièces, Eleanor ? demanda-t-elle, les mains sur les hanches.

— Oh, tu y arrives très bien toute seule, Maggie, répondit Eleanor.

Maggie passa un bras sous celui d'Eleanor, et ensemble, elles avancèrent lentement au milieu du chaos.

— As-tu lu la critique de *La Révolution de l'amour*, dans le *Times* ? « De l'humble avis de votre serviteur, le dernier opus dramatique de Margaret Delamere, bien que tout à fait distrayant, pêche par un excès de radicalité. Une fois de plus, elle remet en cause la notion d'ordre social et doute de la nécessité de le maintenir tel qu'il est, alors qu'un bouleversement serait de taille à provoquer une révolte similaire à ce qui est arrivé en France. Bref, elle fait preuve à mon sens d'une naïveté toute féminine. »

— Comment osez-vous remettre en cause la hiérarchie que toute notre société respecte depuis des siècles, madame ? dit Eleanor d'un ton mondain. Vous devriez vous satisfaire de ce que vous avez, surtout en tant que femme.

— En effet, je devrais, soupira Maggie. Mais je peux aussi leur dire à tous d'aller au diable et continuer à écrire ce que j'ai envie d'écrire.

Les deux femmes pouffèrent. La vie d'un auteur n'était pas facile, les distinctions y étaient rares et l'argent aussi, mais Eleanor comme Maggie avaient été frappées par la même malédiction : elles étaient femmes. Il était pratiquement impossible que leurs écrits soient jugés selon les mêmes critères que ceux de leurs homologues masculins. Pire, on aurait voulu les confiner à la rédaction d'articles et de pièces sur des sujets « appropriés » et « ménagers », comme les nourrissons et les scènes de ménage, qui n'intéressaient ni Maggie ni Eleanor.

Mais Maggie était courageuse et publiait ses œuvres sous son propre nom plutôt que de prendre un pseudonyme masculin. Eleanor se cachait derrière l'initiale de son prénom, sans jamais revendiquer son sexe, mais sans le renier non plus.

L'Impérial n'ayant pas d'autorisation royale, comme les théâtres de Drury Lane ou de Covent Garden, il lui était interdit de jouer des pièces où les acteurs se contentaient de déclamer leur texte. Peu d'établissements pouvaient concurrencer ce monopole. Mais l'Impérial avait contourné cette réglementation en accompagnant de musique toutes les pièces qu'il montait. Il s'agissait d'œuvres à mi-chemin entre l'opéra et la pièce de théâtre – on parlait alors de *burlettas* –, abordant souvent des sujets que d'autres théâtres n'osaient pas évoquer.

Maggie avait trouvé ici la scène idéale pour sa prose, car Drury Lane et Covent Garden – et le théâtre de Haymarket pendant l'été – montaient rarement des pièces originales. L'Impérial ayant un statut un peu à part, Maggie y avait été chaleureusement accueillie. Elle et son travail iconoclaste constituaient l'attraction reine de l'établissement.

— Ne devrais-tu pas être au journal, occupée à clouer un aristo au pilori de l'opinion publique ? demanda Maggie tandis qu'elles se frayaient un passage entre des groupes d'acteurs et de danseurs.

— Tu mélanges tes métaphores, remarqua Eleanor. Et c'est un aristo en particulier qui m'amène ici.

Aussi brièvement que possible, elle rapporta à son amie l'arrangement qu'elle et lord Ashford avaient conclu.

— Lord Ashford ? Tu veux parler de celui qui a déclenché une véritable guerre entre deux actrices de la troupe, avec crêpage de chignon et morsures ?

— Celui-là même, en effet, répondit Eleanor, prenant note de ce dernier détail.

Il lui faudrait vérifier si *L'Œil du Faucon* avait commenté l'incident. Ne rien publier là-dessus aurait été faire preuve de négligence.

Maggie montra la salle, où les balcons réservés aux spectateurs fortunés évoquaient autant d'écrins à bijoux tapissés de velours rouge. Pendant le spectacle, leurs occupants assuraient eux aussi une forme de représentation, avec force soie, satin et pierres précieuses.

— Je le vois souvent au balcon, toujours avec une suite de lèche-bottes. Et des femmes, évidemment. Il fait partie de ces hommes que j'appelle des laceurs de corset. Tu le regardes, et soudain, tu manques d'air.

— Pour moi, il n'est rien d'autre qu'un moyen de vendre plus de journaux.

— Trop de véhémence tue la véhémence, commenta Maggie dans un murmure. Tu connais mon expérience des aristocrates débauchés. Ils sont aussi dignes de confiance qu'un bateau en papier.

— Mais moi, je sais nager.

Eleanor regrettait de ne pas voir Maggie plus souvent. Mais entre les bouclages au journal et le travail que représentait la mise en scène d'une nouvelle pièce, leurs emplois du temps coïncidaient rarement.

— Si ton arrangement avec lord Ashford commence ce soir, que fais-tu ici cet après-midi ? demanda Maggie. Tu devrais être chez toi, à faire semblant de ne pas te mettre sur ton trente et un pour lui, non ?

— J'ai vraiment besoin de bien m'habiller, au contraire, dit Eleanor. Mais ma tenue doit comprendre culotte de peau et haut-de-forme, pas de décolleté ni de diadème.

Maggie porta la main à ses lèvres.

— Un rôle masculin ! Mais c'est formidable ! Il faut absolument que j'en parle à Mme Hortense et à M. Swindon ! Ils seront enchantés, nous n'avons pas eu de bon rôle de ce genre depuis *La Comtesse déçue*.

Maggie s'éloigna, annonçant avec enthousiasme à tous ceux qu'elle croisait la transformation qu'Eleanor se préparait à entreprendre. Des cris de joie montèrent ici et là – les gens de théâtre aimaient en attirer d'autres dans leur monde un peu fou et si particulier, et la troupe de l'Impérial ne faisait pas exception. Bientôt, Eleanor fut entourée d'une bonne douzaine de personnes bavardant à qui mieux mieux, la tirant d'un côté et de l'autre, décidant quel homme elle allait être – brun, blond, raffiné, rustre. Elle se faisait l'effet d'un bloc de terre glaise entre les mains d'innombrables sculpteurs fébriles. Maggie se tenait un peu en retrait et riait.

Qu'aurait pensé lord Ashford d'un tel spectacle ? Il fréquentait de nombreuses actrices, mais n'avait sans doute jamais eu accès à cet aspect-là de la vie d'un théâtre.

Mme Hortense, une femme d'âge mûr aux traits anguleux, responsable des perruques et du maquillage, et M. Swindon, le costumier bien en chair de l'Impérial, se frayèrent un chemin jusqu'à Eleanor et la dévisagèrent d'un œil critique.

— J'ai l'impression d'être une sole sur l'étal du poissonnier, marmonna-t-elle.

— Venez avec nous.

Elle suivit Mme Hortense et M. Swindon. Ils descendirent plusieurs étages, toujours suivis du reste de la troupe. Enfin, ils arrivèrent dans un salon d'essayage tapissé de miroirs, dont tous les meubles disparaissaient sous des costumes.

— Tout le monde dehors ! Ouste ! lança M. Swindon en agitant une main en direction des curieux.

Naturellement, son ordre fut accueilli par des cris de désespoir tous plus exagérés les uns que les autres.

— Maggie peut rester, dit Eleanor.

Si elle devait souffrir entre les mains impatientes de Mme Hortense et de M. Swindon, elle préférait avoir une alliée.

— Très bien, soupira M. Swindon.

Maggie se glissa dans la pièce et referma la porte derrière elle. D'autres plaintes s'élevèrent de l'autre côté du battant.

Mme Hortense poussa Eleanor dans un fauteuil et la regarda avec un sourire calculateur.

— Parfait. Commençons, si vous le voulez bien.

— À la grâce de Dieu, murmura Eleanor.

Que n'aurait-elle pas fait pour un bon article !

Les habitués du *White's* y éprouvaient un sentiment de paix qu'ils ne trouvaient nulle part ailleurs. Daniel entra au club et fut aussitôt accueilli par un valet silencieux qui prit son manteau, son chapeau et ses gants avant de disparaître sans bruit. Un majordome apparut, aussi solennel qu'un grand prêtre, et le salua avec une révérence tout en retenue.

— Puis-je vous apporter quelque chose, monsieur le Comte ?

— Un cognac, et le dernier numéro de *L'Œil du Faucon*, si vous l'avez.

— Je vais voir si nous recevons ce... périodique. Sinon, j'enverrai un valet l'acheter.

Daniel hocha la tête et se dirigea vers le salon principal. De grands et confortables fauteuils en cuir y étaient installés, telles des coquilles d'huître renfermant les perles de l'aristocratie britannique. Dans un silence feutré et opulent, de respectables gentlemen y lisaient le journal, un verre de liquide ambré à portée de main, ou bavardaient entre eux à voix basse, discutant courses de chevaux ou avenir de la nation.

Daniel s'arrêta un instant sur le seuil, inspirant les odeurs que sa naissance lui avait transmises comme autant de droits – celles du cuir, de la cire et du tabac. Des parfums familiers, réconfortants d'une certaine façon. Il fréquentait le *White's* depuis sa majorité. À l'époque, il aurait préféré le *Brooks's*, dont les orientations politiques correspondaient plus à ses propres tendances libérales. Son père, bien sûr, s'y était formellement opposé. Aujourd'hui, il n'était plus de ce monde, et c'était par habitude que Daniel continuait à venir au *White's*.

Enfin, non. Pas seulement par habitude. C'était ici qu'il retrouvait Jonathan, ici qu'ils discutaient des événements de la journée ou se tenaient compagnie en silence, satisfaits tout simplement de se trouver à l'écart des pressions, des exigences et des rôles qu'il leur fallait jouer en société.

Chaque fois qu'il venait là, un étrange espoir l'étreignait, celui de franchir le seuil du club et d'y découvrir Jonathan, assis dans son fauteuil favori, en pleine forme et délivré des fantômes de la guerre. Et chaque fois, cet espoir s'envolait. Son ami n'était jamais là.

Pour le moment, un peu de calme avant la tempête lui ferait du bien. Il n'avait pas la moindre idée de ce que cette soirée avec Mlle Hawke lui réservait. Bizarrement, lorsqu'il y songeait, un frisson d'excitation le parcourait. À quand remontait la dernière fois où il avait été impatient de vivre autre chose qu'une soirée de beuverie ? Pourtant, l'impatience qu'il ressentait aujourd'hui semblait très éloignée de l'objectif secret qu'il poursuivait.

Il avait besoin d'un verre. Mais il eut à peine le temps de faire trois pas dans le grand salon que deux jeunes gens tout juste rentrés de leur tour d'Europe apparurent et s'accrochèrent à lui, comme deux berniques bien habillées.

— Ashford ! s'exclama le blond, lord George Medway, héritier du duché de Newholm. Vous nous avez manqué à la petite sauterie de Lasham, hier soir.

— C'était sacrément amusant, ajouta l'autre jeune homme, l'honorable Fred Willsby, fils cadet du vicomte de Swinhope. Nous avons dansé toute la nuit.

Daniel songea aux rangées de jeunes filles vêtues de blanc, impatientes de danser et de susciter des intentions matrimoniales, aux veuves et aux épouses observant le tout à la dérobée, cherchant un moyen de rompre la monotonie de leur existence, et il se sentit tout à coup très, très las. Ce genre de soirée ne l'intéressait pas. Autrefois, il avait préféré les nuits folles, mais tout avait changé avec la disparition de Jonathan. Aujourd'hui, tout lui semblait vain, creux.

— J'avais un autre engagement, dit-il distraitement.

Cela piqua la curiosité des deux jeunes gens.

— Racontez-nous cela, je vous en prie, dit Medway.

Après tout... son statut social lui permettait un peu de franchise.

— J'étais confortablement installé devant ma cheminée, plongé dans les dernières découvertes astronomiques de Herschel.

Les deux compères semblèrent stupéfaits. Ils se regardèrent, cherchant à comprendre si Daniel se moquait d'eux ou non. Après tout, la saison battait son plein, et personne n'aurait passé sa soirée à la maison avec un livre quand tant d'autres plaisirs ne demandaient qu'à être consommés.

Mais après avoir quitté le bureau de Mlle Hawke, la veille, Daniel s'était senti bizarrement fébrile. Nerveux. La perspective de se rendre au bal, au théâtre ou à quelque soirée mondaine que ce soit

– moralement respectable ou pas – ne lui avait paru d'aucun attrait. Son badinage avec Mlle Hawke lui avait plu, en réalité, de même que sa brève incursion dans un autre monde, loin des bals et autres réjouissances. C'était d'autant plus étrange que, jusqu'à la disparition de Jonathan, il avait toujours adoré cela.

Il avait vu briller l'ardeur et l'ambition dans les yeux de Mlle Hawke, choses qu'il voyait rarement en dehors du Parlement. Et la plupart des femmes qu'il connaissait cherchaient un mari, un protecteur ou un amant. Aucune n'était extraordinaire au point de posséder et de publier un journal.

Cela l'avait laissé d'une humeur étrange, bizarrement insatisfaite, et il avait refusé toute distraction potentielle pour la soirée de la veille. Même Edinger, son majordome, avait été surpris de le trouver chez lui. Finalement, après son entrevue avec Mlle Hawke, Daniel s'était adonné à l'un de ses passe-temps favoris : les sciences. Et il avait passé une bien meilleure soirée que prévu.

Mlle Hawke aimait-elle les sciences, ou était-elle trop occupée par le monde de la débauche et du scandale pour s'intéresser aux planètes ou à l'électricité ?

— Mais vous serez au bal des Fallbrooke ce soir, assurément, poursuivit Willsby.

— C'est ce soir ?

La saison était littéralement surchargée d'événements. C'était une succession sans fin de bals, de représentations théâtrales, musicales, divertissements destinés pour la plupart à trouver aux jeunes filles à marier des prétendants potentiels. Il aurait dû embaucher un secrétaire pour gérer son calendrier mondain, mais il employait déjà un homme d'affaires ainsi que des intendants pour ses propriétés. Payer un homme juste pour qu'il lui dise à quelle soirée se rendre lui semblait être une perte de temps phénoménale pour tout le monde.

— J'ai déjà quelque chose de prévu ce soir.

— De quoi s'agit-il ? demanda Medway, curieux. Peut-être pourrions-nous vous accompagner.

— Hélas, j'ai déjà de la compagnie.

— Du genre féminin, assurément, dit Medway avec un sourire qui se voulait paillard.

— En quelque sorte, répondit Daniel distraitement.

Mlle Hawke était-elle en cet instant occupée à revêtir son déguisement masculin ? Il sourit intérieurement. Ses amis du théâtre allaient devoir travailler dur pour faire d'elle un homme convaincant.

— Nous pourrions... commença Willsby.

Mais ces deux blancs-becs lassaient Daniel. Trop jeunes, trop éloignés des réalités de la vie.

— Mon journal et mon cognac m'attendent, messieurs. Le besoin de stimulation intellectuelle et spirituelle se fait sentir.

— Bien sûr, reconnurent-ils en chœur, n'ayant pas saisi l'insulte déguisée de Daniel.

Il les laissa bavarder tous les deux et alla s'installer dans son fauteuil préféré, près de la cheminée.

Le fauteuil vide de Jonathan était juste à côté, silencieux, accusateur.

À peine s'était-il assis que le majordome apparut avec non seulement un verre d'excellent cognac, mais aussi le dernier numéro de *L'Œil du Faucon*, fraîchement repassé pour que l'encre ne lui tache pas les doigts.

— Votre... lecture, monsieur le Comte.

Daniel prit le journal et renvoya l'homme d'un signe de tête. En général, il ne lisait *L'Œil du Faucon* que si un ami lui faisait remarquer qu'on y parlait de lui, et pour se moquer ensuite de la description, la plupart du temps inexacte, de ses activités. Mais il arrivait parfois que cette feuille de chou voie juste, comme pour ses liens privilégiés avec une comédienne l'hiver précédent, ou pour la coquette somme qu'il avait remportée un soir dans un cercle de jeu.

Mais aujourd'hui, son nom n'étant mentionné nulle part, il s'autorisa une vraie lecture, s'attendant à être horrifié par le style – clichés à tout-va, prose ampoulée, plaisanteries de mauvais goût.

Pourtant, au fil des pages, gorgée après gorgée de cognac, l'étonnement le gagna. Il n'était pas critique littéraire, loin de là, mais cette petite gazette... n'était pas si mauvaise. Pour tout dire, certains articles étaient même très bien écrits. Il y décelait de la finesse d'esprit, un certain degré d'autodérision, et ici et là, enfouies sous les insinuations salaces concernant les relations extraconjugales d'Untel avec Unetelle, il décela de réelles pépites, véritables perles stylistiques.

Mlle Hawke était-elle l'auteur de ces parties-là ? Était-ce l'œuvre d'un de ses employés ? Elle contrôlait tout l'éditorial de son journal. Qu'elle ait écrit ces articles ou non, cela démontrait en tout cas un vrai sens de l'écriture.

Il changea de position, en proie à une étrange sensation. Quelque chose d'insolite et de lumineux. Une sensation de... respect.

Comment était-ce possible, alors qu'il s'agissait d'un journal qui ne parlait que de scandales ?

Pourtant... c'était bien cela. Enfoui comme une braise qui se ravive lentement. Comment pouvait-il réellement respecter une femme qui, tel un parasite, vivait de l'existence des autres ? Assurément, passer plus de temps en sa présence étoufferait cette braise.

De toute façon, elle était nécessaire à la réalisation de son plan, et il allait devoir supporter sa présence aussi longtemps qu'il le faudrait, jusqu'à ce qu'il retrouve son ami disparu.

— Arrêtez donc de vous tortiller, on dirait un asticot ! s'écria Mme Hortense.

Plus elle s'énervait, plus son accent perdait ses tonalités françaises pour retrouver celles de la banlieue de Londres.

— Pardon, pardon, dit Eleanor en tâchant de rester calme. Ma toilette quotidienne n'implique pas en général de me faire tripoter dans tous les sens comme si j'étais la plus belle vache d'un comice agricole !

— Bordel de m… je veux dire, mon Dieu ! grogna Mme Hortense en jetant son pinceau à maquillage. Je n'ai jamais travaillé dans des conditions pareilles !

— Moi non plus, dit Eleanor.

Cela faisait déjà plusieurs heures qu'elle subissait ce processus compliqué qu'impliquait une transformation – en surface tout au moins – en homme. Le corset destiné à masquer sa poitrine l'empêchait de respirer, et M. Swindon lui avait fait enfiler un sous-vêtement possédant le rembourrage nécessaire en lieu et place des attributs masculins. Puis il l'avait traitée comme un vulgaire coussin à épingles, en la piquant de toutes parts pour retoucher un costume d'homme de façon qu'il corresponde à sa stature.

Eleanor n'était pas une femme riche. Elle n'avait jamais connu l'expérience unique, épuisante, consistant à se faire faire des vêtements sur mesure – tous ses vêtements étaient de seconde main, et lorsqu'une retouche était nécessaire, elle la faisait elle-même –, et si l'épreuve de cet après-midi était représentative de la chose, c'était un privilège auquel elle renonçait avec plaisir.

M. Swindon était parti faire les dernières retouches dans son atelier, et l'on s'occupait maintenant des cheveux et du visage d'Eleanor. D'où la présence de Mme Hortense.

Toujours en raison de sa situation financière, Eleanor n'avait pas de femme de chambre. Elle s'habillait et se coiffait toute seule. Mme Hortense s'échinait pour l'heure à lisser et à tirer vers le haut ses cheveux longs, et la douceur n'était pas son point fort. Que les acteurs et les actrices se soumettent quotidiennement à un tel traitement impressionnait Eleanor.

Redoutant d'avoir vexé Mme Hortense, elle échangea un regard inquiet avec Maggie, perchée sur un tabouret à côté d'elle. Si elle avait la main un peu rude, Mme Hortense n'en avait pas moins un don pour le maquillage et la coiffure. Son travail était largement reconnu et admiré à Londres.

Et dans la mesure où elle lui rendait un immense service, Eleanor préféra ne pas s'offusquer.

— Pardonnez-moi, madame, dit-elle en lui prenant la main. Comme vous avez pu le constater, je ne suis pas une femme très raffinée, et je n'ai pas l'habitude d'être l'objet de tant d'attentions. Le seul moment où je parviens à rester tranquille, c'est quand j'écris.

— C'est tout à fait vrai, confirma Maggie. Lorsqu'elle n'est pas assise à son bureau, elle se trémousse comme un enfant à qui l'on a interdit d'aller aux toilettes.

Mme Hortense eut un soupir exaspéré et retira sa main. Visiblement, il allait falloir faire mieux que cela pour que sa colère retombe.

— Quand j'ai appris que j'allais devoir me déguiser en homme, continua Eleanor, je suis tout de suite venue à l'Impérial. Pas seulement parce que je connais Maggie, mais parce que je sais que, de toutes les maquilleuses de la ville, aucune ne vous arrive à la cheville. Votre travail sur le personnage du démon dans la pièce de Maggie *La Malédiction du prince de minuit* m'a positivement époustouflée. J'étais persuadée qu'il s'agissait d'un vrai démon, et non d'un acteur. La moitié des femmes dans le public étaient terrifiées.

Mme Hortense resta silencieuse, les lèvres pincées, mais la satisfaction colora ses joues d'un rose discret.

— Et la façon dont vous transformez les femmes en hommes pour les rôles masculins... poursuivit Eleanor. Si je n'avais pas lu le programme, j'aurais demandé des preuves physiques de leur féminité !

L'espace d'un instant, Mme Hortense ne put ni bouger ni parler. Puis elle hocha lentement la tête.

— C'est vrai. Je suis la meilleure.

— Alors je vous en prie, pardonnez-moi et poursuivez l'excellent travail que vous avez commencé sur moi.

La maquilleuse renifla, puis revint vers Eleanor, assise devant un miroir éclairé, et reprit son travail, sans ménagement, piquant épingle à cheveux sur épingle à cheveux pour bien aplatir la chevelure – à coup sûr, Eleanor ressemblerait à un hérisson perdant ses piquants quand on les lui retirerait. Maggie, de son côté, adressa à Eleanor un petit signe approbateur.

Quelques instants s'écoulèrent encore, Mme Hortense se concentrant sur son œuvre, puis Maggie demanda soudain :

— Pourquoi ?

— Pourquoi quoi ?

— Pourquoi lord Ashford est-il venu te voir et te proposer de le suivre lors de ses virées nocturnes afin que tu puisses écrire sur lui ? Certains aristocrates semblent apprécier qu'on s'intéresse à eux, mais je n'aurais pas pensé que lord Ashford en faisait partie.

— Moi non plus, répondit Eleanor. Je n'arrête pas d'y réfléchir, et je n'ai toujours pas de réponse logique à cette question.

Mme Hortense planta une nouvelle épingle dans ses cheveux, et elle grimaça.

— Je n'arrive pas à voir quel bénéfice il en retire. Il mijote quelque chose, j'en parierais ma presse typographique.

— Accepter sa proposition n'était peut-être pas une si bonne idée, alors.

— Sans doute. Mais des occasions comme celle-ci se présentent rarement dans mon bureau, encore moins chaussées de bottes cavalières. Rien ne l'empêchait d'aller voir *L'Écho du Londonien* ou *Les Brèves de Pauley*.

Ses deux principaux concurrents auraient été ravis de publier une série d'articles sur l'un des célibataires les plus célèbres et les plus convoités du pays.

— En laissant passer cette chance, je n'aurais plus eu qu'à dire adieu à mon journal et à me lancer dans un métier vraiment dégradant, comme l'écriture de *burlettas*, par exemple.

Maggie émit un grognement à son intention, accompagné d'un geste obscène. Mais il y avait de l'inquiétude dans sa voix lorsqu'elle poursuivit :

— S'il te plaît, fais attention tout de même. Je connais ce genre de personnage. C'est un serpent caché sous des fleurs.

— Je serai sur mes gardes, ne t'en fais pas.

Eleanor luttait pour rester immobile tandis que Mme Hortense étirait sur ses cheveux un filet très fin destiné à les retenir.

— Et c'est un séducteur, tu le sais. Ne succombe pas à son charme, ajouta Maggie.

Eleanor eut un petit rire. Quelle idée ridicule !

Si son métier de journaliste lui avait appris une chose, c'était bien celle-ci : les relations entre un aristocrate et une roturière duraient rarement, voire jamais. Un grand nombre de femmes se retrouvaient enceintes et sans moyens de subsistance quand l'attention de leurs séducteurs se portait ailleurs, sur une autre en général. La plupart du temps, ils finissaient par épouser une femme de leur milieu, poursuivaient leur vie dorée et oubliaient celles, défavorisées, dont ils avaient anéanti l'existence.

Et puis...

— Nous parlons de lord Ashford. L'aristocrate qui peut avoir n'importe quelle femme. Le plus séduisant. Le plus beau. Je serais bien la dernière à attirer son attention, pauvre et terne journaliste que je suis.

Maggie ricana.

— Ne va pas à la pêche aux compliments. Et puis, tu le sais très bien : il n'y a pas de meilleure façon de manipuler quelqu'un que par le sexe.

Un cynisme froid brillait dans le regard de Maggie, de même qu'une blessure, plus profonde, dont Eleanor savait que son amie refuserait de parler.

— Je garderai les yeux ouverts et les cuisses fermées, promit Eleanor.

Elle n'était plus vierge, mais se conduisait très prudemment dans toutes les affaires ayant trait au sexe. Elle avait appris depuis longtemps à se préserver d'une grossesse, et le mariage ne l'intéressait absolument pas, elle qui gagnait sa vie seule et n'avait de comptes à rendre à aucun homme. L'indépendance était un trésor qu'elle défendait avec force. Si ses amants avaient été déçus lorsqu'ils avaient compris qu'elle n'était pas disposée à se soumettre à leur joug, tant pis pour eux.

Elle avait son travail, ainsi que la maîtrise de son corps et des cordons de sa bourse. Hormis Maggie, peu de femmes de son entourage pouvaient en dire autant.

— Et maintenant, dit Mme Hortense, la perruque !

Une fois de plus, elle avait corrigé son accent en route, comme si elle oubliait sans arrêt ses prétendues origines françaises.

Elle retira une perruque de son support de bois. Des boucles châtain clair coiffées à la mode masculine du moment, très en vogue chez les jeunes messieurs.

Eleanor se tint tranquille pendant que Mme Hortense plaçait la perruque sur sa tête, puis l'ajustait à l'aide de nouvelles épingles.

— Elle a les cheveux courts, d'accord, dit Maggie, mais elle ne ressemble toujours pas à un homme. On dirait plutôt une de ces femmes qui avaient adopté la coiffure « à la victime ».

Elle faisait référence à celles qui, au siècle précédent, relevaient leurs cheveux pour imiter les malheureuses victimes de la guillotine.

— Mais je n'ai pas fini ! s'offusqua Mme Hortense en claquant des doigts juste sous le nez d'Eleanor. Fermez les yeux jusqu'à ce que je vous dise de les ouvrir. Pareil pour toi, Maggie. Vous allez voir de quoi je suis capable !

Eleanor sourit à Maggie. Les gens de théâtre ne brillaient pas par leur modestie. Mais elle obéit à Mme Hortense et ferma les yeux.

Une bonne demi-heure s'écoula. La coiffeuse-maquilleuse appliqua sur son visage nombre de produits assez désagréables, avant de l'enduire de crèmes très odorantes – de la peinture, sans doute. Quelque chose recouvrit même sa lèvre supérieure. C'était franchement inconfortable. Laborieux, aussi. Et terriblement long pour Eleanor, qui mourait d'envie de voir le résultat.

Pour penser à autre chose, elle entreprit de décrire tout ce processus de transformation très précisément dans son esprit. Elle le ferait certainement figurer dans son article. Savoir ce qu'il fallait faire pour grimer une femme en homme intéresserait peut-être ses lecteurs.

Il arrive que les femmes se plaignent de devoir passer trop de temps à s'apprêter – application de crèmes, d'onguents, de fonds de teint, de poudres, de parfums et quantité d'autres artifices imposés au sexe dit faible et dont l'objectif est d'atteindre l'inatteignable perfection physique. Cela sans parler, bien sûr, des corsets, rehausseurs et réducteurs de poitrine, papillotes et fers à friser, et Dieu sait quoi encore, tout un attirail auquel il nous faut recourir afin de nous présenter sous notre meilleur jour, au cas où notre apparence naturelle ne serait pas à la hauteur – ce qui est inévitablement le cas.

Et si l'homme consacre à sa toilette beaucoup moins de travail, je ne peux que mettre en garde les lectrices de cette modeste gazette qui seraient tentées de changer de sexe, car en réalité, ce travail est tout aussi fastidieux et inconfortable que le nôtre.

— Voilà. Lever de rideau ! annonça enfin Mme Hortense.

Eleanor ouvrit les yeux et retint un cri de surprise. Maggie fit de même.

— Non, ce n'est pas moi, dit Eleanor.

Et pourtant, c'était bien sa voix qui sortait de la bouche que lui renvoyait le miroir. Elle leva une main pour se toucher le visage. Mme Hortense l'écarta d'une petite tape.

— N'abîmez pas mon œuvre ! J'ai travaillé dur !

La transformation était surprenante. Et tout ça rien qu'avec un peu de peinture et des faux cheveux. La jeune femme de trente-deux ans avait laissé place à un jeune homme d'une vingtaine d'années. Grâce à un art parfaitement maîtrisé de l'ombrage, son nez semblait plus large, sa mâchoire et ses pommettes plus carrées. Mme Hortense lui avait ajouté des favoris assortis à la couleur de sa perruque. Et, sur sa lèvre supérieure, une ombre suggérait que son rasage matinal était sur le point de perdre la bataille contre une moustache naissante.

— Mon Dieu, Eleanor, lâcha Maggie dans un souffle. Te voilà homme, certes, mais un homme sacrément séduisant. Je vais devoir retenir la plupart de ces dames du théâtre – et sans doute quelques-uns de ces messieurs aussi !

Eleanor tourna la tête d'un côté, puis de l'autre. Voilà donc à quoi elle aurait ressemblé si le vœu de son père avait été exaucé et si elle était née homme. Dommage que le pauvre ivrogne fût six pieds sous terre, elle aurait adoré lui montrer ce qu'il avait raté.

Qu'allait dire lord Ashford en la voyant ? La reconnaîtrait-il seulement ? L'idée qu'il puisse la prendre pour un homme l'emplit d'une délicieuse impatience. Elle adorerait le surprendre, le déstabiliser un peu.

La porte du salon d'essayage s'ouvrit brusquement, et M. Swindon entra avec une brassée de vêtements. En voyant Eleanor, il poussa un petit cri et faillit tout lâcher.

— Mais c'est merveilleux ! dit-il en s'approchant sans la quitter des yeux. Absolument exquis ! Bravo, mademoiselle Hawke. Et toutes mes félicitations à vous, madame, ajouta-t-il lorsque Mme Hortense se racla la gorge d'un air mécontent. Et maintenant, la deuxième partie de votre métamorphose, déclara le costumier en ouvrant les bras pour lui proposer des vêtements.

— Je vais avoir besoin de conseils, dit Eleanor.

Elle avait déjà déshabillé des hommes et les avait regardés s'habiller, mais se vêtir elle-même en homme était un processus qui lui était totalement étranger.

M. Swindon se mit donc à la tâche et l'aida à se fondre dans un costume masculin, attachant des coussinets à ses mollets pour les arrondir, lui faisant enfiler une paire de bas blancs montant bien plus haut que le genou. Elle passa ensuite une culotte de peau couleur fauve, puis une chemise de lin à longs pans et un gilet blanc brodé de soie crème. On cacha son cou sans pomme d'Adam dans un faux col assez haut, serré par une cravate qui faillit lui couper la respiration.

Après avoir glissé ses pieds dans une paire d'élégants souliers, elle enfila, avec l'aide du costumier, un habit bleu nuit bien rembourré aux épaules et légèrement élargi à la taille pour masquer ses hanches. Enfin, on lui donna une montre de gousset, une paire de gants et un haut-de-forme, accessoires incontournables pour une soirée en ville.

— Et *voilà*[1] ! conclut M. Swindon en essayant – sans grand succès – d'imiter l'accent français de Mme Hortense.

Eleanor se tourna une nouvelle fois vers le miroir et resta sans voix. Elle était arrivée femme au Théâtre Impérial et avait devant elle un jeune homme de condition aisée vêtu à la dernière mode. Pendant quelques instants, elle ne put rien faire d'autre que se regarder.

Qui était-elle ? Elle se sentait étrangement perdue dans ce personnage masculin, comme si Eleanor avait disparu, laissant la place à un inconnu. Mais cet inconnu, c'était elle.

— Mon Dieu, Eleanor... soupira Maggie. As-tu idée de tous les ennuis que tu pourrais avoir ?

— Effectivement, répondit Eleanor après un silence. Je suis un homme, désormais. Je pourrais... faire ce que je veux.

Cette sensation de pouvoir était enivrante. Pas étonnant que les hommes aient toujours l'air aussi sûrs d'eux. Le monde leur appartenait.

Et ce monde, elle était sur le point d'y entrer. Aux côtés de lord Ashford.

Eleanor sourit. Mmm... cette soirée promettait d'être riche en événements.

Torse nu, Daniel se tenait devant son miroir et, muni d'un blaireau en soies de sanglier, appliquait sur son visage du savon à barbe. Il prit ensuite un rasoir droit et le passa sur ses joues et sous son menton, bien à plat, éliminant tous les poils qui avaient repoussé depuis le matin. Le rasoir produisait un bruit un peu râpeux, tandis que le savon parfumé au bois de santal répandait son odeur. Puis Daniel essuya la lame sur une serviette et répéta l'opération encore et encore, révélant à chaque passage une

---

1. En français dans le texte. *(N.d.T.)*

bande de peau nette. Des gestes familiers, routiniers. Réconfortants.

Il ignora le soupir de Strathmore. Son valet n'avait jamais approuvé le fait que Daniel se rase lui-même. À son service depuis dix ans, il n'avait jamais eu le loisir de manier le rasoir à la place de son maître. Le père de Daniel n'avait jamais approuvé le choix de son fils non plus. Mais, bon sang, Daniel était un adulte en pleine possession de ses moyens, et capable de s'occuper lui-même de sa pilosité faciale. Il avait déjà cédé sur un point, en acceptant que Strathmore s'occupe du choix de ses vêtements. Mais il s'habillait lui-même. Personne ne lui boutonnerait jamais son pantalon, c'était absurde.

Parler d'exploits en la matière aurait été ridicule. Tout au plus de petites entorses aux traditions lorsqu'on possédait titre et fortune. En théorie, Daniel était l'un des hommes les plus puissants du pays, et pourtant, quand il s'agissait de toilette, il était de coutume qu'un aristocrate redevienne un enfant dont il fallait s'occuper. Comme si les responsabilités qui lui incombaient du fait de son rang étaient trop lourdes pour lui permettre de nouer lui-même sa cravate.

Derrière lui, Strathmore avait disposé ses vêtements pour la soirée, choisis avec le soin dont un valet savait faire preuve. Daniel avait presque honte quand on le félicitait pour sa tenue, tout le mérite en revenant à Strathmore et à son œil expert.

Comprenant parfaitement le contexte de la soirée à venir, Strathmore avait sélectionné un gilet en soie couleur cuivre et une redingote vert sombre. Élégant, mais pas trop, puisque Daniel ne se rendait pas à un bal officiel auquel assisterait toute l'aristocratie londonienne. Non. Pour cette soirée au cercle de jeu, il avait opté pour une juste mesure de retenue et d'éclat.

Son rasage terminé, Daniel se rinça le visage, appliqua un peu de lotion tonique et passa une chemise blanche de coton fin dont il glissa les pans dans son pantalon.

Mlle Hawke devait être occupée à faire exactement la même chose à l'heure qu'il était – s'habiller en homme pour cette soirée. Qu'éprouvait-elle à l'idée de pénétrer dans un lieu exclusivement masculin ? De la peur ? De l'excitation ?

De l'excitation, assurément. Mlle Hawke ne lui avait pas semblé être du genre à avoir peur de quoi que ce soit. L'idée de s'habiller en homme et de passer une soirée dans un cercle de jeu l'avait visiblement enthousiasmée. Quelle femme étrange. Il ne se rappelait pas avoir jamais, dans un bal, lors d'un pique-nique ou de toute autre mondanité, croisé un membre de la gent féminine aussi enthousiaste qu'elle. Les demoiselles en quête de mari affichaient toutes une sorte de gaieté forcée, presque désespérée, et les femmes d'âge plus mûr peinaient à contenir leur ennui, les saisons mondaines se succédant sans beaucoup de surprises.

S'habiller comme chaque soir en sachant que, quelque part dans Londres, Jonathan, lui, ne se préparait sans doute pas à passer une soirée agréable éveillait en lui un sentiment étrange, presque irréel. Mais Daniel ravala sa culpabilité, comme chaque fois qu'il s'apprêtait à vivre une nuit de débauche. Tant que Jonathan n'aurait pas reparu, il avait besoin de faire comme si tout allait bien.

Lorsqu'il sortait le soir à la recherche de son ami, Catherine, la sœur cadette de Jonathan, l'accompagnait parfois. Petite dernière de la famille, elle était adorée par son frère, qui l'aimait plus que tout.

Pour un homme célibataire, s'afficher en public en compagnie d'une jeune fille était tout à fait inapproprié, mais Catherine avait insisté. Ensemble, ils s'étaient rendus sur les docks, avaient surveillé les maisons closes, les cercles clandestins, et tous les endroits dans lesquels la rumeur disait avoir vu Jonathan. Mais ils n'avaient rien trouvé.

Si seulement lord et lady Holcombe, les parents de Jonathan, s'étaient montrés un peu plus efficaces ! Mais même le décès d'Oliver, leur fils aîné, qui avait fait de Jonathan leur héritier les avait laissés incapables de réagir autrement qu'en se tordant les mains et en craignant le qu'en-dira-t-on.

Daniel, soucieux de la réputation de Catherine, aurait de loin préféré chercher Jonathan en compagnie de lord Holcombe, mais il n'avait pas eu le choix, surtout quand la jeune fille était venue à lui pour le supplier de l'aider.

Catherine n'avait même pas encore fait ses débuts en société. Il ne l'avait jamais vue au bal, ni à aucun événement mondain, encore moins à un cercle de jeu.

Il terminait de boutonner son gilet lorsqu'on toqua à sa porte.

— Entrez.

Le visage contrit d'Edinger apparut.

— Pardonnez-moi, Monsieur le Comte, mais le marquis d'Allam est en bas et demande si vous pouvez le recevoir.

Daniel fronça les sourcils. Que pouvait lui vouloir son parrain à cette heure ? Mais Allam était de l'ancienne génération, qui faisait valoir le privilège de l'âge en ignorant l'étiquette, en l'occurrence la règle qui voulait que les visites ne s'effectuent pas après une certaine heure.

— Faites-le monter, ordonna Daniel.

Il n'avait pas pour habitude de s'habiller en public, mais il n'avait pas vu Allam depuis des semaines et ne voulait pas le faire attendre.

— Très bien, Monsieur.

Le majordome s'inclina et disparut. Quelques instants plus tard, le battement régulier d'une canne dans le couloir annonça l'arrivée du parrain de Daniel.

— Le marquis d'Allam, Monsieur le Comte, annonça Edinger en s'inclinant pour laisser passer le vieil homme.

La canne et les cheveux blancs étaient les seules concessions faites par Allam au passage des années. Il était resté grand et mince, avait gardé les mêmes traits anguleux, le même port altier, le même regard perçant que dans sa jeunesse. Marwood, son fils, un des amis proches de Daniel, lui ressemblait beaucoup.

— Allam, dit Daniel en venant à sa rencontre, la main tendue. En voilà une surprise inattendue.

— Si elle avait été attendue, cela n'aurait pas été une surprise, rétorqua le marquis en lui serrant la main.

— Une chose n'a pas changé, vous continuez à me prendre en défaut, dit Daniel en indiquant un fauteuil. Thé ou cognac ?

Allam s'installa dans le fauteuil. Ses mouvements étaient précis, maîtrisés.

— Rien, merci. Helena m'attend pour le dîner avant une heure. Et en trente et un ans de mariage, je ne l'ai jamais déçue.

— En ce qui concerne l'heure des repas, en tout cas.

Son parrain le fixa d'un regard glacial un instant, puis le vernis froid s'effaça, et un sourire de reproche éclaira son visage.

— Elle est le centre de mon univers ptoléméen, dit-il avec tendresse.

Tout en nouant sa cravate, Daniel éprouva soudain un sentiment de vide. Il avait toujours connu Allam avec son épouse et n'avait jamais rencontré de couple se manifestant autant d'estime et d'affection réciproques. Même ses propres parents n'avaient pas partagé de liens aussi forts. Autrefois, jeune homme romantique, il avait espéré qu'un jour il rencontrerait une jeune fille qu'il pourrait aimer comme s'aimaient Allam et Helena. Mais ses rêves, à la manière des feuilles d'automne, s'étaient craquelés, pour finir poussière, écrasés par le talon de la réalité.

Il avait appris très jeune qu'un comte ne se mariait pas par amour.

— C'est précisément la raison de ma visite, reprit Allam. Ton père est mort depuis cinq ans, et puisque aucun de ces imbéciles que tu appelles tes amis ne semble capable de te conseiller comme il faut...

— Puis-je vous rappeler que votre propre fils fait partie de ces amis ?

Allam écarta cette remarque d'un geste.

— Cameron a bien assez d'obstacles à surmonter de son côté.

— Peut-être tirerait-il profit de vos conseils mieux que moi.

Le visage du marquis s'assombrit brièvement.

— Autrefois, peut-être m'aurait-il écouté. Mais aujourd'hui... Ne me fais pas changer de sujet, jeune homme. J'ai pris le risque d'être en retard pour le dîner et de subir la colère de ma femme pour venir te parler.

Daniel continua de travailler sur son nœud de cravate tandis qu'un Strathmore inquiet allait et venait, prêt à intervenir au cas où les compétences de Daniel en matière de nouage s'avéreraient défaillantes.

— Ce suspense est intenable, dit Daniel.

Allam donna un coup de canne sur le plancher.

— Assez avec ce ton ironique ! C'est à croire que toute ta génération a été contaminée par cette maladie du détachement !

— Peut-être est-ce parce que bien peu de choses nous semblent engendrer un intérêt digne de ce nom.

— Foutaises, répliqua Allam. Le monde n'a pas changé au point de supprimer toute possibilité d'émerveillement ! Rien ne suscite donc ta curiosité au-delà du superficiel ?

Une réponse impertinente mourut sur les lèvres de Daniel quand il repensa à Mlle Hawke allant et venant dans son bureau, véritable tourbillon d'énergie et de pensée. Elle avait percé la brume qui l'enveloppait en permanence. Mais Allam et lui avaient beau être proches, il ne pouvait décemment pas lui parler d'elle.

Ne pouvait pas, ou ne voulait pas ? Une partie de lui désirait la garder secrète. Comme un mystère que l'on savoure seul.

Le secret qu'il gardait à propos de Jonathan, lui, ne lui procurait aucune satisfaction. Et les deux seraient bientôt inexorablement liés.

— La saison vient de commencer, dit-il à la place. Les distractions sont inépuisables.

— Je ne parle pas de distractions, rétorqua Allam. Je te parle de quelque chose de plus important. De plus significatif. Comme le mariage.

— Ah. Nous y voilà, dit Daniel en croisant les bras, s'appuyant contre une commode.

Il aurait dû deviner que c'était la raison pour laquelle son parrain était venu ce soir. Régulièrement, Allam y faisait des allusions, que Daniel choisissait d'ignorer. Mais, visiblement, le temps des allusions était terminé, et une approche plus directe avait été choisie.

— Peu avant de rejoindre son Créateur, dit Allam en agrippant le pommeau de sa canne, ton père m'a fait promettre de m'occuper de la perpétuation de son titre. Et je lui ai donné ma parole.

— Je connais mes devoirs.

— Vraiment ? Je lis ton nom dans la presse à scandale. Toutes ces sorties... et pour quoi ? Depuis combien d'années cours-tu les bals, sans avoir une seule fois déclaré tes intentions à une jeune fille ?

— Peut-être n'en ai-je trouvé aucune qui me plaise.

— L'important n'est pas qu'elle te plaise, mais que tu l'estimes suffisamment pour lui donner ton nom. En échange de quoi elle te donnera l'héritier dont tu as besoin.

— Que tout cela est romantique !

Allam leva les yeux au ciel.

— Nous ne sommes pas dans un roman populaire, nom d'une pipe ! Helena et moi avons eu beaucoup de chance, certes, mais pour toi, les enjeux sont bien plus importants qu'une histoire romantique.

Daniel se massa entre les deux yeux, sentant monter le mal de tête. Depuis la disparition de Jonathan, cette histoire d'« enjeux », justement, le perturbait particulièrement.

— Je sais bien que les jeunes filles en quête de mari ne cherchent qu'à assurer leur propre sécurité, et je ne peux guère leur en vouloir. Mais...

Allam se pencha en avant.

— Mais ?

Daniel écarta les bras.

— Cela ne vous a-t-il pas posé problème avant de rencontrer Helena, quand vous n'étiez qu'un jeune homme de plus passant du temps au bal et dans les soirées mondaines ? Dès que vous entriez dans une salle, on ne voyait en vous que l'héritier ou le titre, mais jamais...

Il chercha ses mots. Il connaissait peu de gens avec qui il pouvait parler aussi franchement qu'avec son parrain.

— ... jamais l'homme que vous êtes vraiment.

— Je suis le marquis d'Allam, répondit son parrain. Voilà l'homme que je suis.

— Vous êtes bien plus que cela. Vous contribuez à la Société royale qui finance des expéditions destinées à élargir notre connaissance d'autres cultures. Vous êtes un homme qui aime élever des chiens de chasse, mais déteste la chasse.

— J'ai toujours trouvé cela injuste pour les renards, marmonna le vieil homme.

Daniel se mit à aller et venir dans la pièce.

— C'est exactement ce que je veux dire ! Vous êtes peut-être le marquis d'Allam, mais vous avez des passions, des besoins. Est-ce mal de vouloir être considéré comme un homme avant de l'être comme un propriétaire terrien ?

— Tu gères parfaitement ces propriétés. Et elles méritent une maîtresse de maison, ainsi que des héritiers à qui elles reviendront.

Allam esquivait le sujet. Daniel ravala sa frustration.

— Que vais-je laisser à mes futurs héritiers ? De l'argent, des terres, mais quoi d'autre ? Qu'aurai-je accompli ? Rien.

Allam pinça les lèvres.

— Tu es encore en colère parce que tu n'as pas pu entrer dans l'armée.

— Je savais que ce ne serait pas possible.

Daniel regarda par la fenêtre. Le soleil plongeait derrière l'horizon. Il avait envié le statut de cadet de Jonathan, qui lui avait permis de s'engager et partir se battre contre Bonaparte.

Cette jalousie s'était transformée en quelque chose de plus complexe lorsqu'il avait constaté les effets de la guerre sur son ami. Mais Daniel avait fait mine de ne pas remarquer les blessures invisibles de Jonathan. Il les avait mises sur le compte d'un retour difficile à la vie civile, se persuadant que très vite Jonathan redeviendrait celui qu'il avait été. Que ce n'était qu'une question de temps. Et d'espace.

Comme il avait eu tort !

— Ce qui ne veut pas dire que tu ne le regrettes pas. Encore aujourd'hui.

Dehors, la ville continuait à bouger, inlassable. Toujours en effervescence, toujours en mouvement.

— Je voulais faire mon devoir, moi aussi.

— Et c'est ce que tu as fait. En maintenant en place l'épine dorsale de la société britannique.

Daniel se détourna de la fenêtre et passa une main dans ses cheveux, ce qui lui valut un soupir exaspéré de Strathmore. Comme à son habitude, Daniel ignora son valet.

— Je suis reconnaissant, vraiment, de tout ce qui m'a été donné. Mais parfois...

Une nouvelle fois, il cherchait les mots appropriés sans savoir réellement ce qu'il voulait exprimer.

— ... parfois j'aimerais autre chose. Un dessein plus ambitieux que de maintenir en place l'épine dorsale de la société britannique.

Il ne pouvait pas parler de Jonathan à Allam. Même si les circonstances ne le réjouissaient guère, chercher son ami lui donnait un but. Bien sûr, Daniel aurait préféré que Jonathan n'ait pas d'ennuis, mais tant qu'il avait besoin de son aide, Daniel était fermement décidé à faire tout son possible.

Allam soupira et secoua la tête.

— Je comprends, mon garçon. Pourquoi penses-tu que je finance toutes ces expéditions ? Cela donne du sens à mon existence. Mais notre devoir est d'honorer nos obligations. Dans ton cas, cela implique de prendre femme et d'engendrer des enfants. Sans tarder. Pendant que tu es encore jeune et en bonne santé.

— Donc ma future épouse est une pouliche et je suis l'étalon.

— Garde ta vulgarité pour tes lèche-bottes et tes actrices. Je suis venu ici pour te donner un conseil, et c'est ce que j'ai fait.

Allam se leva, maintenant sa canne d'une poigne ferme, et se dirigea vers la porte d'une démarche un peu raide.

Daniel vint se placer devant lui et posa les mains sur les épaules du vieil homme.

— Pardonnez ma grossièreté, mon parrain. Je ne suis plus moi-même... depuis quelque temps.

— Je sais, répondit Allam avec une douceur étonnante. Les journaux à scandale ne parlent que de tout ce que tu fais pour tenter de te distraire.

Les paroles de son parrain lui firent l'effet d'un coup de poing en pleine poitrine. Était-ce là ce qu'il essayait de faire ? Toutes ces nuits de débauche, ces frasques ? Était-ce donc pour combler le vide qu'il ressentait ? Il en avait été de même pour Jonathan avant sa disparition.

— J'aimerais pouvoir vous promettre que vous ne lirez plus rien de tel à mon propos, mais j'ai peur que les choses n'empirent avant de pouvoir s'améliorer. Et avant que vous ne me toisiez une nouvelle fois de ce regard sévère, croyez-moi quand je vous dis que derrière pareille conduite il y a un objectif ultime.

— C'est ce que disent tous les dépravés, rétorqua son parrain. Et personne ne les croit.

Il prit la main de Daniel, la serra brièvement avant de reprendre :

— Mon propre fils refuse d'écouter mes conseils, mais je prie pour que toi, tu les entendes. Prends soin de toi, Daniel.

— Je vais essayer, répondit Daniel, surpris de sentir que sa gorge se serrait.

— C'est tout ce que je demande. Inutile de me raccompagner, ajouta Allam. Profite de ce qui reste de ta soirée. Mais pas trop.

Le vieil homme parti, Daniel sentit la mélancolie s'emparer de lui, peser sur ses épaules comme un manteau de drap lourd. Et tenter d'imaginer un moyen de retrouver Jonathan ne le rendit que plus pesant encore. Pourtant, lorsqu'il pensa à sa soirée avec Mlle Hawke, ce poids s'allégea brusquement, se dissipa comme un nuage de fumée, le laissant étrangement impatient.

3

> *Il a beaucoup été question, dans des publications bien supérieures à cette gazette sans prétention, des différences entre hommes et femmes, et des difficultés que soulèvent les tentatives d'interaction entre les deux sexes. Dire qu'ils sont diamétralement opposés serait un euphémisme d'anthologie. Serait-il possible de remédier à cette regrettable situation si chacun admettait que ce qu'il croit savoir de l'autre est complètement faux et que, pour se comprendre mutuellement, la seule solution est de jeter tous les préjugés à la corbeille ? Non, si l'auteur de ces lignes peut se permettre une humble suggestion, pour mieux se comprendre, hommes et femmes devraient échanger leurs rôles, ne serait-ce que l'espace d'une journée...*
>
> L'Œil du Faucon, 4 mai 1816

Eleanor n'aurait su dire pourquoi elle était tendue – était-ce la perspective de passer la soirée dans un antre des privilèges masculins ou le fait que, durant tout ce temps, elle se tiendrait aux côtés de lord Ashford ? Pour le regarder. Écouter sa voix à la fois veloutée et rauque. Le regarder jouer et s'encanailler.

Habillée en homme, elle attendit l'arrivée de la voiture de lord Ashford devant l'entrée du Théâtre

Impérial. Maggie lui avait proposé de rester avec elle, mais Eleanor avait décliné son offre, ayant besoin d'un moment seule pour se préparer à ce qui l'attendait.

Du bout de la canne que lui avait prêtée M. Swindon, elle tapa le pavé humide. À chaque coup, elle entendait les mises en garde de Maggie. *C'est un séducteur, tu le sais. Ne succombe pas à son charme. Fais attention tout de même. C'est un serpent caché sous des fleurs.*

Il faudrait simplement qu'elle ne se fasse pas mordre.

Imaginer lord Ashford la mordant l'électrisa. C'était précisément le genre de pensée qu'elle devait éviter. Il lui fournissait un sujet pour ses articles, rien de plus. Quand elle aurait terminé sa série, elle et le comte reprendraient le cours de leur existence, chacun ayant tiré de l'autre ce dont il avait besoin.

Elle ne serait pas une roturière usée et abusée de plus. Après tout, avec l'expérience de Maggie, elle avait été aux premières loges et connaissait désormais la dure réalité de ce qui arrivait quand différentes classes sociales se mélangeaient.

Même si elle dirigeait un journal à scandale, elle essayait de garder un minimum d'intégrité dans l'exercice de son métier. Sinon, autant publier les pires mensonges. Certaines feuilles de chou inventaient purement et simplement leurs informations, comme *Les Brèves de Pauley* avec l'histoire de ce prince russe et d'une célèbre danseuse d'opéra. Chez elle, on ne mangeait pas de ce pain-là.

Un couple passa, et Eleanor se raidit. Allaient-ils deviner la supercherie ? Verraient-ils qui se cachait sous son déguisement ? Elle tenta d'afficher une posture masculine – jambes écartées, épaules bien droites. Mais les deux amoureux n'avaient d'yeux que l'un pour l'autre et ne la regardèrent même pas.

Elle en fut presque déçue. Elle avait espéré un « bonsoir, cher monsieur », ou bien des murmures outrés et des doigts pointés sur elle. Mais elle n'avait rien eu. Peut-être était-ce bon signe. Elle avait croisé quantité d'hommes dans la rue, et aucun n'avait réagi. Elle s'était fondue dans la masse des anonymes.

Les paroles de Maggie résonnèrent dans son esprit. Déguisée en homme, Eleanor pouvait aller au-devant de toutes sortes d'ennuis. Mais elle pouvait aussi se rendre partout sans crainte. Personne ne remettrait en question sa présence, personne ne la sifflerait. Elle était libre, délivrée du fardeau de la féminité, de ce monde où chaque coin d'ombre recelait une menace et où de nombreuses portes restaient fermées. Mais pas ce soir. Ce soir, elle pouvait faire ce que bon lui semblait.

Devant tant de possibilités, la tête lui tourna.

Perdue dans ces pensées vertigineuses, elle n'entendit le bruit d'une voiture aux suspensions visiblement confortables que lorsque celle-ci fut presque sur elle. Elle recula juste à temps.

— Écartez-vous, jeune homme ! lui lança sèchement le cocher.

Eleanor faillit sauter de joie. Il l'avait appelée « jeune homme » ! Bien sûr, il avait aussi manqué de la tuer, mais quelle importance, puisque son déguisement avait montré son efficacité !

Elle se plaqua contre le mur du théâtre, prenant le temps d'admirer la voiture tandis que celle-ci s'arrêtait. En général, elle ne voyait les belles voitures que de loin, ou lorsque celles-ci passaient à toute vitesse. Là, elle pouvait l'examiner de près et, Seigneur, quelle merveille ! Laquée de noir, tout en lignes élégantes, avec des armoiries sur la porte. Les chevaux, aussi magnifiques que la voiture, piaffaient déjà et soufflaient, secouant la tête, impatients de repartir.

Un valet en livrée descendit de l'arrière de la voiture et ouvrit la portière. Le jour tombait, et l'intérieur du véhicule était plongé dans l'obscurité, aussi n'entendit-elle qu'une voix amusée. Une voix qu'elle aurait reconnue même dans la nuit la plus totale.

— Mademoiselle Hawke ?

Elle hocha la tête, un peu raide. Comment devait-elle répondre ? D'une voix d'homme ou d'une voix de femme ?

Une main large et gantée jaillit de l'intérieur, puis disparut tout aussi brusquement.

— Je ne peux pas vous aider à monter, dit lord Ashford en riant presque. Cela ne se fait pas entre hommes, et je m'en voudrais d'entacher votre réputation si tôt dans la soirée.

Elle monta sans son aide, étonnée de la sensation que lui procuraient ses mouvements, qui n'étaient entravés ni par une jupe ni par des jupons. Plus étrange encore, comme elle l'avait deviné, les suspensions de la voiture étaient remarquables, sans commune mesure avec celles des voitures auxquelles elle était habituée. L'habitacle bougea à peine lorsqu'elle s'assit sur le banc recouvert d'une étoffe épaisse et confortable, en face du comte. Le valet referma la portière, et soudain, elle se retrouva dans un espace très réduit – mais luxueux – en compagnie d'un homme dont elle ignorait presque tout, sinon que c'était le débauché le plus célèbre de Londres.

Il faisait sombre, mais ses yeux s'accoutumèrent rapidement à la pénombre et distinguèrent lord Ashford, en habit de soirée. La veille, dans son bureau, elle l'avait trouvé très élégant, mais là... il était sublime.

Que cet homme soit à la fois aussi raffiné et viril lui sembla presque injuste. Plus que ses vêtements parfaitement coupés dans de luxueuses étoffes, c'étaient l'aisance et l'assurance avec lesquelles il les portait qui était fascinante. Son corps mince et musclé, aussi. Sa présence irradiait dans tout l'habitacle, sans qu'il ait besoin de parler ni de bouger.

Sans la quitter des yeux, il frappa d'un coup de canne le plafond de la voiture, qui s'ébranla. Eleanor agrippa de justesse la poignée pour ne pas s'effondrer sur les genoux du comte. Puis, se ressaisissant, elle le regarda à son tour. Ses traits étaient légèrement trop marqués pour être considérés comme beaux au sens classique du terme, mais elle ne parvenait pas à détacher son regard des lignes et des contours de son visage, de sa mâchoire carrée et ferme, de la lumière de ses yeux bleus. Des yeux qui en savaient beaucoup trop sur le monde et sa sensualité.

Le silence régna pendant un long moment.

— Vous n'êtes pas assise comme il faut, dit-il enfin.

Elle baissa les yeux. Elle avait croisé les jambes – pudiquement, s'était-elle dit, en pensant à ce qu'on lui avait appris dans l'enfance. *Une dame doit toujours...*

Oh. Elle n'était plus une dame.

— Si un homme s'assoit comme cela, continua le comte, ses testicules seront compressés. Et aussi... reprit-il comme elle changeait de position, ne faites pas cette tête quand un homme parle de choses telles que ses testicules. Vous risqueriez de passer pour un puritain snobinard.

— Peut-être que j'ai juste de bonnes manières, rétorqua-t-elle.

— Ou peut-être êtes-vous une puritaine snobinarde. Il va falloir faire quelque chose pour votre voix. À vous entendre, on se demande si vos testicules sont descendus.

— Vous aimez dire le mot « testicule », n'est-ce pas ?

Elle avait adopté un ton plus grave, qui lui semblait imiter raisonnablement un timbre masculin.

Il secoua la tête.

— Mieux vaudra que vous ne parliez pas du tout.
— Pour vous, c'est plus pratique, bien sûr.

Son sourire fut comme un éclair blanc, et Eleanor sentit son ventre se nouer.

— C'est pratique pour tout le monde.
— Affreux personnage.
— Dites plutôt « espèce de fieffé salaud ». Quand il n'y aura pas de dames dans les parages, bien sûr. S'il y en a, traitez-moi de « goujat ».
— Les hommes changent-ils à ce point de vocabulaire en présence des femmes ?

Il baissa légèrement les paupières, mais ses yeux brillaient toujours de ce même bleu éclatant.

— Vous verrez à quel point ce soir.

Elle ne put s'empêcher de sourire.

— Cette perspective me terrifie et m'excite à la fois.
— Ne souriez pas non plus.
— Quoi ? J'ai déjà vu des hommes sourire.
— Certes, mais vous avez un sourire de femme, c'est indubitable, et il creuse une toute petite fossette... juste là.

Il se pencha pour toucher sa joue, et elle s'écarta.

— Les hommes aussi ont des fossettes, protesta-t-elle dans un souffle.
— Pas comme la vôtre. Minuscule, douce et séduisante.

Jamais elle n'aurait pu parler de la voix grave qui avait été celle de lord Ashford en cet instant. Mais, en sortant de sa bouche, ces paroles semblèrent le surprendre autant qu'elle. Il eut un bref mouvement de tête et se redressa.

— Je n'ai pas l'habitude de complimenter un homme à propos de ses fossettes, dit-il d'un ton sévère.
— Mais je ne suis pas un homme.
— Dieu merci, marmonna-t-il. Sinon, je risquerais des poursuites pour comportement contre nature.

— En admettant que je permette ces actes contre-nature.

— Il ne saurait être question de permission, mais plutôt de consentement mutuel.

Elle eut un rire forcé et se sentit rougir.

— Seriez-vous en train de m'apprendre à flirter ?

Il se rembrunit.

— Cette leçon sera pour plus tard. Pour le moment, il nous faut mettre une histoire au point. Qui vous êtes, comment je vous connais.

Elle se tapota le menton.

— Voyons les détails... Je pourrais être un jeune homme qui vient de prendre possession de son héritage, à qui vous faites visiter la ville.

— Vous êtes mon cousin éloigné. Un jeune homme de la campagne. C'est la seule explication possible à ce gilet.

Elle se renfrogna.

— Pas à la mode, peut-être, mais les poches bien pleines. J'ai une propriété dans le Lincolnshire, et c'est ma première visite à Londres.

— Vous êtes trop jeune pour être officiellement présenté à la bonne société londonienne...

— Nous en revenons à ces testicules qui ne sont pas descendus.

— ... donc vous n'êtes pas en quête d'une épouse, et je ne vous emmènerai à aucune soirée officielle.

— Mais fréquenter les cercles de jeu est-il approprié pour un jeune homme impressionnable ?

— Avec moi comme guide et ange gardien, tout est approprié, répondit-il avec un sourire en coin.

Elle croisa les bras sur sa poitrine aplatie.

— J'ai comme l'impression que non, au contraire.

— Et votre nom sera...

— Maximus Sinclair, dit-elle.

— ... Ned Fribble.

Eleanor eut un sourire pincé.

— Il est hors de question que je sois M. Fribble.

Le comte balaya sa réponse d'un geste.

— Comme vous voudrez. Ned Sinclair, donc. Du Lincolnshire. Un jeune homme d'une timidité confondante. Mais tâchez de faire honneur à la famille.

— Je ne peux guère la déshonorer plus que vous ne l'avez déjà fait.

Il partit d'un éclat de rire, puis se tut, visiblement surpris.

— J'ai l'étrange impression que je vais m'amuser, ce soir.

— Moi aussi, monsieur le Comte, avoua-t-elle.

— Il faudra que vous m'appeliez simplement « Ashford » devant les autres. Que quelqu'un de ma famille s'adresse à moi en disant « monsieur le Comte » pourrait éveiller les soupçons.

— Je pourrais vous donner un surnom. « Ashy », qu'en pensez-vous ?

Il secoua la tête.

— Personne ne m'a jamais appelé « Ashy ». Tout le monde me connaît comme « Ashford ».

— Même vos proches ? Une tante, peut-être ?

Il regarda autour de lui, comme si quelqu'un pouvait les entendre.

— Quand nous sommes seuls, ma marraine m'appelle... « Danny ». Mais c'est la seule ! s'empressa-t-il d'ajouter.

Danny. Quel petit nom ridiculement, profondément adorable. D'autant que l'homme assis en face d'elle semblait à l'opposé absolu de ce diminutif enfantin. Elle nota néanmoins ce détail, qu'elle rangea précieusement dans sa mémoire, comme un soldat rangerait ses munitions. Ou quelque chose d'encore plus précieux.

— Sommes-nous en route pour le cercle de jeu, Dan... euh... Ashford ?

Il ne releva pas la provocation.

— Il est encore trop tôt. Le *Donnegan's* n'ouvre qu'à 22 heures, et encore, il n'y aura presque personne avant minuit.

Elle tira sa montre du gousset de son gilet, savourant ce nouveau geste. Il était à peine 19 heures.

— Mais j'ai déjà prévu quelque chose pour le début de notre soirée, continua Ashford. D'abord, nous allons nous promener un peu sur Bond Street. Vous pourrez ainsi vous entraîner à être un homme avant de pénétrer dans ce lieu de perdition.

— Mais mon appartenance au sexe féminin risque d'être découverte sur Bond Street autant qu'au cercle de jeu, non ?

Il rajusta ses poignets de chemise d'un mouvement élégant, maîtrisé.

— Un comportement superficiel surprend moins dans un quartier de boutiques à la mode.

— Superficiel !

Elle se rendit compte trop tard que son indignation avait été exprimée sur un ton on ne peut plus féminin.

Ashford eut un sourire narquois, la réaction d'Eleanor lui donnant raison.

— Nous ferons un petit tour sur cette artère, puis nous dînerons à *L'Aigle*, mon restaurant préféré.

Il la fixa d'un regard perçant.

— *L'Aigle* est un havre pour moi. Plus encore que le *White's*. Si, après la fin de notre... arrangement, j'y vois un seul journaliste essayant de m'épier, j'irai à la rédaction de *L'Écho du Londonien* et leur ferai imprimer un papier dans lequel je désavouerai entièrement tout ce qui aura été dit dans votre série d'articles. Mettre votre gazette à genoux ne devrait pas m'être trop difficile.

Elle n'en doutait pas une seconde. Et, bien qu'elle admirât cette détermination à protéger son intimité, songer à la facilité avec laquelle il pouvait user de son pouvoir sur elle et les gens de sa condition avait quelque chose de glaçant. Face à la puissance d'un aristocrate, on ne pouvait pas grand-chose lorsqu'on était issu de classes sociales moins favorisées.

— *L'Aigle* sera donc déclaré territoire interdit, affirma-t-elle, juste pour être sûre qu'il lui ferait confiance. Et je n'en parlerai jamais nommément quand je rédigerai l'article consacré à cette soirée.

Il soupira, apparemment apaisé par cette concession.

— Après avoir mangé, reprit-il, nous irons au *Donnegan's* pour jouer jusqu'au petit matin.

— Eh bien, murmura-t-elle, vous avez réellement planifié toute la soirée… jusqu'à demain.

Il sembla surpris par sa remarque.

— J'aime que les choses soient organisées, marmonna-t-il.

— De toute évidence.

Mais c'était, malgré tout, une révélation. Qui se serait douté que le comte, noceur devant l'Éternel, était un homme qui aimait l'ordre et l'organisation ? Elle l'aurait cru rétif à l'idée même de tels concepts. Était-il plus responsable, plus sérieux qu'elle ne l'avait imaginé ? Pas trop sérieux en tout cas, à en juger par le mal qu'il se donnait pour l'étonner.

Le Théâtre Impérial était à plusieurs kilomètres de Bond Street, et bientôt, le silence se fit dans la voiture. Mais, au bout d'un moment, Eleanor n'y tint plus et reprit la parole.

— Vous n'avez rien dit sur mon déguisement, déclara-t-elle.

Il haussa les sourcils.

— Ah bon ? Vous êtes déguisée ?

Elle se renfrogna et serra le pommeau de sa canne, qu'elle était à deux doigts de lui casser sur la tête.

— À dire vrai, il est remarquable, lâcha le comte en levant les mains en signe d'apaisement. J'ai failli ne pas vous reconnaître, tout à l'heure, dans la rue. Sans votre…

Il détourna le regard.

— Mon quoi ?

Son regard trop féminin ? Non, il n'avait pas pu le voir si bien, dans la pénombre, et de si loin. Sa couleur de cheveux ? Elle portait une perruque, mais d'une teinte identique à sa chevelure.

— Votre cul, lâcha-t-il finalement.

Elle sursauta, puis tenta de se retourner pour examiner cette partie de son anatomie.

— Il est caché par ma redingote. Et nous ne nous connaissons que depuis hier. Je ne vois pas comment vous pouvez vous souvenir de la forme de mon... de mon cul.

— Ne sous-estimez jamais les capacités d'un homme quand il s'agit de reluquer une femme.

— Si je brodais, je mettrais cette maxime dans ma prochaine réalisation, dit-elle sèchement.

Malgré son exaspération, elle prit conscience d'une chose : pour cet homme au moins, il était évident qu'elle était une femme, malgré son accoutrement.

— Cela veut-il dire que n'importe qui peut voir que je suis une femme ?

Le jour baissant de plus en plus, la lumière dorée des réverbères et des vitrines soulignait les traits du comte.

— J'en doute, répondit Ashford. Je pense être plus... sensible à votre féminité que ne le seraient la plupart des hommes.

Elle n'était pas certaine que ce soit rassurant.

— Le costumier et la maquilleuse de l'Impérial ont fait du bon travail, concéda-t-il, comme s'il souhaitait changer de sujet.

Eleanor avait beau se considérer comme rompue aux usages du monde et difficile à choquer, elle ne put s'empêcher d'écarquiller les yeux lorsque le comte posa son regard sur son entrejambe. Certes, porter un pantalon était une expérience nouvelle, et assez confortable, mais elle n'avait pas prévu ce type d'inspection.

— Ils n'ont oublié aucun détail, n'est-ce pas ? murmura-t-il. Et vous ont équipée d'une saucisse et de deux pommes de terre.

— Cela aurait paru vraiment étrange si je n'avais rien eu là en bas, non ? dit-elle en se retenant de tapoter ses fausses parties génitales. Je ne comprends pas comment vous, les hommes, arrivez à marcher avec ces choses ridicules qui vous pendent entre les jambes.

— Et c'est encore pire lorsque ces choses, comme vous dites, sont bien réelles, précisa le comte très sérieusement. Imaginez que, chaque jour que Dieu fait, elles fomentent un coup d'État contre le cerveau des hommes.

— Mais la raison triomphe, souligna Eleanor.

— Parfois. C'est un fragile équilibre des pouvoirs.

Heureusement pour Eleanor, elle avait grandi aux côtés de personnages très excentriques et passé beaucoup de temps avec Maggie et ses collègues du théâtre, sans quoi cette conversation à propos des parties génitales masculines l'aurait mise dans un état proche de l'apoplexie.

— Le costumier a fait du bon travail pour ça aussi, dit le comte en désignant ses seins comprimés.

— Pour quoi ? demanda-t-elle d'un ton faussement ingénu.

— Pour votre... buste, lâcha-t-il enfin sans desserrer les dents.

— Allons, Ashford, le gronda-t-elle. Ne me dites pas que vous êtes coincé à ce point. Vous n'avez pas pu vous empêcher de prononcer plusieurs fois le mot « testicules » devant moi. Je suppose que vous voulez parler de mes seins. Ou préférez-vous que je dise « mes nichons » ? À moins que « tétons » ne convienne mieux à votre nature... tactile. Ou alors...

— Vos seins, l'interrompit-il. Il a réussi à bien cacher vos seins.

— Je suppose que vous les avez reluqués comme il fallait hier.

Elle avait l'habitude de parler en termes crus avec son entourage, mais elle trouvait dérangeant et… excitant de parler si ouvertement avec le comte.

Le silence de ce dernier lui confirma qu'il avait bel et bien regardé ses seins la veille, même si elle portait alors une de ses robes les plus sages.

— Je devrais regarder vos cuisses, pour faire bonne mesure, dit-elle. Et peut-être devriez-vous retirer votre manteau afin que je puisse vous reluquer en bras de chemise.

— Plus tard. Il me semble que la discussion s'était arrêtée à vos seins.

Elle lutta contre le rouge qui menaçait de s'emparer de ses joues.

— Je ne porte peut-être pas de corset, mais les bandes dans lesquelles on m'a enveloppée me donnent le sentiment d'être un rôti bien ficelé.

— Ça peut être délicieux, un rôti, dit-il d'une voix de velours.

La mise en garde de Maggie et les innombrables anecdotes qu'elle publiait chaque semaine lui revinrent à l'esprit, plus parlantes que jamais. On ne pouvait pas faire confiance aux aristocrates, et celui qu'elle avait face à elle était un libertin assumé, avec une idée derrière la tête. Elle devait absolument résister à son charme, mais comment le tenir à distance sans prendre le risque qu'il se fatigue d'elle et aille proposer son histoire à un journal concurrent ?

— Ça peut aussi être sec et filandreux, souligna-t-elle.

— Le mieux, en fait, c'est de goûter.

— Nous n'allons pas tarder à dîner. Je suis sûre que votre appétit attendra jusque-là.

— J'ai peut-être faim de quelque chose d'autre.

Elle rit.

— Pour le flirt, sans doute. Nous nageons en plein dedans. Mais je parie que vous ne vous en rendez même plus compte. Flirter doit être une seconde nature, pour un noceur comme vous.

Le mot « noceur » lui fit froncer les sourcils.

— C'est juste une façon d'être. Je flirte avec ma gouvernante de soixante-dix ans. Cela ne veut rien dire.

— Certes.

Mais cette dernière remarque du comte avait provoqué en Eleanor un pincement étrange. Elle secoua la tête. Que voulait-elle exactement ? Rester froide et garder ses distances, ou susciter son intérêt ? Les deux n'étaient pas conciliables. Quoi qu'il en soit, ses propres sentiments importaient peu. Tout ce qui comptait, c'était de faire de bons articles. Il fallait juste qu'elle garde cela à l'esprit.

La soirée commençait à peine, et déjà Daniel avait fait une expérience nouvelle. Il n'avait jamais jusque-là flirté avec un homme. Mlle Hawke n'en était pas un, mais elle portait un déguisement plus que convaincant. Arrivait-il à une nouvelle étape de sa vie, ou y avait-il autre chose qui l'attirait chez « Ned » ? La seconde éventualité, si compliquée soit-elle, avait malgré tout sa préférence.

Tandis qu'ils remontaient Bond Street, il prit conscience d'une chose : il n'avait pas eu de conversation aussi agréable avec qui que ce soit, homme ou femme, depuis bien longtemps. À chaque repartie, il avait l'impression de pratiquer l'escrime – il s'agissait de toucher, de parer, tout en se demandant à quel moment son adversaire porterait son prochain coup. C'était extrêmement excitant.

Discuter avec Catherine lui plaisait, en général, mais leurs échanges revenaient toujours à un seul et même sujet : ce qui était arrivé à Jonathan.

Était-ce là ce qu'il ratait en ne fréquentant que des femmes de son milieu social et des actrices ? Peut-être que la plupart des femmes de l'entourage de Mlle Hawke étaient elles aussi intelligentes et pleines d'esprit.

Non, peu probable. Ces qualités étaient rares, chez qui que ce soit. En fait, la logique seule indiquait qu'il avait affaire à un être hors du commun, et cette simple pensée répandait en lui une chaleur étrange. Comme si jouir de sa compagnie était... un privilège.

Et puis, son titre ne l'impressionnait pas. Elle le traitait comme un égal. C'était rafraîchissant. Peu osaient agir ainsi.

Elle est un moyen d'arriver à tes fins. Malgré son charme, n'oublie pas cela.

Elle se servait de lui, tout comme il se servait d'elle. Ils avaient ainsi trouvé une forme d'équilibre fondé sur la manipulation et la méfiance réciproques.

On ne faisait pas plus pervers qu'un journaliste sur cette terre. Les auteurs, d'une manière générale, étaient des individus insaisissables. Des créatures roublardes, des observateurs sournois qui faisaient du monde entier l'encrier dans lequel ils plongeaient leur plume. Les émotions de leurs semblables étaient autant de mines qu'ils exploitaient. Voilà ce qu'il devait garder à l'esprit.

Enfin, la voiture tourna dans Bond Street.

— Arrêtez-nous à l'entrée d'une ruelle, demanda-t-il au cocher.

Ce dernier obtempéra, et quelques instants plus tard, la voiture s'arrêta devant une ruelle étroite mais éclairée, entre deux boutiques.

Le valet ouvrit la portière. Daniel descendit et dut se retenir d'aider Mlle Hawke à faire de même. Elle se débrouilla toute seule, puis considéra la ruelle d'un œil méfiant.

— Envisagez-vous de me détrousser ? Je vous assure, mons... Ashford, que vos poches sont plus pleines que les miennes.

— J'en doute, répondit-il. Je ne me déplace qu'avec très peu d'argent sur moi.

Elle eut un reniflement très peu féminin.

— J'aurais dû m'y attendre. Donc si c'est de l'argent que vous cherchez, je peux vous donner une livre et six pence.

D'un geste de la main, il lui fit comprendre que son argent ne l'intéressait pas.

— Avant de nous promener dans Bond Street, nous devons nous entraîner sur un point. Marchez pour moi dans cette ruelle.

Eleanor fronça les sourcils.

— Je refuse de vous donner une occasion supplémentaire de reluquer mes fesses.

— Il ne s'agit pas de reluquer les fesses de qui que ce soit.

Ce n'était pas tout à fait vrai, dans la mesure où il lui était impossible de ne pas regarder la façon dont elle bougeait et les formes qui étaient les siennes, même sous son déguisement.

— Il s'agit de mettre un peu de nuances dans votre jeu... masculin.

— « Nuance » n'est pourtant pas le mot qui me vient en premier lorsque je pense masculinité.

— Marchez, s'il vous plaît.

Elle haussa les épaules et fit ce qu'il lui demandait, remontant la ruelle puis revenant vers lui.

Il secoua la tête en soupirant.

— C'est ce que je craignais. Vous bougez comme une femme.

Sa démarche chaloupée était naturelle, c'était d'ailleurs ce balancement des hanches qui attirait son regard. Son déguisement d'homme était tout ce qu'il y avait de convaincant, mais ce n'était qu'une coquille cachant la femme qui se trouvait dedans.

Il avait déjà vu des actrices jouant des rôles d'homme, et des courtisanes ne portant qu'un déshabillé transparent. Mais voir les jambes de Mlle Hawke moulées dans ce pantalon qui révélait leur longueur et leur vigueur lui donna un début d'érection.

— Étrange coïncidence, étant donné que je suis une femme. Bon, dites-moi ce que je dois faire pour bouger comme un homme, ajouta-t-elle avec une grimace.

— Regardez-moi.

Il remonta la ruelle à son tour, conscient du regard d'Eleanor sur lui. Cela le mettait mal à l'aise. Il avait pourtant l'habitude d'être observé – c'était naturel pour un homme comme lui, qui était pair du royaume –, mais là, quelque chose était différent. Il avait conscience qu'elle le suivait des yeux, le jugeait, l'évaluait. Aimait-elle ce qu'elle voyait ? Aucune femme ne s'était plainte jusque-là. Il avait même reçu plus que sa part de compliments. Et, à la façon dont les femmes comme les hommes réagissaient en sa présence, il avait compris qu'il n'était pas un homme fade. Mais peu lui importait. Sa grande taille, son physique, il n'y était pour rien. Il se contentait de profiter des avantages qu'ils lui conféraient.

Pourtant, il voulait que Mlle Hawke aime ce qu'elle voyait en le regardant marcher. Pourquoi diable ce qu'elle pensait de lui avait-il une telle importance ?

Arrête de gamberger et marche, bon sang !

— Qu'avez-vous vu ? demanda-t-il lorsqu'il revint près de Mlle Hawke.

Elle sembla réfléchir un long moment.

— Je ne suis pas experte en comportement féminin, mais même quand j'étais petite, on me disait de ne pas courir, de ne pas agiter les bras et de ne pas faire de trop grands pas. Et ça, dit-elle en indiquant ce que Daniel venait de faire, c'est l'exact opposé de ce que l'on apprend aux femmes. On nous dit de prendre le moins de place possible. De ne pas attirer l'attention. De ne pas nous comporter comme si le monde nous appartenait.

Il sursauta. Rien de tout cela ne lui avait jamais traversé l'esprit. Il avait toujours cru que si les femmes marchaient différemment des hommes, c'était pour des raisons physiques, et non parce qu'on leur avait appris à se déplacer ainsi. Et pas un instant il n'aurait imaginé que ces leçons concernaient la façon dont on percevait les femmes, ou dont celles-ci se voyaient dans le monde.

— Mais vous, continua-t-elle, on dirait que tout vous appartient. Que vous pouvez tout revendiquer et que personne ne viendra vous contredire. Cette façon de vous tenir, les épaules bien droites, ajouta-t-elle en lui donnant une petite tape sur l'épaule, comme si vous n'aviez peur de rien... Vous n'avez pas besoin de disparaître ou de vous glisser furtivement entre les choses. Il en va de même pour la façon dont vous foulez le sol. Sans peur aucune. Et je ne parle pas, poursuivit-elle avec un sourire narquois, de la présence de ces testicules que vous aimez tant. Ils changent le déroulement de votre pas. Mais c'est là la clé de votre assurance, n'est-ce pas ? Votre privilège pend entre vos jambes, tout simplement.

Il eut un petit rire un peu forcé. Il l'avait amenée là pour lui donner quelques conseils sur la façon de marcher comme un homme, et voilà qu'il découvrait sous un angle tout à fait nouveau ce que signifiait *être* un homme. Et une femme.

Il avait cru mener le jeu, mais en quelques phrases, elle avait pris la main, et il se sentait étrangement vulnérable, même si elle avait raison : hors de cette ruelle, il maîtrisait les choses, les avantages de son sexe et de sa classe lui étaient acquis.

Être observé d'un regard aussi incisif n'était pas à proprement parler confortable. Il se sentait nu, sans rien pour se cacher. Ni nom ni fortune. Il n'était que lui.

— Cela fait beaucoup de choses à penser quand on ne fait que marcher, dit-il plutôt que de révéler le fond de sa pensée.

Elle sourit.

— Je peux me tromper, bien sûr. Ce ne serait pas la première fois que j'invente une explication.

— Quel vibrant plaidoyer pour la crédibilité de votre journal.

Son sourire s'élargit. Un sourire qui n'avait rien, mais alors rien de masculin. Trop joli. Trop... élégant.

— Dans mes articles, je n'invente jamais rien, bien sûr.

Il lui indiqua la ruelle.

— Essayez de nouveau. Si vous pensez pouvoir mettre un pied devant l'autre tout en fomentant une prise de pouvoir planétaire.

— Je vais faire de mon mieux.

Elle marcha jusqu'au bout de la ruelle, puis revint.

— Alors ?

— Vous vous déplacez comme si vos testicules ne pesaient rien. On ne les sent pas se balancer, tel un pendule de plomb.

— Montrez-moi encore, dit-elle. Et cette fois, je ferai particulièrement attention à vos parties génitales.

Il fronça les sourcils. Ils avaient déjà passé trop longtemps dans cette étroite ruelle, trop près l'un de l'autre, à envisager trop d'éventualités dangereuses.

— La leçon est terminée. Le moment est venu de tester vos capacités en situation réelle.

4

> *L'expression « sexes opposés » existe depuis des millénaires, et ce pour une bonne raison. Car comment formuler autrement les accrochages, malentendus et autres conflits qui alimentent quotidiennement la relation entre hommes et femmes ? Pour tout dire, dans un tel climat d'affrontement permanent, il est étonnant que la population continue à croître...*
>
> *L'Œil du Faucon, 4 mai 1816*

Au crépuscule, Bond Street n'était qu'illuminations. Les réverbères et la beauté environnante jetaient de l'or dans la rue et sur les passants. Les gens qui déambulaient étaient aussi beaux et intouchables que les objets raffinés que l'on voyait dans les vitrines. Ils vivaient une vie, respiraient un air auxquels Eleanor ne pouvait que rêver, ou qu'elle ne pouvait que décrire.

Car ceux qu'elle observait en ce moment, tout comme les articles ravissants dans les vitrines, étaient les acteurs des scandales qu'elle aimait tant.

Elle avait du mal à contenir son excitation.

— Oh, murmura-t-elle à Ashford. Là, c'est lady D. Connue pour lever le coude dès que l'occasion se présente. D'après mes sources, quand elle a un petit coup dans le nez, elle raconte à tout le monde ses secrets les plus outranciers.

— Je l'ai rencontrée une fois, lors d'un pique-nique. Elle semble à jeun, et plutôt posée pour l'instant, répondit Ashford.

La femme en question marchait avec sa fille et son fils, s'arrêtant ici et là pour admirer les vitrines.

— Oui, pour l'instant, concéda Eleanor. Mais qui sait ce que cette soirée lui réserve ? Du vin et des indiscrétions ?

— On dirait que cela vous réjouit au plus haut point.

Mais il y avait très peu de reproche dans la voix du comte.

Eleanor haussa les épaules, tentant de rendre ce mouvement aussi masculin que possible. Mais elle en avait fait un peu trop, et elle dut avoir l'air d'un docker chargeant un sac de farine sur son dos.

— La façon dont la duchesse s'adonne à l'alcool ne regarde qu'elle.

— Mais c'est à vous qu'il revient d'en faire le récit aux masses sobres, dit Ashford un peu sèchement.

— Peut-être que devant cet exemple, d'autres seront tentés d'emprunter une voie plus raisonnable.

Il eut un petit rire.

— Quel tableau édifiant vous dessinez là pour la ville et la nation.

— C'est une question d'offre et de demande, comme on dit. Et j'ai une entreprise à faire tourner.

Il n'était pas question pour elle d'avoir honte de ce qu'elle faisait. Elle employait une douzaine d'auteurs, de typographes et d'imprimeurs, sans compter les livreurs, les buralistes et les vendeurs de rue qui distribuaient son journal.

— Et peu d'entre nous peuvent en dire autant, en effet, dit Ashford avec un petit sourire. Nous laissons nos fondés de pouvoir et nos intendants s'occuper de nos affaires. Pendant ce temps, nous autres les messieurs de la noblesse nous retrouvons au *White's*

pour faire des paris sur le temps qu'il faudra au vieux lord Lawndale pour finir son gigot de mouton.
— Quel est le record ?
— Deux minutes et cinq secondes.
La promptitude de la réponse souffla à Eleanor que non seulement Ashford avait parié, mais qu'il avait gagné ce pari.

Ils marchèrent encore un moment, et elle se concentra sur son pas, sa posture, essayant de se rappeler tout ce que lui avait expliqué le comte. Il lui était difficile de ne pas se laisser distraire par l'éclat d'un velours émeraude ou par une paire de gants en agneau aubergine dans une vitrine. Mais elle se faisait passer pour un jeune homme, qui devait n'avoir que des intérêts de jeune homme. Les seuls bijoux susceptibles de l'intéresser étaient ceux, factices, qui pendaient entre ses jambes.

Et puis, il y avait cette partie d'elle qui n'aspirait qu'à observer Ashford dans son milieu naturel. Dans le crépuscule, les contours de son visage soulignés par la lumière des réverbères, il émanait de lui une virilité qui la fascinait et attirait son regard plus que toutes les vitrines réunies.

Elle n'était pas la seule. Tandis qu'ils se promenaient, nombre de regards féminins s'attardèrent sur le comte. Certains timides – des jeunes filles en général, accompagnées de leur mère ou d'une domestique –, d'autres plus appuyés – des femmes plus âgées, soit mariées, soit veuves.

— Vous semblez être une attraction populaire, murmura-t-elle.

— La réputation et le titre agissent comme des aimants, répondit-il d'un ton dédaigneux. Et vous ne devriez pas agiter votre canne ainsi. Vous ne vous frayez pas un chemin dans la jungle.

Essayant de se caler sur le pas détendu, élancé du comte, Eleanor poursuivit son chemin, légèrement agacée par le fait que, si Ashford attirait de nombreux regards, aucun ne se posait sur elle. De toute évidence, elle n'offrait pas le dixième des perspectives envisageables avec le comte.

— Aucune femme ne me regarde, grommela-t-elle.

— Vous ne le leur demandez pas, répondit-il.

— Pardonnez-moi, je n'avais pas compris qu'il fallait venir avec un panneau indiquant : « Pâmez-vous devant ma virilité, mesdames. »

Il secoua la tête.

— Trop direct. Il faut le leur dire sans utiliser de mots. Par la longueur de votre pas et la tenue de vos épaules. Ça ne vient pas de là, dit-il en pointant un index sur sa tempe. Ça vient de là.

Et, d'un mouvement discret, il baissa les yeux sur son entrejambe.

Elle ne put s'empêcher de suivre son regard. Il n'était pas dans ses habitudes de reluquer les parties intimes des hommes, mais avec Ashford, elle n'arrivait pas à se retenir. Elle se sentit rougir.

— Vous semblez terriblement… épris de votre…

Elle chercha le terme approprié pour un usage en public.

— … masculinité.

Ashford éclata d'un rire profond qui la surprit.

— Vous serez peut-être surpris d'apprendre que je ne pense pas en permanence à ma *masculinité*, même si cela reste un de mes sujets favoris. Tous les hommes se préoccupent de l'état de leurs bijoux de famille.

— Quelle vision limitée de l'existence, dit-elle d'un air sombre.

— Sans doute, oui. Mais ce que j'essaie de vous expliquer, c'est que les femmes savent reconnaître un homme sûr de lui. Elles sentent son assurance. Et cette assurance trouve sa source en dessous de la ceinture. Ne faites pas ça, ajouta-t-il quand elle tenta d'ajuster sa démarche en fonction de cette notion.

N'avancez jamais en basculant le bassin vers l'avant. On pensera que vous compensez.

— Je n'y comprends rien, soupira-t-elle, exaspérée.

— Tout est dans l'attitude, pas dans l'action. Il s'agit de marcher comme si vous étiez capable d'offrir à une femme la plus belle nuit de son existence.

— C'est franchement présomptueux.

Une moue sensuelle et arrogante plissa les lèvres du comte.

— Ce n'est pas présomptueux. C'est vrai.

Une nouvelle onde de chaleur la parcourut. Elle allait absolument devoir se protéger de lui, même s'il n'essayait pas ouvertement de la séduire. Avec l'assurance qui était la sienne, il devait parvenir à ses fins avec les femmes sans avoir beaucoup d'efforts à faire. Et elle trouvait cela vraiment agaçant.

Malgré tout, elle mit de côté son orgueil et ses pensées et l'observa ouvertement. Bien sûr, il marchait avec une assurance absolue. Quelque chose de charnel et de viril à la fois l'habitait tout entier. Elle ne doutait pas un instant qu'il fût capable d'offrir à une femme une nuit inoubliable, et qu'il le savait. Il n'y avait pourtant rien de lubrique chez lui. Juste une aura de calme, de sang-froid, sorte de lumière invisible dans laquelle n'importe quelle femme avait envie de baigner.

Et si elle parvenait à s'imprégner de ce sang-froid, elle aussi ? Elle n'avait jamais manqué d'assurance. *L'Œil du Faucon* n'aurait pas existé si elle n'avait pas cru en elle-même. Mais là, c'était différent.

Maggie lui avait donné le secret de la plupart des comédiens du Théâtre Impérial : plutôt que de se contenter de réciter leur texte en y mettant le ton, ils essayaient d'incarner leur personnage. De vivre son histoire. Son expérience. Pour devenir un peu plus qu'un simple acteur, ils avaient besoin d'*habiter* leur personnage.

Elle allait faire la même chose avec le rôle de Ned Sinclair, décida-t-elle. S'imaginer dans la peau d'une version d'Ashford un peu moins expérimentée. Un homme riche, privilégié, à la sensualité éprouvée.

Ces sentiments se reflétèrent alors en elle, puissants. Elle cessa de penser pour *être*.

Ce serait bien un comble si elle ne parvenait pas à attirer le regard d'une femme... Certes, en l'occurrence, la femme fut une petite bonne, mais elle faisait avec ce qui se présentait.

— Beaucoup mieux, murmura Ashford. J'ai failli me sentir en concurrence, là.

— Failli seulement ?

— Vous n'avez pas les moyens d'aller jusqu'au bout de ce que vous promettez, dit-il avec un petit sourire. Moi, si.

— Cette expérience est très instructive, répliqua-t-elle pour ne pas imaginer de quelle façon il tenait ce genre de promesse, mais où est le scandale ? Se promener sagement dans Bond Street... Je doute que mes lecteurs hument là un parfum de débauche.

— Je m'en voudrais de les décevoir, soupira Ashford d'un ton sarcastique. Tenez, voilà qui devrait vous donner de quoi les émoustiller.

Il se dirigea vers un groupe de trois personnes qui déambulaient du même pas tranquille qu'eux.

Il s'agissait d'un homme d'âge mûr, d'une belle femme blonde un peu plus jeune que lui et d'une jeune fille qui ne devait pas avoir fait ses débuts dans la bonne société depuis plus d'un an. Tous trois étaient, bien sûr, vêtus très élégamment. Une famille fortunée faisant une promenade avant le dîner et les réjouissances respectables prévues plus tard dans la soirée.

— Sir Frank, lady Phillips, dit Ashford en les saluant. Mademoiselle Phillips, ajouta-t-il à l'intention de la jeune fille.

— Lord Ashford ! s'exclama Phillips, à la fois surpris et ravi que le comte les ait reconnus, lui et sa famille – après tout, il n'était que baron.

Ashford se tourna vers Eleanor.

— Puis-je vous présenter mon cousin, Ned Sinclair ? Il est venu du Lincolnshire passer quelques jours dans la capitale.

Eleanor se retint de faire la révérence quand les Phillips et elle échangèrent les salutations de rigueur. Elle pensa également à murmurer « enchanté » plutôt que de se lancer dans son habituelle série de questions. Que faisait la famille Phillips sur Bond Street ce soir ? Cherchaient-ils quelque chose de particulier dans les boutiques ? Et quels étaient leurs projets pour la soirée, exactement ?

Toutes ces questions, elle les garda soigneusement pour elle. Ce soir, elle était Ned Sinclair, un jeune gentleman bien né, pas Eleanor Hawke, propriétaire et éditrice d'un journal.

Le regard un peu appuyé de lady Phillips ne lui échappa pas, mais il n'avait rien de concupiscent. Non, il était clair, à l'expression chasseresse qu'elle lut dans ses yeux, que lady Phillips l'évaluait pour savoir si elle – ou plutôt Ned – pouvait être un prétendant potentiel pour la jeune demoiselle Phillips, qui baissait timidement les yeux.

— Nous ne vous voyons pas si tôt sur Bond Street, d'ordinaire, remarqua sir Frank à l'intention d'Ashford.

— D'ordinaire, non, en effet, répondit le comte. Mais le jeune Ned ici présent est étranger aux plaisirs sophistiqués de notre chère cité, et mon intention était de les lui présenter.

— Et que pensez-vous de l'animation qui règne dans notre métropole ? demanda sir Frank en se tournant vers elle. Cela vaut le coup d'œil, n'est-ce pas ?

Ashford ne laissa pas le temps à Eleanor de répondre.

— Veuillez excuser Ned, sir Frank. Il est d'une timidité peu commune et prononce rarement plus d'un mot ou deux par jour.

Eleanor lutta pour ne pas le fusiller du regard et fit de son mieux pour jouer son personnage de jeune homme mal à l'aise en société, feignant une fascination sans borne pour le trottoir.

— Ah, la jeunesse, soupira lady Phillips. Elle passe si vite.

— Pas la vôtre, assurément, dit Ashford de sa voix de velours. Auriez-vous la maîtrise du temps qui passe ? On dirait que les saisons s'écoulent plus lentement pour vous et que vous n'avez pas vu passer plus de dix-huit étés.

— Oh, lord Ashford, fit lady Phillips en se rengorgeant.

C'était une femme plutôt belle, que les années avaient effectivement épargnée – contrairement à son époux, dont le gilet peinait à contenir la panse et dont les cheveux délaissaient lentement le sommet du crâne.

Eleanor, qui devait lutter pour ne pas regarder Ashford, n'en revenait pas du toupet de ce dernier. Il flirtait avec lady Phillips sous le nez de son mari ! Cela n'aurait pas dû la surprendre, vu ce qu'elle savait déjà sur le goût du comte pour les situations scabreuses, mais en entendre parler et écrire un article était une chose, le voir de ses propres yeux en était une autre.

Elle n'était néanmoins pas au bout de ses surprises.

Le comte se tourna vers sir Frank.

— Je me suis laissé dire que la grouse s'annonçait en très grand nombre sur votre domaine.

Le baron s'illumina plus encore que les vitrines des boutiques.

— Mais oui, en effet ! Mon garde-chasse m'a écrit l'autre jour pour m'en parler. Attendez, je crois que j'ai la lettre sur moi.

Tandis qu'il tâtait les poches de son manteau, Eleanor vit Ashford poser de nouveau les yeux sur lady Phillips. C'était un regard discret, mais amusé et brûlant à la fois.

Et lady Phillips lui renvoya le même.

De son côté, sir Frank avait enfin trouvé la lettre, et la lisait à voix haute. Sans remarquer que personne ne s'intéressait au nombre d'œufs trouvés dans un nid, ni à l'état des haies, il poursuivit, comme si le sujet passionnait l'humanité tout entière.

Pendant ce temps, Ashford et lady Phillips continuèrent leur flirt muet, leurs regards enflammés menaçant de tout incendier autour d'eux.

Le gredin ! Eleanor avait voulu un exemple de comportement dépravé, et voilà qu'elle observait cela avec la fascination que l'on réserve d'ordinaire à la contemplation d'un maître de la peinture réalisant un portrait digne de l'Académie royale. Certes, il n'avait pas pris lady Phillips dans ses bras pour l'embrasser, mais il la séduisait de manière tout aussi flagrante. L'épouse du baron se repaissait de l'attention qu'il lui portait. Son mari devait être un amant bien médiocre.

D'un coup d'œil rapide, Ashford désigna Mlle Phillips à Eleanor, qui comprit tout de suite à quoi il voulait en venir. Elle devait s'entraîner au flirt avec la jeune fille.

Eleanor secoua discrètement la tête. Elle ne pouvait pas, voilà tout ! Elle allait se ridiculiser, surtout à côté de la maîtrise dont faisait preuve Ashford dans ce domaine.

Mais le comte ne voulut rien entendre et, d'un regard plus appuyé encore, indiqua de nouveau la jeune fille.

Elle aurait pu refuser tout net. Mais cela n'aurait pas été amusant. Que penseraient ses lecteurs si elle laissait passer l'occasion non seulement d'observer un débauché à l'œuvre mais aussi de tenter, elle-même, de se glisser dans la peau d'un personnage aux mœurs légères ?

Et puis, quel mal y avait-il à essayer ? Ashford avait été clair, « Ned » n'était en ville que pour quelques jours, donc n'était pas un parti vraiment envisageable pour Mlle Phillips.

Eleanor inspira profondément, puis tenta d'attirer le regard de Mlle Phillips. Celle-ci sembla d'abord résolue à éviter le regard de « Ned ». Elle rosit légèrement, tordant entre ses doigts les liens de son réticule.

Pourtant, en insistant un peu, Eleanor parvint à lui faire lever les yeux. Mais, maintenant qu'elle avait retenu l'attention de Mlle Phillips, comment fallait-il procéder ? De quelle façon la regarder ? Le flirt n'était pas le point fort d'Eleanor. Avec ses amants, elle n'avait jamais perdu de temps en minauderies, les deux parties sachant exactement à quoi elles voulaient en venir et y parvenant de manière assez directe. Pas vraiment romantique, mais après tout, le romantisme n'avait jamais eu beaucoup de place dans la vie d'Eleanor. La lutte pour sa survie avait occupé l'essentiel de son temps. Une directrice de journal n'en avait guère à consacrer aux déclarations ampoulées ou aux aveux d'amour éternel. Elle avait des besoins physiques à assouvir et une gazette à tenir. Une fois les premiers satisfaits, la seconde devenait prioritaire.

Mais là, elle avait besoin de courtiser quelqu'un. Comment allait-elle s'y prendre ?

Elle jeta un coup d'œil en direction d'Ashford, qui alternait entre de petits bruits de gorge manifestant de l'intérêt pour la logorrhée de sir Frank, et son entreprise de séduction muette à l'intention de lady Phillips. Dieu du ciel, que cet homme était beau, avec ses traits anguleux mais sensuels, ses cheveux bruns élégamment décoiffés et son regard bleu brillant d'une intelligence roublarde ! Et il émanait effectivement de lui cette assurance masculine que les femmes trouvaient aussi irrésistible que le chocolat.

Si elle avait pu le regarder sans le vernis protecteur du marché qu'ils avaient conclu, sans les barrières qu'elle avait elle-même élevées pour ne pas tomber sous son charme, quel genre de regard aurait-elle posé sur lui ? Brillant de quelles promesses ?

Avec tout cela à l'esprit, Eleanor se tourna vers Mlle Phillips, imaginant qu'elle ne regardait pas la jeune fille, mais Ashford.

Sur les joues de Mlle Phillips, le rose clair devint rose foncé. Mais au lieu de se détourner ou de lui répondre d'un regard méprisant, elle battit des cils.

Ça marchait !

Eleanor ne pouvait pourtant pas aller trop loin. Après tout, « Ned » était un jeune homme sans grande expérience et ne pouvait faire des serments qu'il serait incapable de tenir. Eleanor devait donc trouver un moyen de tempérer son expression. En quittant le regard de la jeune fille, pour y revenir plusieurs fois, elle lui fit comprendre qu'elle ne serait assurément pas contre un rapprochement un peu plus intime.

Mlle Phillips était comme de l'argile entre les doigts d'Eleanor. L'espace d'un instant, elle la plaignit un peu, tant elle semblait douter de son apparence physique. La beauté de sa mère était plus évidente. Et la fortune de la demoiselle était correcte, mais pas énorme. La concurrence serait rude avec les autres débutantes de la saison.

Et soudain, le jeu ne fut plus aussi amusant. Ashford n'éprouvait sans doute pas de scrupules à jouer avec les émotions des femmes, mais Eleanor ne pouvait éprouver la même décontraction.

Elle s'excusa d'un sourire auprès de Mlle Phillips et ne fixa plus que le bout de ses bottes. Sentir qu'elle ne plaisait plus serait peut-être difficile pour la jeune fille, mais mieux valait arrêter cette comédie maintenant plutôt que de prolonger cette parodie de séduction.

Ashford devina sans doute son changement d'humeur, car il lâcha brusquement :

— Bien, vous m'en direz plus sur vos grouses une autre fois, sir Frank. Pour l'instant, je dois nourrir le jeune Ned. Ces jeunes gens ne sont guère plus que des estomacs à cet âge !

Le baron remit la lettre dans sa poche.

— Bien sûr, bien sûr ! J'espère vous revoir très bientôt, Ashford.

— Oui, dit lady Phillips avec un petit sourire. Ce serait avec grand plaisir.

Eleanor en déduisit que si un homme pouvait être clair dans ses intentions, une femme était en droit de faire de même. Et lady Phillips ne s'en privait pas.

Ils se saluèrent les uns les autres, Eleanor prenant soin de ne pas regarder Mlle Phillips trop longtemps. Elle espérait que la déception de la jeune fille serait de courte durée.

— J'avoue que vous m'avez impressionné, murmura Ashford tandis qu'Eleanor et lui s'éloignaient.

— J'allais vous dire la même chose. Je pensais qu'en matière de magnétisme, M. Mesmer était la seule référence, mais de toute évidence, je me trompais. Vous avez fait d'une femme mariée et heureuse un tigre affamé prêt à dévorer son quartier de viande.

Ashford ne ralentit même pas le pas.

— Dans ce cas, je peux vous dire que le tigre n'en était pas à son premier repas. Sir Tigre non plus, d'ailleurs.

Comme Eleanor le regardait d'un air interrogateur, il poursuivit :

— Je mets un point d'honneur à ne jamais séduire ni coucher avec des femmes mariées, sauf si je sais que leur époux est infidèle.

— C'est tout à votre honneur, dit-elle sèchement, même si cela la surprenait.

— Nous n'avons guère l'occasion de nous comporter honorablement, lâcha Ashford.

Quelque chose dans le ton de sa dernière remarque attira l'attention d'Eleanor.

— Et vous le regrettez.

Il esquissa un haussement d'épaules.

— Je ne vais pas vous ennuyer avec mes soucis d'homme trop riche ou trop privilégié. Cela reviendrait à dire : « On m'a donné beaucoup trop de cet excellent gâteau. » Et publier un article sur ce que vous venez d'apprendre provoquerait trop de dégâts, ajouta-t-il en la regardant.

— Que faut-il que j'écrive, alors ? protesta-t-elle. Vous m'avez promis du scandale, et c'en est un parfait exemple, non ?

— Mlle Phillips vient à peine de faire ses débuts. Vous mettriez en danger ses chances de faire un bon mariage.

Eleanor soupira. Il était plus facile de relater méfaits et inconvenances quand on ne connaissait pas les personnes concernées.

— Alors faites plus attention la prochaine fois, dit-elle enfin. Ne me mettez pas face à un sujet sur lequel vous ne voulez pas que j'écrive.

— C'est noté.

Elle ne revint pas sur la question de l'honneur, mais sentit que quelque chose préoccupait le comte. Une sorte d'insatisfaction, un mélange d'impatience et de fébrilité. Jusque-là, elle avait pensé que les hommes comme lui avaient tout ce qu'ils voulaient, pouvaient faire ce qu'ils désiraient, en toute impunité. Mais elle se rendait compte à présent qu'il y avait à cette « liberté » des limites qu'elle n'avait encore jamais envisagées. Travailler, se fixer un objectif et gagner honnêtement de l'argent en récompense de ses efforts était impossible.

— Avez-vous pris du plaisir à cela ? demanda-t-elle avec un signe de tête en direction de l'endroit où ils avaient laissé sir Frank et sa famille.

Ashford haussa de nouveau les épaules.

— Le défi n'était guère stimulant. Lady Phillips tente de donner le change. Son mari a une maîtresse depuis plus de dix ans. Elle serait prête à coucher avec un babouin en culotte de peau s'il y avait une chance que cela lui ramène son mari.

— Vous êtes plus séduisant qu'un primate en pantalon, dit Eleanor. Pas de beaucoup, mais tout de même.

— Vous me flattez, madame. Euh... je veux dire... jeune homme.

— Vous aimez donc relever les défis ?

— Oui, répondit Ashford après un long silence. Mais ils sont peu nombreux. Ils ne l'ont jamais vraiment été, ajouta-t-il à mi-voix, le visage soudain plus sombre.

Que voulait-il dire ? Elle aurait aimé le questionner plus avant, mais quelque chose lui soufflait qu'il n'en dirait pas plus. Cet homme avait des secrets. Des secrets qu'elle aurait adoré débusquer. Mais si elle essayait de les découvrir, ne risquait-il pas de rompre leur accord et de la laisser sans rien, sinon le regret de ce qu'elle aurait pu avoir ?

Ils continuèrent leur promenade, saluant quelques passants ici et là, s'arrêtant de temps à autre devant une vitrine. Eleanor était songeuse. Qui aurait cru que lord A. avait d'autres préoccupations que celle de la poursuite du plaisir ?

Il lui avait été facile de le dépeindre comme un libertin creux, de se servir de lui pour satisfaire l'appétit de scandales de ses lecteurs. Mais il semblait être plus que ce qu'il laissait paraître. Plus complexe. Plus humain. Un homme, plutôt qu'un enchaînement de comportements outrageux.

Et cette découverte ne la réjouissait pas complètement.

5

> *Que mange un noceur ? Comment s'alimente-t-il ? Très chers lecteurs, vous serez peut-être choqués d'apprendre que même le plus lubrique des hommes ne se nourrit pas de l'âme tendre de vierges effarouchées, mais de steak (et, à l'occasion, d'agneau ou de mouton). Après tout, la poursuite du plaisir nécessite une nourriture tout ce qu'il y a de classique, et quoi de mieux, pour un homme aux mœurs dissolues, qu'une viande brûlante, grillée à souhait ?*
>
> L'Œil du Faucon, 4 mai 1816

Daniel se tenait dans l'entrée de *L'Aigle*. Mlle Hawke était juste derrière lui, se laissant guider. C'était son univers à lui, après tout, or cette jeune femme était loin de manquer de sagacité. Elle aurait pu avancer tête baissée, mue par son enthousiasme et son impatience, faisant gaffe sur gaffe, provoquant remous et dégâts divers. Mais non. Elle était suffisamment avisée pour connaître la valeur de la discrétion. Une qualité admirable chez les femmes *et* les hommes – et une qualité qu'il rencontrait rarement.

Ils avaient quitté les plaisirs mercantiles et visuels de Bond Street pour aller dîner avant les divertissements prévus pour la soirée. Daniel avait hésité avant de l'emmener à *L'Aigle*. C'était un de ses refuges, un endroit où il pouvait se défaire de tout artifice et goûter simplement au plaisir d'un bon steak et d'une pinte de bière blonde. Il n'y avait jamais emmené personne, pas même Jonathan.

L'endroit n'était pas des plus élégants, même si sa clientèle était plutôt huppée. Les poutres étaient noircies par la fumée, et les gravures encadrées, au mur, auraient mérité un coup de chiffon à poussière.

M. Bell, le propriétaire, vint à leur rencontre avec empressement.

— Ah, monsieur le Comte, quel plaisir de vous voir ce soir ! Et qui est ce jeune homme ? ajouta-t-il en se tournant vers Mlle Hawke.

— Son cousin, répondit-elle de cette étrange voix « masculine » qu'elle avait prise.

Daniel ne s'y serait pas laissé prendre, mais le reste du monde semblait y croire. Peut-être était-il tout simplement trop sensible à la féminité de Mlle Hawke, malgré son accoutrement.

— Du Lincolnshire, ajouta Daniel, comme si cela expliquait tout.

Bell hocha posément la tête.

— Laissez-moi vous conduire à une table spéciale.

— Pourquoi pas ma place habituelle ? demanda Daniel en jetant un coup d'œil en direction d'une banquette, devant la cheminée.

— Eh bien... dit Bell en toussotant. On ne peut y installer qu'une personne.

— Alors allez chercher une chaise supplémentaire, mon brave.

— Bien sûr ! Si vous voulez bien patienter un instant, je... Oui, j'y vais !

L'homme s'éloigna à la recherche d'une chaise.

— Vous ne dînez jamais avec des amis ? demanda Mlle Hawke lorsqu'ils furent seuls.

— Pas ici, non.

Il lui était arrivé de manger avec Marwood ou Jonathan, mais pour dîner, sa propre compagnie lui suffisait en général, surtout depuis quelque temps.

— Pourquoi ?

Il ravala un juron. Pourtant, en acceptant de passer du temps avec une journaliste, il aurait dû s'attendre à être bombardé de questions. Mais il trouvait rafraîchissante la compagnie d'une personne réellement curieuse du monde qui l'entourait, qui ne se contentait pas d'accepter les choses telles qu'elles étaient et n'affectait pas une attitude résolument superficielle.

— Avant le bruit et l'animation de la soirée, dit-il en serrant le pommeau de sa canne, j'aime… être seul.

C'était en partie vrai. Même avant que Jonathan ne disparaisse, Daniel avait toujours aimé se retrouver seul et pouvoir s'isoler dans le sanctuaire de ses pensées.

Elle le regarda. De toute évidence, sa réponse n'avait pas satisfait sa curiosité.

Alors il continua.

— Tous ces gens qui parlent autour de moi, toutes ces distractions… cela peut finir par faire beaucoup trop de bruit. Ici, je peux être moi-même.

— Chez vous aussi, vous pouvez être vous-même, souligna-t-elle.

Et seul, songea-t-il. Dîner seul dans cette salle à manger qui pouvait accueillir deux douzaines d'invités éveillait en lui un sentiment de vide absolu. De temps à autre, il mangeait dans sa chambre, mais très vite, il éprouvait le besoin de sortir de cet isolement.

— Certes. Mais je préfère venir ici.

Heureusement, le retour de M. Bell coupa court à ses explications.

— Pardonnez cette attente, monsieur le Comte. Tout est prêt.

Ils suivirent l'aubergiste à travers un labyrinthe de tables et de chaises. Daniel salua d'un mouvement de tête plusieurs connaissances, ignorant leurs regards curieux en direction de son compagnon. Sans doute Bell n'était-il pas le seul à avoir remarqué sa préférence pour la solitude.

Daniel aurait aimé pouvoir laisser la banquette à Mlle Hawke et prendre la chaise, mais son statut social lui donnait la préséance sur « Ned Sinclair », et la politesse dut céder devant le subterfuge. Sans réfléchir, Mlle Hawke s'assit d'un mouvement terriblement féminin qui le fit grimacer, mais au moins pensa-t-elle à ne pas croiser les jambes.

— Une pinte, comme d'habitude, monsieur le Comte ? demanda Bell lorsqu'ils furent installés.

— Oui, une blonde pour moi, répondit Daniel.

L'aubergiste se tourna vers Mlle Hawke avec un air interrogateur. Celle-ci sembla soudain troublée.

— Euh... une limonade, bredouilla-t-elle. Non, pardonnez-moi. Je vais prendre une blonde aussi, merci.

— Très bien, monsieur.

Bell s'éloigna d'un pas affairé, comme tout bon aubergiste.

De nouveau seul avec Mlle Hawke, Daniel dit à mi-voix :

— Ne vous excusez pas. En tout cas pas parce que vous changez d'avis. Et ne remerciez pas un domestique parce qu'il fait son travail.

Elle fit la moue.

— Je ne veux pas le froisser, c'est tout.

— Faire ce qui vous plaît est une de vos prérogatives. En tant qu'homme. Un homme de condition sociale élevée, qui plus est. Les femmes s'excusent trop, ajouta Daniel en secouant la tête. Toujours à demander l'indulgence des autres pour le moindre écart. Vous prenez froid et vous vous excusez d'être malade. Vous respirez et on vous entend dire : « Désolée d'utiliser votre air. »

— Mais c'est ce que l'on nous enseigne, répliqua Eleanor. Les hommes se servent. Prennent tout ce qui se trouve sur leur passage. Se comportent comme des rustres. « Tiens, je suis dans l'omnibus, je vais écarter les cuisses et les bras pour prendre toute la place. » Et on nous traite de harpies et de mégères si on leur en fait la remarque, nous les femmes. Je suppose qu'on ne vous a jamais dit non.

— C'est faux.

Quand la guerre avait éclaté, il n'avait pas pu s'engager dans l'armée. Bien sûr, personne ne lui avait dit non en face, puisque la règle tacite voulait que l'héritier ne parte pas se battre. De son côté, il n'avait jamais posé la question. Mais il avait senti qu'on le lui interdisait, c'était la même chose.

Pourtant, elle n'avait pas tort. Le mot « non » n'avait pas résonné souvent à ses oreilles. Même Allam, si franc fût-il, se retenait d'opposer un refus direct à Daniel.

Et c'était insupportable. Comme s'il n'avait pas eu la force de caractère suffisante pour affirmer ses désirs.

Bien sûr, depuis qu'il recherchait Jonathan, il l'avait entendu plus souvent, ce « non ». Il n'avait entendu que cela, à vrai dire. Mais il fallait que cela change. Il y allait de la vie de son ami.

— Un jour, dit Mlle Hawke, quelqu'un vous dira non. Et j'aimerais beaucoup être présente lorsque cela arrivera.

— Si c'est pour obtenir de quoi alimenter les articles de votre journal à scandale, je vous préviens, j'y mettrai mon veto.

Elle eut un sourire narquois.

— Je sais me montrer très insistante, Ashford.

— Moi aussi, *Ned*.

La serveuse, une brune assez grande au décolleté pigeonnant, se campa à côté de leur table et décocha un sourire aguicheur à Daniel.

— Comme d'habitude, monsieur le Comte ?

— Côtelettes d'agneau ce soir, Victoria.

Elle sembla surprise de ce changement. Seigneur, quel type ennuyeux il devait être pour provoquer un tel étonnement en passant du bœuf à l'agneau ! Il était soudain tenté de mettre ses bottes sur ses mains pour voir quel genre de surprise il arrivait à causer.

— Bien, monsieur le Comte. Et pour vous, monsieur ?

— Côtelettes d'agneau aussi, répondit Mlle Hawke. Non, attendez... quel est le plat du jour ?

— Le bifteck, monsieur.

— Je vais prendre ça, alors.

— Bien, monsieur.

La serveuse alla passer leur commande en cuisine, et Mlle Hawke eut un regard triomphant à l'intention de Daniel. Elle ne s'était pas excusée et n'avait pas remercié la serveuse non plus.

Il répondit d'un léger hochement de tête. Elle avait retenu la leçon.

Mais il en restait beaucoup d'autres.

— Vous auriez dû lui pincer les fesses, dit-il.

— Voilà un plaisir masculin dont je me passerai avec plaisir.

Au même moment, on entendit la serveuse pousser un cri, de l'autre côté de la salle. Un client avait décidé de s'accorder le plaisir que Mlle Hawke venait de se refuser.

— Je ne comprends pas pourquoi la castration n'est pas plus répandue, marmonna cette dernière.

— La perpétuation de l'espèce humaine s'en porte très bien.

— Contrairement aux fesses des serveuses. Je ne suis peut-être pas très respectée en tant qu'auteur, mais au moins mon derrière n'est-il pas couvert de bleus. Mon orgueil, en revanche, n'en est pas à sa première claque.

— Alors pourquoi continuer ? demanda Daniel.

— Parce que j'aime mon métier, répondit-elle simplement, en soutenant son regard.

Quel effet cela faisait-il ? De tenir à quelque chose au point de se gausser des moqueries, de tous les coups, physiques ou psychologiques ? De tester les limites de sa propre endurance pour poursuivre sa passion ?

Un sentiment à la fois agréable et pesant l'envahit. L'envie. Il enviait la détermination de Mlle Hawke et l'énergie dont elle faisait preuve dans l'accomplissement de ses objectifs.

Peut-être, une fois son ami retrouvé, devrait-il se décider à choisir une femme avec qui fonder une famille afin d'assurer la perpétuation de sa lignée. Il s'était toujours intéressé à ses terres, mais de loin. Peut-être pourrait-il s'impliquer un peu plus. Financer l'achat de certaines de ces innovations techniques dont parlaient les journaux. Il pourrait tourner le dos à sa vie de patachon et se trouver un objectif, comme l'avait fait Mlle Hawke.

Seigneur Dieu ! Quelques heures à peine en sa compagnie, et déjà il envisageait de changer de vie du tout au tout.

Cette femme était dangereuse.

— Pourquoi venez-vous manger ici ? demanda-t-elle, le tirant de ses pensées.

Elle balaya d'un regard circulaire la salle un peu miteuse, les gravures aux couleurs passées, la table sur laquelle les pintes de bière avaient laissé d'innombrables auréoles.

— Pour un homme de votre rang, il existe sûrement des établissements plus reluisants.

— C'est ici que l'on sert le meilleur steak de Londres, répondit-il.

D'un mouvement du menton, il remercia Victoria, qui posa les bières devant eux et s'éloigna.

— Il doit bien exister un endroit où l'on sert de la bonne viande et où l'on n'a pas à supporter tout cela, dit Mlle Hawke en baissant les yeux sur ses bottes, dont les semelles collaient au plancher disjoint.

— Le steak est vraiment excellent, je vous assure. Mais cela me plaît que cet endroit ne soit pas des plus raffinés. Ce n'est pas...

Il réfléchit, tentant de mettre de l'ordre dans ses pensées, essayant de les comprendre.

— Ce n'est pas un de ces palais qui prônent l'entre-soi et la hiérarchie sociale. Là-bas, dit-il en indiquant une table où deux hommes tranchaient allègrement leur steak, vous avez deux industriels. Cet homme, là, dans le coin, celui avec la cravate verte, est un baron, mais son épouse est la fille métisse d'un marchand antillais. Certains établissements, en ville, refuseraient de les servir. Mais ici, ils sont traités de la même façon que n'importe quel autre client.

Mlle Hawke se frotta délicatement le menton, songeuse.

— Je pensais que vous autres, les aristos, n'aimiez pas vous frotter à la plèbe. Que vous préfériez que les parvenus et le peuple restent de l'autre côté de la barrière.

Il se pencha en avant, les coudes sur la table.

— J'ai une nouvelle scandaleuse pour vous : les aristos ne sont pas tous les mêmes. Certains d'entre nous se fichent de savoir d'où vient l'argent des uns, et qui les autres choisissent d'épouser.

— Ah, ça, c'est du scandale.

Mais un petit sourire au coin de ses lèvres indiqua à Daniel qu'elle se moquait de lui autant que d'elle-même.

Diantre.

— Mais moi aussi, j'ai un scandale pour vous, continua-t-elle. Vous voyez cette table, là, avec les six messieurs ? D'après mes sources, ils ont prévu d'aller faire un tour au bordel ce soir, en l'honneur du plus jeune d'entre eux, qui vient de se fiancer à une héritière de mines de fer.

Il faillit s'étouffer en l'entendant prononcer avec une telle facilité le mot « bordel ». Aucune femme respectable de son entourage n'aurait eu cette audace, ni cette aisance. Mais, après tout, Mlle Hawke avait assez clairement laissé entendre qu'elle n'était pas une femme respectable.

Daniel jeta un coup d'œil en direction de la table en question. Il savait que deux des six messieurs étaient des clients réguliers de la maison close toute proche – réputée pour ses filles en déshabillé transparent et ailes de fée –, mais les autres se vantaient en public de leur comportement irréprochable. Le plus jeune, fils d'un vicomte, semblait beaucoup plus enthousiaste à la perspective de cette visite au lupanar qu'à celle de son mariage à venir, même si ses parents se répandaient dans tous les salons sur ce merveilleux mariage d'amour.

Très intéressant en effet.

— Vous avez un réseau d'informateurs pour le moins impressionnant, murmura-t-il.

Elle eut un sourire mystérieux.

— L'information, c'est ma spécialité.

— Et parmi vos informations, y en a-t-il une qui vous indique la présence ici, ce soir, d'un aristocrate aimant s'habiller en femme ? Je ne vous dirai pas qui.

— Je connais cet homme, répliqua-t-elle. Et d'après sa modiste, il préfère les rubans aux lacets pour nouer ses culottes.

Daniel croisa les bras.

— Rien ne vous choque, n'est-ce pas ?

— Il en faut beaucoup. Mais j'ai de l'espoir, pour ce soir, ajouta-t-elle avec un sourire.

Regarder Ashford manger n'avait rien de choquant. Il n'avait pas été élevé par des ours, après tout, et se servait de couverts pour son agneau et ses pommes de terre. Il ne se mettait pas non plus de la sauce partout. Mais elle aurait presque aimé qu'il le fasse, pour être un peu moins fascinant.

Malheureusement, il avait d'excellentes manières à table. Ni trop affectées ni trop vulgaires. Penchée sur son steak – excellent, en effet –, Eleanor l'observait discrètement. Il tenait son couteau bien en main, s'en servait pour découper nettement des morceaux de belle taille, qu'il plaçait délicatement dans sa bouche. Plutôt que d'enfourner bouchée sur bouchée, il prenait le temps de mâcher, de savourer. Il ne parlait pas la bouche pleine, non plus. À dire vrai, il ne parla plus beaucoup de tout le dîner. Mais ce silence n'avait rien de gênant.

Était-ce parce qu'elle avait l'habitude de manger en compagnie d'auteurs et de comédiens affamés qu'elle trouvait sensuelle la façon dont cet homme mangeait ses côtelettes d'agneau ? Le regarder faire était un réel plaisir, au point qu'il finit par lever les yeux et dit :

— Votre viande refroidit.

Pour la discrétion, elle repasserait. Mais elle pouvait le désarçonner.

— Ma viande est tout ce qu'il y a de chaude.

Il haussa les sourcils.

— Et juteuse... ajouta-t-elle en refermant lentement les lèvres sur une bouchée.

Le comte toussa.

— Vous avez avalé de travers ? demanda-t-elle doucement.

Il prit sa chope et but une longue gorgée de bière en la fusillant du regard.

— Je croyais que c'était à moi de vous choquer.

— Alors allez-y, j'attends. Pour le moment, le score est en ma faveur, je crois.

Il posa ses couverts.

— J'ignorais que nous comptions les points.

— À partir de maintenant, si. À moins que vous ne craigniez d'être battu par une femme.

— Mais vous n'êtes pas une femme. Pas ce soir, en tout cas.

— Auriez-vous déjà oublié de quel sexe je suis ?

— Cela ne risque pas, répondit-il avec une véhémence qui la surprit. Surtout avec votre façon de manger.

Elle leva les yeux au ciel.

— Dans ma façon de manger aussi, il y a quelque chose d'intrinsèquement féminin ?

— Ce n'est pas votre faute. Vous êtes une femme... jusqu'au bout des ongles.

— C'est gentil à vous de me supporter, dit-elle sèchement.

Il s'inclina légèrement.

— Je vous en prie, madame. Je veux dire, cousin Ned.

Ils reprirent leur dîner. Elle tenta de manger de manière un peu plus masculine sans avoir l'air d'un porc de concours agricole, ce qui était pourtant son premier réflexe.

— C'est fatigant d'être un homme, soupira-t-elle.

— À qui le dites-vous, marmonna-t-il avant d'avaler une bouchée.

Elle aurait voulu se concentrer sur son repas, mais la présence d'Ashford la déstabilisait. Il fallait absolument qu'elle garde à l'esprit le but qu'elle s'était donné en se lançant dans cette aventure avec le comte. Ce qu'elle recherchait, et pourquoi.

Il avait les mains les plus incroyables qu'elle avait jamais vues. Larges, aux doigts longs. Délicieusement masculines.

Reviens toujours à tes objectifs journalistiques. Cela l'empêchait de trop s'impliquer.

— Vous avez hérité de votre titre à un très jeune âge.

Il haussa les sourcils, image même du gentleman autoritaire. Peut-être adoptait-il ce genre d'attitude pour se protéger, lui.

— C'est pour votre article ?

— Vous répondriez à ma question si c'était le cas ?

— Avez-vous pour habitude de répondre à une question par une autre question ?

— Et vous ?

Il se carra sur sa chaise.

— Croyez-vous qu'on me pose beaucoup de questions ?

— Un comte n'est-il pas entouré d'un escadron de domestiques ?

Et toc !

— Vous connaissez beaucoup de comtes ?

Elle se renfrogna. Il était meilleur à ce petit jeu qu'elle ne l'avait imaginé.

— Je n'ai pas le droit d'extrapoler ?

Il sourit.

— En vous basant sur quels indices ?

Elle réprima un grognement de frustration. Le laisser gagner était hors de question.

— Combien m'en faudrait-il pour dresser un portrait fidèle de lord A. ?

— N'est-ce pas là la motivation de toute cette entreprise, justement ?

Elle tapa du poing sur la table.

— Le point est pour vous, Ashford.

Maudit soit-il ! Il était beau même quand il jubilait.

— Vous êtes un adversaire à la hauteur, Ned.

Et maudite soit-elle, car ce petit compliment lui faisait l'effet d'une gorgée de cognac dans les veines.

— Mais vous n'avez pas répondu à ma première question.

Il la fixa d'un regard perçant, intense.

— Tout ce que je vous dirai sur moi ou ma famille devra rester entre nous. Encore une fois, si vous publiez dans votre gazette un seul mot que je n'approuve pas, je vous descendrai dans tous les journaux de Grande-Bretagne.

Elle eut un mouvement de recul, surprise par la violence de sa réaction.

— Vous ne pouvez pas gagner sur tous les plans, Ashford.

— Comme vous vous plaisez à me le rappeler, je suis comte, répondit-il froidement. Je peux gagner sur autant de plans que je le désire.

Elle n'en doutait pas une seconde. Et n'avait guère de recours, en tant que chef d'entreprise comme en tant que femme. En matière de pouvoir, les dés étaient pipés, et largement en faveur d'Ashford. L'avertissement de Maggie résonna dans son esprit une nouvelle fois. Eleanor allait devoir rester sur ses gardes. Pour de nombreuses raisons.

Mais si elle ne pouvait pas le citer dans l'article, cela avait-il une importance ? Tout ce qu'elle avait à faire, c'était le suivre dans ses activités nocturnes, pas chercher à voir ce qui se cachait sous le vernis du libertin.

Pourtant, elle avait envie de savoir. De le connaître. Même si elle devait garder ces informations pour elle.

— Comme vous voudrez, finit-elle par dire, sans pouvoir se retenir d'ajouter : monsieur le Comte.

Il répondit d'un hochement de tête un peu sec. Son regard se promena dans la salle autour d'eux, avant de s'arrêter sur le couteau posé à côté de son assiette. Il laissa courir distraitement ses doigts sur le manche.

— Ma mère est morte en couches, dit-il après un long silence. Elle et sa fille mort-née reposent dans le caveau familial, à côté de l'église de Somerset.

Sa voix était dure, presque froide, mais résonnait d'une douleur ancienne.

— Je suis désolée, dit-elle.

Aucun autre commentaire ne lui avait semblé approprié.

Il leva vers elle un regard qui reflétait la douleur perçue dans sa voix.

— Je n'avais que trois ans, donc je n'ai pas beaucoup de souvenirs d'elle. Juste le parfum des lilas et la sensation de ses perles de corail sous mes doigts.

Il baissa les yeux sur ses mains, comme si cette sensation lui revenait tout à coup. Puis il serra le poing.

— Je n'avais pas d'autres frères et sœurs, et mon père ne s'est jamais remarié.

Elle sentit qu'il ne tenait pas à s'appesantir sur ce triste aspect de son passé.

— C'était risqué de sa part, si vous étiez le seul héritier.

— J'ai des cousins. Des gens bien qui auraient fait des héritiers tout à fait acceptables.

— Vous êtes élogieux.

Il haussa les épaules.

— Je suis certain qu'ils diraient la même chose de moi, bien que je sois un noceur débauché.

— Débauché, c'est vous qui le dites, monsieur. Pas moi.

— C'est vrai. Il ne me reste plus qu'à vous prouver à quel point je le suis. Flirter avec une femme mariée ne semble pas vous avoir convaincue de mes qualités les moins recommandables.

— Pff... Vous n'avez donc jamais lu ma gazette ? Le badinage est bien plus courant que les unions passionnées et fidèles.

— Sauf dans le cas de mon père, dit Ashford, amer. Pauvre homme. Oh, il a bien pris une maîtresse, après la mort de ma mère, mais il ne voulait pas se remarier. Et certains romantiques de l'ancienne génération racontent qu'il est mort d'avoir eu le cœur brisé.

À l'entendre, cette dernière éventualité semblait aussi improbable qu'une formule magique.

— Et vous ? demanda-t-elle. Êtes-vous un romantique de l'ancienne génération ?

— Je pense que c'est l'abus de porto et de viande qui a causé la mort de mon père, pas un chagrin d'amour, dit-il d'un ton cynique. Allons, ne me dites pas que vous écrivez ce que vous écrivez tout en continuant à croire à ces bêtises.

Elle soupira.

— J'aimerais pouvoir dire que je crois encore au grand amour, mais l'expérience m'a enseigné qu'il n'existait pas.

— L'expérience dont vous parlez dans vos articles, ou votre propre expérience ? demanda-t-il en posant les mains à plat sur la table.

Elle eut un rire forcé.

— Je croyais que c'était moi, la journaliste fouineuse. Pas vous.

Il secoua la tête.

— Une fois de plus, vous éludez.

— C'est une technique que nous maîtrisons, dans la presse.

Elle repoussa son assiette. Elle n'avait plus faim, tout à coup.

Plaquant une main sur sa poitrine, il affecta un air offusqué.

— Ne vous ai-je pas narré le funeste passé de ma famille, il y a quelques minutes ?

— Ça, pour narrer, vous avez narré. Et chaque mot de cette révélation restera soigneusement enfermé là, dit-elle en montrant son front.

C'était étonnant, cette façon de jouer les cyniques, surtout à propos de son histoire familiale. Mais il n'avait pas réussi à cacher complètement sa douleur à l'évocation de la mort de ses parents. Surtout de celle de sa mère.

Si c'était quelque chose qu'il taisait d'ordinaire, quels autres secrets se cachaient dans son cœur ? Et qu'était-elle prête à donner pour les entendre ?

Elle dut alors se rendre à l'évidence : elle mourait d'envie d'en savoir plus sur lui. Elle voulait connaître ses secrets, sa vérité. L'homme qu'il était réellement. Et pas simplement pour *L'Œil du Faucon*. Pour elle.

Là était le plus grand péril.

6

Ah, mes chers lecteurs ! Si vous saviez de quoi j'ai été le témoin ! Permettez-moi de vous faire le compte rendu des vilenies tapies sous la surface de notre communauté en apparence si vertueuse. Vous serez à coup sûr aussi surpris que votre naïf serviteur de découvrir que, derrière les portiques de certains des quartiers les plus réputés de votre belle ville, existent des temples érigés à la gloire de la plus insaisissable et inconstante des femmes, Dame Fortune. Une femme qui tient compagnie aux gentlemen les plus dignes de la nation. Bien que, après la soirée d'hier, j'hésite à employer le terme de « gentlemen »...

L'Œil du Faucon, 4 mai 1816

— Et voici le tristement célèbre *Donnegan's*, annonça Daniel comme sa voiture s'arrêtait devant le cercle de jeu.

— Pas si célèbre que ça, étant donné que je n'en ai jamais entendu parler, répliqua Mlle Hawke.

Il essaya de poser sur l'établissement le même regard intelligent qu'elle. La bâtisse elle-même ressemblait à n'importe quelle maison du quartier de Mayfair – grande, imposante, avec un portique à colonnes et des plantes en pot décorant sa façade blanche. Pas du tout l'endroit où un noceur invétéré devait rêver de s'encanailler.

— Il y a plus de scandales au paradis et sur terre qu'il n'y a de rêves dans votre philosophie, déclara-t-il, paraphrasant Shakespeare.

Et comme le valet descendait de l'arrière de la voiture et ouvrait la portière, il ajouta :

— Parfois, un scandale cherche vraiment à se faire discret.

Il descendit de voiture et attendit qu'elle fasse de même. Elle s'exécuta, avec une plus grande aisance cette fois, malgré l'habit masculin. C'était décidément un déguisement convaincant, mais il ne parvenait pas à oublier que sous le pantalon se trouvaient ses cuisses fermes et élancées, ne pouvait quitter des yeux le galbe de ses mollets, sous les bas. À quoi aurait-elle ressemblé dans cette même tenue, mais sans le rembourrage ni le maquillage ?

À quelqu'un de bien trop séduisant, décida-t-il.

— Alors pourquoi m'amener ici ? demanda-t-elle. N'avez-vous donc aucune loyauté envers vos compagnons de débauche ?

— Aucune. Et eux n'en ont aucune envers moi. Nous n'hésiterions pas à pousser l'autre devant l'omnibus s'il y avait quelque chose à y gagner.

— Le sens de l'honneur bien connu des aristocrates, commenta-t-elle sèchement.

Mais il avait saisi une pointe d'excitation dans sa voix. Probablement la perspective de pénétrer dans une enclave exclusivement masculine. Enfin, exclusivement, pas tout à fait, mais elle s'en apercevrait bien assez vite. Un frisson d'excitation le parcourut lui aussi lorsqu'il imagina la réaction de Mlle Hawke quand elle découvrirait la présence de ces dames.

Depuis combien de temps n'avait-il pas éprouvé cette euphorie ? Il n'avait ressenti aucun plaisir à rechercher Jonathan, seulement le besoin d'accomplir cette tâche. Mais ça, avancer dans son monde avec un nouveau regard – et pas n'importe lequel, celui de Mlle Hawke –, c'était inédit, et enthousiasmant.

Il monta les marches du perron, Eleanor à ses côtés. Un valet en livrée les salua en s'inclinant et ouvrit la porte discrète. À l'intérieur, un autre domestique prit leurs chapeaux et leurs cannes, puis les précéda dans un long corridor.

Au fond du couloir s'ouvrait une immense pièce, dans laquelle régnait un brouhaha assourdissant. Daniel, qui connaissait l'intérieur du *Donnegan's* depuis longtemps, ne quitta pas Mlle Hawke des yeux, observant sa réaction.

— Si vous vous sentez un peu… submergée, feignez juste d'être un garçon de la campagne, murmura-t-il.

Elle répondit d'un hochement de tête, mais elle faisait à peine attention à lui. Elle regardait autour d'elle, les yeux écarquillés, la grande pièce et les tables de jeu disposées un peu partout, autour desquelles on jouait à toutes sortes de jeux de hasard. Cartes, dés, roulette importée de France. Les jeux ne semblaient pas l'intéresser outre mesure, contrairement aux hommes massés autour des tables. Certains avaient retiré leur veste, défait leur cravate, déboutonné leur gilet. Ils criaient, agitaient des poings pleins de billets, se poussaient, renversant du vin sur des plastrons immaculés et sur les tapis.

Les hommes les plus éminents d'Angleterre se trouvaient là, autour des tables, et se comportaient comme des bêtes féroces. Daniel repéra des ministres, des personnalités de premier plan, des aristocrates.

— C'est le *Debrett's* version sauvage, murmurat-elle.

— Faites attention à vos mains, dit Daniel. Un coup de dent est si vite arrivé…

— Ces créatures-ci semblent très carnivores, en effet.

D'un mouvement du menton, elle indiqua les femmes qui allaient et venaient entre les tables. Vêtues de déshabillés à demi transparents qui ne cachaient rien ou presque de leur anatomie, elles enveloppaient littéralement les joueurs, leur servaient du vin en leur parlant à l'oreille, s'asseyaient sur les genoux de ceux qui avaient une chaise, passaient la main dans leurs cheveux, jouaient avec les boutons de leurs gilets.

— Mais ce n'est pas de viande qu'elles se nourrissent, remarqua Daniel. Regardez le gros homme, là, dans le coin avec la rousse.

Les doigts de la femme couraient partout sur l'homme, qui gloussait et jetait au hasard de l'argent sur la table de jeu.

— Elle lui fait littéralement les poches, lâcha Mlle Hawke dans un souffle.

Et, en effet, tandis qu'ils parlaient, la montre de gousset de l'homme disparut, tout comme les brillants qui ornaient son gilet.

— Quelqu'un va s'en apercevoir et se plaindre, non ?

Daniel secoua la tête.

— Tout le monde s'en fiche. Ces gens possèdent des montres et des diamants en si grand nombre qu'en perdre leur importe peu. Ils considèrent cela comme de l'argent bien dépensé.

Comme pour ponctuer ce propos, le gros homme serra la rousse contre lui, et celle-ci éclata de rire.

— Pourquoi ne pas simplement aller dans une maison close ? demanda Mlle Hawke.

— Oh, mais il y a des chambres à l'étage.

Il montra un client qui montait l'escalier, chacun de ses bras autour de la taille d'une blonde.

— Et vous, vous êtes un habitué de ces chambres ?

Il secoua la tête.

— Certains préfèrent le vin rouge au vin blanc. En ce qui me concerne, je préfère les femmes moins... commerciales.

— Mon cœur s'embrase littéralement devant tant de poésie.

Il haussa les épaules.

— Qu'est-ce que le sexe, sinon une forme de commerce ?

— Et que serait un noceur sans son détachement cynique ?

— Un idiot vulnérable.

Elle sourit.

— Oh. C'est très bon, ça. Il faudra que je m'en souvienne pour mon article.

Heureusement, elle ne tira pas un carnet de sa poche pour y griffonner ses mots. Ce qui signifiait qu'elle avait une mémoire prodigieuse. Une mémoire sur laquelle il allait pouvoir s'appuyer, et dont il lui faudrait se méfier en même temps. Au moins avait-il établi clairement les choses : elle ne pourrait rien écrire sur sa famille ou sur Jonathan. La menacer ne lui plaisait pas plus que cela, mais il ne la connaissait pas encore assez, et elle était journaliste. Il ne pouvait donc pas lui faire confiance.

Mais c'était réciproque, et cela le réconfortait un peu.

— Venez, dit-il en lui montrant les tables de jeu. Il est temps de nous amuser un peu.

Eleanor n'avait pas fait cinq pas avec Ashford que, soudain, quatre hommes leur barrèrent le chemin. Elle les reconnut tous, car leurs noms apparaissaient fréquemment dans les chroniques de *L'Œil du Faucon*, en particulier celui de Cameron Chalton, vicomte Marwood, fils aîné et héritier du marquis d'Allam – le parrain d'Ashford. Le monde était bien petit au cœur de l'élite.

Marwood portait ses cheveux bruns plus longs que la plupart de ses congénères et affichait même une barbe naissante. Il était difficile d'imaginer un homme à la réputation plus exécrable qu'Ashford, mais Marwood semblait exceller dans le domaine de la décadence.

— Ashford, dit Marwood avec une courbette moqueuse. Espèce de fils de pute.

— Marwood, répondit Ashford sans ciller. Infâme fornicateur.

Puis il se tourna vers les trois autres, qu'il salua d'un simple signe de tête.

— Offham, Ticehurst, Welford.

Tous trois titubaient et le saluèrent servilement. Elle se rappelait avoir lu leurs noms dans des articles de sa gazette, la plupart du temps parce qu'ils s'étaient donnés en spectacle lors des folles nuits qui suivaient une soirée au théâtre, ou dans les fourrés de l'un des innombrables espaces verts qui poussaient comme des mauvaises herbes un peu partout dans Londres. Toutes ces informations, elle les tenait de son réseau, ou de ses propres enquêtes à travers la ville.

— Mon père t'a rendu visite aujourd'hui, je crois, dit Marwood.

Ah bon ? s'étonna Eleanor.

Le marquis d'Allam était un homme puissant, plus encore qu'Ashford, réputé pour son franc-parler et ses façons de faire pour le moins directes. Il n'avait jamais été mentionné dans les colonnes de son journal parce que son comportement était irréprochable, donc ennuyeux à mourir. La vertu n'avait jamais vendu beaucoup de journaux.

— Pour m'enjoindre de penser au mariage, répondit Ashford. L'avenir de mon titre, mes responsabilités de comte, etc.

Une petite lueur d'émotion traversa le visage de Marwood.

— Je ne suis pas mécontent qu'il te réserve ses sermons. Je passe volontiers mon tour.

— Nous sommes tous les deux des causes perdues, dit Ashford.

— Mais avec toi, il n'a pas renoncé, répondit Marwood.

Une nouvelle fois, quelque chose de sombre traversa son regard. Une autre conversation se livrait, juste sous la surface de la première. Dès son retour au bureau, Eleanor chercherait des références à lord M. dans les archives du journal, pour tenter de percer son mystère.

Quand le regard de ce dernier se posa sur elle, elle sentit l'intensité de ses yeux noirs la traverser de part en part.

— Et qui est ce poussin ?
— Mon cousin du Lincolnshire, répondit Ashford.

Eleanor tendit la main.

— Ned Sinclair, dit-elle d'une voix aussi grave que possible.

Marwood la regarda un instant, puis éclata de rire. Ses compagnons l'imitèrent, et la panique glaça le sang d'Eleanor. Elle se tourna vers Ashford. Avaient-ils découvert la supercherie ?

— Doux Jésus, jeune homme, dit Marwood en s'essuyant les yeux. Vos testicules sont-ils déjà descendus ?

À quoi rime donc cette obsession des testicules chez les aristos ?

— Évidemment, répondit-elle d'un air bourru.

Ashford passa un bras autour de ses épaules, et elle dut faire un effort pour ne pas se raidir à son contact.

— Ne vous moquez pas de lui, dit-il. Ce matin seulement, il me montrait ses trois poils sur le torse.
— Il y en a cinq, pas trois, grommela Eleanor.

Sa remarque raviva l'hilarité générale. Même Ashford se joignit au groupe. Quel goujat ! On eût dit qu'il trouvait du plaisir à la ridiculiser devant ses amis. L'orgueil de « Ned » en prit un coup, et elle faillit lui donner un coup de coude dans les côtes. Un bon coup.

113

Marwood arrêta une des femmes qui passaient entre les tables.

— Jenny.

Heureusement, à force de fréquenter Maggie au théâtre, Eleanor s'était habituée à voir des femmes en petite tenue déambuler dans les loges. Mais il ne fallait pas qu'elle réagisse de façon trop blasée, car le jeune « Ned », lui, n'avait guère d'expérience dans ce domaine. Elle écarquilla donc les yeux et fit de son mieux pour rougir un peu.

— Monsieur, dit Jenny avec un sourire provocant, en se baissant tellement pour saluer Eleanor que celle-ci eut une vue plongeante dans son décolleté. Jusqu'au nombril.

Un nombril parfait, bien rentré.

Marwood prit la main de Jenny et la tira doucement vers Eleanor.

— Le jeune Ned ici présent est... comment dire... un peu vert.

Jenny approcha d'une démarche chaloupée et caressa la joue d'Eleanor du dos de la main.

— Et presque pas de poil au menton, le pauvre chaton.

— Il a besoin de se faire la main, si je puis dire. Tu ne crois pas, ma belle ? dit Marwood. Emmène-le là-haut et apprivoise-le un peu. C'est pour moi, ajouta-t-il avec un clin d'œil pour Eleanor.

— Euh...

Cette fois, la panique la gagnait. Qu'était-elle censée faire ? Les explications promettaient d'être très compliquées. Il faudrait probablement payer cette fille pour qu'elle se taise, si elle découvrait que les attributs masculins d'Eleanor étaient factices.

Ashford attrapa la main de Jenny et l'écarta du visage d'Eleanor.

— C'est très généreux à toi, Marwood. Mais ma tante ne me le pardonnerait pas si je lui rendais son fils avec la petite vérole.

— Hé, attention, hein, s'exclama Jenny. Je suis en bonne santé, moi ! Enfin, je crois, ajouta-t-elle à mi-voix.

Un souverain apparut entre les doigts d'Ashford, qui le brandit sous le nez de Jenny.

— Merci, mademoiselle Jenny. Mais vous serez gentille de vous écarter de mon cousin, s'il vous plaît. Et si vous vouliez bien aller vous distraire ailleurs dans cette salle, je vous en serais reconnaissant.

La pièce disparut quelque part dans les plis de la robe transparente – mais où, Eleanor aurait été bien en peine de le dire. Elle ne voyait pas comment cacher quoi que ce soit dans ce déshabillé.

— Bonne chance au jeu, monsieur le Comte, dit Jenny d'une voix mielleuse avant de disparaître dans la foule.

— Pourquoi faut-il toujours que tu joues les rabat-joie ? reprocha Marwood à Ashford.

— Je deviens un peu sinistre avec l'âge, sans doute, répondit le comte.

Marwood leva les yeux au ciel.

— Venant de l'homme qui m'a mis au défi de grimper plus vite que lui sur la rotonde des jardins de Vauxhall, je trouve ça cocasse.

— Nous sommes arrivés ex aequo, si je me souviens bien.

— Tout juste. Je t'aurais battu si le champagne n'avait pas rendu mes bottes glissantes.

Eleanor classa aussitôt ces informations dans ses archives mentales. Quelle moisson ! Ces articles allaient être fantastiques, avec du scandale à ne plus savoir qu'en faire. Les numéros allaient se vendre comme des petits pains. Peut-être faudrait-il augmenter les tirages, au cas où. À moins qu'elle ne décide de distiller soigneusement ses informations petit à petit, pour vendre plus de numéros, plus longtemps.

Que tout cela était délicieux !

— J'ai peut-être donné ma parole à la mère de Ned de le lui ramener sans la petite vérole, mais j'ai aussi promis à mon cousin de lui faire faire la tournée des grands-ducs et de lui vider les poches aux tables de jeu.

— Excellent plan, acquiesça Marwood. Nous vous accompagnons.

— Une seule mauvaise influence suffira, dit Ashford avec un sourire.

Loin de s'offenser, Marwood hocha la tête.

— Sage décision. En matière de dévergondage, il y a des limites à ce qu'il est possible de faire en une seule soirée.

— Je suis partant, moi, intervint Eleanor.

Elle récolterait deux fois plus d'informations pour ses articles si non pas un, mais deux noceurs l'accompagnaient ce soir. Mais Ashford lui jeta un regard de reproche, et Marwood éclata de rire.

— Mieux vaut que ce jeune homme soit chaperonné par toi, dit-il. Sinon, c'est menotté et entravé qu'on le renverra dans le Lincolnshire.

— Ravi de voir que tu approuves, monsieur le Vicomte.

Marwood répondit à Ashford d'un salut courtois, qu'il renouvela à l'intention de « Ned », puis il leur souhaita une bonne soirée et s'éloigna, suivi de sa cour.

— Il aurait pu rester, grommela Eleanor.

Ashford secoua la tête et l'entraîna vers une des tables où l'on jouait aux cartes.

— Je n'ai pas besoin de vous mettre en garde contre la réputation de Marwood, dit Ashford. C'est un de mes plus proches amis, et même moi je le trouve dangereux.

— Je sais comment gérer les hommes dangereux, rétorqua Eleanor. Regardez comme je m'en sors bien avec vous.

Ashford eut un petit sourire.

— Je ne m'étais pas rendu compte qu'on me *gérait*.
— C'est parce que je suis très douée.
— Mais tout de même, continua Ashford. Je connais votre secret, et pas Marwood. Il pourrait vous manipuler d'une façon odieuse s'il apprenait la vérité.
— Il est donc si méchant que cela ? Lord Allam est son père, après tout. Ne lui a-t-il pas légué un peu de ses vertus ?
— Cette pomme n'est hélas pas tombée près de l'arbre. Je dirais plutôt qu'elle s'est détachée de la branche, a roulé en bas de la colline puis jusqu'au balcon de théâtre le plus proche, où elle s'est entourée d'un panier de fraises de réputation douteuse.

Eleanor lutta pour que son rire reste grave, profond.

— Seigneur, ne devenez jamais auteur. Vous venez d'assassiner une pauvre métaphore de la plus brutale des façons.
— La métaphore l'avait cherché.

Une idée traversa soudain l'esprit d'Eleanor, qui arrêta le comte d'une main sur son bras. Autour d'eux, les corps tourbillonnaient comme les eaux d'un fleuve de perdition.

— Vous n'étiez pas obligé de faire ça, murmura-t-elle.
— Mais je vous l'ai dit, Marwood est un...
— Je ne parle pas de lui. Je parle de la façon dont vous vous êtes comporté avec Jenny. Elle est ici pour distraire la clientèle, mais vous l'avez traitée... avec civilité. Comme vous auriez traité une lady. Peu d'hommes auraient fait de même.
— Mais bien sûr que si, protesta Ashford.
— Non. Les autres l'auraient traitée comme si elle n'était pas capable de sentiments. Comme si elle n'était pas humaine.
— Allons, vous dites n'importe quoi.

— Peu d'hommes voient les femmes comme elle de cette façon, insista Eleanor.

— Vous essayez d'instiller un peu d'altruisme en moi ? Vous perdez votre temps, je vous préviens.

Elle lui sourit.

— N'oubliez pas que je suis journaliste de métier. Je gagne ma vie en...

— Fabriquant des histoires.

— En embellissant des histoires. Pas en les fabriquant. Et tout cela est basé sur l'observation. Je vois beaucoup plus de choses que vous ne le pensez. Y compris le fait que vous traitez des filles de joie comme des êtres méritant le respect.

— Je suis un bien piètre noceur, alors.

— Mais un homme en or, je dirais.

Il eut un petit rire.

— Je travaille dur pour avoir une vie dissolue, pourtant. Allez, ajouta-t-il en désignant une table de jeu. Il est temps de me montrer à la hauteur de ma réputation de débauché.

— Oui. Mais je me pose une question, tout de même, murmura-t-elle en balayant la salle du regard. J'ai l'impression que toute la noblesse s'est donné rendez-vous ici. Excepté Jonathan Lawson, l'héritier du duc de Holcombe. Vous êtes très proches, tous les deux, ou vous l'étiez, si ma mémoire est bonne. Vous étiez à Eton et à Cambridge ensemble. On vous disait inséparables, jusqu'à ce qu'il parte pour le continent.

— Comment savez-vous tout cela ? demanda Ashford en se raidissant.

— Je suis journaliste, vous vous souvenez ? Savoir, c'est mon travail.

— Votre travail n'est pas de tout savoir, dit-il d'une voix tendue, dure.

— Mais je pensais que ce jeune homme serait ici, pour fêter son titre de duc.

— Si vous continuez avec ces remarques impertinentes, je vous jure que la soirée s'arrête ici, déclara le comte sans desserrer les dents.

Elle cligna des yeux. La violence de sa réaction, sa colère la surprenaient. Tout autant que l'absence de son ami. Mais elle ne doutait pas qu'Ashford tiendrait parole et irait jusqu'à la faire jeter dehors si elle insistait.

— Très bien, dit-elle d'un ton aussi léger que possible. Considérons cette histoire comme aussi exilée que Bonaparte.

Il hocha la tête, mais semblait toujours aussi tendu, et circonspect.

Eleanor le suivit jusqu'à la table de jeu, tout en rangeant soigneusement ces informations dans son bureau mental. Elle ferait le tri plus tard. Lord Ashford n'était décidément pas ce qu'il laissait paraître. Peut-être ne s'en rendait-il même pas compte, mais sous des extérieurs séduisants et troublants battait le cœur d'un homme bon. Sans doute était-ce là la vraie histoire.

Mais pourrait-elle l'écrire dans ses articles ? Pourrait-elle écrire sur lui, sur l'homme qu'elle était en train de découvrir ?

Et qu'en était-il de son ami Jonathan Lawson ? Son absence ce soir cachait-elle quelque chose ?

Le comte se servait d'elle dans un but qu'elle ignorait. Cela, elle en était certaine. Et elle se servait de lui. Simple échange de bons procédés. Qui ne semblait plus si simple, finalement.

Enfer et damnation. Voilà qu'elle avait une morale, maintenant. C'était bien le moment, tiens. Un peu comme une maladie qui se déclarait sans prévenir. Une maladie sans remède.

7

Dame Fortune est bien capricieuse. Pourquoi, sinon, agiterait-elle devant nous des perspectives pouvant mener aux plus grands des plaisirs comme aux pires des calamités ?

L'Œil du Faucon, 4 mai 1816

Sa colère retombant, Daniel hésita. Devait-il installer Mlle Hawke à la table la plus calme, où des messieurs d'un certain âge jouaient au piquet ? Ou bien elle et ses articles seraient-ils mieux servis par les jeux un peu moins convenus qu'étaient le baccara, les dés et le vingt-et-un ? Un coup d'œil sur le côté l'aida à prendre sa décision. Une étincelle d'excitation faisait briller le regard du jeune « Ned ». L'option plus débridée était la bonne.

Il était encore sous le choc provoqué par la remarque de Mlle Hawke à propos de l'absence de Jonathan. Naturellement, elle ne pouvait que noter pareil détail. Daniel lui-même avait cherché son ami chaque fois qu'il avait mis les pieds chez *Donnegan's*, espérant contre toute attente que Jonathan y serait. Mais ce soir, comme chaque fois, son espoir avait été déçu.

Il n'aurait pas dû s'emporter de la sorte contre Mlle Hawke. À coup sûr, ce comportement avait aiguisé sa curiosité, et elle s'attacherait à en trouver la raison exacte. Mais si elle posait trop de questions, il pourrait toujours dire que Jonathan et lui étaient en froid et que l'entendre mentionner le nom de cet « ancien » ami l'avait mis en colère. Cette explication devrait suffire.

— Vous y connaissez-vous en jeux de hasard ? demanda-t-il.

— Un peu, répondit-elle avec un petit sourire inquiet.

Il ne fallait pas qu'il se laisse distraire par ce sourire. Si on le surprenait à fixer les lèvres de son « cousin », sa réputation pourrait en pâtir.

— Nous allons éviter les dés pour l'instant, dit-il.

Les règles étaient compliquées, et même si elle disait s'y connaître « un peu », il ne tenait pas à trop l'éprouver dès son premier soir au tripot. La mettre en situation d'infériorité risquait d'avoir une influence néfaste sur l'écriture de ses articles.

— Pareil pour le baccara, continua-t-il. Le vingt-et-un devrait convenir.

Il réprima l'envie de poser une main dans son dos pour la guider vers la table au tapis vert et prit les devants, la foule s'ouvrant devant lui tandis qu'il avançait. *Pourvu qu'elle me suive*, songea-t-il.

Il y avait foule à la table de jeu, et bien que le vingt-et-un nécessitât de la concentration, les jeunes gens ne se privaient pas de hurler leur enthousiasme à chaque carte abattue. Les femmes se collaient à eux, encourageant leur bienfaiteur d'un soir, ou compatissant quand il perdait. Un croupier se tenait en bout de table, son expression impassible contrastant avec l'exubérance des joueurs.

— Nous devrions observer quelques parties avant de nous y mettre, murmura Daniel.

Elle eut un large sourire.

— Trop sage. Cela manque d'éclat, non ?

Il haussa les sourcils. Si elle voulait de l'éclat, il allait lui en donner.

— Je mets cent livres au pot pour ce jeune homme, lança-t-il au croupier.

Le sourire s'effaça doucement des lèvres de Mlle Hawke. Ce n'était pas la plus grosse somme qu'il avait jamais jouée, mais pour une femme de son milieu, cent livres représentaient une somme confortable qui lui aurait permis de vivre pendant un bon moment.

— Bien, monsieur, répondit le croupier. Et pour vous ?

— Mille livres.

Malgré le brouhaha qui régnait, Ashford entendit le soupir de surprise de Mlle Hawke. Mais les autres joueurs réagirent à peine. Pour un homme comme lui, démarrer avec mille livres était tout à fait habituel.

— Ce n'est que le début, murmura-t-il à l'oreille de Mlle Hawke.

Elle secoua la tête.

— Vous êtes plus fous que des éléphants de cirque, vous autres les aristocrates.

— Je croyais que les éléphants de cirque étaient des animaux bien dressés.

— Jusqu'à ce qu'ils en aient assez et décident de tout écraser sur leur passage.

Elle baissa les yeux sur les chaussures d'Ashford.

— Je devrais peut-être m'assurer qu'il n'y a pas de cornac écrasé sous vos gros pieds.

Il se rembrunit, la taille de ses pieds et de ses mains ayant toujours été pour lui source d'embarras. Un comte n'était en général pas bâti comme un paysan, et il avait toujours été trop grand pour le rôle que le destin lui avait attribué. Comme si la nature l'avait conçu pour les champs et non pour les salles de bal.

— Faites attention, grogna-t-il. Ou il se pourrait bien qu'une impertinente journaliste n'essuie la colère de mes grosses pattes.

— Vous ne frapperiez pas une femme, dit-elle.

— Je n'en vois pas devant moi.

Elle lui répondit d'un geste si obscène, si inattendu, qu'il ne put s'empêcher de rire.

Des piles de jetons apparurent devant eux sur la table tandis qu'ils s'asseyaient, Mlle Hawke à la droite d'Ashford.

— Les règles sont relativement simples, dit-il comme le croupier distribuait les cartes. Cela ne devrait pas trop vous fatiguer.

— Me voilà soulagée. Je n'en peux plus de me servir sans arrêt de mon cerveau.

Dire une chose pareille, à elle surtout, était idiot, et il le savait. Ils ne se connaissaient que depuis peu, mais il savait déjà que Mlle Hawke était une des personnes les plus intelligentes qu'il avait jamais rencontrées.

— Je suppose que le nombre vingt et un a une importance, étant donné le nom de ce jeu.

Les cartes s'envolèrent des mains du croupier. Tous deux le regardèrent faire avec attention.

— Le but est d'avoir en main un total supérieur à celui du donneur, expliqua-t-il. Mais ce total doit être inférieur ou égal à vingt et un. Chaque carte a la valeur du chiffre qu'elle porte, sauf les as et les habillées. Les valets, dames et rois valent dix points. Les as valent soit un, soit onze.

Elle le fixa avec des yeux ronds.

— Vous voulez dire qu'il faut savoir compter, en plus ? Il est possible que je sombre dans un abîme de désespoir.

— Je ne vous rattraperai pas, je vous préviens.

— Il est vrai que ce ne serait pas très viril. Contentez-vous de me jeter un verre de vin à la figure pour me ranimer. Je suis sûre qu'après tout ce que j'ai écrit sur vous, vous attendez avec impatience de pouvoir le faire.

— Dire que cette idée ne m'a jamais effleuré serait mentir. Mais c'était quand je croyais qu'E. Hawke était un homme.

— Ce soir, c'en est un.

Mais, malgré la perfection du déguisement, il ne parvenait pas à oublier la femme qui se cachait derrière.

Il se ressaisit néanmoins et lui expliqua rapidement le reste de la règle du jeu. Chaque joueur reçut une carte, face cachée, y compris le croupier.

— Maintenant, regardez votre carte, dit Ashford, et faites vos jeux en fonction de sa valeur.

Elle s'exécuta, jetant un coup d'œil rapide sous la carte et la tournant très discrètement vers le comte pour qu'il puisse la voir lui aussi.

Un as. Donc une valeur variable, élevée ou basse. Il avait eu le huit de carreau.

— Je...

D'un geste, elle écarta la suggestion qu'il allait lui faire.

— Carte, dit-elle au croupier.

— Carte pour moi aussi, dit-il.

D'autres cartes furent distribuées, de la même manière que les premières. Daniel eut le sept de pique.

Mlle Hawke ne lui montra pas la sienne.

— Je mise soixante-quinze, annonça Daniel.

Quinze, ce n'était pas beaucoup, mais il avait gagné avec moins. Et puis, l'argent n'avait pas d'importance. Pour personne autour de cette table.

Les autres joueurs suivirent. Daniel jeta un coup d'œil en direction de Mlle Hawke. Elle allait se retirer, probablement, sinon la soirée se terminerait pour elle avant même d'avoir vraiment commencé.

— Je suis, annonça-t-elle. Soixante-quinze.

Il la regarda.

— Je ne mettrai pas plus que ces cent livres pour vous, murmura-t-il.

Il aurait pu, bien sûr, mais lui jeter ainsi autant d'argent à la figure lui semblait malvenu, comme si cela risquait de compromettre son intégrité journalistique.

— Parfait, dit-elle. Parce que cela me gênerait de vous devoir de l'argent.

— Une autre carte ? demanda le croupier à Daniel.

— Non, répondit ce dernier.

Les autres joueurs firent leur choix. Et lorsque le croupier se tourna vers Mlle Hawke, celle-ci annonça :

— Pas de carte.

Les cartes ayant été distribuées à ceux qui en avaient demandé, le croupier montra enfin son jeu. Un huit et un valet.

Daniel avait perdu, comme la plupart de ceux qui étaient restés dans le jeu. Avec un grognement, tous croisèrent les mains sur leur jeu, trop bas pour battre celui du croupier.

Puis Mlle Hawke retourna ses cartes. Elle avait son as, bien sûr, et un neuf de cœur.

Elle accueillit d'un sourire énigmatique l'annonce du croupier. Elle avait gagné. Daniel la regarda. Un coup de chance, assurément.

Ce fut ce qu'il crut, jusqu'au coup suivant. Qu'elle gagna aussi. Et le suivant encore.

Quand elle perdit, ce ne fut qu'une petite somme.

Sa pile de jetons augmentait plus vite que celle de tous les autres joueurs. Tout le monde, autour de la table, la regardait d'un air médusé, y compris le croupier. Certains la félicitèrent pour sa chance et son habileté au jeu. D'autres se contentèrent de grommeler, mais elle accueillit ces réactions avec la même bonne humeur. Avec beaucoup de tact et de savoir-faire, elle en profitait pour tirer de ses partenaires quantité d'histoires passionnantes, les faisait parler de leurs plus belles parties, de leurs gains et de leurs pertes. Elle engrangeait à n'en pas douter de quoi nourrir de nombreux articles.

Le temps passa, et elle continua, sans manifester le moindre signe de fatigue.

— Vous m'avez eu comme un bleu, dit-il à mi-voix.

— Mais pas du tout, répondit-elle en peinant à contenir un sourire satisfait.

— Vous disiez n'avoir qu'« un peu » d'expérience en matière de jeu de cartes.

— « Un peu » est une expression tellement relative, répondit-elle. Pour nous, un lion est une créature féroce, énorme, mais pour un éléphant, ce n'est qu'un petit chat.

— Mais c'est quoi, cette obsession des éléphants ? marmonna-t-il.

— J'aime les éléphants. Au premier abord, on dirait des créatures douces, sages. Mais ils sont capables de tout saccager autour d'eux.

Daniel l'éloigna de la table de vingt-et-un avant que le croupier ne tente de les étrangler. Les gens se retournèrent sur leur passage tandis qu'ils passaient de table en table, puis Daniel trouva enfin un coin plus tranquille où s'arrêter et lui demanda :

— À quels autres jeux avez-vous « un peu » d'expérience ?

Elle se tapota le menton.

— Mmm... Au lansquenet, au pharaon, au piquet, aux dés, au baccara.

— C'est tout ?

— Ah, il y a le whist, aussi. Et le nain jaune. Et...

— Vous fréquentez du beau monde, de toute évidence.

— Je suis avec vous, non ? répondit-elle avec un sourire angélique.

Il la guida jusqu'à la table des dés.

— Essayons autre chose. Et cette fois, je suggère que vous perdiez gros de temps en temps. Cela nous évitera d'être jetés dehors comme des malpropres par la direction.

La table des dés était prise d'assaut par des hommes bruyants qui gesticulaient dans tous les sens.

— Ce n'est pas ma faute si j'ai de la chance.

— Je ne sais pas pourquoi, mais je doute qu'il ne s'agisse que de chance.

Elle le regarda, outrée.

— Mettriez-vous mon honneur en doute ? Une telle offense appelle un défi en duel, non ?

— Parlez moins fort, bon sang ! grogna-t-il en constatant qu'on les regardait. Sinon, vous pouvez être sûre qu'on nous réservera un coin tranquille dans le parc avec des pistolets à l'aube.

— Je plaisantais, c'est tout ! protesta-t-elle tandis qu'il la tirait par le bras jusqu'à la table des dés.

— La plaisanterie peut mal tourner. Surtout dans un endroit comme celui-ci.

— Vous avez déjà vu des hommes se défier en duel ici ? Avez-vous été défié ? ajouta-t-elle en se penchant vers lui.

— Oui.

— Pourquoi ?

Il ne répondit pas, et elle grommela un commentaire peu aimable qu'il ignora.

Ils s'installèrent, prêts à jouer. Mlle Hawke continuait à tenir son rôle de jeune homme à la perfection et sembla se plier aux conseils du comte, car elle ne gagna pas plus de deux tours de suite et, lorsqu'elle perdit, fit en sorte que ce soit beaucoup. Même s'il l'avait mise en garde, Daniel ne pouvait s'empêcher de l'admirer de plus en plus. Mlle Hawke était une joueuse-née, à l'intelligence brillante.

Avec le temps, il avait fini par se méfier des cercles de jeu, surtout à force d'y chercher Jonathan sans succès. Mais avoir Mlle Hawke à ses côtés ce soir donnait à l'expérience un tout autre aspect.

La comédie continua encore pendant plusieurs heures, dans une atmosphère tourbillonnante où se jouaient des sommes astronomiques, des bijoux, des domaines. L'air était épais des effluves mêlés de sueur, de vin et de parfum. Des femmes à demi nues s'accrochaient aux hommes, certaines flirtant avec l'obscénité, leurs mains disparaissant dans les vêtements et dénudant un peu plus leurs proies.

Mlle Hawke n'essayait pas de cacher sa surprise – c'était ainsi que Ned Sinclair devait réagir, de toute façon. Si jouer à tous ces jeux de hasard n'avait pas semblé la dérouter, tout ce qui se passait autour des tables lui fournissait à coup sûr de quoi alimenter de nombreux articles pour son journal.

Tout en jouant, elle ne cessait de faire des commentaires sur tout ce qu'elle découvrait, remarques sur les joueurs ou traits d'esprit auxquels il ne pouvait s'empêcher de rire.

Vint le moment où Daniel s'excusa un instant pour aller aux commodités – il n'aimait pas se soulager dans un seau, derrière un paravent, comme beaucoup d'autres joueurs. À son retour, il croisa Marwood.

— Il doit être sacrément intelligent, ton cousin, remarqua son ami.

— Pourquoi dis-tu cela ?

Marwood avait-il remarqué les prouesses au jeu de Mlle Hawke ?

— Parce que tu as ri à chacun de ses apartés, pendant toute la soirée.

Vraiment ?

— Il a beaucoup d'esprit. C'est de famille.

— En ce qui te concerne, ça a sauté une génération, on dirait.

— Savais-tu que tous les hommes de ma famille ont obtenu les honneurs en lutte, à l'université ? demanda Daniel.

— Nous avons combattu à Cambridge, tous les deux. Et si je me souviens bien, nous avons fait égalité.

D'un doigt replié, Daniel toqua doucement contre l'estomac de Marwood.

— Je me demande si le temps a laissé des traces sur tes qualités de lutteur.

— Il n'y a qu'une façon de le savoir.

— Où et quand tu voudras, déclara Daniel avec bonhomie. Ça commence à faire un moment que je n'ai pas eu d'adversaire à la hauteur.

— Pourquoi menacez-vous tout le temps de vous battre, mon cousin ? demanda Mlle Hawke en apparaissant derrière lui.

Elle secoua la tête et adressa un regard navré à Marwood.

— Quel fléau pour l'honneur familial, je vous assure...

— En comparaison, j'ai l'air d'un saint, acquiesça Marwood.

— Allons, allons, dit Daniel en levant les mains. Ne cédons pas à la tentation de l'hyperbole, messieurs.

— Et pourquoi pas ? demanda Mlle Hawke. C'est bien vous qui m'avez dit que c'était la seule façon d'attirer une femme dans son lit, non ?

Daniel s'éloigna prestement, en tirant Eleanor par le bras. Marwood éclata de rire et retourna à ses occupations.

— Il me semble que vous êtes en train d'entacher ma réputation de débauché, grommela Daniel.

— Je n'avais pas compris que vous souhaitiez la protéger, répondit-elle d'un ton ingénu.

— Seulement des calomnies répandues par les journalistes.

Il s'arrêta pour prendre deux verres de vin sur le plateau d'un serveur qui passait et but une gorgée.

— Je ne sais toujours pas si vous laisser m'accompagner était une erreur ou une bonne idée.

Elle lui sourit par-dessus le bord de son verre.

— Les meilleures choses dans la vie commencent souvent par une erreur.

— En avez-vous commis beaucoup ?

— Non.

— Alors comment savez-vous si les erreurs engendrent de bonnes ou de mauvaises choses ?

Elle haussa les épaules.

— Je ne le sais pas. Mais ça sonnait pas mal, comme maxime, non ?

Il rit. Seigneur, à quand remontait la dernière fois où il s'était amusé à ce point ? Cela datait de bien avant la disparition de Jonathan, en tout cas, il en était certain.

— Où avez-vous appris à pratiquer tous ces jeux de hasard ? demanda-t-il après une nouvelle gorgée.

— J'ai grandi au milieu d'auteurs, de comédiens, d'artistes. Tous aimaient parier. À huit ans, je battais les meilleurs d'entre eux. Ma mère se débrouillait plutôt bien à une table de jeu, elle aussi.

L'expression de Mlle Hawke s'était soudain illuminée. Il avait pensé être celui qui avait des secrets, mais de toute évidence, elle en avait beaucoup également. Et il eut soudain envie d'en savoir plus sur ce qu'elle cachait.

— Comment...

— Je croyais que c'était moi, la journaliste, l'interrompit-elle. Et voilà que vous n'arrêtez pas de me poser des questions. Allons, il est temps de repasser à l'action.

Elle vida son verre et le posa sur une table. Il n'eut pas d'autre choix que de la suivre.

Ils jouèrent encore, à différents jeux, sans que la fatigue se fasse sentir. Se faire passer pour quelqu'un de l'autre sexe devait être épuisant, mais elle continuait à jouer avec perspicacité, appliquant les conseils d'Ashford, plaisantant avec les autres joueurs ou acceptant leurs sarcasmes avec grâce et bonne humeur.

Il n'y avait pas de fenêtres dans la salle de jeu, mais à en juger par le nombre de clients qui piquaient du nez sur leurs cartes ou s'étaient assoupis dans un coin, le jour avait dû se lever. Daniel jeta un coup d'œil à sa montre de gousset. Presque 6 h 30. Qu'était-il arrivé au temps ? Il n'avait pas vu passer les heures.

C'était grâce à Mlle Hawke. Toute la nuit, elle l'avait diverti, amusé. Même en compagnie de Marwood, il n'avait jamais passé une aussi bonne soirée chez *Donnegan's*.

Était-il donc si habitué à ces nuits de débauche que ces soirées étaient devenues mornes ? Ou Mlle Hawke était-elle extraordinaire à ce point ? Il penchait pour la seconde hypothèse.

— On ferme, messieurs, annonça un des croupiers.

Aussitôt, des types à la carrure impressionnante commencèrent à diriger la foule vers la sortie.

Ashford entraîna rapidement Mlle Hawke, de manière à passer avant la cohue. Ils sortirent dans le petit matin, aveuglés par la lumière de l'aube. Le costume d'Eleanor était tout fripé et sa petite moustache légèrement de travers, car la colle ne tenait plus. Mieux valait regagner la voiture avant que quelqu'un ne la voie ainsi et ne découvre la vérité.

La voiture s'arrêta devant eux quelques instants avant que la foule ait quitté le tripot. Mlle Hawke et son derrière bien rond montèrent devant Daniel, qui jeta un coup d'œil inquiet par-dessus son épaule. Heureusement, il était le seul à avoir remarqué la forme en cœur de son postérieur sous le pantalon d'homme. Et il avait de la chance, la plupart de ceux qui sortaient à leur suite étaient à demi assoupis ou ivres, parfois les deux.

Il monta à son tour, et le valet referma la portière derrière lui.

— Mon cocher vous déposera chez vous, dit-il.

Elle secoua la tête en bâillant.

— Un « homme » ne pourra pas entrer dans mes appartements. Il faut que je retourne au théâtre pour me changer et redevenir Mlle Hawke.

La perspective de la revoir en robe n'était pas pour déplaire à Daniel.

— Au Théâtre Impérial, ordonna-t-il au cocher.

La voiture s'ébranla. Dehors, les rues de Londres s'animaient lentement.

— Une nouvelle journée de labeur, pour eux, murmura Mlle Hawke en regardant les marchands des quatre-saisons installer leurs étals, les commerçants ouvrir leurs boutiques, les bonnes se hâter vers les maisons bourgeoises. Une chose que vous ne connaissez guère, ajouta-t-elle avec un regard oblique vers Ashford.

Elle le taquinait, mais il fut vexé.

— Je reçois mon fondé de pouvoir, j'écris des lettres aux intendants de mes domaines. Et oui, j'assiste aux sessions parlementaires. Je ne creuse pas de tranchée, je ne suis pas terrassier, mais je fais ce que je peux.

Il avait répondu sur un ton défensif qui le surprit lui-même.

— Vous avez raison, concéda Eleanor. Nous avons chacun des rôles différents à jouer en ce bas monde. Je ne peux pas vous reprocher de faire exactement ce que vous êtes censé faire.

Elle plaqua une main sur sa poitrine et ajouta avec un air de recueillement :

— Moi, par exemple, ma tâche est d'apporter une orientation morale à mes lecteurs.

Il sourit.

— Et avez-vous trouvé ce soir de quoi rédiger une leçon de morale efficace ?

Elle leva les yeux au ciel.

— Une telle débauche. Devant pareil spectacle, mon cœur se flétrit et mon âme pâlit.

— À ce point ?

Il étendit ses jambes devant lui, effleurant sa cuisse. Un éclair de chaleur le parcourut, et la fatigue qu'il avait pu éprouver jusque-là s'évanouit aussitôt.

— À ce point, oui, répondit-elle en souriant. À côté de moi, un type a perdu un cheval de course primé sur une seule carte. Je doute que son père soit heureux de l'apprendre.

Daniel secoua la tête.

— Il a été idiot de mettre en jeu une bête de cette valeur sur une main visiblement mauvaise. Mais il est vrai que titre de noblesse ne rime pas toujours avec intelligence.

— Cela s'applique-t-il aussi à vous, Ashford ?

— Eh bien, c'est moi qui suis venu vous voir pour vous proposer ces articles. Donc, de toute évidence, je n'ai guère été servi en matière de bon sens.

— Peut-être est-ce au contraire la chose la plus intelligente que vous ayez jamais faite.

Une chose dangereuse en tout cas, c'était certain, surtout si elle découvrait un jour sa motivation profonde. Mais il n'arrivait pas à regretter son choix. Pas pour le moment, en tout cas. Même s'il allait devoir rester sur ses gardes avec elle, pour un grand nombre de raisons.

— Cela reste encore à prouver, dit-il.

Elle eut un sourire moqueur.

— Il vous faudra lire l'édition de demain, alors.

— Déjà ?

— Bien sûr. Autant battre le fer pendant qu'il est chaud. Mais, ajouta Eleanor en bâillant de nouveau, il est possible que j'attende d'avoir bu une ou deux tasses de thé avant de m'atteler à un récit aussi épique.

Elle s'étira, et il se surprit à espérer entrevoir ses courbes sous le manteau et le gilet.

— Que fait un noceur le matin, après une nuit au tripot ? demanda-t-elle.

Il se frotta le menton, sentant sa barbe naissante. Quelques heures après le rasage, ses poils repoussaient déjà. Il devait y avoir du sang viking chez les Ashford pour expliquer cette pilosité.

— Parfois, je prends une légère collation, dit-il. Un peu de pain et un fruit. D'autres fois, je bois un dernier verre dans mon bureau. Si j'ai encore les idées un peu claires, je lis les journaux. Ou alors je regarde le feu dans la cheminée jusqu'à ce que je m'assoupisse. Alors mon valet vient me chercher et m'aide à monter me coucher.

— Charmant, dit-elle sans ironie aucune. Un moment de tranquillité, rien que pour vous. Je crois que cela me plairait aussi.

— Je suis sûr que ce doit être possible.

Elle rit doucement.

— Ah, monsieur le Comte, lorsqu'on dirige un journal, on n'a pas le temps de s'assoupir devant le feu. Chaque heure de chaque jour est consacrée à la poursuite de l'argent tout-puissant. Nous travaillons toute la semaine. Le dimanche est notre seul jour de repos.

— Épuisant.

— Mais excitant, aussi ! Je ne dois de comptes à personne d'autre qu'à moi. Et c'est mon travail qui assure leur paie à mes employés, et un journal à mes lecteurs. C'est mieux que d'être la bonniche d'un mari ou, pire, une potiche.

Elle frissonna à cette idée.

Il n'avait rien à opposer à un tel raisonnement. Lui-même n'aurait pas voulu de ces rôles. Mais les paroles de Mlle Hawke le troublaient. Elle avait un objectif, manifestait une détermination sans faille. Des choses dont il ignorait tout. Qu'éprouvait-on lorsqu'on avait un vrai but dans la vie ? Il sentait l'énergie qu'elle dégageait, comme un feu dégage de la chaleur. Un feu dont le réconfort lui manquait cruellement.

Ils approchaient du théâtre, et soudain, il redouta que cette nuit prenne fin. Et s'il l'invitait à aller boire un café ? Ou peut-être... peut-être accepterait-elle de venir boire un whisky dans son bureau. Non. Sa maison, c'était son sanctuaire. Et dans un café, le déguisement fripé de Mlle Hawke n'aurait plus l'effet souhaité. Mieux valait mettre un terme à cette soirée et continuer à se protéger.

Pourtant, à l'approche du théâtre, le regret l'étreignit, lui noua le ventre.

Une chose étrange se produisit lorsque la voiture s'arrêta. Mlle Hawke ne descendit pas tout de suite. Elle resta assise, regardant autour d'elle avant de poser les yeux sur lui. Une légère tension régnait dans l'habitacle, comme une toile lumineuse dans laquelle il se sentait pris.

Elle sursauta quand il se pencha en avant.

Il regarda sa propre main se lever et retirer la petite moustache avant de caresser la peau douce, juste au-dessus de sa lèvre.

— Je vous préfère en femme, murmura-t-il.

— Je me préfère en femme aussi.

Ainsi penché près d'elle, il vit ses pupilles s'élargir, ses lèvres s'entrouvrir. Elle sentait le vin et la fumée de cigare, mais il percevait aussi l'odeur de sa peau. Quel goût avait-elle ? Il eut soudain terriblement envie de le découvrir.

Une demi-seconde avant de perdre l'esprit, il se ressaisit. Mais que lui arrivait-il ? Cette femme était une journaliste. Ils avaient une relation professionnelle – ou, plutôt, il se servait d'elle pour atteindre ses propres objectifs. Avoir une relation de n'importe quelle nature avec elle, pour toute autre raison que celle-ci, c'était de la folie pure.

Il s'écarta. Elle sembla se ressaisir elle aussi au même moment, agrippant la banquette comme pour s'éloigner et mettre le plus de distance possible entre eux.

— Je vais... commença-t-il d'une voix sourde avant de toussoter. Je vous enverrai un mot à propos de notre prochaine sortie.

— Cela me paraît très bien, répondit-elle d'un ton distrait, bizarrement essoufflé.

Seigneur, avait-elle souhaité qu'il l'embrasse ? C'était encore pire.

Elle posa une main sur la poignée de la portière.

— Je devrais... Je vais... C'était...

— Oui, dit-il.

Ils sursautèrent tous les deux lorsque la portière s'ouvrit. Le valet se tenait là, impassible. Daniel n'aurait su dire s'il lui était reconnaissant de sa présence ou s'il lui en voulait d'avoir interrompu ce moment.

— Bonne nuit, lâcha-t-il enfin.

— Bonne journée, répondit-elle.

Puis elle descendit de la voiture. Il la regarda s'éloigner, attendit qu'elle se retourne, mais elle n'en fit rien. Lorsqu'il arriva enfin chez lui, il laissa échapper un long soupir, sans savoir si c'était de soulagement ou de regret.

8

> *Un des plus grands plaisirs dans la vie, qui entretient le raffinement et la délicatesse de l'esprit, est la tenue d'une correspondance avec une personne sensible et de goût.*
>
> L'Œil du Faucon, 6 mai 1816

Plume entre les doigts, Eleanor regardait fixement la page blanche posée devant elle. Les mots refusaient obstinément de venir. Elle regarda la pointe de sa plume, chercha tout au bout quelque chose qui empêchait l'écriture. Mais non, elle était bien taillée, propre, prête. Ce qui bloquait les mots, c'était *elle*.

Elle soupira, posa sa plume et s'étira le cou. D'ordinaire, cela l'aidait à se concentrer. Mais lorsqu'elle reprit sa plume et la plongea dans l'encrier, la pointe ne fit que s'arrêter au-dessus du papier et ne bougea plus. Une goutte d'encre éclaboussa la feuille.

Poussant un grognement exaspéré, elle passa le buvard. Elle aurait aimé froisser la feuille et la jeter par terre, mais le papier était cher, et elle ne pouvait pas se permettre de le gâcher.

Elle se massa le front. Cet article sur plusieurs jeunes femmes de bonne famille s'évanouissant à une conférence de zoologie n'allait pas s'écrire tout seul. Pourtant, chaque fois qu'elle essayait de jeter une phrase sur le papier, quelque chose bloquait toute inspiration.

Enfin, *quelqu'un*, plutôt. Le visage d'Ashford ne quittait pas son esprit. Pas celui, parfait, immaculé, du début de leur soirée ensemble, mais celui, mal rasé, presque négligé du petit matin. Sa main avait eu envie de sentir cette barbe naissante, drue contre sa paume. Et l'envie était toujours là.

Sa voix, son rire résonnaient silencieusement dans son esprit ; les odeurs du savon, de la flanelle et du tabac se mêlaient dans son souvenir. Elle n'arrivait pas à oublier la façon dont le regard d'Ashford s'était intensifié lorsqu'il lui avait retiré sa moustache et caressé la lèvre. Sa main était gantée, mais elle avait senti son contact, et ses propres doigts allaient et venaient maintenant sur sa lèvre comme pour retrouver cette sensation.

L'espace d'un instant très court, dans la voiture, elle avait cru qu'il allait l'embrasser. Elle avait eu envie qu'il le fasse.

Eleanor soupira, les paumes sur les yeux, et se laissa tomber en arrière.

C'était insupportable. Cela faisait déjà trois jours qu'ils étaient allés chez *Donnegan's*. Trois jours durant lesquels elle avait écrit et publié le premier article. Les ventes du journal étaient à la hausse, et elle aurait dû établir la stratégie à suivre pour tirer tout le profit possible de cette hausse, mais elle n'avait cessé d'être préoccupée, anxieuse. Déconcentrée.

À cause de lui. Ce fichu débauché de comte.

Elle avait cru qu'écrire ces articles sur ses mésaventures lui servirait de catharsis et la débarrasserait des souvenirs qu'elle avait de lui, que cela agirait tel un exorcisme. Car elle se sentait comme possédée par un comte particulièrement beau, bien bâti et intelligent. Or elle ne voulait pas qu'il la possède. Elle n'appartenait à personne d'autre qu'à elle-même.

Mais elle n'arrêtait pas de penser à Ashford. Il était comme... une infestation. Oui, voilà comment elle allait le considérer. Comme une infestation insupportable, mais persistante, de vers de farine dans sa cuisine. Il n'aurait plus l'air aussi séduisant si elle l'imaginait gâtant sa farine et se tortillant dans son sucre.

Se tortillant dans mon sucre.

Seigneur, voilà une image qui ne l'aidait pas.

Elle se leva d'un bond. Elle était tout simplement incapable d'écrire pour l'instant. Il fallait qu'elle se change les idées. Dans les bureaux, les rédacteurs, tous penchés sur leur table, écrivaient avec frénésie. Ce spectacle l'irrita un peu plus encore. Personne d'autre ici n'était hanté par le spectre du comte. Personne ne se demandait à chaque instant ce qu'il était en train de faire, s'il dînait avec des amis ou s'il était seul à *L'Aigle*. S'il avait aimé son article.

Le fait est qu'il n'avait donné aucun signe de vie depuis trois jours. Cette pensée provoqua en elle une nouvelle vague d'agacement. C'était vraiment trop demander d'envoyer un petit mot ? Un « merci pour cette soirée » ? Ou « beau travail, cet article » ? Peut-être même « vous me devez cent livres », pourquoi pas ?

Bon, techniquement, comme c'était lui qui avait avancé les cent livres, si *Donnegan's* avait envoyé la facture, c'était sans doute à la résidence Ashford. Tout de même, il aurait pu avoir l'élégance de lui en parler ou d'évoquer son talent aux cartes. De faire quelque chose, quoi.

— Que puis-je faire pour vous, mademoiselle Hawke ? demanda Delia Everhart, une des rédactrices du *Faucon*.

Eleanor se rendit compte soudain qu'elle se tenait au milieu de la salle de rédaction, le regard dans le vide, perdue dans ses pensées.

Ridicule.

— L'article sur cette femme de la noblesse et l'acrobate chinois, on en est où ? improvisa-t-elle.

— Ça avance, répondit Delia avec un sourire.

Eleanor secoua la tête et entreprit de s'enquérir du travail de chacun. Contrairement à elle, tout le monde au journal était occupé et productif. Le temps d'arriver jusqu'aux imprimeurs et de parler avec eux du dernier numéro en composition, trente minutes avaient passé, et l'inspiration ne lui était toujours pas venue. Elle allait devoir regagner son bureau, s'y enchaîner et se forcer à travailler.

Si seulement la réaction de femmes du monde à une discussion sur les habitudes d'accouplement chez les primates l'avait inspirée un peu plus que le comte...

— S'il vous plaît ? dit une voix derrière elle.

Elle se retourna et se retrouva face à un homme en livrée. Une livrée qu'elle reconnut.

— Oui ?

Le domestique à perruque s'inclina et lui tendit une enveloppe. Son nom était griffonné au recto, et elle identifia aussitôt au verso, dans le sceau qui cachetait le pli, les armoiries du comte d'Ashford : un faucon tenant une épée entre ses serres.

Elle prit la lettre et tendit une pièce au valet de pied, qui s'inclina une nouvelle fois, mais ne bougea pas.

— Attendez-vous une réponse ? demanda-t-elle.

— Oui, madame.

— Un moment, je vous prie.

Elle alla jusqu'à son bureau, s'assit et ouvrit le pli.

Retrouvez-moi aux écuries à l'arrière de chez moi dans deux jours, à minuit. La présence de M. Sinclair n'est pas requise mais vous en femme de réputation douteuse, si.
Amicalement,

A.

Non mais quel toupet incroyable, cet homme ! Pas un seul « s'il vous plaît » ou « auriez-vous l'amabilité de... » ! Juste ce petit mot impérieux et sinistre. Une convocation, oui ! Qui, pourtant, la fit sourire.

Elle allait le revoir, et à cette idée, son cœur battait déjà deux fois plus vite. Diantre. Elle n'aurait pas dû être aussi excitée à l'idée d'être près de lui de nouveau. Son premier article avait considérablement fait augmenter les ventes du journal, et elle devait penser à cela avant tout.

Reste professionnelle, Hawke, s'ordonna-t-elle. *Reste de ce côté de ton bureau.*

Mais elle n'y arrivait pas. Pas avec la perspective de passer une autre soirée avec lui, à faire... à faire quoi, exactement ? Elle n'en savait rien, juste qu'il lui fallait trouver des vêtements un peu particuliers. Voilà qui piquait sa curiosité.

Elle ne laissa rien paraître de tout cela dans sa réponse, cependant. Prenant une feuille de papier ministre, elle écrivit :

M. Sinclair vous est reconnaissant de ne pas le convoquer. Veuillez définir l'expression « de réputation douteuse ».

E.H.

Elle sécha puis plia sa réponse et alla la donner au valet, qui s'inclina avant de tourner les talons.

De retour dans son bureau, elle travailla à son article, avec le sentiment de devoir avancer dans un océan de caramel mou vêtue de ses seuls bas et chargée d'un hippopotame sur le dos. Ce supplice dura une bonne heure, jusqu'à ce qu'on toque à sa porte.

Levant les yeux, elle vit le valet. Il entra et lui tendit un autre pli. Avec le même cachet au dos. Les armoiries du comte, encore.

Elle ouvrit la lettre.

De réputation douteuse : louche, qui provoque la méfiance, de petite vertu, aux mœurs dissolues. Franchement, E.H., pour une journaliste, vous manquez singulièrement de vocabulaire.

A.

Elle rédigea aussitôt sa réponse.

Pour un aristo, vous faites preuve d'une absence confondante de bonnes manières.

E.H.

Une demi-heure s'écoula avant qu'une nouvelle lettre arrive. Le valet semblait un peu plus contrarié qu'avant.

Vous devrez avoir l'air d'une grue. Ça vous va, comme manières ?

A.

Je n'en attendais pas moins de vous.

E.H.

Je ne vis que pour vous satisfaire.

A.

Parfait.

E.H.

P.-S. Cet échange doit cesser, sauf si vous souhaitez que votre cocher et votre valet se révoltent.

Elle fut déçue de ne pas recevoir de réponse à son dernier mot, même s'il avait tenu compte de son conseil. Elle rangea soigneusement cette correspondance dans un tiroir de son bureau, qu'elle ferma à clé.

Donc, dans deux jours, elle devrait s'habiller en grue et le retrouver dans ses écuries. De toute évidence, il attendait d'elle qu'elle soit au rendez-vous. Elle pouvait ne pas y aller, mais à quoi servirait une telle manifestation de mauvaise humeur ? Si elle avait accepté son marché, c'était justement pour l'accompagner dans ses virées nocturnes et faire grimper les ventes de son journal.

Elle sourit. Il voulait qu'elle s'habille comme une grue ? Très bien. Elle obéirait, à sa façon.

Assis dans son fauteuil préféré au *White's*, Daniel relut le récit qu'avait fait Mlle Hawke de leur escapade nocturne. Il serra les lèvres pour s'empêcher d'éclater de rire à la lecture de sa « transformation » en homme, puis retrouva son sérieux en arrivant au passage où elle livrait ses réflexions sur les différences entre les rôles que la société attribuait aux hommes et aux femmes.

Il survola les parties qui parlaient de lui. C'était un sujet qui le fatiguait rapidement, et même la plume talentueuse de Mlle Hawke ne parvenait pas à l'intéresser à lui-même. Mais c'était la quatrième fois qu'il lisait cet article, fasciné non par ses exploits mais par elle. Par son style. Par la qualité de son écriture et de son analyse. Par cet esprit affûté qui illuminait tout son article.

Il avait d'abord abordé cet article avec circonspection. Qu'allait-elle dire de lui ? Et comment ? Il avait déjà parcouru les colonnes de *L'Œil du Faucon*, mais sans savoir de quels articles elle était l'auteur. Maintenant, il avait un échantillon de ce qu'elle écrivait, et il était impressionné. Vraiment.

Pour commencer, elle n'avait pas fait de lui le portrait d'un désastre humain, un exemple édifiant de ce que trop d'argent, trop de pouvoir et trop de temps pouvaient faire à un homme. Mais elle n'avait pas non plus retenu ses coups.

Lord Decadenshire a de l'esprit, et il est brillant, c'est indiscutable. On se demande néanmoins ce qu'il serait capable d'accomplir s'il mettait cette remarquable intelligence au service d'autres problèmes que la finesse de cheville d'une comédienne ou la carte suivante dans son jeu. De fait, en consacrant ses capacités intellectuelles non négligeables à un objectif un peu plus éminent, il rendrait service à la société tout entière. Pour le moment, néanmoins, le seul à tirer profit de son intelligence, c'est lui, et personne d'autre. Un domaine qui manque hélas notoirement de profondeur.

Il avait été surpris d'être à ce point blessé par ses mots, même s'il la croyait capable de bien pire. Elle avait écrit en sachant qu'il lirait l'article, ce qui expliquait peut-être qu'elle ne se soit pas montrée aussi cruelle qu'il s'y attendait. Pas pour l'épargner, bien sûr, mais pour qu'il ne mette pas un terme à leur accord. Cette Mlle Hawke était une petite créature futée.

Mais ce qui l'avait captivé, c'était la qualité du travail. Les observations toujours pertinentes de Mlle Hawke avaient élargi sa perception de la condition humaine et de la société en général. Il regrettait presque que *L'Œil du Faucon* ne soit pas un peu plus qu'une feuille à scandale. Elle aurait sûrement pu écrire pour un journal de meilleure réputation, comme le *Times*, non ?

Mais peut-être n'était-on pas large d'esprit au point d'employer des femmes journalistes, au *Times*. Peut-être Mlle Hawke n'avait-elle eu d'autre solution que d'écrire dans sa gazette, parce que c'était la seule tribune dont elle disposait. Si c'était le cas, il trouvait cela fort regrettable. Le *Times* avait un tirage plus important que *L'Œil du Faucon*, ce qui signifiait que Mlle Hawke avait moins de lecteurs qu'elle ne le méritait.

Enfin... peut-être pas, après tout. Un coup d'œil par-dessus son journal lui révéla que plusieurs autres membres de son club lisaient *L'Œil du Faucon* en riant sous cape. Aucun d'eux ne se doutait de la véritable identité de lord Decadenshire. Et il préférait qu'il en reste ainsi.

Si seulement Jonathan avait été là ! Il aurait ri en lisant l'article, et les idées de Mlle Hawke à propos des différences entre les sexes l'auraient laissé songeur. Jonathan était capable d'introspection. S'il avait décidé de poursuivre l'existence d'un diplômé de Cambridge plutôt que de s'engager dans l'armée, tout aurait été différent, aujourd'hui.

Daniel retourna à sa lecture. Son échange de lettres avec Mlle Hawke, un peu plus tôt dans la journée, avait été son premier contact avec elle depuis cette fameuse nuit. Il avait délibérément laissé passer un peu de temps avant de lui faire signe. Il avait besoin de garder ses distances avec cette femme, surtout après avoir failli l'embrasser.

Mais, ces derniers jours, il n'avait cessé de penser à différentes choses, en se demandant si elles l'auraient intéressée ou amusée. Il avait eu envie d'en parler avec elle. Par courrier ou, de préférence, en personne. Mais toutes ces envies devaient être étouffées. Il fallait qu'il garde à l'esprit les motivations de Mlle Hawke et qu'il se souvienne du danger qu'il y avait à la fréquenter de trop près. Elle en savait déjà trop.

Cela ne l'empêchait pas de se souvenir de la forme de ses cuisses sous son pantalon, ou du timbre rauque de sa voix quand elle riait. Cela ne l'empêchait pas de rêver d'elle, ses attributs masculins disparaissant comme par magie, révélant son corps de femme...

Une voix s'adressa soudain à lui, le tirant de sa rêverie.

— Un sacré article, non ? J'ai particulièrement aimé la partie où elle décrit lord Broodington comme « l'un des hommes les plus débauchés de cette ville, ne laissant aucune vertu s'immiscer entre lui et ses désirs ».

Marwood se tenait à côté de lui. Il avait lui aussi un exemplaire du *Faucon* entre les mains.

— Vraiment intéressant, cet article, continua-t-il. Je me demande si quelqu'un a compris que tu étais lord Decadenshire.

— Pas si fort, je te prie, répliqua sèchement Daniel.

— Et nulle part il n'est fait mention de cousin Ned, insista Marwood.

D'un coup d'œil, Daniel s'assura que personne ne pouvait les entendre.

— Si on parlait de lui, ce serait un choc trop grand pour mon oncle et ma tante.

— Pourquoi ?

— Parce que leurs enfants s'appellent Jasper, Edmund et William.

Marwood secoua la tête.

— Qu'est-ce qui t'a pris de laisser une journaliste t'approcher ?

Daniel ne pouvait pas lui dire la vérité, même s'ils étaient amis.

— Peut-être que nos nuits de débauche ont fini par m'ennuyer. Peut-être que j'ai vu là une nouvelle façon de m'amuser.

Marwood secoua la tête.

— Je soupçonne un motif caché.

— Tu me connais depuis toujours, n'est-ce pas, Marwood ? M'as-tu déjà vu me lancer dans quoi que ce soit qui ne soit pas susceptible de me rapporter quelque chose, ne serait-ce qu'un peu de distraction ?

— C'est précisément parce que je le sais que cela m'inquiète. Tu manigances quelque chose, et si tu ne me dis pas quoi, j'en serai réduit à chercher moi-même la réponse, dit Marwood en pointant un doigt sur Ashford.

La panique traça son sillon glacé sur la nuque d'Ashford. Marwood était un débauché lui aussi, mais à l'université, c'était un étudiant brillant, d'une intelligence remarquable. Si Marwood s'intéressait de trop près à ses activités, les conséquences pourraient en être désastreuses. Cet homme ne savait pas garder un secret. Il raconterait tout à quelqu'un d'autre, qui à son tour le répéterait, et très vite, toute la bonne société se transformerait en une nuée de vautours déchirant la réputation de la famille de Jonathan comme une vulgaire charogne.

— À ta guise, dit-il avec un geste d'ennui. Cherche la petite bête, si cela t'amuse.

Marwood le regarda un long moment avant de secouer la tête.

— Te verrai-je au théâtre, ce soir ? On donne une nouvelle pièce de la mystérieuse Mme Delamere, dont les œuvres sont en général très divertissantes.

— J'irai peut-être pour les deux premiers actes, répondit Daniel. Mais j'ai quelque chose de prévu un peu plus tard dans la soirée.

— En compagnie de ton écrivaillon, peut-être ?

Daniel reprit son journal.

— Je te souhaite un très mauvais après-midi, Marwood.

— Je te souhaite une atroce journée, Ashford.

Sur quoi l'homme s'éloigna en sifflotant un air du dernier opéra-comique à la mode. Un vrai fou de théâtre, ce Marwood. Il n'avait pas raté une seule *burletta* de l'énigmatique Mme Delamere depuis les débuts subversifs de celle-ci.

Marwood parti, Daniel posa le journal sur ses genoux et regarda dans le vide. Il aurait dû se douter que quelqu'un, dans son entourage, comprendrait qu'il était lord Decadenshire et chercherait à savoir pourquoi il avait laissé une journaliste l'accompagner. La plupart de ses connaissances se seraient satisfaites de la réponse qu'il avait donnée à Marwood. Mais il avait joué de malchance et c'était ce dernier qui, justement, avait tout compris.

Bien, il s'occuperait de lui plus tard. Pour le moment, il avait un rendez-vous.

Sa voiture l'attendait à la sortie du club. Il donna l'adresse au cocher et se mit en route pour Mayfair. Il fallait qu'il se reprenne. Qu'il cesse de penser à Mlle Hawke et qu'il oublie son inquiétude face aux soupçons de Marwood.

Plus facile à dire qu'à faire.

La voiture s'arrêta devant une maison de Dorset Square. Il sortit et monta les marches qui menaient à la porte d'entrée. La porte s'ouvrit avant qu'il ait eu le temps de frapper, et un majordome à l'air sévère l'accueillit.

— Mlle Lawson vous attend dans le salon vert, monsieur le Comte.

Après s'être débarrassé de son chapeau et de sa canne, Daniel s'engagea dans le corridor. Il était inutile qu'on lui montre le chemin : il faisait pratiquement partie de la famille et connaissait cette maison comme sa poche. Bien qu'elle fût meublée à la dernière mode et immaculée, il régnait sur les pendules émaillées et les Gainsborough une tension, quelque chose de pesant, comme si le malheur, le désespoir dans lesquels cette famille était plongée alourdissaient tout autour d'eux. Il avait le sentiment de se frayer un chemin dans une atmosphère épaisse qui cherchait à l'étouffer. Il était responsable de cette situation, et lui seul pourrait rendre à cette maison et à ses occupants le bonheur du passé. Il était la clé de tout.

Sur le seuil du salon vert, il s'arrêta, frappa et, ayant reçu la permission d'entrer, obtempéra.

Une jeune fille blonde en tenue de deuil était assise sur un sofa à rayures, les mains jointes sur ses genoux. Catherine Lawson était pâle dans la lumière de l'après-midi. Ces dernières semaines avaient effacé le rose de ses joues, comme si la perte d'un être cher et la peur lui retiraient progressivement la vie. Elle avait un teint de cendre et semblait bien plus âgée que ses dix-sept ans.

Elle ne dit pas un mot lorsqu'il entra, répondit juste d'un signe de tête quand il la salua.

Leurs rendez-vous avaient toujours lieu dans ce salon situé à l'arrière de la maison, un peu à l'écart des autres pièces. Comme si le sujet qui les réunissait ne devait pas être entendu ou rapporté dans le reste de la résidence.

Elle lui fit signe de s'asseoir en face d'elle. Toujours en silence, elle lui proposa une tasse de thé du plateau déjà prêt sur la petite table, mais il refusa d'une main.

Enfin, elle prit la parole.

— Avez-vous des nouvelles ?

À contrecœur, il secoua la tête.

— Il n'était pas chez *Donnegan's*.

Les doigts de la jeune fille se dénouèrent, et elle se frotta les yeux avec lassitude.

— C'est l'un des tripots les plus courus de Londres. Il y était certainement.

— Que dire ? J'ai cherché Jonathan, mais je ne l'ai vu nulle part.

— Peut-être… peut-être était-il à l'étage, en compagnie de… d'une de ces femmes.

— J'y ai passé toute la nuit, ma chère enfant, dit-il de sa voix la plus douce. Il n'y avait aucune trace de votre frère.

Elle se leva brusquement et alla jusqu'à une table en demi-lune. Un journal plié y était posé, et il eut soudain l'intuition qu'il savait lequel.

— Peut-être étiez-vous trop occupé pour remarquer quoi que ce soit, dit-elle sèchement. Vous teniez compagnie à cette journaliste.

Ah. Il s'y attendait.

— Je suis capable de faire plusieurs choses à la fois. Croyez-moi, je me servais peut-être de Mlle Hawke pour détourner l'attention, mais cela ne m'a pas empêché de chercher Jonathan.

Il vit ses épaules s'affaisser légèrement.

— Pardonnez-moi, Ashford.

Il se retint de se lever pour aller la prendre dans ses bras, comme un frère. Mais Catherine avait beau être jeune et seule, elle était fière, aussi. Elle l'aurait repoussé. Lui demander son aide avait déjà dû beaucoup lui coûter.

Alors il lui servit une tasse de thé et la lui apporta. Elle but une gorgée et reposa aussitôt la tasse. Puis elle le regarda. Elle avait les mêmes grands yeux bleus que Jonathan, et aujourd'hui, il y avait dans ce regard la même ombre, mais pour des raisons bien différentes.

— J'ai lu un article dans cette gazette, dit-elle. À propos d'un certain lord Decadenshire. Je n'ai pas pu m'empêcher de noter des similitudes entre vous et lui.

— Vous avez toujours été très intelligente.

— Pourquoi vous exposer ainsi à tous les regards ?

— Pour vous et Jonathan, répondit-il. Pour brouiller les pistes. Je me suis dit qu'en attirant l'attention sur moi et ma prétendue vie de débauché, j'empêcherais la journaliste de découvrir ce que nous faisons, vous et moi.

Catherine baissa la tête.

— Merci. Chaque fois que je me dis que votre gentillesse a atteint ses limites, vous prouvez que je me trompe et vous êtes plus gentil encore.

— Vous méritez qu'on soit gentil avec vous, répondit-il doucement. Vous et Jonathan le méritez.

Les lèvres de la jeune fille tremblèrent.

— Le monde ne l'a guère été avec lui.

Il posa délicatement une main sur son épaule. Elle ne la repoussa pas, montrant à quel point elle était lasse et inquiète.

— Hélas, je sais d'expérience que ceux qui méritent le plus miséricorde sont souvent ceux à qui elle est refusée.

— Je pensais qu'un homme ayant servi son pays sur les champs de bataille trouverait gloire et paix à son retour, dit-elle avec amertume. Mais ce n'est pas ce qui attendait mon pauvre frère.

— Non, ce n'est pas ce qui l'attendait.

— C'est tellement injuste...

Les sanglots l'empêchèrent de poursuivre.

« Injuste ». Le terme était bien faible. À l'école, Jonathan avait toujours pris les élèves les moins populaires sous son aile pour leur éviter d'être malmenés par les brutes. Mais, contrairement à Daniel, il n'était pas l'aîné de sa fratrie et avait dû se débrouiller par lui-même une fois adulte. On lui avait acheté une charge d'officier. Il avait été fier de son bel uniforme et s'était distingué comme un excellent meneur d'hommes en temps de paix. Puis la guerre avait éclaté, et il était parti combattre sur le continent.

Dieu merci, il avait survécu et n'avait perdu aucun membre, contrairement à bon nombre de soldats. Mais ses blessures étaient invisibles. Daniel avait cru qu'ils reprendraient leur amitié là où ils l'avaient laissée, et s'était trompé. Jonathan n'écoutait plus ce qu'on lui disait, n'arrivait plus à se concentrer, perdait la mémoire. Il ne finissait plus ses phrases, les laissait en suspens, se mettait en colère très facilement. D'abord, ça n'avait été que des remarques un peu acerbes, puis les choses avaient empiré. Il s'était mis à jeter des objets sur le sol, à donner des coups de poing dans les murs, avant d'éclater d'un rire de dément en voyant le sang couler sur sa main.

Personne n'avait su quoi faire, les parents et le frère aîné de Jonathan encore moins que les autres. Ils persistaient à dire qu'il allait bien, qu'il avait juste besoin d'un peu de temps pour se réhabituer à la vie civile. Mais l'homme aimable et courtois avait disparu, remplacé par un étranger colérique, au tempérament instable.

Un étranger qui préférait la compagnie d'êtres plus violents et la fréquentation de quartiers plus louches.

Jonathan avait cessé de se montrer aux soirées, aux bals et aux réunions organisés par les familles de la bonne société. Il ne venait plus au *White's* ni à aucun autre club, n'allait plus jamais au théâtre ni aux courses. Il s'était mis à fréquenter une bande d'individus tous plus louches les uns que les autres, la plupart criminels patentés. Pour le second fils d'un duc, un tel comportement dépassait le scandale et frisait l'ignominie.

Puis il avait disparu.

Aujourd'hui, face à Catherine, Daniel se sentait submergé par le remords. Il aurait dû agir plus tôt, aurait dû faire plus pour tenter de rétablir le contact avec Jonathan. Mais sa compagnie était devenue si désagréable, si inquiétante, que lorsque Jonathan avait cessé de lui parler, il avait laissé s'éloigner son vieil ami. Jonathan lui avait manqué, mais c'était un grand garçon, capable de prendre ses décisions tout seul. En vérité, Daniel s'était montré négligent. Il n'avait pas été là pour Jonathan quand celui-ci avait eu besoin d'aide.

Personne n'avait été là pour lui. Sauf Catherine. Mais Catherine était trop jeune, incapable de lutter contre les démons qui hantaient son frère.

Trop concentré sur son propre bien-être, Daniel ne s'était rendu compte que Jonathan avait disparu que lorsque la mort de l'héritier du duc de Holcombe avait été rendue publique.

Il avait assisté aux funérailles et avait constaté l'absence de son ami. Un scandale de plus. Mais Daniel s'était dit que, peut-être, Jonathan, loin d'ici, se trouvait sur le chemin du retour, faisant progressivement son deuil et acceptant son nouveau rôle au sein de la famille...

Puis, le lendemain des funérailles, Catherine avait frappé à la porte de Daniel au petit matin, le visage baigné de larmes. Elle l'avait supplié de l'aider. Il était le seul vers qui elle pouvait se tourner.

Il lui avait servi un cognac, l'avait assise près du feu. Il avait fallu un peu de temps, mais la vérité lui avait finalement été révélée. Une vérité bien amère, parce qu'elle disait à quel point il avait laissé tomber son ami.

— Cela fait presque un mois, dit Catherine en se détournant. Et mon frère ne m'a pas écrit une seule fois. Je l'ai aperçu une fois, au détour d'une rue près de Drury Lane. Il n'était que l'ombre de lui-même, j'ai failli ne pas le reconnaître.

— Vous êtes certaine qu'il s'agissait de Jonathan ?

Elle se tordit les mains et hocha la tête.

— Vous savez à quel point nous sommes proches. *Étions* proches. Je le connais. Mais quelqu'un d'autre ne l'aurait pas reconnu.

Il regarda par la fenêtre, songeur. Le printemps avait été froid, et l'été arrivait plus timidement encore que d'ordinaire. Le jardin magnifique et foisonnant que Catherine passait tant de temps à composer et à entretenir n'était que broussailles et herbes brunes. Comment ne pas y voir le reflet de l'échec des recherches entreprises par Daniel ?

— Bon sang, murmura-t-il.

Il détestait se sentir impuissant. Il avait laissé tomber Jonathan, et maintenant, il devait absolument faire quelque chose pour que tout rentre dans l'ordre.

Impossible d'annoncer publiquement la nouvelle ou d'aller voir la police. Cela aurait signifié le déshonneur absolu pour toute la famille, en particulier pour Jonathan et Catherine.

Daniel avait ratissé la ville entière, seul ou avec Catherine, à la recherche de Jonathan, sans aucun résultat jusque-là. Mais ce n'était qu'en lisant ce qui le concernait dans *L'Œil du Faucon* qu'il avait pris la mesure du danger. Si quelqu'un comme Mlle Hawke avait vent de ce qui était arrivé à Jonathan et le révélait, les conséquences seraient catastrophiques. Catherine ne trouverait plus un seul parti à épouser ; sa vie cesserait avant même d'avoir commencé. Et Jonathan... Tout serait perdu pour lui. Même son titre ne pourrait le protéger d'un tel scandale.

Heureusement, la réputation de noceur de Daniel avait quelques avantages. Personne ne s'interrogeait sur sa présence dans les quartiers les plus mal famés de Londres, ce qui lui permettait de poursuivre ses recherches sans être trop inquiété. Tout comme Mlle Hawke, ses faits et gestes n'engageaient que lui, et quand bien même, son sexe et son titre le protégeaient des coups les plus durs.

— Et voilà que vous fricotez avec des journalistes ! dit Catherine en frissonnant. Moi qui trouvais que nous fréquentions déjà la lie de la société en traînant sur les docks...

— Mlle Hawke n'est pas aussi terrible que cela, s'entendit-il répondre avant de se maudire.

Il devait absolument être plus prudent dans ses propos.

Catherine le fixa d'un œil perçant.

— Mlle Hawke, c'est donc son nom ?

Elle s'approcha, le visage un peu moins fermé, titillée par l'éternel plaisir du commérage.

— Parlez-moi de cette femme. Celle qui s'habille en homme et ne manque vraiment pas d'audace.

— Il n'y a rien à en dire. J'avais besoin d'attirer l'attention de la presse, et elle avait très envie d'écrire un article. C'est tout.

Il se refusait à avouer que ses pensées ne cessaient de retourner vers elle, qu'il était impatient de la revoir. La fascination qu'elle exerçait sur lui grandissait chaque jour. Si Catherine l'avait fouillé, là, elle aurait trouvé les petits mots de Mlle Hawke glissés dans sa poche intérieure. Contre son cœur.

— Pouvez-vous lui faire confiance ? demanda Catherine.

— Non, mais telle n'est pas mon intention.

Traiter avec Mlle Hawke était dangereux.

Il s'intéressait beaucoup trop à elle, alors qu'il ne l'avait vue que deux fois. Passer plus de temps en sa présence, c'était risquer de gros ennuis.

Mais c'était lui qui avait pris l'initiative de ce marché. Tout ce qu'il avait à faire, c'était garder la tête sur les épaules.

— Soyez prudent avec Mlle Hawke, Ashford, dit Catherine comme si elle lisait dans ses pensées. Si j'en crois ses articles, c'est quelqu'un d'extrêmement perspicace.

— En effet, répondit-il. Mais je peux relever le défi, Catherine. Mieux que vous, ajouta-t-il avec un sourire taquin. Après tout, j'ai plus d'expérience. Je suis bien plus âgé.

Il avait quinze ans de plus qu'elle, exactement.

— Même les hommes d'âge mûr commettent parfois des erreurs, répliqua-t-elle. Pensez au pauvre roi Lear.

— Je peux toujours compter sur vous pour me ramener vers la vérité. Vous serez le fou ou Cordelia.

Il jeta un coup d'œil en direction de la pendule, sur la cheminée.

— Mais le temps passe, et j'ai quelques pistes à explorer, ajouta-t-il.

— Je vais chercher mon manteau, dit-elle en se dirigeant vers la porte.

Il l'arrêta d'une main légère sur son bras.

— Ces endroits sont trop risqués pour vous, même avec moi. Si j'entends ou vois quoi que ce soit, je vous en parlerai avant d'agir.

Il était probable que Jonathan essaierait de fuir si Daniel tentait seul d'entrer en contact avec lui. La présence de Catherine serait indispensable.

— Faites attention, le supplia-t-elle.

Il eut ce qu'il espérait être un sourire rassurant.

— Comme toujours.

Elle se hissa sur la pointe des pieds et l'embrassa délicatement sur la joue.

— C'est vraiment dommage que vous soyez si vieux, soupira-t-elle. J'aurais facilement pu tomber amoureuse de vous.

Si leur différence d'âge l'avait empêchée de s'attacher à lui de cette façon, il en était soulagé. Une jeune fille gentille et douce comme Catherine n'était pas ce qu'il lui fallait. Mais quel genre de femme lui fallait-il, ça, il n'en avait pas la moindre idée.

En reprenant son chapeau et sa canne au majordome, il se souvint du rire de Mlle Hawke, de son regard noisette si futé. Une femme vraiment peu recommandable. Et pourtant, une femme à laquelle il ne pouvait cesser de penser.

Les lieux qu'il avait prévu de visiter ce soir étaient dangereux, mais ils ne lui réservaient certainement pas les mêmes périls que Mlle Hawke.

Encore deux jours avant de la revoir. Et c'était son impatience, plus que toute autre chose, qui l'inquiétait.

9

> *La nuit tombée, nombreux sont les dangers qui se tapissent dans les rues de Londres. Mais les tentations y sont telles qu'il est souvent difficile d'y résister.*
>
> *L'Œil du Faucon, 8 mai 1816*

Bien enveloppée dans sa cape, le visage disparaissant dans sa capuche, Eleanor marchait d'un pas vif dans les rues sombres de Mayfair. En passant devant l'église St. George, elle entendit sonner le dernier quart avant minuit. La maison d'Ashford était toute proche, elle avait encore le temps, mais elle ne voulait pas être en retard. Pourtant, le comte ne risquait pas de partir sans elle pour... pour où, elle l'ignorait encore, à vrai dire. Il attendrait, de toute façon, il avait besoin qu'elle l'accompagne. C'était là l'unique objectif de leur accord : écrire des articles sur ses escapades nocturnes.

Rien de plus, se répéta-t-elle. Elle faisait cela pour le journal, seulement pour le journal. Et pour la raison secrète qui avait poussé Ashford à lui faire cette proposition.

Elle n'avait toujours pas découvert quel était ce motif, et si elle brûlait d'en savoir plus, elle se doutait que revenir sur le sujet risquait de dissuader le comte de poursuivre leur collaboration. Les ventes du *Faucon* ayant fait un bond après la parution du premier article de la série *Sur les pas d'un dépravé*, se priver d'une telle occasion aurait été stupide.

Mais ces articles n'étaient pas la seule chose qui la poussait à accélérer le pas et faisait battre son cœur un peu plus vite. Ce n'était pas lui non plus, non, certainement pas. Ni ses fichus messages, qu'elle lisait et relisait depuis deux jours comme une idiote. Au point de les savoir par cœur.

Sans ralentir, elle évitait les réverbères, restant dans l'ombre des façades somptueuses de Mayfair et de Marylebone. Une femme seule, à cette heure, était forcément une fille de joie, et elle préférait ne pas avoir à se servir du couteau caché dans sa bottine contre quiconque lui ferait des avances. Il était plus simple de prévenir tout contact en se faisant aussi discrète que possible.

Stratégie qui ne fonctionna pas tout à fait.

— Tu vas où comme ça, ma jolie ? articula péniblement un homme ivre qui titubait.

L'ignorant, elle poursuivit son chemin.

— Hé, petite salope de bêcheuse. T'es trop bien pour moi, peut-être ? dit-il en haussant le ton, l'attrapant par le bras au passage.

D'un mouvement précis, elle lui prit le poignet et lui tendit le bras d'un geste ferme, tandis que son genou allait faire connaissance assez brutalement avec son entrejambe. Elle le lâcha quand il tomba à genoux sur le trottoir en gémissant, puis reprit son chemin sans se retourner.

Se faire aborder de la sorte l'avait un peu secouée. Mais elle s'était défendue. La peur était un sentiment qu'il fallait conquérir.

La nature avait bien mal fait les choses, en permettant aux hommes de se promener avec leur plus grand point faible ballottant entre les jambes. Ces testicules qui obsédaient tant Ashford et ses semblables n'étaient rien d'autre que des inconvénients. Il faudrait qu'elle fasse allusion à ce défaut dans un de ses prochains articles.

Penser à ce qu'elle allait écrire l'apaisa un peu, et elle continua de marcher.

Arrivée sur Manchester Square, elle s'arrêta, bouche bée, son appréhension latente laissant la place à la stupéfaction. Devant elle s'élevait la maison d'Ashford, au cœur de tout ce que Londres comptait de richesse et de privilèges. Trouvant l'adresse précise, elle leva les yeux sur la façade à colonnes, qui s'élevait sur deux étages. Seigneur Dieu, il était célibataire, sans famille proche, et il possédait cette... ce manoir pour lui tout seul. Son petit appartement aurait tenu dans la salle à manger, elle était prête à le parier. Examinant l'édifice, elle mesura une nouvelle fois le gouffre qui les séparait, à tous points de vue.

Pourtant, malgré ce fossé, elle avait hâte de passer de nouveau un peu de temps en sa compagnie.

Alors, réprimant une nervosité qui ne lui ressemblait pas, elle contourna la bâtisse jusqu'à l'allée réservée aux domestiques et s'y engagea. Elle trouva les écuries sans difficulté. Une demi-douzaine de chevaux de race attendaient dans leur box, tous pouvant se targuer d'un pedigree supérieur à la plupart des gens que connaissait Eleanor.

— Par ici, mademoiselle.

Elle sursauta quand un jeune palefrenier apparut, lui faisant signe d'avancer. Se ressaisissant, elle répondit d'un hochement de tête et entra dans les écuries. On l'attendait donc. Elle se demanda ce qu'Ashford avait dit à son personnel. *J'attends une femme habillée en grue à minuit. Montrez-lui les chevaux.*

Le privilège du rang. On pouvait donner ce genre d'ordre sans qu'on vous pose de questions.

La bâtisse était en brique, et un grand porche voûté ouvrait au fond sur la cour. Des torches brûlaient au mur, et si les écuries étaient elles-mêmes une merveille d'architecture, ce qui la laissa sans voix fut Ashford et la voiture à côté de laquelle il se tenait.

— Doux Jésus, souffla-t-elle. Je n'ai jamais rien vu de tel.

— J'espère bien que non, dit le comte. Je l'ai fait faire sur mesure.

Bien sûr. Seul un comte, et un noceur, pouvait posséder un tel véhicule. Le phaéton haut perché était une œuvre d'art si magnifiquement ouvragée qu'elle en eut presque les larmes aux yeux. Le bois de la voiture avait été ciré jusqu'à briller d'un lustre satiné, et les délicates pièces en cuivre scintillaient à la lumière des torches. Le siège était si haut que le conducteur et son passager devaient avoir l'impression de voler. À côté d'une telle voiture, tous les autres véhicules faisaient figure de monstres maladroits et lents encombrant les rues avec la grâce de baleines ivres.

Deux magnifiques chevaux bais piaffaient, déjà attelés, impatients de se mettre en mouvement. En redingote noire, gilet bordeaux, pantalon blanc et bottes cavalières noires, Ashford était aussi beau et élégant que son attelage.

En le voyant, elle sentit son cœur s'emballer. Elle n'avait jamais vu de tableau aussi éblouissant que celui qu'il offrait, debout à côté de son phaéton.

Il posa un œil critique sur sa cape. Eleanor disparaissait complètement en dessous et, avec la capuche relevée, on ne distinguait que son visage. Elle savait ce qu'il pensait. Il lui avait demandé de s'habiller comme une traînée, et elle ressemblait à une jeune fille évadée d'un couvent.

Eh bien, elle n'était peut-être que journaliste, mais elle n'avait rien contre un peu de cabotinage.

D'un coup de tête en arrière, elle rejeta sa capuche puis, d'un mouvement théâtral, fit tomber la cape de ses épaules. Pour faire son entrée en scène.

L'expression qu'elle vit alors sur le visage du comte serait un trésor qu'elle chérirait sa vie entière. Si elle n'accomplissait rien d'autre dans son existence, avoir réussi à faire du comte d'Ashford un écolier ébahi devant son premier nu méritait d'être gravé sur sa tombe. *Ci-gît Eleanor Anne Hawke. Devant elle, le roi des débauchés est resté bouche bée.*

— Cette robe, réussit-il à murmurer d'une voix rauque.

— Avec l'aimable participation du Théâtre Impérial, une nouvelle fois, répondit-elle. Mais j'ai demandé à ce que quelques modifications soient faites. M. Swindon, le costumier, a été très arrangeant.

Ashford avait peut-être demandé qu'elle s'accoutre à la manière d'une femme de petite vertu, mais il y avait bien des façons pour une femme de piéger un homme. La solution évidente aurait été de choisir une robe au décolleté profond, en tissu léger. Mais quel manque d'originalité ! Au lieu de cela, Eleanor portait une robe que l'on pouvait considérer comme d'une simplicité austère, à col montant et manches longues. Le style de vêtement qu'une femme aurait choisi pour rendre visite à des parents éloignés.

À ce détail près que la robe d'Eleanor était en satin de soie carmin. Un satin brillant, souple, qui épousait toutes ses formes. À chacun de ses mouvements, le satin révélait ses courbes, soulignait sa silhouette.

Comme c'était un vêtement sous lequel il était impossible de mettre des sous-vêtements trop épais, tout le monde se demanderait si elle en portait seulement.

Bref, ce n'était pas une robe pour une femme comme il faut. Si un employé du *Faucon* l'avait vue dans cette tenue, il aurait risqué la crise d'apoplexie.

Mais, a priori, ce soir, elle ne croiserait le chemin d'aucun de ses collaborateurs.

Au cas où, malgré tout, elle avait décidé de porter une perruque noire, œuvre de Mme Hortense. Il s'agissait d'un foisonnement de boucles remontées en chignon, et dont le désordre sensuel évoquait un lit que l'on viendrait de quitter. La maquilleuse lui avait poudré le visage, rougi les pommettes et les lèvres avant de poser une mouche juste à gauche de la bouche.

— On dirait la grue la plus chère du monde, avait dit Maggie en la regardant dans le miroir de la loge. En te voyant, on se dit que le jeu en vaudra la chandelle.

— Merci, avait répondu Eleanor.

À présent, devant le comte médusé, elle la remercia de nouveau mentalement. Elle avait craint qu'après leur dernière aventure il ne la voie que comme « Ned » ou comme une espèce de personnage efféminé, à mi-chemin entre homme et femme. Mais il n'y avait plus aucun risque de ce côté-là. Elle le voyait à la façon dont le regard du comte ne cessait de revenir sur ses seins et sur ses hanches.

— Cela ira, vous pensez ? demanda-t-elle, bien qu'elle connût la réponse.

Sans la quitter des yeux, Ashford hocha la tête, toujours muet.

— Je ne m'y connais guère en mode, mais il m'a semblé que porter quelque chose de trop déshabillé serait un peu banal. Mieux vaut suggérer que révéler, vous ne croyez pas ?

— Si, répondit-il, toujours envoûté, visiblement fasciné par sa poitrine.

— Ce qu'il y a de drôle, dans les yeux d'une femme, poursuivit-elle d'un ton enjoué, c'est qu'ils ne sont pas sur sa poitrine, mais sur son visage. Même si la plupart des hommes pensent le contraire. Heureusement que vous n'êtes pas anatomiste.

Enfin, il détacha son regard de ses seins et le leva vers son visage.

— À quoi vous attendiez-vous, bon sang ? demanda-t-il. Vous arrivez dans une robe pareille et vous pensiez que j'allais vous regarder dans les yeux ?

— Ah. C'est donc à moi de contrôler *votre* réaction ? Tss, tss... C'est triste de manquer de volonté au point d'avoir besoin de quelqu'un pour vous... réguler.

— Ne faites pas la maligne, grommela-t-il. C'est une robe sacrément provocante, et vous le savez.

— Peut-être, concéda-t-elle. Mais pourquoi vous mettre en colère de la sorte ? J'ai suivi vos instructions, après tout.

— Oui, admit-il. C'est vrai.

Mais, sur la source de sa colère, il n'ajouta rien.

Eleanor n'insista pas, se contentant de savourer le peu de pouvoir qu'elle avait, pour une fois.

— Donc, je suis habillée comme une grue, et vous avez le véhicule le plus rapide du monde. Où comptez-vous bien m'emmener ce soir ?

La mauvaise humeur d'Ashford s'évanouit rapidement, et il eut un sourire mystérieux.

— Montez, et vous le découvrirez. J'espère juste que votre perruque est bien accrochée.

Sur ce commentaire énigmatique, il grimpa à la place du conducteur, permettant à Eleanor de l'admirer à son tour. Le pantalon blanc lui révéla que le comte possédait un postérieur parfait, et ferme. Cet homme était sportif. Il avait tous les muscles nécessaires pour le prouver.

À le voir monter sur le phaéton avec autant d'agilité et de grâce, elle ne put s'empêcher de se demander ce qu'il pouvait monter d'autre, et les images qui lui traversèrent l'esprit lui firent monter le rouge aux joues.

Il se pencha et lui tendit la main pour l'aider. L'image même de la tentation.

— Pourquoi ai-je l'impression d'être Perséphone à qui Hadès propose de l'emmener ? demanda-t-elle.

La main gantée du comte se referma sur celle d'Eleanor, et il la souleva sans difficulté.

— Votre tenue m'évoque plutôt celle d'Aphrodite. Je suppose que cela fait de moi Adonis.

— En toute modestie.

Elle rit et s'installa à côté de lui. Il n'y avait pas beaucoup de place sur le siège, et leurs jambes se touchaient. Elle sentit se répandre en elle la chaleur d'Ashford et se retint de ramener sa cape entre eux, pour servir de barrière protectrice. Cela lui aurait révélé l'effet qu'il avait sur elle, et elle ne pouvait pas se le permettre.

— Peut-être êtes-vous le vieil et hideux Héphaïstos.

— Mais le vieil et hideux Héphaïstos savait se servir de son marteau.

Il prit les rênes, les fit claquer, et le phaéton s'ébranla.

Il maintenait fermement la bride. Les chevaux marchèrent jusqu'à l'allée et se mirent à trotter une fois dans la rue. Leur vitesse était tout à fait respectable, mais rouler dans cette voiture haute, parfaitement suspendue, donnait en effet l'impression de voler. Eleanor avait le sentiment de s'élancer au-dessus de la rue. Elle n'avait jamais été à pareille hauteur. Et si une partie d'elle-même cherchait à s'agripper aux côtés de la voiture par peur de tomber, une autre, plus audacieuse, goûtait pleinement ces nouvelles sensations, comme si elle avait souvent rêvé de voler et que son rêve se réalisait enfin.

Ils roulèrent en silence dans la ville. De temps à autre, des piétons s'arrêtaient sur leur passage et regardaient le phaéton. Eleanor partageait leur ébahissement. C'était comme si une créature mythique remontait Oxford Street en se pavanant, laissant des arcs-en-ciel et des nuages de magie dans son sillage.

— Quel jouet luxueux, murmura-t-elle en caressant le cuir du siège.

— À quoi bon s'acheter un jouet, s'il n'est pas luxueux ?

— Une baguette et un cerceau, ça ne coûte pas cher.

— Les baguettes et les cerceaux, c'est pour les enfants. Je suis un homme.

Comme si elle avait besoin qu'on le lui rappelle ! Il y avait quelque chose de très primaire et d'enivrant à voir un homme conduire une voiture à cheval, et la conduire bien. Eleanor n'avait guère de goût pour les hommes autoritaires, mais Ashford conduisait avec aisance, habileté, sans une once de prétention ni d'arrogance – et faisait ondoyer une vague de chaleur au creux de son ventre.

— Où allons-nous ? demanda-t-elle. Encore un tripot ?

Il secoua la tête.

— Vos lecteurs n'aimeraient pas que vous vous répétiez.

— Vauxhall ?

Il feignit un bâillement.

— Cet endroit est plus sinistre qu'un sermon dominical.

Ce n'était pas son avis. Il y avait beaucoup de musique, de lumières, de pavillons et de sentiers détournés dans lesquels flirter. On y dansait beaucoup, aussi. Mais un noceur invétéré était sans doute las de ce genre de plaisir.

— Au théâtre ?

— La dernière représentation ce soir a fini il y a une demi-heure.

Dans quel genre d'endroit l'emmenait-il, alors ? Un endroit qui nécessitait une tenue osée. Un endroit où il aurait besoin de la voiture la plus luxueuse et la plus symbolique socialement parlant – pour qu'on les remarque.

— À une orgie ?

Il eut un rire étranglé.

— C'est une chose de dévoiler un peu de mon existence dans vos articles, c'en est une autre de partir sur un terrain beaucoup trop personnel. Je ne souhaite pas que vos lecteurs soient au courant du moindre de mes faits et gestes. À moins que... *vous* ne vouliez vous rendre à une orgie, ajouta-t-il en tournant la tête vers elle, les sourcils haussés.

— Bien sûr que non, répondit-elle aussitôt.

— Un peu prude, peut-être, mademoiselle Hawke ?

— Je ne suis pas vierge, s'entendit-elle répondre. Je sais ce qui se passe entre un homme et une femme. J'en ai déjà fait l'expérience.

— Et cela vous a déplu.

Comment était-il possible qu'elle ait cette conversation ? Et avec lui, en plus ? Sa vie sexuelle n'était pas un sujet dont elle se sentait libre de discuter sans retenue. Elle avait reçu une éducation peu conventionnelle, mais ses amis, ses proches ne parlaient pas de leurs ébats comme on échange une bonne adresse pour la tarte aux pommes. Et elle encore moins. Elle préférait de loin écouter les autres que parler d'elle.

Mais quelque chose, chez le comte, la mettait au défi de le faire. Peut-être ses manières de débauché déteignaient-elles sur elle. Ou peut-être y avait-il quelque chose chez cet homme qui la poussait à aller plus loin, à tester ses propres limites.

— Pour être franche, dit-elle d'un ton un peu pincé, mes rencontres amoureuses ont été plutôt... agréables.

Il n'avait pas besoin de savoir à quel point la première avait été un désastre, mais c'était ce qu'on obtenait quand on couchait avec un puceau – un jeune auteur tout juste débarqué de sa campagne qui avait passé la majeure partie du temps à lui demander : « Est-ce que je fais comme il faut ? »

Mais ça, c'était la première fois. Depuis, Eleanor avait eu en tout trois autres hommes dans son lit. Un comédien, un autre auteur et un lieutenant de marine tout à fait charmant. Le fait qu'elle n'ait aucune intention de se marier l'avait incitée à chercher d'autres amants. Pourquoi se serait-elle privée de cette composante essentielle de l'existence juste parce qu'elle ne voulait pas de mari ? Naturellement, elle avait toujours été très prudente. Maggie connaissait une grande variété de techniques permettant de se prémunir contre les grossesses et les maladies vénériennes – un des avantages qu'il y avait à fréquenter des gens de théâtre.

— Agréables, cela ne suffit pas, dit Ashford. Vous devez viser plus haut. La transcendance, la magnificence, le bouleversement irréversible.

Elle le regarda d'un œil sceptique.

— C'est un peu présomptueux, non ?

— Se vanter dans ce domaine n'a aucun intérêt. Je vous parle de vérité, là.

Elle secoua la tête. Cet homme était un dangereux mythomane… ou alors, coucher avec lui était effectivement une expérience exceptionnelle.

Étant donné sa façon de conduire son phaéton, soit il compensait, soit c'était un amant très doué.

Une nouvelle vague de chaleur la parcourut.

— Quoi qu'il en soit, dit-elle pour essayer de ne plus penser à Ashford nu, si je n'ai rien à reprocher à l'acte sexuel en lui-même, j'ai toujours trouvé que participer à une orgie devait être une expérience horriblement… poisseuse.

— C'est le cas, en effet. Et il y a une odeur particulière, aussi. C'est rarement aussi distrayant qu'on l'espère.

Seigneur ! Donc il avait déjà participé à une orgie ou deux. Il était arrivé à son journal de publier des articles sur certaines des soirées les plus débridées de la haute société, mais jamais sur quelque chose d'aussi scandaleux et décadent qu'une orgie.

Et pourquoi fallait-il que son imagination fertile le lui montre très clairement dans un enchevêtrement de membres, faisant des choses qu'elle n'avait jamais vues que dans des illustrations cochonnes vendues dans les arrière-boutiques des imprimeries ?

— Pas d'orgie pour ce soir, donc.

— Pas d'orgie.

Jamais elle n'avait prononcé ce mot autant que ce soir.

— Mais quoi, alors ?

— Ça, dit-il en arrêtant le phaéton le long de la bordure orientale de Hyde Park.

Réunis sur la pelouse se trouvaient une demi-douzaine d'attelages du même type, tous conduits par de jeunes gens. Certains avaient une femme de petite vertu assise à côté d'eux. D'autres étaient seuls. Autour des voitures, des badauds allaient et venaient, tous avec un verre de champagne à la main, admirant les voitures et… agitant des liasses de billets. Comme s'ils pariaient. Mais sur quoi ?

— Bienvenue à votre première course de phaétons, annonça Ashford.

10

> *Notre époque est fascinée par la vitesse. Nous voulons des bateaux plus rapides. Nous voulons que nos produits arrivent plus vite de la campagne. Partout dans le pays, il est question d'équiper les véhicules de transport de moteurs à vapeur. Plus vite, encore plus vite, toujours plus vite. Ce qui pose la question : où cette obsession pour la vitesse nous mènera-t-elle ? À l'aventure ou à la collision ?*
>
> *L'Œil du Faucon, 8 mai 1816*

Eleanor était allée à Ascot, à Newmarket, et même au derby d'Epsom. Elle avait assisté à des courses de trot, de steeple-chase, et à des courses de plat, avec juste un jockey sur une monture. Des concours très organisés, avec des prix prédéterminés, et des courses impromptues, dans des rues peu passantes et des parcs de la ville. Il était pratiquement impossible de vivre en Angleterre sans assister à une course hippique à un moment ou à un autre. Les Britanniques adoraient les chevaux, adoraient parier et adoraient les courses de toutes sortes.

Mais elle n'avait jamais rien vu de pareil. Des phaétons presque tous aussi beaux et luxueux que celui d'Ashford étaient rassemblés là, leurs conducteurs se jaugeant les uns les autres. Quelques valets tenaient des torches dont les flammes projetaient un jeu d'ombre et de lumière sur l'élite de la bonne société réunie pour les admirer.

— Une course vers où ? demanda Eleanor tandis qu'ils avançaient lentement à travers la foule.

Les gens s'écartaient devant eux dans un murmure. L'excitation et l'impatience qui couvaient parmi l'assistance semblaient un orage sur le point d'éclater. Même le cœur d'Eleanor s'était mis à cogner plus fort dans sa poitrine. Elle ne savait pas du tout à quoi s'attendre.

— Jusqu'à Primrose Hill, et retour.

Une distance d'un peu plus de six kilomètres. En lançant son attelage à pleine vitesse, à cette heure de la nuit, avec très peu de circulation... Elle savait déjà que ce serait rapide, dangereux et fou.

— Ce ne sera pas sans risque, poursuivit-il, confirmant ses soupçons. Je vais vous laisser ici et je reviendrai vous chercher.

— Et je manquerai la course ? C'est hors de question, dit-elle en secouant la tête.

Elle était à la fois terrifiée à l'idée de fendre la nuit à toute vitesse sur une voiture aussi rapide et impatiente de faire cette expérience. Relater dans ses articles les aventures des autres était une chose, vivre elle-même ces aventures en était une autre. Elle trouvait cela à la fois effrayant et exaltant.

— Ashford, lança un homme sur une autre voiture du même style. Vous avez finalement décidé de nous rendre une petite visite.

— J'en avais assez de vous entendre raconter n'importe quoi au *White's*, Daventry. Quels sont les enjeux, ce soir ?

— Deux mille pour participer.

— J'en suis, répondit Ashford tandis qu'Eleanor retenait sa surprise devant l'énormité de la somme.

— Qui est cette belle poupée ? demanda Daventry en la dévisageant.

Elle avait reconnu le nom, mais pas l'homme – un jeune coq qui fréquentait le bal des Cyprian aux Argyle Rooms et menait la grande vie grâce à son futur titre de baron. Lord D., puisque c'était ainsi qu'elle parlait de lui dans le *Faucon*, avait une maîtresse régulière, installée dans un appartement de St. John's Wood, mais cela ne l'empêchait pas de batifoler avec des danseuses, des comédiennes et autres demi-mondaines. Il était parfois l'objet de railleries dans les pages du journal d'Eleanor, en particulier à cause de ses excès d'alcool et de ses factures de tailleur.

Elle lutta contre l'envie de refermer sa cape. Une vraie gourgandine se devait d'exposer ses atouts, après tout. C'était bon pour le commerce.

— Ruby, répondit-elle sans laisser à Ashford le temps de parler.

— J'ai une idée, Ashford, dit Daventry avec un sourire narquois. Pourquoi ne pas épicer un peu les choses ? Si je gagne, non seulement je remporte vos deux mille, mais je prends Ruby aussi.

Eleanor se redressa d'un bond. Seigneur, que faire ? Une vraie cocotte n'aurait pas protesté, mais son dévouement pour son journal avait des limites, tout de même. Des limites qui n'allaient pas jusqu'au lit de Daventry.

— Hors de question, grogna le comte.

— Oh, allez, Ashford, renchérit un autre conducteur, qu'Eleanor reconnut comme étant un des chevaliers aspirant à faire partie de la suite du prince régent. Ce n'est pas votre genre d'être possessif à ce point avec vos conquêtes.

Ah bon ? Pas possessif, donc ?

— Où est passé votre goût du risque ? ajouta un troisième homme.

Eleanor ne le reconnut pas, mais il était de la même trempe que les deux premiers.

— Il a quelque chose de spécial, votre petit bijou ? demanda Daventry. Un savoir-faire particulier que vous ne voudriez pas partager ?

— Madame n'est pas disponible, lâcha Ashford, l'air vraiment furieux cette fois.

Le ton sembla impressionner les trois autres, mais ils étaient déjà trop loin dans leur plaisanterie pour renoncer. En chœur, ils se mirent à scander « Ruby », exigeant qu'elle fasse partie du prix remis au gagnant. Au moment où Eleanor crut que le comte allait descendre de voiture et régler lui-même cette histoire à coups de cravache, elle posa une main sur son avant-bras.

— Allez-y, murmura-t-elle. Misez-moi. Sinon, ils vont se douter de quelque chose.

— Et alors ?

— Si vous ne cédez pas, ils finiront par faire le lien entre « Ned », « Ruby » et les articles. Ils se demanderont qui je suis. Ils devineront peut-être. Et alors, plus personne n'acceptera de vous convier à ses folles soirées. Nous devrons mettre un terme à notre série d'articles.

Il jura à mi-voix. Cette perspective semblait l'inquiéter au plus haut point, plus qu'elle ne l'aurait cru.

Étrange... Il faudrait qu'elle étudie cela d'un peu plus près. Mais plus tard.

Pour le moment, je dois le convaincre de me miser. Dieu tout-puissant, je n'arrive pas à croire que je viens de penser une chose pareille !

— Regardez les choses du bon côté : je suis tellement confiante en vos capacités de conducteur que je suis prête à prendre le risque.

— Vous ne m'avez jamais vu conduire une voiture, remarqua-t-il.

Elle tenta un sourire.

— Mais j'ai foi en vous. La foi, c'est croire malgré l'absence totale de preuves.

— Avez-vous déjà envisagé d'entrer dans les ordres ? grommela-t-il.

— Pour jouer les moralisatrices, ma carrière de journaliste me suffit. Merci.

Pendant ce temps, les trois autres scandaient de plus en plus fort leurs exigences – Ruby plus la mise au vainqueur. Ashford serra les dents. Il n'arrivait visiblement pas à prendre de décision.

— Vous êtes sûre ? dit-il enfin.

— Certaine.

C'était totalement faux, mais elle n'avait pas le choix. Il inspira, puis se tourna vers les autres.

— D'accord, bande de chacals ! Je mise Ruby aussi.

Les hommes, et quelques femmes aussi, hurlèrent leur satisfaction. Comme c'était étrange de les entendre se réjouir d'une chose pareille ! Voilà à quoi en étaient réduits les riches et les oisifs pour s'amuser. Tous plus dingues les uns que les autres, songea Eleanor.

— Bien, que la fête commence, annonça Daventry. Messieurs les conducteurs, alignez-vous.

D'un coup de rênes, Ashford guida son phaéton pour le mettre en position à côté de cinq autres voitures. Eleanor se pencha pour lui murmurer à l'oreille :

— Vous avez intérêt à gagner.

— Je ne perds jamais, répondit-il sur le même ton.

— Il y a une première fois à tout. Et cela pourrait être ce soir.

Une femme au décolleté plongeant s'avança, le bras levé, un mouchoir à la main. Elle semblait attendre quelque chose. Le silence se fit, et l'on n'entendit bientôt plus que le souffle des chevaux et leurs coups de sabots sur le sol. Ils étaient impatients de courir.

La tension monta encore. Le cœur d'Eleanor battait à tout rompre.

Soudain, la femme baissa le bras.

Ashford fit claquer les rênes, et le phaéton bondit en avant. Le départ était donné.

Daniel avait déjà fait la course. Un grand nombre de fois. Mais jamais avec un passager. Non seulement cela changeait l'équilibre de la voiture, mais cela changeait aussi son propre équilibre interne.

Il s'inquiétait avant tout pour la sécurité de Mlle Hawke. Mais il devait absolument gagner cette fichue course. Sinon, elle finirait dans le lit de Daventry, et Daniel ne pouvait laisser une telle chose arriver.

Il fila à toute vitesse vers la sortie du parc, puis ne se concentra plus que sur la route, devant lui. Penser à ses adversaires ou à Mlle Hawke dans cette foutue robe en satin, c'était mettre en danger ses chances de remporter la course. Ils risquaient d'avoir un accident ou de se faire doubler. Et aucune de ces deux éventualités n'était envisageable à ses yeux.

Il sentit la sueur couler dans son dos. Il lui fallait soigneusement régler le rythme des chevaux, pour ne pas les fatiguer trop vite, tout en restant en tête avec suffisamment d'avance.

Maisons et réverbères défilaient rapidement. Le cœur de Daniel battait au rythme des sabots sur les pavés. À quoi diable avait-il songé en demandant à Mlle Hawke de l'accompagner ce soir ? Il aurait dû deviner qu'elle voudrait faire la course avec lui, même si c'était dangereux. Mais comment aurait-il pu imaginer que les autres feraient d'elle le trophée ?

Il prit le virage de Bayswater à Edgware Road, puis accéléra. D'un coup d'œil par-dessus son épaule, il vit Daventry et Paulson sur ses talons, poussant leurs chevaux.

Il serra les dents et fit claquer ses rênes pour aller plus vite encore. Le monde passait dans un tourbillon obscur. Les différents dangers – réverbères, arbres, quelques rares piétons – sortaient de l'ombre au dernier moment.

Un imbécile avait laissé une charrette à bras en plein milieu de la chaussée, sur Old Marylebone Road, et Daniel tira d'un coup sur les rênes pour que les chevaux contournent l'obstacle. Derrière lui, plusieurs attelages hennirent, effrayés, et leurs conducteurs lâchèrent des bordées de jurons, contraints de ralentir ou de s'arrêter.

En général, à ce stade, il avait le sourire jusqu'aux oreilles, enivré par la course, par la vitesse. L'occasion rare d'éprouver un plaisir véritable. Mais là, c'était impossible, il ne pouvait éprouver la même excitation en sachant Mlle Hawke à ses côtés.

Il se tourna vers elle, s'attendant à la trouver livide, les yeux écarquillés par la peur.

Elle souriait, euphorique, le regard brillant. Devant l'expression d'Ashford, elle éclata de rire.

— Plus vite ! hurla-t-elle par-dessus le tapage de la course et le sifflement du vent.

Il sentit sa propre peur s'évanouir, le plaisir et l'excitation prendre sa place. Seigneur, elle était aussi folle que lui – et cela le réjouissait au plus haut point.

Enfin, ils entrèrent dans Regent's Park. Les chevaux commençaient à manifester des signes de fatigue. Daniel ignora les allées et roula sur la pelouse, secouant le phaéton. Juste devant eux se trouvait Primrose Hill, mais au moment où ils y arrivaient, Daventry les doubla.

Daniel laissa échapper un juron. Daventry était un faquin imbu de lui-même, mais il savait mener une course comme personne. Daniel refusait pourtant de s'avouer vaincu. Il se moquait de l'argent, mais si investie Mlle Hawke fût-elle dans son rôle de poule de luxe, il préférait pousser Daventry à l'accident plutôt que de la laisser entrer dans le lit de ce type.

En haut de la colline se trouvait le chêne qui marquait le milieu de la course, et autour duquel ils devaient faire demi-tour. Daventry le passa avant eux et, repartant en direction de la ville, lança :

— J'ai hâte de faire un peu mieux ta connaissance, Ruby !

— Va te faire foutre, connard, murmura Mlle Hawke.

Exactement ce que pensait Daniel. Il fit claquer ses rênes, poussa un peu plus ses chevaux. Ils passèrent le chêne sur les chapeaux de roue. Daniel redouta un instant de perdre le contrôle des chevaux et de la voiture, et de verser sur le côté pour terminer la course dans les taillis.

Mais non. Le tournant passé, il relança son équipage et retrouva son sang-froid. Le phaéton cahota un peu, puis repartit en ligne droite.

Mlle Hawke rit de nouveau.

— Bravo !

— Ce n'est pas encore gagné. Ne vous réjouissez pas trop vite.

Il leur restait la moitié de la distance à parcourir, et Daventry était toujours en tête.

Daniel avait besoin que ses chevaux donnent leur maximum – plus tard, il les récompenserait, se promit-il. Alors il fit claquer les rênes une nouvelle fois et hurla :

— Fantôme ! Galant ! Plus vite !

Dieu merci, ils semblèrent l'entendre et obéirent, allongeant le pas en arrivant sur les pavés, le cou tendu en avant.

Mlle Hawke avait agrippé l'avant du siège et penchait le buste, comme si elle essayait elle aussi de faire avancer la voiture plus vite. Daniel était courbé sur lui-même, le regard rivé sur l'attelage de Daventry, dix mètres devant. Les autres concurrents avaient renoncé, incapables de garder l'allure.

La seconde moitié de la course passa à toute vitesse. Pour Daniel, seuls existaient à présent la tension des rênes entre ses doigts, le claquement des sabots sur les pavés, le balancement de la voiture et les battements de son cœur.

— Oui ! Plus vite ! répéta Mlle Hawke.

— Vous êtes aussi exigeante pour tout ? demanda-t-il en lui faisant un clin d'œil.

— Seulement quand la vitesse a de l'importance, répondit-elle en lui rendant son clin d'œil. Il y a des moments dans la vie où prendre son temps est important. Et d'autres où il faut privilégier la rapidité et la puissance.

Une vague de chaleur le parcourut.

Enfin, Hyde Park apparut à l'horizon, avec la foule qui hurlait des encouragements à leur approche. Mais Daventry était toujours en tête. Daniel se fichait complètement de sa réputation et de son argent s'il perdait. Tout ce qui lui importait, c'était de protéger Mlle Hawke des griffes des autres.

— Mais avancez, bon sang ! rugit-il à l'intention de ses chevaux.

La distance qui le séparait de Daventry s'amenuisa, mètre par mètre, jusqu'à ce qu'ils soient côte à côte et avancent de front.

La ligne d'arrivée n'était plus très loin. Triomphe ou échec.

Daniel ne supporterait pas l'échec.

Dans un dernier claquement de rênes, il pressa encore ses chevaux. Héroïques, ceux-ci donnèrent un ultime coup de collier et franchirent la ligne d'arrivée. Il leur fallut pas mal de distance pour ralentir, après avoir couru si vite, si longtemps. Ils avaient besoin de retrouver un peu de calme.

— Avons-nous gagné ? demanda Mlle Hawke, à bout de souffle elle aussi.

— Je ne sais pas.

Il fit demi-tour pour rejoindre les spectateurs au pas. Daventry fit de même.

Un long moment s'écoula. Les spectateurs discutaient, les opinions divergentes résonnant comme le claquement des sabots sur le pavé.

Lord Carew, qui servait souvent d'arbitre pour ce genre d'événement, s'avança enfin. Les pouces dans les poches de son gilet, il regarda Daniel, puis Daventry. Le silence se fit. Tout le monde attendait le résultat. Carew, ce gredin, semblait jubiler d'avoir l'attention de ses semblables et fit durer le plaisir. Puis, sentant la tension monter, il prit enfin la parole.

— Le gagnant est...

Tout le monde retint son souffle, même Daniel. Juste à côté de lui, il sentait Mlle Hawke vibrer comme la corde d'un arc.

— ... Ashford, lâcha enfin Carew.

La foule explosa en acclamations et applaudissements, tandis que Daventry lâchait un juron. Daniel faillit bondir de soulagement, puis il sentit les bras de Mlle Hawke autour de lui.

— Vous avez réussi !

Il sentit sa chaleur, la douceur de la soie, le délice de ses courbes. Son cœur battait à tout rompre, son pouls résonnait dans ses oreilles. Tout son corps se tendit.

Il aurait pu se retenir, s'il l'avait voulu. Mais c'était inévitable, irrésistible.

Il la serra contre lui. Et il l'embrassa.

11

> *La jeunesse n'a pas l'apanage des comportements imprudents. Mais au moins a-t-elle l'excuse du faible nombre d'années pour justifier ses écarts de conduite. Quand les mêmes écarts sont le fait des aînés, ceux-ci n'ont guère d'excuse convenable, et il ne leur reste que le goût du regret... et le désir de recommencer.*
>
> L'Œil du Faucon, 8 mai 1816

Sous l'effet de la surprise, Eleanor se trouva incapable de faire le moindre mouvement. Elle se sentait encore prise dans un tourbillon : la course, la victoire remportée de justesse, la vitesse, la dextérité avec laquelle Ashford avait mené sa voiture, tout cela continuait à résonner en elle. Elle n'était plus que sensations, à peine capable de réfléchir. Après ces minutes horribles durant lesquelles elle s'était vue servir de récompense à Daventry, Ashford et elle avaient gagné. L'euphorie l'avait envahie.

Et puis... le comte s'était emparé de ses lèvres.

L'espace d'un instant, la surprise la paralysa. Sa bouche sur la sienne. Ses bras et son torse si fermes contre elle...

Elle relâcha légèrement son étreinte. Mais son corps comprit ce que son esprit refusait de voir.

Ashford l'embrassait. Et pour rien au monde elle ne gâcherait ce moment.

Ses doigts s'enfoncèrent dans les épaules musclées. Elle goûta la texture ferme et soyeuse de ses lèvres, le frottement de sa barbe naissante, s'abandonna totalement à ses sensations et se fit insistante, pressant ses lèvres contre celles d'Ashford. Il les entrouvrit sans chercher à résister, et leur baiser se fit plus profond, plus torride. Plus dévorant. Il caressa sa langue du bout de la sienne. Elle sentit le goût du tabac, de l'alcool haut de gamme. C'était sa saveur, unique.

Délicieuse. Et subtile. Une femme aurait aisément pu s'enivrer de pareille saveur, développer une accoutumance à ces caresses. Elle comprenait mieux la réputation du comte, maintenant. Ce genre de baiser, n'importe quelle femme en aurait redemandé. C'était, elle s'en rendait compte, ce qu'elle attendait depuis qu'Ashford était entré dans son bureau au journal.

L'énergie circulait entre eux, les irradiait. Ils étaient vivants, pleins de fougue. Pas de domination entre eux mais un échange de force et de pouvoir ; il menait, puis se laissait faire. L'équilibre était parfait.

Les mains du comte descendirent lentement, se refermèrent autour de la taille d'Eleanor. Il l'attira plus près, et elle pressa sa poitrine contre lui, savoura sa douceur contre cette solide musculature, glissa les doigts dans ses cheveux pour mieux l'approcher d'elle.

Huées et sifflets lui firent l'effet d'un seau d'eau glacée. Elle s'écarta. Le flou redevint net, et le désir céda le pas à la mortification.

Ils étaient encerclés par une foule de badauds qui les regardaient s'embrasser. Certains lançaient même des suggestions, en particulier à Ashford, sur ce qu'il devait faire ensuite, et avec quel degré de vigueur.

Elle n'était pas prude, mais il s'agissait du baiser le plus passionné de son existence, et ce n'était pas une chose qu'elle tenait à partager avec un public.

Elle hésita entre lancer une suggestion provocante et se faire toute petite, mais ne fit ni l'un ni l'autre. Lentement, elle retira sa main des cheveux d'Ashford, se retourna et salua la foule en s'inclinant, avec un sourire vulgaire. Le sourire d'une femme de petite vertu.

Ashford, de son côté, semblait lui aussi en pleine confusion. Il cligna des yeux, comme s'il se souvenait progressivement de ce qui venait d'arriver, puis posa un regard furieux sur les badauds. Mais il ne la lâcha pas. Au contraire, elle eut le sentiment qu'il essayait de faire bouclier devant elle, pour la protéger des regards indiscrets et des commentaires déplacés.

— Je comprends pourquoi vous teniez à la garder, Ashford, lança Daventry par-dessus le brouhaha.

— Deux mille livres, répliqua le comte. Et je ne veux plus vous entendre.

Les autres concurrents arrivèrent enfin, certains visiblement épuisés. La plupart des voitures avaient des rayures sur les côtés, et l'une était même sur le point de perdre une roue. Tous, Ashford et Eleanor compris, avaient les cheveux en bataille et paraissaient un peu étourdis. Même si Eleanor savait que, dans son cas, le baiser plus que la course était à mettre en cause.

Billets à ordre furent échangés, dans la mesure où personne n'avait deux mille livres sur soi. On lança des plaisanteries bon enfant pendant que les perdants se plaignaient des défauts de leur voiture, commentaient la chance extraordinaire qu'avait eue Ashford, ainsi que l'alignement des étoiles et des pavés. Le comte, de son côté, resta silencieux. On aurait pu le croire en colère tandis qu'il recevait accolades et félicitations.

Enfin, la foule se dispersa dans la nuit, et les voitures se séparèrent. En route pour d'autres réjouissances, peut-être. Ou pour le coin de la cheminée, afin de panser ses blessures.

Ils quittèrent le parc au pas, Ashford toujours muet. Les chevaux avaient besoin de repos. Eleanor espéra qu'ils seraient largement récompensés de leurs efforts, une fois à l'écurie.

Les rues étaient plus calmes encore qu'à leur arrivée. Quelque part, une cloche sonna 2 heures. Personne ne se promenait si tard, en tout cas pas pour un motif respectable. Et ce qu'ils venaient de faire était loin d'en être un pour le commun des mortels.

Le phaéton avait beau être une voiture découverte, il y régnait une atmosphère pesante, tendue, comme si un brouillard dense les plaquait sur leur siège, Ashford et elle. Elle ne savait que penser de ce qui venait de se passer, sentait diverses émotions se heurter en elle, comme des navires se cognant les uns contre les autres à l'amarrage. Une énergie puissante, sans doute due à l'intensité des événements de la soirée, l'animait encore, combinée au plaisir éprouvé avec Ashford. Mais c'était là une complication dont ils n'avaient besoin ni l'un ni l'autre. Il était le sujet de ses articles, un moyen de parvenir à ses fins. Et lui aussi avait un but caché. Ils ne se faisaient pas confiance. Ajouter une composante physique à leur arrangement ne ferait que compliquer les choses.

— Écoutez, je... commença soudain Ashford.

Elle parla au même moment.

— Ce n'est sans doute pas une...

— Allez-y...

— Non, je vous écoute.

— Bon sang, grogna-t-il. Parlez, qu'on en finisse.

Elle lissa sa robe du plat de la main, se racla la gorge. Que lui arrivait-il ? On lui avait souvent reproché d'être trop franche, trop directe. Mais pour réussir dans un monde d'hommes, c'était indispensable. Pourquoi hésiter maintenant ? Avec lui, en plus ! Lui qui comprenait quel genre de femme elle était.

— C'était agréable, dit-elle enfin en regardant droit devant elle. Plus qu'agréable, même.

Oh, et puis pourquoi ne pas dire la vérité ?

— Ce baiser... je n'ai jamais rien connu de tel.

— Pareil pour moi, grommela-t-il, l'air toujours aussi furieux.

Contre elle ou contre lui ? Elle n'aurait su le dire.

— Mais il ne doit pas y en avoir d'autre.

— Non, confirma-t-il sans hésiter, ce qui irrita Eleanor.

— Vous pensez que je n'ai pas de morale, mais c'est faux, j'en ai une, dit-elle. Et le conflit d'intérêts serait trop important si nous menions ce... cette chose, entre nous, jusqu'à sa conclusion logique.

Il la regarda.

— Suis-je à vos yeux un être si dépravé que, pour moi, un baiser ne peut être une fin en soi ?

— Certains baisers n'appellent rien d'autre. Ce n'est pas le cas de celui-là.

Il hocha lentement la tête.

— Et nous ne devons pas aller plus loin, continua Eleanor.

— Je suis d'accord.

Elle se retint de le fusiller du regard. Devait-il absolument se comporter de façon aussi détachée ? Ne pouvait-il pas donner l'impression de lutter, juste un peu, contre leur attirance réciproque ?

Mais elle ne pouvait pas tout avoir. Il respectait sa décision, allait dans le même sens qu'elle. Cela aurait dû la satisfaire. Et pourtant, non.

— Très bien, lâcha-t-elle d'un ton sec.

— Parfait, conclut-il de la même façon.

S'ils étaient d'accord, pourquoi semblaient-ils tous les deux en colère ? Eleanor s'en voulait d'être tombée sous le charme d'un débauché notoire. Elle tenait un journal à scandale, mais pensait vraiment ce qu'elle avait dit à propos de son intégrité morale. Aller plus loin avec le comte, suivre ce que son corps lui soufflait de faire, c'était tirer un trait dessus. Et puis, comment savoir si le baiser qu'ils avaient échangé ne faisait pas partie, pour lui, de l'autre plan, celui qu'il gardait secret ? Il prévoyait peut-être de la manipuler à son avantage et au détriment d'Eleanor. Elle ne pouvait pas laisser cela arriver.

De toute façon, des hommes beaux et charmants, elle en connaissait d'autres. Le Théâtre Impérial en regorgeait, et tous avaient toujours été directs : une relation amoureuse avec elle était très envisageable. Jusque-là, elle avait toujours réussi à repousser leurs avances, consciente du désastre que constituerait une liaison avec un comédien. Mais il y avait aussi les autres hommes séduisants de son entourage. Elle leur résistait facilement, les considérait comme des aigrettes de pissenlit se dispersant derrière elle dans la brise, incapable de les prendre au sérieux.

Mais le comte... Il résonnait en elle. L'attirait.

Elle devait pourtant résister à son charme, avant tout pour se protéger elle-même. Roturiers et nobles ne faisaient jamais bon ménage.

Elle avait aussi le sentiment qu'il y avait entre eux plus qu'une attirance physique et qu'étouffer dans l'œuf cet attachement naissant était la meilleure chose à faire.

Mais cela ne la réjouissait pas.

— Où dois-je vous déposer ? demanda-t-il.

— À l'Impérial, dit-elle. Ma logeuse a le sommeil léger. Je ne voudrais pas qu'elle entende votre voiture et voie « Ruby » monter en direction de mon appartement.

— Comment rentrerez-vous du théâtre, ensuite ? Vous n'allez pas sortir seule dans les rues à une heure pareille. C'est dangereux.

Bon sang, mais qu'avait-il besoin de jouer les anges gardiens, d'être si courtois, tout à coup ?

— Je dormirai au théâtre. Il y a des sofas dans les loges. Je rentrerai chez moi demain matin. Ma logeuse a l'habitude que je dorme au journal, donc elle ne s'étonnera pas de ne pas me voir rentrer ce soir.

— Ce ne sera guère confortable, grommela Ashford.

La situation ne l'est pas vraiment non plus, songea-t-elle.

— Les sofas sont rembourrés de paille moisie, mais j'ai connu pire, dit-elle d'un ton léger.

Elle n'avait pas eu une enfance particulièrement privilégiée.

L'idée ne semblait pas satisfaire le comte, mais elle prit son silence comme un accord.

Le trajet jusqu'au théâtre lui parut beaucoup trop long. La présence du comte à côté d'elle l'électrisait. Elle savait désormais l'effet que produisait ce corps contre le sien. Ces muscles élancés, ces longues mains sur sa taille. Ces lèvres douces et puissantes sur sa bouche.

Elle se faisait l'effet de Pandore laissant échapper tous les démons pour ne se retrouver qu'avec le triste spectre de l'espoir au fond d'une boîte vide. Il lui était impossible d'effacer toutes ces sensations, de reprendre ce qu'elle avait donné. Ce baiser avait été le fruit d'une attirance réciproque, et elle en payait maintenant le prix, en renonçant à ce plaisir qui devait demeurer unique.

Enfin, ils arrivèrent au théâtre. Le comte s'arrêta devant l'entrée des artistes, qu'une petite lampe éclairait faiblement.

— Vous avez une clé ? demanda-t-il en regardant la porte.

— Kingston, le régisseur, est toujours là. Il m'ouvrira.

Ashford acquiesça d'un hochement de tête. Il avait toujours les rênes en main et regardait devant lui.

Comment mettait-on un terme à une nuit pareille ? Après avoir fait la course à travers Londres à une vitesse qu'elle n'aurait pas imaginée possible, vêtue d'une robe en satin épousant toutes ses formes ? Après avoir embrassé passionnément l'homme le plus dangereusement séduisant qu'elle avait jamais rencontré ? Que fallait-il dire ?

« Bonne nuit » semblait terriblement dérisoire.

Alors elle ne dit rien. Mais, au moment où elle allait se laisser glisser du phaéton, il descendit avant elle et lui tendit la main pour l'aider.

Elle glissa sa main dans celle d'Ashford, sentit sa chaleur gagner son bras, puis son corps tout entier. Sans savoir pourquoi, elle lui retira son gant. Le cuir était légèrement déchiré dans la paume. Étrange, pour un accessoire de cette qualité.

Le glissant dans sa poche, elle se concentra sur la paume d'Ashford, la leva devant son visage pour mieux la voir dans la pénombre.

— Vous êtes blessé, murmura-t-elle devant les stries rouges laissées par les rênes.

Ses doigts coururent sur les plaies.

— Ce n'est rien, dit le comte en haussant les épaules.

— Il vous faut un baume calmant et un pansement.

— Un whisky, et tout rentrera dans l'ordre.

Elle secoua la tête en le regardant.

— Je suis un homme, dit-elle d'une voix sourde. Rien ne m'atteint. Je suis fait de poudre à canon et de bronze.

— De fer, corrigea-t-il. Le bronze se tord trop facilement.

Sa repartie lui arracha un rire incrédule.

— Venez, dit-elle. Je vais vous faire un pansement.

— J'ignorais que la médecine faisait partie de vos nombreuses compétences.

D'autres femmes étaient douées pour soigner, mais cela n'avait jamais été son cas.

— Elle n'en fait pas partie, avoua-t-elle. Mais j'ai lu beaucoup de romans.

Ce fut au tour du comte de rire. Un rire grave, un peu triste.

— Mon valet s'en occupera. Il m'a remis sur pied plus d'une fois.

Naturellement. Après ses exploits, un débauché avait toujours besoin d'être dorloté.

Elle se pencha sur la paume du comte, fronça les sourcils.

— Je ne vois aucune autre cicatrice de ce type. Ce n'est pas votre première course de phaéton, pourtant.

Il ne répondit pas tout de suite.

— J'ai tiré un peu plus fort sur les rênes, cette fois, dit-il enfin de mauvaise grâce.

Donc il n'avait pas été aussi calme et maître de la situation qu'elle l'avait cru. Il avait déjà fait cette course, mais un élément, cette fois, avait changé la donne.

Elle.

Il avait pensé à elle. S'était inquiété pour elle. Et cela avait changé sa façon de mener la course.

Elle aurait voulu le frapper. Et l'embrasser encore, aussi. C'était étrange d'éprouver ces deux sentiments pour la même personne, en même temps.

Elle se rendit compte soudain qu'elle avait encore sa main entre les siennes. Un poids dense, chaud au creux de ses paumes. C'était une belle main, très masculine, plus virile encore maintenant qu'elle était blessée. Elle éprouva l'envie absurde d'embrasser ces marques rouges, violentes, comme si cela pouvait les guérir.

Maudit soit cet homme !

Mais elle ne le lâcha pas. Levant les yeux, elle vit que lui aussi avait le regard posé sur leurs mains. Il avait le souffle court, la mâchoire serrée. Et elle comprit, avec certitude, qu'il avait envie de l'embrasser de nouveau.

Comprit qu'elle avait terriblement envie qu'il le fasse.

Alors elle lâcha sa main, recula d'un pas.

— Faites soigner ces blessures, dit-elle.
— J'ai dit que je le ferais.
— Parfait.

Ils se regardèrent encore un moment. L'atmosphère autour d'eux était lourde de possibilités. Il leur fallait lutter contre des pulsions primaires pour en faire gagner d'autres, plus nobles.

Enfin, elle se détourna et toqua. Ils attendirent en silence. À l'intérieur du théâtre, un bruit de pas s'approcha et s'arrêta devant la porte.

— C'est fermé, nom de Dieu ! hurla une voix à l'accent antillais.

— C'est Eleanor Hawke, monsieur Kingston. J'ai besoin de dormir au théâtre.

Des verrous glissèrent, des serrures cliquetèrent, et la porte s'ouvrit. Le visage de Kingston apparut dans l'entrebâillement. Il la regarda, inquiet, puis vit le comte, et l'inquiétude devint soupçon.

— Tout va bien, mademoiselle Hawke ?
— Je travaille sur un article.

Le régisseur hocha la tête, comme si cela expliquait tout. Et, d'une certaine façon, c'était le cas. Il ouvrit la porte un peu plus grand pour la laisser passer et regarda Ashford d'un œil mauvais.

— Merci bien, monsieur Kingston, dit-elle.
— Qu'est-ce qu'on ferait pas pour une amie de Maggie...

Eleanor entra, puis se retourna. Debout à côté du phaéton, le comte semblait... impénétrable. Mais ses mains étaient des poings serrés, malgré ses blessures.

— Eh bien... bonne nuit, réussit-elle à articuler, avant de grimacer devant une telle banalité.

— Bonne nuit.

Elle hésita un instant, incertaine. Mais qu'y avait-il d'autre à dire ou à faire ? Après un salut de la tête, elle entra complètement, et Kingston referma la porte derrière elle, verrouillant toutes les serrures. Elle lui en fut reconnaissante. Car, sans cette barrière entre elle et le comte, elle se sentait capable de courir le rejoindre et d'exiger qu'ils finissent ensemble ce qu'ils avaient commencé.

La nuit allait être bien longue, sur le sofa de la loge.

— C'est une première pour vous, Monsieur le Comte, dit Strathmore en appliquant une pommade sur les zébrures au creux des paumes d'Ashford.

La crème empestait le soufre et brûlait terriblement, comme si le remède contenait un peu d'enfer, mais assis dans son fauteuil, près de la cheminée, dans sa chambre, Daniel resta stoïque. Il méritait cette douleur, après tout, pour avoir eu la stupidité d'emmener Mlle Hawke à cette course. Et s'il avait commis une erreur ? Si la voiture avait versé ou percuté un autre véhicule ? Non seulement il se serait fracassé le crâne, mais elle aurait pu être blessée elle aussi, voire pire.

— Vous ne portiez donc pas de gants ? demanda Strathmore.

— Si. Sans doute n'étaient-ils pas assez épais.

Il tendit la main vers le verre de whisky, sur la table toute proche. Son bandage rendit l'affaire difficile, mais il était déterminé à boire et réussit enfin à porter le verre à ses lèvres. Là. L'alcool lui brûla la gorge, servant de pommade aux blessures qui ne pouvaient être traitées – sinon à l'alcool fort.

Strathmore eut un regard pour le gant que Daniel avait jeté sur sa commode. Il en manquait un pour faire la paire. Mais celui qui restait était déchiré à la paume, prouvant la force avec laquelle Ashford avait tiré sur les rênes.

— J'enverrai un mot de réclamation au gantier, dit le valet. Son travail devrait supporter d'être un peu malmené, c'est une honte.

Daniel ravala un rire. « Malmené » – ce simple mot résumait bien mal la soirée. Il avait été terrifié à l'idée qu'il arrive quelque chose à Mlle Hawke. Mais aussi… bon sang… aussi…

Il venait de vivre la soirée la plus formidable de son existence. Jamais il n'avait éprouvé autant de plaisir. Partager avec elle ces moments, voir son excitation pendant la course. Et après.

Daniel n'avait pas réfléchi. Il avait eu envie de quelque chose et l'avait pris. Peut-être n'était-il qu'un salaud, mais il n'arrivait pas à le regretter. Pas après un baiser aussi explosif, aussi riche de chaleur et de promesses. S'il s'était demandé un jour si la langue de Mlle Hawke était capable d'autres choses que de reparties bien senties, il avait sa réponse.

Son baiser avait été vivant, sensuel, charnel. Exigeant. Elle savait ce qu'elle voulait, et comment l'obtenir. Cette Mlle Hawke n'était pas une petite fleur fragile. C'était une femme qui connaissait la vie, et il était heureux qu'elle ait cette expérience.

Il aurait pu tout mettre sur le compte de cette fichue robe rouge. Ou de l'euphorie de la course. Mais il y avait autre chose. Depuis leur première rencontre, tout les avait préparés à cela. Chaque remarque perfide, chaque regard en coin, chaque réplique spirituelle qu'ils avaient échangé les avait menés à ce baiser.

— Vous dites, Monsieur ? demanda Strathmore en enroulant une bande de gaze autour de l'autre main de Daniel.

— Je n'ai rien dit.

— Vous... avez grommelé.

— Rien de très inhabituel, dit Daniel en regardant sa main. C'est du beau travail. Allez vous coucher, maintenant, ajouta-t-il d'un ton un peu radouci.

Strathmore s'inclina, ramassa son remède et ses bandages et quitta la chambre de Daniel, le laissant seul avec ses blessures, son whisky et ses pensées.

Il était presque 3 heures du matin, mais Daniel n'avait aucune envie de dormir. Incapable de rester inactif, il se leva avec son verre vide à la main pour aller se resservir. Puis il fit les cent pas devant la cheminée et se perdit dans la contemplation des flammes.

Sa vie était un tel chaos ! Entre la recherche de Jonathan, l'arrangement avec Mlle Hawke et cette fichue attirance entre lui et la journaliste, il se sentait pris dans un véritable tourbillon.

Quand il était avec elle, son cœur s'emballait, comme s'il... comme s'il était vraiment vivant pour la première fois depuis bien longtemps. Il avait le sentiment de se réveiller d'une longue hibernation et de découvrir qu'une terre grise et inculte était devenue verdoyante et fertile. Le simple fait de penser à elle faisait battre son cœur plus vite. Retourner au théâtre pour exiger qu'ils reprennent les choses où ils les avaient laissées aurait été en droite ligne avec sa réputation de goujat. Et, bon Dieu, qu'est-ce qu'il en avait envie !

Mais ils ne pouvaient pas. Et il n'y aurait pas d'autre baiser. Il la désirait, mais pour le bien de Jonathan, il devait garder la tête froide et la braguette boutonnée. Il ne laisserait pas les choses se compliquer entre la journaliste et lui.

Comme si ce n'était pas déjà fait...

Malgré cette résolution, il ne tenait toujours pas en place. Il aurait pu ressortir, mais s'enivrer, jouer aux cartes ou faire la fête, tout cela lui paraissait superficiel, sans intérêt. La solitude lui convenait mieux, ce soir.

Il alla jusqu'à sa table de chevet et en sortit un livre, *Le Secret de la duchesse*, écrit par « une lady de petite vertu ». Le dernier roman érotique de cet auteur anonyme. Ses précédents livres avaient été diffusés sous le manteau dans tous les clubs et les tripots de la ville, petits volumes passant facilement de poche en poche. Mais Daniel soupçonnait bon nombre de femmes de les lire aussi.

Ce roman n'avait rien d'érudit, mais il n'était pas d'humeur à lire un traité de philosophie ou de science. Il voulait de la distraction, et quoi de mieux pour ce faire qu'un texte bien troussé, et licencieux à souhait ?

Il retourna près du feu, se laissa tomber dans son fauteuil et ouvrit le livre au hasard.

Je poussai un cri de délice quand les lèvres du palefrenier se refermèrent sur mon...

Il referma le livre dans un claquement. Une seule ligne, et déjà il n'en pouvait plus. Car lorsqu'il imaginait le palefrenier, il se voyait à sa place. Et le visage de la duchesse polissonne n'était autre que celui de Mlle Hawke.

Cette nuit promettait décidément d'être interminable.

12

> *La peur est un moteur étrange. Soit elle nous prend dans sa toile et nous empêche de bouger, nous condamnant à attendre notre destin, soit elle nous aiguillonne jusqu'à ce que nous passions à l'action. Dans les deux cas, il y a des dangers, bien sûr. L'inaction mène à la torpeur, qui à son tour débouche sur la stagnation. Mais foncer tête baissée dans les bras de ce qui nous fait le plus peur aboutit parfois à des situations inattendues. Des situations qui peuvent s'avérer désastreuses.*
>
> L'Œil du Faucon, 11 mai 1816

Une taverne sur les docks, la nuit, n'était pas un endroit pour une jeune aristocrate, surtout quand celle-ci n'avait que dix-sept ans. Le *Double Anchor* arborait un seul lanternon au-dessus de sa porte. Londres se serait bien passée de cette façade sinistre et décrépie, de ces volets de travers, de ces vitres sales et fendues et de ces murs de brique rouge tachés par Dieu sait quoi. Daniel, quant à lui, n'avait aucune envie d'examiner de plus près les traînées noires qui maculaient la devanture de cet établissement.

Catherine et lui étaient installés dans sa voiture la moins ostentatoire, devant la taverne. Si Daniel avait été seul, il serait venu à pied, pour ne pas attirer l'attention. Mais la présence de Catherine était un mal nécessaire. Jonathan adorait sa sœur ; elle était la seule personne capable de le faire réagir.

Si Jonathan voyait Daniel, il déguerpirait sur-le-champ pour disparaître plus profondément encore dans les bas-fonds de Londres. Et les chances déjà minces qu'avait Daniel de le retrouver s'évanouiraient complètement.

Mais il s'en voulait d'avoir amené une jeune fille aussi innocente que Catherine dans un bouge comme le *Double Anchor*. Cette idée le révulsait.

— Prête ? demanda-t-il.

Elle inspira profondément, serra son manteau de lainage terne contre elle. Sur les instructions de Daniel, tous deux avaient mis leurs vêtements les plus tristes, les moins raffinés. Mais cacher des années d'éducation et de bonnes manières était impossible. Au milieu de la racaille, on les remarquerait quand même, quoi qu'ils portent. C'était un des inconvénients de la noblesse. Il n'y en avait pas beaucoup, mais c'en était un.

Daniel avait également estimé qu'il valait mieux se déplacer sans valet à l'arrière de la voiture – cela aussi aurait attiré l'attention. Il ouvrit donc la portière lui-même, descendit et aida Catherine à mettre pied à terre. Une étrange pensée lui traversa alors l'esprit. La main de la jeune fille était beaucoup plus petite et fragile dans la sienne que celle de Mlle Hawke. Malgré toute sa force et son courage, Catherine restait délicate, frêle. Surtout comparée à Mlle Hawke.

Il secoua la tête, écartant cette idée. Ce n'était pas le moment de penser à la journaliste ou à la façon dont son souvenir hantait sa vie depuis la course de phaétons, trois jours plus tôt. Pour l'heure, il lui fallait retrouver Jonathan et protéger Catherine.

Mais sans les articles du *Faucon* sur ses frasques, il n'aurait pas pu rechercher son vieil ami. Plus on attirait l'attention sur Ashford le libertin, plus il était tranquille pour ratisser les quartiers mal famés de la capitale. Puisqu'il avait donné du grain à moudre à Mlle Hawke, elle ne mettrait pas le nez dans son enquête secrète, et c'était exactement ce qu'il cherchait.

Les cris des mouettes se mêlaient au crincrin d'un violon, à l'intérieur. Un homme était affalé contre la façade, serrant une bouteille de gin contre lui, et bloquait en partie la porte de la taverne. Daniel le repoussa du bout du pied. L'ivrogne s'en aperçut à peine, ne protesta pas, émit juste un ronflement avant de retomber dans sa stupeur alcoolisée.

Daniel posa une main sur la poignée. Il avait un pistolet dans la poche de son manteau, un couteau dans sa botte, et ses deux poings. Entrer dans un endroit pareil sans armes, surtout avec Catherine à ses côtés, aurait été stupide de sa part.

Ce n'était pas la première fois qu'il se rendait dans ce genre d'établissement avec elle, mais chaque fois, il avait espéré que ce serait la dernière. Et, ce soir encore, il nourrissait cet espoir.

Il ouvrit la porte. Le violoniste ne s'arrêta pas quand ils entrèrent, mais une légère inflexion de l'archet sur les cordes leur indiqua qu'ils avaient été remarqués. Une douzaine de types penchés sur leur bière tournèrent la tête dans leur direction. Pour la discrétion, c'était raté. Mais qu'y faire ?

Lentement, Catherine et lui se frayèrent un chemin entre les tables et les clients. La taverne n'était en rien différente de toutes celles que Daniel avait visitées depuis qu'il avait entrepris de rechercher Jonathan : sale, bondée, surchauffée, avec un plafond bas aux poutres noircies par la fumée. Cet endroit semblait avoir poussé comme un champignon plutôt que d'avoir été construit. Et ce soir, il y avait dans le champignon toute une collection d'ivrognes, de dépravés, de dockers et de marins. Dans un coin, on jouait aux dés. Une fille de joie assise sur les genoux d'un marin lui passait sans entrain une main dans les cheveux.

Daniel tentait d'atteindre le bar tout en gardant un œil sur Catherine. Courageuse, elle avançait tête baissée, sans chercher à se faire toute petite, mais sans essayer de croiser le regard des autres clients non plus. Les types de ce genre y auraient vu une invitation.

Enfin, ils s'accoudèrent au bar, où un homme décharné et chauve riva sur eux un regard méfiant.

— Qu'est-ce que vous voulez ? demanda-t-il.

— Un renseignement, répondit Daniel. Et de la discrétion.

— C'est pas donné, ce genre de chose.

— Je sais.

Daniel fit glisser une pièce sur le comptoir.

— Nous cherchons quelqu'un.

— Y a beaucoup de quelqu'un, ici, répliqua l'homme avec un sourire mauvais avant d'empocher la pièce.

Catherine sortit une miniature de son frère des plis de son manteau et la montra au tavernier.

— Lui.

L'homme plissa les yeux. Le portrait avait été réalisé plusieurs années auparavant, avant que Jonathan ne parte faire la guerre. On le voyait jeune homme enthousiaste à l'idée de l'existence qu'il allait désormais mener, ignorant ce que l'avenir lui réservait.

— Il aura sans doute changé un peu, expliqua Daniel. Plus mince, probablement. Les traits fatigués.

Le tavernier regarda la miniature encore un moment, puis secoua la tête.

— Non. Même quand ils s'encanaillent, les gens de la haute ne viennent pas ici. Enfin, ils ne venaient pas, ajouta-t-il en regardant Daniel et Catherine. Mais ça change, on dirait.

Même s'il n'avait pas attendu grand-chose de cette piste, la déception noua l'estomac de Daniel. Chaque fois, il espérait que la gargote puante dans laquelle il mettait les pieds serait la dernière, qu'il arriverait enfin à localiser son ami. Mais cette visite n'avait servi à rien, encore une fois.

Pourtant, il fallait continuer à espérer, pour Catherine.

Il fit glisser une autre pièce sur le comptoir.

— Ça, c'est pour tenir votre langue. On ne vous a rien demandé.

L'argent disparut aussitôt.

— Pas de problème, milord.

Tiendrait-il parole ? C'était peu probable. Les ragots circulaient facilement. Tout le monde en échangeait. Mais Daniel devait faire tout ce qui était en son pouvoir pour tenter de brouiller les pistes. Si Jonathan apprenait que quelqu'un le cherchait, il s'enfoncerait plus profondément encore dans l'ombre, et le retrouver deviendrait impossible. Mais si Catherine parvenait à l'atteindre, à le faire sortir de sa tanière, alors peut-être, seulement peut-être, arriveraient-ils à le ramener chez lui.

— Devriez essayer au *Lady Anne*, un peu plus loin, si vous cherchez un rupin qui aime traîner dans ce genre d'endroit, suggéra le tavernier avant de fixer Daniel avec l'air d'attendre quelque chose.

Ce dernier lui donna une autre pièce puis, passant un bras autour des épaules de Catherine, s'éloigna du bar et la guida vers la sortie.

Elle poussa soudain un petit cri. Daniel pivota et vit que l'un des clients avait refermé sa grosse patte autour du poignet de la jeune fille, qui tentait de se dégager.

— Combien ? demanda l'homme. J'ai jamais goûté à de la qualité pareille.

— Pour vous, répondit Daniel, rien.

Son poing jaillit et frappa l'homme en pleine figure. Ce dernier lâcha aussitôt prise et tomba à terre, assommé.

— Et c'est la même chose pour le prochain qui tentera quoi que ce soit avec elle, déclara Daniel d'un ton catégorique.

Les autres clients s'absorbèrent aussitôt dans la contemplation de leur bière. Gagner la porte se fit sans autre difficulté et, quelques instants plus tard, Daniel et Catherine remontaient dans la voiture, pour prendre la direction du *Lady Anne*. L'endroit n'était pas tout à fait à la hauteur de son nom.

— Je continue à espérer, dit doucement Catherine. Mais, à chaque réponse négative, j'ai l'impression de mourir un peu.

Daniel lui prit la main.

— Nous le retrouverons. Je vous jure que...

Elle eut un petit rire, beaucoup trop mûr et amer pour une jeune fille de son âge.

— Ne faites pas de promesses que vous ne pourrez pas tenir, je vous en prie.

— Alors je le chercherai jusqu'à mon dernier souffle.

Elle hocha la tête, serra la main de Daniel.

— Merci. C'est déjà beaucoup trop.

— Jonathan le mérite. Vous le méritez.

— J'ai lu des choses sur vous, dit-elle avec un petit sourire. Enfin, sur lord Decadenshire. La course de phaétons.

Il lâcha délicatement sa main et se laissa aller contre le dossier de la banquette.

— Ah oui. Mes exploits de noceur.

Daniel avait lu l'article, lui aussi. Maintenant qu'il avait été publié, certains de ceux qui avaient assisté à la course avaient dû deviner la véritable identité de lord Decadenshire, avant d'en déduire que Ruby était la journaliste.

Avec un peu de chance, la plupart d'entre eux étaient trop accaparés par leur poursuite du plaisir pour vraiment y faire attention et se poser des questions.

De son côté, même s'il avait vécu l'événement, il avait trouvé le récit de Mlle Hawke passionnant, convaincant. Jusqu'à douter lui-même, pendant quelques instants, de l'issue de la course. Cette demoiselle savait décidément s'y prendre pour écrire un article.

Devait-il continuer à l'appeler « mademoiselle Hawke », maintenant qu'il l'avait embrassée ? Cela semblait froid et distant. Mais mieux valait peut-être qu'il garde ses distances, justement, dans la mesure où ses rêves avec elle avaient pris un tour franchement inconvenant. Décidément charnel. Elle retirait cette robe, il prenait sa bouche... et plus que sa bouche...

Il secoua la tête. Il ne pouvait pas se permettre des pensées aussi érotiques en présence de Catherine.

Eleanor, en revanche, n'avait rien écrit sur leur baiser. Cela ne le surprenait pas vraiment. Une journaliste plus attirée par le sensationnel aurait relaté cet exploit avec jubilation. Mais soit elle tenait particulièrement à ce que sa vie privée le reste, soit elle ne voulait pas que sa réputation soit remise en question.

Dans un cas comme dans l'autre, il lui était reconnaissant de ne pas avoir parlé de ce baiser. De cette manière, cela restait entre eux, en faisait quelque chose de privé... de spécial. Certes, les témoins avaient été nombreux, et bruyants, mais malgré leur présence, ce baiser n'appartenait qu'à Eleanor et à lui.

— Jonathan aimait beaucoup les courses de phaétons, murmura Catherine avec un léger sourire, le tirant de ses pensées. Je n'étais pas censée être au courant, mais je devinais toujours quand il avait passé la nuit à se mesurer à ses adversaires.

— Il se vantait toujours de pouvoir me battre.

— Y est-il arrivé ?

— Non. Mais, juste avant son départ pour le continent, il m'a promis de revenir et de me donner une bonne leçon.

Daniel sentit la mélancolie l'étreindre. Cette revanche n'avait pas eu lieu. Peut-être n'arriverait-elle jamais.

— Et il m'avait dit qu'il m'apprendrait à conduire, ajouta Catherine, la voix enrouée de tristesse.

Daniel faillit lui proposer de lui apprendre lui-même. Mais tant qu'il n'avait aucune preuve de la mort de Jonathan, cela restait la prérogative de son ami.

— Il le fera peut-être un jour, se sentit-il obligé de dire.

— Peut-être.

Le doute marquait ses paroles. Comme lui, Catherine perdait espoir. Et cela lui brisait le cœur.

Il avait cherché Jonathan, à la course, parmi les spectateurs. Mais, s'il était présent, son ami avait dû trop changer pour qu'il le reconnaisse.

Catherine se ressaisit, se força à sourire de nouveau.

— Un tripot, une course de phaétons... Où emmènerez-vous votre journaliste, la prochaine fois ?

— Je ne sais pas encore.

Nombreux étaient les lieux de perdition où il pouvait emmener Eleanor. Mais une question le taraudait : où désirait-il l'emmener ? Et en quoi cet endroit risquait-il d'influencer l'image qu'elle avait de lui ? En réalité, il voulait qu'elle ait une bonne opinion de lui, et cela l'affligeait.

À quel moment les choses avaient-elles changé ? Après leur baiser ? Non. Avant. Quelque part sur le chemin qu'ils avaient emprunté ensemble, il avait commencé à la respecter et à avoir envie qu'elle le respecte en retour. Des choses qui n'avaient jamais eu d'importance pour lui, avec qui que ce soit.

Il n'eut pas le loisir de réfléchir plus avant à cette inquiétante constatation, car la voiture s'était arrêtée. Il regarda par la fenêtre. Le *Lady Anne* ressemblait en tout point au *Double Anchor* – une taverne misérable fréquentée par un misérable bataillon d'âmes misérables.

Il retint un soupir. Jonathan était peut-être à l'intérieur. Ou, pire, il n'y était pas. Le seul moyen de le savoir était d'entrer et de rejouer la même scène.

Sa seule consolation était la perspective de revoir Eleanor. Cela ne compenserait pas les moments sinistres passés à la recherche de son ami, mais elle était pour lui un rayon de lumière au cœur d'un monde plongé dans l'obscurité.

Eleanor rentrait de l'épicerie, son déjeuner en main, quand elle aperçut, garée devant le siège du journal, une voiture qu'elle reconnut immédiatement. Aussitôt, son cœur se mit à battre la chamade, et le paquet contenant sa tourte manqua de lui échapper. Elle savait pourtant qu'elle reverrait le comte. Il lui avait même envoyé un mot, la veille, pour lui dire que ce serait bientôt. Mais cela ne l'avait pas pour autant préparée à l'intensité du plaisir qu'elle venait d'éprouver en voyant sa voiture. Ainsi, il était dans les parages.

Nervosité et excitation livraient un combat sans merci dans sa poitrine. Elle s'arrêta net, ignorant les jurons de ceux qu'elle empêchait de passer.

Ce n'était qu'un baiser. Les gens s'embrassent tout le temps, et le cours du monde n'en est pas affecté.

Pourtant, son monde à elle l'avait été. Si elle avait eu du mal à se concentrer après sa soirée au tripot avec le comte, ces derniers jours l'avaient mise dans un état proche de la folie. Elle s'était maintes fois surprise à regarder dans le vide, les doigts sur les lèvres, pensant à celles d'Ashford. Ses pensées lui échappaient, s'évanouissaient continuellement. Manger était devenu impossible. Elle s'était acheté à manger par habitude plus qu'autre chose, car elle n'avait plus d'appétit. Son estomac était en constante ébullition.

Tout cela était sacrément déconcertant, surtout lorsque, comme elle, on se targuait d'avoir la tête sur les épaules. Mais cet équilibre avait fait ses bagages et s'était enfui sans dire où il allait, ni quand il reviendrait. Si seulement elle avait pu le rattraper et le remettre en place ! En cet instant, elle avait besoin de tout le sang-froid possible.

Une petite voix lâche, en elle, lui murmura de faire demi-tour et de partir dans la direction opposée. De se cacher jusqu'à ce que le comte renonce et rentre chez lui. Bizarrement, elle redoutait ce qu'elle risquait de lire dans le regard du comte. Aurait-il une moins bonne opinion d'elle parce qu'elle lui avait rendu son baiser ? Non, bien sûr, c'était idiot. Si un homme embrassait une femme sans s'attendre qu'elle... participe à ce baiser, alors cet homme n'était qu'un malotru cherchant à imposer son choix à une victime non consentante.

Ashford était tout sauf un malotru.

— Hé ! On dégage, là, ma p'tite dame !

Elle fit un bond sur le côté. Un homme la dépassa, poussant une charrette à bras pleine de poissons. Fut-ce le bruit ? L'odeur ? En tout cas, cela la tira de ses pensées.

Si *L'Œil du Faucon* se vendait bien, ce n'était pas parce qu'elle choisissait la facilité. Confrontée à la peur, au doute ou à n'importe quel autre obstacle, elle avait toujours fait front, alors au diable son incertitude. On n'arrivait jamais à rien en restant assis à se tourner les pouces.

Elle savait ce qu'elle aurait dû faire. Elle aurait dû lui dire que cela ne pouvait pas se reproduire. Surtout si la série d'articles devait continuer. Or elle voulait qu'elle continue. Après son récit de la course de phaétons, les ventes avaient encore augmenté.

Mais s'il essayait de l'embrasser encore une fois, elle n'était pas certaine de pouvoir résister à la tentation. N'était même pas certaine de vouloir résister.

Une chose était sûre : tout cela n'était que spéculation tant qu'elle ne prenait pas son courage à deux mains pour aller jusqu'au journal et affronter le comte. Aussi, après avoir donné sa tourte à un mendiant, fit-elle exactement cela.

Comme elle approchait de la voiture, le cocher se pencha vers elle en indiquant les bureaux du *Faucon*.

— Il vous attend à l'intérieur, mademoiselle.

Elle le remercia d'un hochement de tête et entra.

En pénétrant dans la salle de rédaction, elle vit, comme d'habitude, les bureaux alignés de part et d'autre de l'allée, et ses journalistes plume en main, rédigeant leurs articles. Mais tous ne cessaient de regarder en direction de son bureau, dont la porte était fermée. Or elle l'avait laissée ouverte en partant s'acheter à manger.

Son cœur battit un peu plus fort encore.

Elle avança et sentit tous les regards converger sur elle, comme si elle montait à l'échafaud ou s'apprêtait à recevoir un prix prestigieux.

Devant sa porte, elle hésita. Devait-elle frapper ? C'était *son* bureau.

Elle inspira et ouvrit la porte.

— Vous êtes dans mon fauteuil, dit-elle.

Ashford était, en effet, assis à son bureau. Il semblait plongé dans la lecture des épreuves du dernier numéro du journal étalées devant lui. Avec son menton posé sur ses mains croisées, on eût dit un modèle de contemplation intellectuelle.

Il était aussi terriblement beau, constata-t-elle avec consternation. Et impeccablement vêtu, bien sûr. Elle remarqua distraitement son chapeau et sa canne posés sur un guéridon, dans un coin de la pièce. Ses cheveux bruns étaient légèrement humides, et bouclés, comme s'il sortait du bain.

Ashford leva les yeux en l'entendant, et elle se retint de lisser sa jupe et ses cheveux. Elle devait avoir l'air exténuée – et elle l'était. À côté de lui, elle faisait sans doute penser à une étrange créature ébouriffée sortie d'on ne savait quel terrier et clignant des paupières face au soleil. Oui, Ashford l'éblouissait à ce point.

Ses yeux se posèrent immédiatement sur la bouche du comte. Elle dut se forcer à croiser son regard.

— Il n'y avait pas d'autre siège, dit-il.

— Je ne reçois jamais de visiteurs. C'est un bureau où l'on travaille, ici, pas un salon.

Il se leva, et ce fut comme si sa stature imposante emplissait toute la pièce.

— Je veux bien le croire, étant donné le sens de l'hospitalité dont vos employés font preuve. Personne ne m'a proposé une tasse de thé.

— Comme je vous l'ai dit, cet endroit est réservé au travail. Si vous voulez du thé ou un accueil plus aimable, je peux vous recommander une demi-douzaine d'établissements renommés, dans un rayon d'un kilomètre tout au plus. Je suis sûre que tous seraient ravis de vous recevoir.

— Mais je préfère être reçu ici.

— Ce n'est pas comme si vous me laissiez le choix.

Donc ils n'allaient pas évoquer le baiser. Elle ne lui dirait pas à quel point il occupait ses pensées depuis des jours. Ni qu'elle voulait sentir sa bouche sur la sienne de la même manière qu'un amateur de sucreries rêve d'un bonbon. Non, ils ne parleraient de rien de tout cela.

Elle fit un pas en avant, laissant délibérément la porte ouverte.

— Que faites-vous ici ?

— Ah, toujours cette fameuse délicatesse...

— Vous saviez déjà où je travaillais, dit-elle en croisant les bras. Après tout, vous êtes entré en trombe ici même il y a de cela quelques semaines.

— Je ne suis pas entré en trombe. Je suis entré d'un pas tranquille.

— Vous ne vous déplacez jamais d'un pas tranquille. Vous marchez à grandes enjambées ou vous pressez le pas.

— J'ignorais que vous aviez passé autant de temps à qualifier la façon dont je me déplace.

Elle sentit le rouge lui monter aux joues. Tant de qualificatifs lui étaient venus à l'esprit en pensant à lui. Flatteurs, pour la plupart. Elle en était presque arrivée à regretter d'avoir autant de vocabulaire.

— J'écris, répondit-elle. Les mots sont mon pain quotidien. Je suis bien plus riche en mots qu'en pièces.

Il contourna le bureau et s'y adossa en croisant les jambes.

— Vraiment, si les mots étaient des pièces, vous pourriez m'acheter cent fois.

— Et si je vous achetais, que ferais-je de vous ? ne put-elle s'empêcher de demander.

Le regard d'Ashford s'assombrit, son corps se raidit, et elle se demanda si elle ne venait pas de commettre une grosse erreur. Ils ne devaient pas s'engager dans cette voie-là, et pourtant, elle n'arrivait pas à se retenir.

Cherchant à faire diversion, elle avisa une grande boîte, sur le côté de son bureau. Si grande, à vrai dire, qu'elle se demanda comment elle avait pu l'ignorer jusque-là. Mais quand le comte était devant elle, tout ce qu'elle voyait, c'était lui.

— Qu'y a-t-il là-dedans ? demanda-t-elle.

— La raison de ma visite.

— Vous auriez pu la faire livrer plutôt que de l'apporter vous-même. J'imagine qu'un comte n'a pas pour habitude de jouer les garçons de courses.

Le plus charmant et le plus ridicule rosissement enflamma les joues d'Ashford.

— Non, en effet, répondit-il en toussotant. Mais mes valets sont parfois maladroits, et je ne voulais pas qu'ils l'abîment.

Les domestiques d'Ashford étaient à coup sûr excessivement méticuleux, soigneux et fiers de leurs responsabilités. Aucun comte n'employait de valet maladroit.

— Pour qui est-ce ? demanda-t-elle.

Il fronça les sourcils.

— Pour vous, bien sûr.

— Un cadeau ?

— Dans le cadre de notre arrangement. Frais généraux, etc.

— Eh bien, voyons voir ces « frais généraux », alors.

Elle voulut prendre la boîte, mais il s'en saisit avant elle.

— Ces « frais généraux » ont un prix. Une broutille, dit-il.

Elle planta les mains sur ses hanches.

— Je redoute presque de vous poser la question.

— Le prix est le suivant : je veux une visite guidée des bureaux de *L'Œil du Faucon*. Voyez-vous, ma chère Eleanor Hawke, vous semblez tout savoir sur moi, dit-il avec un sourire devant lequel elle se liquéfia littéralement. Aujourd'hui, c'est à mon tour de découvrir tous vos petits secrets.

13

> *Derrière chaque article se cache une histoire qui dépasse largement les marges du journal dans lequel il paraît. Sachez, chers lecteurs, que le billet que vous avez sous les yeux et que vous lisez pour votre plaisir a nécessité, avant d'être imprimé, une véritable épopée jalonnée d'efforts, de dangers et d'espoirs. Ne négligez jamais l'écriture, car elle est le creuset des rêves de beaucoup d'entre nous.*
>
> L'Œil du Faucon, 11 mai 1816

Eleanor n'était pas certaine de vouloir révéler ses secrets, mais en matière de direction de journal, elle se savait compétente. Parler de son travail était plus facile que de s'aventurer vers des sujets plus personnels.

Malgré tout, elle trouvait un peu étrange l'intérêt qu'Ashford portait au journal.

— J'ignorais que l'aristocratie s'intéressait à la façon dont on fabrique un journal.

— C'est le comte Stanhope qui a inventé la presse à bras, il y a plus de dix ans, fit remarquer Ashford.

Le fait qu'il sache cela la désarçonna un instant. Mais elle se ressaisit.

— En effet. D'ailleurs, nos presses, ici, sont des Stanhope.

— J'aimerais les voir.

Elle fronça les sourcils.

— Encore une fois, je me demande pourquoi.

— Pure curiosité, répondit-il d'un ton léger. Un caprice de riche, si vous voulez.

Quelque chose lui disait que ce n'était pas tout à fait vrai. Il avait répondu trop vite, d'un ton trop enjoué. Comme pour dissimuler un autre motif. Mais lequel ? Comptait-il lancer son propre journal ? Certainement pas. Alors quoi ?

Elle ne voyait guère de raisons de s'opposer à ce qu'il visite les lieux. Après tout, elle n'avait rien à cacher, ni à craindre. Diriger le journal était la chose dont elle était le plus fière. *L'Œil du Faucon* était sa plus grande réussite. Pourquoi ne pas le lui montrer ? Qu'il voie ce qu'elle avait construit toute seule ?

Oui, elle voulait qu'il voie cela, qu'il voie ce qu'elle avait accompli.

Comme si… son opinion comptait.

C'était le cas. Son opinion comptait beaucoup, et cette prise de conscience l'ébranla. Elle s'était échinée à se tracer un chemin dans l'existence, ignorant les remarques désapprobatrices de son entourage et parfois aussi celles qu'elle s'adressait à elle-même. C'était ça, ou se laisser disparaître dans l'obscurité, avaler toute crue par la froide et insensible machine qu'était la vie. Mais elle avait lutté, avait gardé la tête haute, s'était bouché les oreilles quand on lui avait dit : « Vous ne pouvez pas faire cela. Une femme à la tête d'un journal, c'est absurde. »

Elle était allée jusqu'au bout, avait surmonté chaque obstacle.

Mais que se passerait-il si Ashford affichait du mépris face à ce qui lui avait demandé tant d'efforts ? Comment le supporterait-elle ?

Il lui semblait cependant que le comte comprendrait à quel point tout cela comptait pour elle et ne chercherait pas à la rabaisser.

— Bien. Par ici, alors, dit-elle en lui indiquant la porte.

Mais il était poli, et il s'effaça pour la laisser passer. Ils entrèrent dans la salle de rédaction. Les employés étaient penchés sur leur travail, mais elle sentait bien qu'ils n'étaient pas concentrés.

— Ici sont rédigés tous les articles, dit-elle en montrant les bureaux couverts de feuilles éparses, les piles de papier, les journalistes. J'emploie dix rédacteurs à temps plein et quelques pigistes, qui comblent les trous quand c'est nécessaire.

— Où sont vos relecteurs ? demanda Ashford en balayant la pièce du regard.

— Vous êtes à côté d'elle.

Il la regarda d'un air surpris qu'elle trouva à la fois gratifiant et agaçant.

— Vous faites tout ?

Elle haussa les épaules.

— Nos moyens sont réduits. Et je ne fais confiance à personne pour la relecture.

— C'est très...

Elle attendit les mots. *Dirigiste. Masculin.*

— ... inhabituel.

— Le *Faucon* est mon journal. J'essaie de m'en occuper comme une mère s'occuperait de son nourrisson pris de coliques. Changer les couches est juste une de mes nombreuses responsabilités.

— Quand vous dites que c'est votre journal, vous voulez dire que vous en avez hérité, c'est ça ?

— Pas du tout, répondit-elle, les mains sur les hanches. Il y a cinq ans, j'ai racheté une feuille de chou en grande difficulté et j'en ai fait *L'Œil du Faucon*. Et, avant que vous ne me posiez la question, j'avais de l'argent. Prêté par des amis pour l'essentiel. J'ai tout remboursé, avec les intérêts.

— Par des amis ? Pas par votre famille ?

— Je n'ai pas de père, pas de frère. Je n'ai jamais été mariée. Tout ce qui se trouve sur mon compte en banque y a été placé par moi et moi seule. Il m'a fallu des années d'économies et de privations pour atteindre mon objectif.

— Des économies ?

Il avait prononcé ce mot comme s'il en ignorait le sens, avec un sourire en coin.

— C'est ce que nous autres gens du peuple devons faire si nous voulons acheter quelque chose.

— Ça, vraiment, je n'arrive pas à le comprendre.

Et pourtant, dans son regard, elle entrevit une lueur de ce qui ressemblait étrangement à du respect.

— Faites fonctionner votre imagination, Ashford.

— Mais j'essaie, croyez-le bien.

Il soupira. Malgré son indolente superficialité, il observait tout ce qui se passait dans la salle de rédaction avec un œil beaucoup plus captivé qu'il ne voulait le laisser paraître.

— Et... vous avez bâti tout cela seule.

— En effet.

Il ne répondit pas, fronça légèrement les sourcils, comme s'il saisissait l'énormité de la tâche qu'elle s'était fixée. Elle attendit. Allait-il faire un commentaire désobligeant ? Se moquer de son ambition ? D'autres l'avaient fait avant lui.

Une peur glacée lui noua soudain l'estomac. S'il dénigrait son travail, elle s'en remettrait, mais poursuivre la route lui serait difficile, elle le savait.

— Je vois, dit-il.

Et ce fut tout.

Pas de louanges, mais elle n'était pas sûre d'en vouloir. Mieux valait ce sobre assentiment qu'une approbation trop enthousiaste. Son travail valait mieux que des ornements verbaux, si jolis fussent-ils.

— Pas de reproches parce que je ne me conduis pas comme une femme le devrait ? demanda-t-elle. Pas de moqueries ?

— Pas de ma part, en tout cas.

— Pourquoi ?

— Considérez cela comme une marque d'excentricité chez un homme riche, répondit-il en haussant les épaules. J'ai les moyens de ne pas penser comme tout le monde, car je sais que personne ne me contredira. J'ai trop de pouvoir.

Elle remonta l'allée entre les bureaux, le comte à ses côtés.

— Comme Caligula qui a fait de son cheval un consul.

— Caligula se prenait pour un dieu.

— Et pas vous ?

— C'est un défaut très courant parmi la gent masculine, répondit-il avec un large sourire.

— Ce qui en dit beaucoup sur vos congénères.

— Pour une femme qui n'a jamais été mariée, vous avez des avis bien arrêtés sur les hommes.

— J'ai le sens de l'observation, répondit-elle. Et ce n'est pas parce que je n'ai pas de mari que je n'ai pas une connaissance approfondie de l'autre sexe.

Il haussa les sourcils.

— Que vous avez approfondie comment ?

— Je ne peux révéler mes sources.

Ils avaient atteint l'extrémité de la pièce et se tenaient devant une épaisse porte en bois. Elle posa une main sur la poignée.

— Mais je peux vous montrer ce qui fait du *Faucon* un journal hors du commun.

— Je vous en prie.

Elle actionna la poignée et ouvrit la porte. Aussitôt, le bruit les assaillit – claquements métalliques, martèlement d'un maillet. Ils pénétrèrent dans une seconde salle, deux fois plus grande que la salle de rédaction. Des presses étaient alignées là, et des hommes en tablier y glissaient des feuilles de papier. Au-dessus, suspendues à un fil, séchaient les feuilles imprimées, telles des plantes exotiques accrochées à des branches d'arbres.

Eleanor ouvrit les bras pour présenter l'ensemble de la salle.

— C'est ça. Contrairement à d'autres journaux plus petits, qui sous-traitent leur impression, nous réduisons les coûts et augmentons notre tirage et notre diffusion en imprimant nous-mêmes notre journal.

— C'est bruyant, dit le comte en haussant la voix.

— C'est le prix à payer, et nous le payons avec joie. Au début, nous faisions imprimer le *Faucon* ailleurs, mais j'ai fait les comptes et me suis aperçue que nous pourrions avancer bien plus vite si nous possédions nos propres presses.

D'un mouvement du menton, elle indiqua les énormes machines en fonte. Deux ouvriers opéraient sur chaque presse, qui crachait à un rythme soutenu les feuillets du prochain numéro.

— Ce sont des Stanhope, mais vous le savez déjà, dit-elle en entraînant Ashford jusqu'à une machine.

— J'ai lu beaucoup de choses sur l'œuvre de cet homme, dit-il. Mais c'est la première fois que je la vois. Ça a l'air dangereux.

— Ça peut l'être, si l'ouvrier est inexpérimenté. Mais je n'emploie pas de débutants.

— Combien de feuilles imprimez-vous par heure ?

Le simple fait qu'il s'y intéresse la surprit.

— Quatre cent quatre-vingts. C'est deux fois plus qu'avec les anciennes machines. Et la presse Stanhope demande beaucoup moins d'efforts, aussi.

Les mains dans le dos, Ashford regarda les ouvriers imprimeurs avec une expression un peu détachée, presque amusée. S'ennuyait-il ? Même si cette presse avait été mise au point par l'un des leurs, la plupart des aristocrates, particulièrement les débauchés notoires, ne s'intéressaient guère aux merveilles de l'ère industrielle.

Malgré son attitude nonchalante, il posa plusieurs questions aux imprimeurs, voulant savoir comment fonctionnait leur machine et comment on devenait maître imprimeur. Sa voix traînante donnait l'impression qu'il ne s'intéressait pas aux réponses, mais les questions qu'il posait étaient toutes très précises. Et étonnamment bienveillantes.

Plutôt que de regarder les presses, comme elle le faisait d'ordinaire, elle concentrait toute son attention sur Ashford et sur le regard enthousiaste et affûté, en contraste avec son attitude indolente, qu'il posait ici et là. Elle entendit même du respect dans la façon dont il s'adressait aux ouvriers, sans aucune condescendance.

Les imprimeurs aimaient leur travail. Et c'était comme si une partie d'Ashford ne pouvait que s'y intéresser, presque malgré lui.

Elle sentit que cela la gagnait. Lentement, mais sûrement. Un sentiment qui allait au-delà de l'attirance – car, oui, le comte était un homme séduisant, qui l'attirait irrésistiblement. Mais il y avait autre chose, une sensation qui s'emparait d'elle, l'enveloppait, faisait battre son cœur et courir son sang dans ses veines plus vite chaque fois qu'elle l'entendait parler. Quand il se trouvait près d'elle ou qu'il lui décochait un sourire, comme maintenant. Ce sourire qui mêlait autodérision et vivacité d'esprit.

Satané Ashford. Pourquoi était-il si *aimable* ? Pourquoi n'était-il pas conforme à l'image qu'elle avait des aristocrates menant une existence dissolue ? Le charme, elle s'y était attendue. Mais pas à ça. Pas à cette curiosité intellectuelle, ni à cette estime pour le travail et les gens qui devaient gagner leur vie.

Lorsqu'il n'eut plus de questions, elle l'éloigna des presses.

— Je mets de l'argent de côté pour acheter une presse Koenig à vapeur, expliqua-t-elle. Le *Times* en a déjà plusieurs, et c'est beaucoup plus rapide.

— Mais ces hommes ne risquent-ils pas de perdre leur travail ? demanda Ashford en montrant d'un signe de tête les imprimeurs qu'ils venaient de quitter.

Alors là, c'était la meilleure. Voilà qu'il s'inquiétait pour ses employés, maintenant.

— Ils seront tous formés aux nouvelles presses, dit-elle. L'impression sera plus rapide, mais nous aurons besoin d'autant de personnel.

— Ah.

Cette réponse parut le soulager, puis ce fut comme s'il s'étonnait lui-même de manifester tant d'intérêt pour la classe ouvrière, et il ajouta :

— Non que cela m'inquiète, bien sûr.

— Bien sûr, répéta-t-elle sans conviction.

Il se tourna vers un autre coin de la salle, où d'autres ouvriers en tablier se tenaient autour de grands plateaux.

— Et là, que se passe-t-il ? Une telle frénésie dans le travail, ça me fait tourner la tête.

— Ce sont les compositeurs – les typographes, précisa Eleanor. Ils reçoivent les pages écrites et les transforment en épreuves destinées à l'impression.

Les typographes prenaient les caractères dans de grands casiers et les plaçaient dans un composteur, qui ensuite était déposé sur une galée.

— Une fois la galée remplie, tout est solidement lié en un bloc.

— Donc, on peut déplacer les galées sans tout déranger.

— Exactement. Ensuite, on tire l'épreuve, et on l'envoie au correcteur qui s'assure qu'il n'y a plus d'erreurs.

Il la regarda, étonné.

— Vous laissez quelqu'un d'autre corriger les épreuves ?

Elle fit mine de lui donner un coup dans le ventre. Puis reconnut :

— Au début, c'était moi qui les corrigeais, effectivement. Mais, mes responsabilités s'accroissant, j'ai dû embaucher quelqu'un pour le faire.

— Quel coup terrible. Vous avez dû être anéantie.

— Je ne m'en suis toujours pas complètement remise.

Elle se tourna vers un autre ouvrier.

— Ce monsieur, là, cale toutes les galées sur un châssis, qui est ensuite fixé sur la presse.

Ils le regardèrent disposer les galées sur le châssis en pierre.

— Il faut avoir l'œil pour faire cela correctement, continua Eleanor. En tenant compte de la taille de la page et du papier utilisé, on peut imprimer un grand nombre de pages sur une seule feuille, ce qui est économique, bien sûr. À ce stade, on s'assure aussi que toutes les pages sont dans le bon sens et dans le bon ordre.

L'essentiel du bruit venait d'un homme maniant un maillet pour insérer des pièces métalliques et remplir les blancs entre les pages. Il s'assurait également que tout le châssis était bien plat.

— Là, c'est la dernière étape avant l'impression, dit Eleanor en montrant les ouvriers retirant les ficelles qui maintenaient les caractères en place.

À l'aide de clés spéciales, ils verrouillaient l'ensemble – caractères, blocs, pièces supplémentaires et châssis.

— Ça, c'est la forme. C'est ce qui va dans la presse. Quand c'est imprimé, il faut que l'encre sèche, dit-elle en montrant les feuilles suspendues, puis on les met dans la plieuse. Une fois assemblés, les journaux sont attachés en paquets et envoyés aux vendeurs. Voilà, vous savez maintenant, très approximativement, comment on fabrique un journal.

Il s'inclina.

— Je vous remercie, c'était très... instructif.

— Cela vous change de votre existence nonchalante, n'est-ce pas ? dit-elle sèchement.
— Y aurait-il un endroit un peu plus calme ? demanda-t-il.
— Pourquoi ? J'ai répondu à toutes vos questions, je crois.
— Si cette petite séance fut ô combien révélatrice pour un homme aussi ignare que moi, je crains cependant de ne pas avoir tout appris.
— Que voulez-vous savoir d'autre ?
Il se pencha vers elle et murmura dans un souffle :
— Vos secrets.

Daniel ne fut pas surpris de la voir quitter la salle d'imprimerie à grands pas et regagner son bureau. Après tout, qui aurait voulu évoquer ses secrets dans un endroit bruyant et plein d'ouvriers ?

Qu'était-il venu faire ici au départ ? Ah oui. Il voulait lui offrir son cadeau. Mais c'était autre chose qui l'avait conduit au journal. Comme s'il n'avait pu résister à l'envie d'en savoir plus sur elle. Une envie qui ne faisait que grandir depuis… depuis qu'il l'avait rencontrée, il s'en rendait compte aujourd'hui. Il avait juste prévu de lui apporter la boîte, de voir sa réaction lorsqu'elle l'ouvrirait, et de s'en aller. Mais, une fois dans son bureau, quelque chose de plus fort l'avait fait rester. Il voulait la connaître. En savoir plus sur elle.

Pour se protéger, cependant, il s'était drapé dans la nonchalance. Il ne fallait pas qu'elle comprenne à quel point il était sous le charme. Mais qui trompait-il en feignant l'indifférence ?

Peut-être ne s'en était-elle pas rendu compte – non, elle était trop futée pour ne rien avoir remarqué. Comprendre à quel point il était attiré par elle avait plongé Daniel dans un véritable tourment. À l'exception de Jonathan et de Marwood, il n'avait jamais été proche de quiconque. C'était plus facile, moins dangereux ainsi.

Mais avec elle, il ne pouvait se retenir. Elle exerçait sur lui une force magnétique aussi indéniable que les lois de la physique elles-mêmes.

Pourtant, il luttait. Cherchait à garder le contrôle.

Dès qu'il fut entré dans son bureau, elle referma la porte derrière eux, mais laissa les stores relevés. La boîte était toujours là, et elle la fixa d'un regard inquiet avant de s'asseoir. Il n'y avait pas d'autre siège dans la pièce, aussi Daniel resta-t-il debout, les mains dans le dos.

— Je n'ai aucun secret, déclara-t-elle.

— Tout le monde en a, répondit-il. Si quelqu'un sait cela, c'est bien vous.

— Tout ne mérite pas d'être publié dans mon journal.

— Ce qui est publié dans votre journal ne m'intéresse pas. Sa propriétaire et rédactrice en chef, en revanche, si.

— Je ne vois pas pourquoi.

— Appelez ça une excentricité d'aristocrate.

Il ne tenait pas à lui dévoiler ce que lui-même avait du mal à accepter.

Elle plissa les yeux.

— Je ne vous crois pas. Il y avait plus que de la curiosité dans vos questions à mes ouvriers. J'en déduis que vous ne me dites pas tout.

Il resta silencieux. Que faire ? Lui dire la vérité ? C'était prendre un énorme risque. Mais le jeu en valait la chandelle, il en était certain.

— La vérité, rien que la vérité, alors.

— D'accord.

— Parce que le baiser que nous avons échangé après la course de phaétons m'a laissé sur ma faim, déclara-t-il. Pour moi, c'est une première. Et je veux tout savoir sur la femme qui embrasse de la sorte.

Sa franchise sembla désarçonner Eleanor.

— Je n'ai pas pour habitude d'embrasser des inconnus, vous savez, dit-elle d'un ton un peu bourru.

— J'espère bien que non, parce que si c'était le cas, vous n'auriez plus le temps d'écrire, de corriger, de relire ni de faire quoi que ce soit. Ces messieurs feraient la queue tout autour du pâté de maisons pour avoir la chance de vous embrasser.

— Et ils seraient déçus.

— Mais imaginez combien ce serait dérangeant de devoir vous lever toutes les cinq minutes pour renvoyer des troupeaux de jeunes gens vous suppliant de leur accorder un baiser.

Elle croisa les bras.

— Vous ne savez plus quoi répondre, dit-il.

— Je ne vous dois aucune explication, déclara-t-elle, maussade.

— Je vous ai dit ma vérité. C'est à vous, maintenant.

— Et si je refuse ?

Il se redressa, brossa la manche de son manteau d'un revers de main pour faire disparaître une particule de papier.

— Alors *Sur les pas d'un dépravé* se résumera à deux articles.

Elle pinça les lèvres.

— J'aurais dû me douter que vous vous abaisseriez au chantage.

— Je préfère parler de « pression », corrigea-t-il. « Chantage » est un mot tellement brutal.

— C'est moi qui suis experte dans le choix des mots, dit-elle. C'est mon travail. Et je m'en tiens à ma première idée.

Il soupira.

— Très bien. Je vois que vous êtes décidée à me faire jouer le rôle de l'homme d'honneur. Vous n'êtes pas obligée de parler de quoi que ce soit si vous n'en avez pas envie.

— Merci, dit-elle d'un ton aigre.

— Mais si vous voulez savoir ce qu'il y a là-dedans, dit-il en posant une main sur la grande boîte, alors s'il vous plaît, révélez-moi un petit quelque chose sur vous.

— Vous seriez prêt à garder votre cadeau pour obtenir ce que vous désirez ?

— Bien sûr, répondit-il sans hésiter. N'avez-vous pas remarqué, mademoiselle Hawke ? Je ne possède que des stocks limités d'éthique et de morale.

— J'avais remarqué, en effet. Dommage qu'on n'en trouve pas à côté du haddock sur le marché de Billingsgate.

— L'éthique pue encore plus que le poisson.

Elle le fusilla du regard.

— Et c'est tout aussi périssable.

L'espace d'un instant, il crut qu'elle allait l'envoyer promener. Mais il paria sur sa curiosité de journaliste.

Le joueur en lui avait vu juste, car au bout d'une minute, elle lâcha :

— Que voulez-vous savoir ?

Tout. Visiter les locaux du *Faucon*, voir comment fonctionnait cette gazette à travers le regard passionné de Mlle Hawke avait éveillé en lui le besoin d'apprendre tout ce qu'il pouvait sur elle. De plonger dans cet esprit brillant. Quelle force animait une femme comme elle ? Il enviait cet élan vital, cette détermination. Il l'enviait et l'admirait.

Il avait fait de son mieux pour étouffer ce sentiment, mais plus il découvrait son univers, ses passions, ses goûts, plus les défenses derrière lesquelles il se retranchait depuis si longtemps vacillaient. Cette façade de nonchalance et de désintérêt pour autre chose que la poursuite du plaisir. L'énergie, la vitalité de Mlle Hawke avait fissuré ces défenses.

— Un moment, je vous prie.

Il quitta brusquement le bureau pour se rendre dans la salle de rédaction. Là, il avisa une chaise inoccupée, l'attrapa et l'emporta devant le regard médusé des journalistes.

Il la posa devant le bureau d'Eleanor, puis referma la porte et s'assit.

— Voilà. C'est plus agréable de cette manière.

— Mon objectif n'est pas d'être agréable, rétorqua-t-elle.

— À partir d'aujourd'hui, si. Bien. Vous m'avez demandé ce que je voulais savoir.

— Vous m'avez obligée à vous poser la question.

— En général, j'obtiens ce que je désire. Les prérogatives de la noblesse, tout ça.

— Ils ont tout compris, en Amérique. Ils n'ont pas d'aristocrates.

— Mais il y a des ploutocrates. Là-bas, même sans mon titre, je serais riche à millions.

Elle eut un regard amer.

— Quelle élégance de me le rappeler sans arrêt.

— C'est peut-être parce que je fréquente trop les ouvriers londoniens, ces derniers temps.

— J'ai respecté les règles, monsieur le Comte. Je vous ai fait visiter mon journal, en échange de quoi je devais pouvoir regarder dans cette boîte. Et voilà que vous changez les règles, maintenant.

Il sourit.

— Les règles, ça change tout le temps.

— Si c'est le cas, il s'agit de suggestions, pas de règles.

— C'est ainsi que fonctionne le gouvernement.

— Et dans ce régime, vous êtes aux commandes. Comme toujours.

— Franchement ! feignit-il de protester, mais s'amusant beaucoup. Vous vous comportez comme si j'étais un Borgia.

— Des empoisonneurs, c'est ça, les Borgia ? Peut-être avaient-ils trouvé la solution.

— Vous compliquez les choses. Répondez juste à une question, et vous verrez ce que je vous ai apporté, dit-il en tapotant la boîte d'un air tentateur.

Elle soupira, leva les yeux au ciel.

— Que voulez-vous savoir ?

C'était une victoire douce-amère. Il aurait pu continuer à plaisanter ainsi avec elle toute la journée, mais sa curiosité était trop forte. Il voulait en savoir plus. Même si, en posant cette question à Eleanor, il lui révélait son secret : la fascination qu'elle exerçait sur lui, et son désir de tout savoir d'elle, de son histoire.

— Pourquoi êtes-vous devenue journaliste ?

Elle ne répondit pas tout de suite. Allait-elle se protéger et refuser de parler d'elle ? Pour Daniel, la réponse à cette question était la clé qui lui permettrait de la connaître vraiment. Et il voulait cette clé.

Pourtant, elle finit par soupirer et lâcher :

— À cause de mon père.

— Il vous a poussée dans cette voie ? C'est rare, pour un père, d'encourager sa fille à faire carrière.

— C'était un ivrogne, dit-elle simplement. Un écrivaillon, qui, la plupart du temps, était trop assommé par l'alcool pour terminer ses commandes. J'ai appris très tôt que, si je voulais manger, c'était à moi de les finir.

Daniel la regarda, stupéfait.

— Vous... écriviez les articles à sa place ?

Elle posa le regard sur son bureau, devant elle. Laissa courir ses doigts sur le sous-main, traçant le contour des taches d'encre.

— À partir de l'âge de quinze ans, oui. Au début, il était tellement ivre ou en proie à de telles gueules de bois qu'il était persuadé de les avoir écrits lui-même. Il a compris la vérité un jour en se réveillant par terre et en me voyant assise à son bureau, rédigeant ce qui était censé être sa critique d'un roman. À compter de ce moment-là, il m'a laissée prendre les choses en main complètement. Cela lui permettait de passer plus de temps à boire.

Daniel, qui avait déjà été étonné de découvrir qu'elle n'avait pas hérité du journal mais l'avait acheté avec ses propres fonds, fut absolument stupéfait par ces nouvelles révélations.

— Et votre mère ? demanda-t-il, figé sur sa chaise.

Un sourire doux se dessina sur les lèvres d'Eleanor.

— Aimante. Chaleureuse. C'est elle qui m'a appris à jouer aux cartes. Mais... être mère... ce n'était pas son point fort. Elle est partie quand j'avais neuf ans. J'ai dû arrêter l'école pour travailler comme ravaudeuse, mais l'institutrice me prêtait des livres. Après ça, il n'y a plus eu que mon père et moi.

Une violente vague de colère prit Daniel par surprise. Il était furieux pour elle.

Le sourire doux se fit désabusé quand Eleanor reprit :

— Mon père faisait de son mieux, mais il aimait vraiment trop le gin. C'était comme une maladie. Comme s'il n'arrivait pas à s'en empêcher.

Dans le cœur de Daniel, la colère devint fureur. Quelqu'un aurait dû s'occuper de la jeune Eleanor, et il n'y avait eu personne. Où était-il, lui, pendant ce temps ? Il faisait son grand tour d'Europe. Profitait pleinement de la vie, faisait la fête. Ne songeait qu'au plaisir. Il ne la connaissait pas, bien sûr, mais c'était comme si le couteau du remords venait de se planter entre ses côtes.

— Il avait une fille à élever, tout de même, s'entendit-il grommeler. Il aurait dû arriver à s'en empêcher, bon sang.

Comme elle était inattendue, cette rage. Il ne cessait d'imaginer Eleanor, encore enfant, forcée de subvenir à ses besoins et à ceux de son ivrogne de père. Beaucoup d'enfants travaillaient, il le savait. Le monde était cruel avec eux. Il donnait toujours de bons pourboires aux petites vendeuses de fleurs et aux balayeurs de rue. Qui avait pourvu aux besoins d'Eleanor quand elle était petite ? Qui s'était occupé d'elle ? Personne d'autre qu'elle-même.

— Il boit toujours ? demanda-t-il.

Il se sentait prêt à retrouver cet homme et à... bon, il ne savait pas ce qu'il lui ferait, mais quelqu'un devait faire payer à M. Hawke ce qu'il avait infligé à Eleanor.

— Il repose à Cross Bones, répondit-elle.

Le cimetière des indigents.

— Cela fait plus de dix ans, déjà, poursuivit Eleanor. C'est dommage, parce que s'il avait attendu encore quelques années, j'aurais pu lui offrir un enterrement digne de ce nom.

Elle parlait d'une voix monocorde, mais on lisait la douleur dans son regard. Les mains de Daniel brûlaient de prendre les siennes, sur le bureau, mais il sentit qu'un tel geste serait mal perçu – dans ces circonstances, en tout cas. Il percevait néanmoins, sous la carapace d'Eleanor, une vulnérabilité douloureuse. Qu'il eut immédiatement envie de protéger, de soulager.

Sa propre réaction le stupéfiait. En dehors de Catherine et de Jonathan, et de Marwood, parfois, jamais il ne s'était inquiété du bien-être de qui que ce soit. Le sien était sa seule préoccupation.

Mais à présent, une douleur étreignait sa poitrine lorsqu'il pensait à la petite Eleanor luttant pour sa survie, seule, abandonnée de tous. Cette personnalité effrontée, audacieuse avait été façonnée dans les forges brûlantes de la misère. Elle ne s'était pas effondrée. Elle avait tenu bon et s'en était sortie – admirablement, même, si l'on considérait *L'Œil du Faucon*.

— Après sa mort, j'ai continué à écrire des articles, sous mon nom cette fois, reprit-elle. Peu importait le sexe des grouillots pour les propriétaires de journaux, du moment que le travail était fait. Et avec moi, il l'était. J'ai grimpé dans la hiérarchie, je suis devenue rédactrice, puis éditrice. Avant de devenir l'assistante du directeur d'une feuille de chou.

— Rien ne vous arrête, dit Daniel.

Mais son ton léger sonna faux, même à ses oreilles.

— Puis j'en ai eu assez de travailler pour un patron, dit-elle. Je voulais mener ma vie comme je l'entendais. Alors j'ai mis de l'argent de côté et j'ai acheté cet endroit, avec l'aide de mes amis, ainsi que je vous l'ai dit. C'était une de ces gazettes horribles qui n'écrivent que sur les bonnes manières et les convenances à respecter quand on est une femme. J'ai tout changé, conclut-elle fièrement.

Comment lui reprocher cette marque d'autosatisfaction ? S'il avait accompli la moitié de ce qu'elle avait fait, il aurait eu l'impression d'être roi du monde. Eleanor, elle, avait réussi envers et contre tous, malgré le handicap de son sexe dans un monde qui n'aimait guère voir les femmes sur le devant de la scène.

— Avez-vous déjà envisagé de publier autre chose qu'un journal à scandale ? demanda-t-il.

La fierté disparut du regard d'Eleanor, remplacée par de la colère.

— Ce n'est pas qu'un journal à scandale, dit-elle sèchement. C'est le résultat d'années de sacrifices et de travail.

— Bien sûr. Mais j'ai lu vos articles. Ils sont excellents. Vous pourriez faire tellement mieux que d'écrire sur lord A. et ses semblables ! Vous méritez mieux que cette feuille de chou. Le *Faucon* pourrait devenir un vrai journal.

Cette fois, elle éclata.

— Ce mépris ! Ce dédain ! Comment pouvez-vous dire une chose pareille après ce que je viens de vous raconter sur mon histoire ? Tous les efforts investis dans le *Faucon* ! Et vous estimez que je peux *faire mieux* ?

— Le choix de mes mots n'était peut-être pas judicieux, reconnut-il.

— C'est le moins qu'on puisse dire ! Je suis exactement à l'endroit où je veux être, et je fais exactement ce que j'ai envie de faire. J'offre de la distraction aux gens. Je la teinte d'un peu de culture. Et si j'arrive à leur faire oublier un moment leur quotidien difficile, je considère que je n'ai pas perdu mon temps. Je préfère faire cela plutôt que d'écrire des traités de maintien ou des romans bien-pensants dans lesquels l'héroïne meurt toujours à la fin, dit-elle en se levant.

Sa fureur était palpable. Elle fulminait.

Il se leva à son tour.

— De toute évidence, il est inutile de discuter. Vous prenez délibérément ombrage d'une remarque qui n'était pas destinée à vous offenser.

— C'est cela. De toute évidence, c'est ma faute si je me sens offensée. Quelle hystérique je fais ! Impossible de me faire entendre raison !

— Parfaitement. Je vous faisais un compliment.

— Je vous demande de partir.

— Eleanor...

Ses yeux lançaient des éclairs.

— Je vous ai peut-être embrassé, mais cela ne vous donne en aucun cas le droit de m'appeler par mon prénom. Au revoir, lord Ashford.

Daniel s'entraînait souvent à la lutte et connaissait les avantages d'une retraite stratégique. Il prit donc sa canne, mit son chapeau et s'inclina avec raideur avant de quitter le journal.

Ce ne fut que plus tard, dans sa voiture, alors qu'il se demandait comment les choses avaient pu si mal tourner, qu'il se rendit compte qu'elle n'avait pas ouvert la boîte. Il avait rêvé de voir son expression quand elle en découvrirait le contenu.

Après ce qui venait d'arriver, la reverrait-il un jour ?

14

Existe-t-il un moyen plus sûr que l'utilisation judicieuse de la soie pour corrompre une femme ?

L'Œil du Faucon, 11 mai 1816

Merde. *Merde !*
Eleanor aurait voulu se défouler sur quelque chose. N'importe quoi. Mais elle n'avait dans son bureau que des piles de papier, et jeter du papier contre un mur n'était guère tentant. Elle envisagea de donner des coups de pied dans son bureau, puis regarda ses bottines pas très épaisses et en déduisit qu'elle risquait de se faire mal au pied.

Alors elle ferma la porte et s'autorisa à jurer. Longuement. À haute voix.

Pourquoi était-elle en colère à ce point ? Ce qu'avait dit Ashford, elle l'avait déjà entendu. Souvent. Pour la plupart des gens, ce qu'elle faisait, le journal, tout ça, c'était nul, ça ne valait rien. Ou alors, ils la félicitaient à demi-mot. *Vous avez trop de talent pour gâcher votre temps sur de l'éphémère. Pourquoi n'essayez-vous pas d'écrire quelque chose de plus réel, de tangible, qui ait de la substance ?*

Elle avait dit la vérité au comte. Elle était très fière de son travail. De ce que faisait le journal.

Il n'y avait pas de mal à proposer une heure de détente aux gens, surtout quand, pour la majorité d'entre eux, la vie était difficile, épuisante. Si elle offrait un moment de répit à une mère fatiguée, si elle interrompait le cours monotone de la vie d'un employé de banque, en quoi cela gênait-il Ashford ?

Ces arguments, elle les avait répétés inlassablement, depuis le début, à des hommes, à des femmes. Elle n'attendait pas de la plupart d'entre eux qu'ils comprennent ce qu'elle voulait dire. Mais elle avait espéré qu'avec Ashford ce serait différent. Au début, certes, il avait été comme les autres. Mais ensuite, il lui avait semblé qu'il avait changé d'opinion sur son travail. Sur elle aussi. Et cela lui avait fait plaisir. Enfin quelqu'un la comprenait. Saisissait ce qui la faisait avancer, ce qui nourrissait son ambition, son amour pour le journal.

Cela lui avait fait tellement de bien !

Mais elle s'était trompée. Le comte était comme tous les autres. Il banalisait ce à quoi elle consacrait tant d'efforts. Disait qu'elle valait « mieux » que le journal qu'elle adorait. Comme si elle était incapable de juger elle-même ce qui méritait son énergie, son attention !

Sa déception était immense. Elle s'en voulait d'avoir cru qu'il était différent des autres parce qu'il avait manifesté de l'intérêt pour la façon dont on dirigeait un journal. Le récit qu'elle lui avait fait de sa vie l'avait mis en colère, elle l'avait bien vu. Hormis Maggie, jamais personne n'avait manifesté autant de compassion à son égard. Mais Maggie était la seule à connaître son passé. Eleanor n'avait jamais parlé de son enfance à un autre homme qu'Ashford. Elle aurait pu se dire qu'il l'avait poussée à révéler ses blessures, mais elle savait qu'il n'en était rien. Elle avait choisi de tout lui raconter, de se dévoiler devant lui. Elle l'avait voulu.

Elle aurait aimé qu'il soit différent, parce que son opinion comptait pour elle. Et elle s'était trompée.

Elle posa les yeux sur la grande boîte en carton, qui était restée sur son bureau. En échange de son contenu, elle avait révélé l'histoire de son enfance. Et maintenant, elle n'avait même plus envie de regarder à l'intérieur.

Non, ce n'était pas vrai. Elle brûlait toujours d'envie de savoir ce qu'elle contenait. Mais une partie d'elle-même lui soufflait de la renvoyer sans l'ouvrir.

Ses doigts la démangeaient.

— Et puis zut, grommela-t-elle.

Et elle ouvrit la boîte.

Elle déplia le papier de soie qui emballait son contenu et retint son souffle.

Une robe. La robe la plus incroyable qu'elle avait jamais vue, en soie d'un bleu saphir si profond qu'on eût dit le fond des océans. Le décolleté et le bord des manches ballon étaient cousus de perles. Elle la sortit délicatement de la boîte. Une cape en tissu vaporeux bordé de fil d'argent était fixée aux épaules. À n'en pas douter, la femme qui porterait cette robe donnerait l'impression de flotter en marchant, la cape tourbillonnant derrière elle comme une brume magique.

Juste pour voir, elle la plaqua devant elle. Enfer et damnation, elle était à sa taille. Aucune retouche ne serait nécessaire.

Comment Ashford avait-il su ? Il avait dû aller au Théâtre Impérial pour obtenir ses mesures. Le goujat.

De nouveau, elle retint son souffle en voyant qu'il y avait autre chose dans la boîte. Posant délicatement la robe, elle prit l'objet.

C'était un masque.

Un loup de soie blanche, lui aussi décoré de perles et brodé de fil d'argent. Des rubans bleus et argent servaient à l'attacher. Tout en masquant son identité, ce masque mettrait parfaitement ses yeux en valeur.

Eleanor aurait été magnifique dans cette robe. Elle n'était pas très coquette – enfin, un peu quand même – mais elle était certaine de cela. La soie saphir serait un écrin parfait pour ses cheveux blonds et ses yeux noisette.

Elle ferma les yeux. Émotions et désirs contradictoires s'affrontaient en elle, tels des ennemis de toujours sur un champ de bataille.

Elle avait envie de cette robe.

Elle ne pouvait pas l'accepter.

Même si Ashford et elle ne s'étaient pas disputés, elle n'aurait pas pu garder cette robe. Il devait bien s'en douter. Et pourtant, il l'avait laissée.

Mais à quoi songeait-il, bon sang ?

Rapidement, avant de changer d'avis, elle s'assit et rédigea un mot. Puis elle remit la robe et le masque dans la boîte et appela Peter, le grouillot du journal.

— Prends ça, dit-elle en lui tendant le mot. Et ça, ajouta-t-elle en montrant la boîte. C'est à porter au comte d'Ashford, à Manchester Square. S'il te dit qu'il y a une réponse, n'attends pas.

— Faut que je désobéisse à un comte ? demanda Peter, dubitatif.

— Tu déposes ça et tu t'en vas, c'est tout. Tu peux tout laisser sur le perron si ça te chante, je m'en fiche.

Elle retourna s'asseoir à son bureau et se pencha sur un article qu'il fallait raccourcir. Comme Peter ne bougeait pas, elle poussa un long soupir.

— File !

Le gamin déglutit, mais prit la boîte et s'empressa de quitter le bureau. Dès qu'il eut le dos tourné, Eleanor reposa l'article et se prit la tête entre les mains. Elle n'en était pas complètement sûre, mais quelque chose lui disait que sa série *Sur les pas d'un dépravé* venait de prendre fin. Un mélange de regret et de colère s'empara d'elle. Cette série s'était avérée très rentable. L'interrompre, c'était freiner le journal en plein élan.

Le pire, c'était la façon dont Ashford et elle venaient de se séparer. Cette amertume. Les choses n'auraient jamais dû en arriver là.

Elle ne le reverrait sans doute jamais. Une nouvelle vague de tristesse menaça de l'engloutir.

Elle la repoussa, releva la tête et reprit l'article. Quels que fussent ses sentiments, elle avait un journal à faire tourner. Pour pouvoir s'apitoyer sur son sort, il fallait avoir les poches pleines.

Une demi-heure plus tard, Peter reparut, essoufflé.

— J'ai tout laissé devant la porte, comme vous m'aviez dit. Je suis parti en courant avant qu'on puisse m'arrêter.

Elle ouvrit le premier tiroir de son bureau, en tira une petite bourse.

— Merci, dit-elle en tendant une pièce à Peter.

Il la salua un peu maladroitement et se retira, prêt pour sa prochaine course. Mais rien de ce qu'il pourrait faire aujourd'hui ne serait aussi inattendu que d'abandonner une robe magnifique et un masque sur les marches d'un comte.

Voilà. C'était fait. Ils en avaient terminé l'un avec l'autre.

Elle avait trouvé cette expérience... amusante, et intéressante, mais cela ne lui manquerait pas. La façon dont les yeux du comte brillaient à chacune de ses répliques pleines d'esprit. L'admiration dans son expression quand il la regardait. Ce corps élancé, athlétique. Cette bouche appelant le péché. Non, rien de tout cela ne lui manquerait.

Un valet dont la livrée lui rappela quelque chose entra dans la salle de rédaction et la traversa. Sous son bras, il avait la boîte.

Non. Il n'avait pas osé.

— Je ne lirai pas ce message, dit-elle quand le valet lui tendit une enveloppe.

— J'ai pour ordre de ne repartir que lorsque vous l'aurez lu, répondit le domestique.

— Alors vous ne reverrez jamais votre patron, parce que je ne le lirai pas.

— Bien, madame.

Le valet se plaça dans un coin du bureau, la boîte sous un bras, l'enveloppe dans une main, et ne bougea plus.

Elle décida de l'ignorer. De la même façon, elle ignora les regards curieux de ses employés, qui trouvèrent toute la journée de fallacieux prétextes pour venir dans son bureau et jeter un œil au valet immobile.

Il resta là, sans bouger, pendant des heures. Il regardait droit devant lui, les yeux perdus dans le vide, comme tous les domestiques lorsqu'ils se tenaient ainsi en public. Il fallait le reconnaître, ce jeune homme était un valet parfait. Il attirait aussi le regard de certaines recrues féminines dans la salle de rédaction. Comment leur en vouloir ? Il était beau garçon, grand et avait fière allure dans sa livrée. Et le galbe de ses mollets valait le coup d'œil, aussi.

Mais il aurait pu ressembler à un héros des *Mille et Une Nuits* que cela n'aurait rien changé. Il gênait, et était le symbole d'une gêne plus grande encore. D'un regret, aussi.

Elle travailla toute la journée sans lui dire un mot, corrigeant une demi-douzaine d'articles, en écrivant un autre dénonçant la fausse modestie. La lumière du jour déclina, on alluma les lampes de bureau. Il ne bougea pas.

Il était presque 20 heures. Le moment était venu pour Eleanor de rentrer chez elle.

Elle se leva, enfila son manteau.

— Allez-vous rester ici toute la nuit ?

— Oui, madame. On m'a dit clairement que si je sortais ne serait-ce qu'un instant, je n'aurais plus d'emploi à mon retour chez le comte.

Intérieurement, elle traita Ashford de tous les noms. Il savait. Il savait qu'elle découvrirait cela et comptait sur la compassion qu'elle éprouverait pour le valet.

Que pouvait-elle faire d'autre, sinon lire cette lettre ? Elle s'approcha, l'arracha des mains du valet et déchira l'enveloppe.

Vous n'êtes pas obligée d'accepter cette foutue robe. Considérez-la comme un prêt. Mais vous en aurez besoin, ainsi que du masque, pour notre prochaine incursion au cœur de la débauche, dans trois jours.

A.

Il voulait continuer ? Leur arrangement tenait toujours ?

Soit il était fou, soit il avait vraiment besoin qu'elle écrive ces articles, pour quelque obscure raison.

Ou peut-être... peut-être qu'il voulait la revoir.

Mais, plus probablement, il avait besoin qu'elle écrive ces articles. Elle doutait qu'il ait envie de sa compagnie après ce qui s'était passé aujourd'hui.

— Je dois attendre votre réponse, madame, dit le valet.

— Bien sûr.

Elle se rassit à son bureau, prit une feuille et trempa sa plume dans l'encrier.

Mais qu'était-elle censée écrire ? « Allez vous faire voir » était une option tentante. « Arrêtez de me donner des ordres, je ne suis pas un laquais » en était une autre. Et puis « Trouvez quelqu'un d'autre pour écrire vos fichus articles. Votre mépris pour mon travail m'a brisé le cœur ».

Elle se contenta de « Retrouvons-nous à l'Impérial. Votre heure sera la mienne. E.H. ».

Elle avait un journal à diriger, après tout. Cela n'avait rien à voir avec son envie de le revoir. Rien du tout.

Daniel ne reconnaissait pas les sensations qui couraient à la surface de sa peau – des sensations de tension désagréables. Assis dans sa voiture qui roulait en direction de l'Impérial, il lui fallut un moment avant de comprendre qu'il était nerveux, à cran. Cela ne lui arrivait jamais, même lorsqu'il pariait les sommes les plus folles. Mais, alors qu'il s'apprêtait à retrouver Eleanor, cela lui apparut soudain avec une évidence déconcertante : il éprouvait de l'appréhension.

Il avait envie de la voir, certes, mais un élément nouveau s'était immiscé entre eux. Ils s'étaient quittés fâchés, et la correspondance qui avait suivi avait été dénuée de chaleur. De quelle humeur serait-elle ce soir ? Sa fureur, brûlante, puissante, l'avait impressionné. Elle lui en voulait. Beaucoup.

La main fermée sur le pommeau de sa canne, il regarda défiler la ville. Le calme semblait être tombé avec la nuit, mais ce n'était qu'une illusion. Derrière les façades endormies, il y avait la vie, partout. Et, ce soir, Eleanor et lui plongeraient une nouvelle fois dans ce chaudron.

Pourquoi diable ce qu'elle pensait de lui avait-il une importance ? Pourquoi la fureur d'Eleanor le préoccupait-elle à ce point ?

Car cela le préoccupait. Énormément.

Cette idée ne fit qu'ajouter à son anxiété. À l'approche du théâtre, il était plus tendu que jamais.

Il avait été surpris qu'elle accepte de l'accompagner ce soir. Après ce qui s'était passé, il avait été certain qu'elle mettrait un terme à leur accord. Mais son sens des affaires l'avait apparemment emporté sur son éthique personnelle. En partie. Elle devait rendre la robe dès le lendemain. Mme Clothilde, la couturière, voyait rarement revenir ses créations et serait probablement surprise, peut-être même vexée qu'on la lui rapporte, mais un dédommagement substantiel devrait adoucir son courroux.

Bon Dieu... il avait tellement envie de voir Eleanor dans cette robe. Il avait pensé à elle, à son teint quand il en avait choisi l'étoffe et avait décrit les broderies qu'il désirait. Et ce soir, son propre costume était assorti à cette robe – une tenue de cour complète, avec redingote, gilet et culotte courte. Il avait même un tricorne, mais avait refusé la perruque. L'effet d'ensemble y perdait peut-être, mais il avait sa fierté. Les perruques, c'était pour la génération de son grand-père.

Il rajusta son loup en soie. Ce dernier était censé apporter l'anonymat à son propriétaire, mais Ashford ne parvenait pas à se fondre complètement dans son rôle. Il était trop impatient de voir Eleanor. Il ne se reconnaissait plus. Jusque-là, il avait pensé se connaître, comme on connaît un paysage familier. Une falaise ici, un arbre noueux là. Mais le paysage avait changé, et lui se sentait... perdu. Les montagnes escarpées avaient remplacé les pentes douces de la vallée. De nouvelles rivières coulaient à travers un champ autrefois aride. Et le masque qu'il portait ce soir ne faisait que renforcer ce sentiment qu'il avait d'être devenu un autre.

Enfin, la voiture s'arrêta devant le théâtre. Eleanor n'était pas là. Une femme brune attendait devant l'entrée des artistes, seule. Son visage était joli, mais empreint d'une expression sévère. Sans laisser le temps au valet de descendre pour ouvrir la portière, elle s'approcha de la fenêtre de la voiture.

— Vous jouez à un jeu dangereux, monsieur, dit-elle sèchement.

— Avons-nous été présentés, madame ?

— Je vous connais, lord Ashford, répondit-elle. Mais je doute que le contraire soit vrai.

Ce n'était pas une comédienne – il connaissait presque toutes celles qui se produisaient au Théâtre Impérial et n'avait jamais vu cette femme sur scène.

La costumière ? Non. Elle avait de l'encre sur les doigts. Un auteur, donc. Par conséquent...

— Vous êtes Mme Delamere, la dramaturge, comprit-il.

Elle haussa les sourcils, étonnée.

— Je ne suis pas un personnage public.

— Non, mais vos pièces, si. J'ai un ami qui ne rate pas une seule de vos *burlettas*.

Il lui sembla qu'elle se retenait de minauder, soudain. Mais elle se ressaisit aussitôt et prit un air encore plus sévère.

— Eleanor ne sait pas que je suis venue vous parler, mais je suis ici pour vous mettre en garde : s'il lui arrive quoi que ce soit de fâcheux alors qu'elle est avec vous, ça ira mal. À côté de ce dont je suis capable, *La Tragédie du vengeur*, de Tourneur, vous fera l'effet d'un gala de printemps.

Ce fut au tour d'Ashford de hausser les sourcils.

— Vous me menacez, madame ?

— Qu'une roturière menace de s'en prendre physiquement à un aristocrate vous paraît peut-être inconcevable, dit-elle avec un sourire menaçant. Et je risque sans doute de goûter au cachot pour une telle offense. Mais Eleanor est mon amie la plus chère, et vous découvrirez que je peux faire preuve de beaucoup de créativité et de détermination quand il s'agit de protéger ceux à qui je tiens.

— C'est une qualité admirable, répondit Daniel, séduit par le franc-parler de cette femme. Et je peux vous assurer que nuire à Eleanor n'est pas du tout, mais alors pas du tout, dans mes intentions.

— Ah, mais intentions et actes ne convergent pas toujours, répliqua-t-elle en s'appuyant sur le rebord de la fenêtre. En l'invitant ainsi à participer à vos escapades nocturnes, vous avez une idée derrière la tête. Nous en sommes certaines, Eleanor et moi.

Elle s'interrompit, comme si quelque chose la troublait, et se mordit la lèvre.

Eleanor avait-elle parlé de leur baiser à Mme Delamere ? Si elles étaient aussi proches que le disait cette dernière, c'était probable.

— Loin de moi l'idée d'avoir voulu manquer de respect... commença-t-il de sa voix la plus hautaine.

— Encore une fois, peu importe l'intention. C'est le résultat final qui compte. Vous êtes un aristocrate. Comment voulez-vous que l'on vous fasse confiance ? marmonna-t-elle.

— Ce qui se passe entre Eleanor et moi ne concerne que nous deux.

Il était tenté de lui répondre de manière un peu plus crue, mais il s'adressait à une femme et devait la respecter. Même si elle ne respectait pas son rang.

— Justement non, monsieur. Elle est seule au monde, tout comme moi. Ce qui veut dire que nous nous sommes choisi une famille. Eleanor et moi sommes comme des sœurs, mais sans les complications des liens du sang. Alors je vais vous le dire une dernière fois : s'il lui arrive quelque chose – quoi que ce soit qu'elle n'ait pas souhaité ou qui la fasse souffrir –, je me chargerai de vous le faire regretter toute votre vie.

— C'est très clair, madame, dit-il froidement.

Quelle insolence ! Il était presque admiratif.

Mme Delamere jeta un regard par-dessus son épaule.

— Et ne lui parlez pas de cette conversation. Elle est capable de... se mettre très en colère lorsqu'elle a l'impression qu'on fait les choses dans son dos.

Il n'eut pas le temps de répondre. La porte du théâtre venait de s'ouvrir et Eleanor sortait, son manteau sur le bras.

Tout ce qu'il avait pu envisager de dire ou de faire s'envola comme la mer se retire, le laissant bouche bée, poisson suffoquant sur la rive.

Il ne s'était pas trompé. Les couleurs et la coupe de la robe lui allaient parfaitement. La soie enveloppait ses courbes avec volupté. « Ned » disparut de son souvenir. Elle ne ressemblait même plus à Ruby la demi-mondaine. Non, elle était bien plus élégante, majestueuse et sensuelle à la fois. À chacun de ses pas, la cape vaporeuse attachée à ses épaules flottait derrière elle avec des ondulations saphir. Elle n'avait pas mis de perruque ni de chapeau. Sa coiffure était merveilleusement élaborée, foisonnement de mèches bouclées cascadant dans un scintillement de perles éparses. Le loup mettait ses yeux en valeur, exactement comme il l'avait escompté. Elle portait de longs gants blancs, ne révélant qu'une bande de peau nue entre leur extrémité et le bord des manches. Mais cela suffisait, avec le décolleté de la robe, à révéler la douceur satinée de sa peau. L'envie de la toucher submergea Daniel.

Il ne bougea pas, la laissa venir. Elle marchait avec raideur, le dos droit, le menton bien haut.

Elle ne lui avait pas pardonné.

Mme Delamere recula d'un pas pour permettre au valet d'ouvrir la portière. Il tendit la main à Eleanor pour l'aider à monter, mais elle l'ignora. Et ne monta pas non plus. Depuis le trottoir, elle regarda Daniel.

— De quoi parlez-vous, tous les deux ? demanda-t-elle, méfiante.

— Des projets du comte pour ce soir, répondit Mme Delamere.

— Un bal masqué, précisa Daniel. Chez un aristocrate. Sur invitation secrète.

— Le genre de soirée qui plaît à la haute, commenta à mi-voix Mme Delamere.

— À quoi bon être de la haute, comme vous dites, si c'est pour ne jamais être invité à des bals masqués secrets où nous pouvons nous délecter de tous les avantages qu'il y a justement à être de sang noble ? lui demanda Daniel avant de se tourner vers Eleanor. J'espère que cela vous convient.

— Mes lecteurs seront certainement ravis de pouvoir lire le compte rendu d'une telle soirée.

Ce n'était pas exactement le genre d'enthousiasme qu'il espérait, mais pour le moment, il s'en contenterait.

— Est-ce qu'il faut t'attendre ce soir, Cendrillon ? demanda Mme Delamere.

— Non, pas ce soir, Fée Marraine, dit Eleanor en prenant les mains de son amie, échangeant avec elle un regard ironique. Ce soir, je prends mon destin en main.

Sur ce, elle laissa le valet l'aider à monter dans la voiture. Elle s'assit en face de Daniel dans un froufroutement de soie. Une bouffée de son odeur, mélange de savon et d'épices, lui parvint. Seigneur, que cette femme était dangereuse. Belle, séduisante. Attirante. Et toutes griffes dehors, prête à l'écharper.

Elle était aussi compliquée que ces casse-tête venus de Chine, faits d'éléments s'imbriquant les uns dans les autres et qui requéraient temps, patience et sagesse. En général, c'étaient là des complications qu'il essayait d'éviter, surtout en matière de femme. Mais il se sentait inexorablement attiré, fasciné par toutes les facettes sombres et complexes d'Eleanor.

Et il se comprenait encore moins qu'il ne la comprenait, elle.

Le valet referma la portière et grimpa à sa place. Mme Delamere riva sur Daniel un regard lourd de sens. Il répondit le plus froidement possible, mais ne put s'empêcher d'admirer l'attitude protectrice de la dramaturge envers son amie.

— Bonne soirée, les enfants, dit-elle en agitant la main à la manière d'une reine.

— Bonne soirée, Maggie, répondit Eleanor avec un petit rire.

Mais son rire cessa dès que la voiture s'ébranla. Elle était seule avec Daniel, maintenant, et plus personne ne les protégeait l'un de l'autre.

15

> *L'anonymat est une chose dangereuse, puissante. Elle peut provoquer chez l'individu le plus posé, le plus rationnel l'envie irrépressible de se comporter comme il lui plaît sans risquer de devoir répondre de ses actes, car il se croit alors à l'abri des lois régissant notre société. Hélas, cher lecteur, tout cela n'est qu'illusion.*
>
> L'Œil du Faucon, 15 mai 1816

Le silence qui régnait dans la voiture mettait Daniel extrêmement mal à l'aise. Plus encore que la fois où, après une nuit de plaisir avec lady Jane Reynolds, il l'avait appelée Joan. Il avait pris une claque pour cela, et lady *Jane* l'avait ignoré pendant longtemps chaque fois qu'ils s'étaient croisés par la suite.

Il s'était senti idiot, alors, mais n'avait pas éprouvé cette douleur sourde, cette sensation de malaise qui l'étreignait depuis qu'il était conscient d'avoir commis une grave erreur. Une erreur qu'il voulait à tout prix réparer, sans savoir comment.

Eleanor regardait par la fenêtre, les mains croisées sur ses genoux. Elle avait passé son manteau, qui l'enveloppait comme un véritable cocon de soie. Plus tard, elle sortirait de ce cocon, tel un papillon, et éblouirait l'assistance au bal masqué de Marwood. Mais, pour l'instant, elle était distante. Froide.

— Vous n'avez rien dit à propos de mon costume.

C'était un peu léger pour entamer la conversation, mais il avait absolument besoin de briser le silence.

Elle le regarda brièvement, puis se retourna de nouveau vers la fenêtre, sans changer d'expression.

— D'un autre temps. Un peu comme celui qui le porte.

— Je suppose que je mérite cette pique.

— Vous méritez pire. Mais, contrairement à certains, je suis capable de garder pour moi ce que je pense de mes semblables.

— Eleanor...

— Je n'ai pas dit que vous pouviez m'appeler ainsi.

Son regard lançait des flammes.

— Après le baiser que nous avons échangé, fit remarquer Daniel, revenir à « mademoiselle Hawke », c'est un peu faire machine arrière. Or, malgré ce que vous semblez croire, nous autres aristocrates allons de l'avant.

— Je ne vois pas pourquoi je vous laisserais faire ce que je n'ai moi-même pas le droit de faire.

Il écarta les mains.

— Vous m'appelez de la même façon que tous mes amis.

Elle redressa le menton.

— Je veux plus. Si vous m'appelez par mon prénom, alors j'exige d'avoir le même honneur.

— Quoi ? M'appeler Daniel ? Personne ne m'appelle comme cela.

— Alors je serai la seule. Ce sera mon privilège.

Il fronça les sourcils. Ce n'était qu'un prénom. Et pourtant, il symbolisait l'intimité, quelque chose que l'on réserve aux plus proches. Ce n'était pas une coïncidence si personne ne l'appelait Daniel. Ainsi que venait de le dire Eleanor, elle serait la seule. Une sorte de lien secret, comme s'ils se tenaient la main sous la table.

Cela lui plaisait.

— Très bien, marmonna-t-il. Daniel, alors. Mais uniquement en privé. Ce serait suspect, sinon.

— Daniel, répéta-t-elle.

Et il découvrit un nouveau plaisir. Celui de l'entendre prononcer son prénom. De voir ses lèvres l'articuler, de percevoir le léger enrouement de sa voix sur les consonnes.

— Eleanor, répondit-il.

Et, malgré la pénombre et le loup, il lui sembla voir ses pommettes rosir légèrement lorsqu'il prononça son nom.

Mais s'il avait imaginé que cet échange ferait retomber la tension qu'il y avait entre eux, il se trompait. Un nouveau silence, tout aussi tendu, s'installa.

Elle ne serait pas aussi magnanime que lady Reynolds, qui avait fini par lui rouvrir son lit après une mise en quarantaine. Mais la récompense n'avait pas eu le goût escompté. Parce qu'il pouvait toujours trouver une autre maîtresse. Perdre l'estime d'Eleanor, en revanche, le piquait au vif. Non, pire. Cela le blessait.

Seigneur. Il allait le faire. S'excuser. Pour la première fois peut-être depuis qu'il était adulte. Si l'on exceptait le pardon qu'il avait supplié Catherine de lui accorder pour avoir laissé tomber Jonathan.

Une expérience horrible.

— Ce que je vous ai dit, commença-t-il d'une voix rauque. Dans votre bureau.

— Je me souviens. C'est gravé dans ma mémoire. À l'acide. Que je pouvais « faire tellement mieux que d'écrire sur lord A. et ses semblables ». Et que je méritais mieux que cette feuille de chou.

Il fit la grimace.

— Il n'est pas envisageable que vous me facilitiez un peu la tâche, j'imagine ?

— Tout le monde vous facilite la tâche, répliqua-t-elle. Et moi, je ne suis pas tout le monde.

— Non, assurément. Vous êtes mieux que tout le monde.

Elle le regarda, les lèvres pincées. Les compliments, ça ne marcherait pas avec elle. Il aurait dû le savoir.

— Ah bon ? Vraiment ? Même si je fais dans la presse à scandale ?

Il se frotta la mâchoire comme s'il avait pris un coup de poing.

— Mes mots étaient très mal choisis, je le reconnais.

— Ce ne sont pas les mots qui m'ont gênée. C'est l'opinion qu'ils exprimaient.

— Ça aussi, je le regrette.

— Vraiment ? Allez-vous m'abreuver de platitudes pour obtenir que je continue à écrire sur vous et servir ainsi vos intentions cachées ? Oui, ajouta-t-elle sans lui laisser le temps de nier. Je sais que si vous avez pris contact avec moi, c'est pour quelque raison obscure. Mais ce qui m'intéresse, moi, c'est de faire grimper le nombre de mes lecteurs. Bien plus que de savoir pourquoi vous vous servez de moi.

— Cette raison doit rester secrète, dit-il d'un ton lugubre.

— Comme vous voudrez. Mais vous comprendrez que je sois quelque peu réticente devant vos... À vrai dire, je ne sais pas devant quoi. S'agit-il d'excuses ?

Il serra les dents. Reconnaître qu'il avait eu tort était une expérience nouvelle et désagréable. Étant donné son titre, peu de gens le contredisaient ou prenaient ombrage de son attitude ou de ses paroles. Son statut lui permettait de ne pas se soucier de ce que les autres pensaient, qu'ils soient d'accord ou non avec lui.

Pourtant, avec elle, c'était différent.

— Oui, répondit-il.

— Alors excusez-vous.

— Je...

Il inspira profondément, comme s'il s'apprêtait à sauter dans le vide. Pour Eleanor.

— Je vous prie de m'excuser.

Elle ne lui ouvrit pas les bras, mais cessa de l'ignorer. C'était un progrès. Il poursuivit sur sa lancée.

— J'ai évoqué en termes méprisants une chose qui, de toute évidence, compte beaucoup pour vous. L'œuvre de votre vie, sans doute. Je pense que...

Il cherchait ses mots. Mieux valait tard que jamais.

— À votre avis, pourquoi est-ce que j'occupe mon existence à des choses aussi insignifiantes que le jeu, les courses ou les bals masqués ?

— Parce que vous êtes riche et oisif.

Elle avait répondu du tac au tac. Cela le coupa dans son élan.

— Je connais des aristocrates qui ont des passions. De l'ambition. Ils se lancent en politique, ils financent des recherches scientifiques, ou ils s'intéressent à plein d'autres domaines. Mais moi... je n'ai jamais rien trouvé qui m'attire vraiment. Pas une seule cause. Pas un seul objectif. J'avais faim, mais je n'ai rien trouvé pour me rassasier.

Il serra les poings et eut un rire triste.

— C'est un problème de riche, je suppose. Trop d'argent, pas assez de responsabilités. Vous pensez que je suis quelqu'un de creux.

— Je pense... que vous vous cherchez, répondit-elle avec une étonnante douceur dans la voix. Cela ne fait pas de vous un homme creux. Cela veut dire que vous êtes un robuste vaisseau qui attend d'être chargé d'une vraie passion. Je serais plus inquiète si votre désœuvrement ne vous préoccupait pas.

Il eut un geste impatient de la main.

— Je ne demande pas votre pitié. Je n'en veux pas. Je ne la mérite pas. J'essaie juste de vous expliquer qu'en matière d'attachement à quoi que ce soit – une cause, une entreprise – j'ai très peu d'expérience. Et je sais maintenant qu'en ce qui concerne les rêves et les aspirations des autres, je suis capable de me comporter en goujat. Mais ce n'était pas mon intention. Et surtout pas avec vous.

— Parce que vous avez besoin de mon journal.
— Mais non, bon Dieu. Parce que c'est *vous*, grogna-t-il.

Prononcer ces mots le bouleversa. Il lui semblait qu'une immense faille s'ouvrait soudain devant lui, béante. Mais il ne tomba pas en avant, ne disparut pas dans l'obscurité. Pas plus qu'Eleanor ne le poussa. Non, elle le regarda, inquiète, hésitante et... intriguée.

Alors d'autres mots lui vinrent, qu'il ne put retenir, telle une source qu'il devait laisser couler pour poursuivre la transformation entamée quelques semaines plus tôt, lorsqu'il était entré dans le bureau d'Eleanor pour la première fois.

— Je vous *envie*, s'entendit-il dire. J'ai du respect pour vous, et croyez-moi, rares sont les gens pour qui j'en ai. Mais je vois ce que vous avez, ce que vous avez bâti, et... et...

Et quoi ? Il peinait à y voir clair, aussi lui était-il bien difficile de trouver les mots pour exprimer ce qu'il ressentait.

— ... et cela a fait naître en moi de l'estime pour vous. Et j'ai...

Il s'interrompit, incapable de croire qu'il était sur le point de révéler ces émotions si longtemps enfouies. Mais il le fallait. Pour elle. Et pour lui.

— ... j'ai honte de moi, lâcha-t-il, presque en colère. Honte d'avoir fait si mauvais usage des privilèges qui sont les miens. Alors oui, je vous présente mes excuses. À côté de vous, je me sens...

Une nouvelle fois, il se tut, serra les dents, comme pour retenir les mots.

— Comment ? murmura-t-elle doucement en se penchant en avant. Vous vous sentez comment ?
— Petit.

Elle se redressa. Le mot flottait encore entre eux, cru, sec. Comment avait-il pu dire cela à voix haute ? Comment avait-il pu aller aussi loin ? Lui, un des hommes les plus riches et les plus puissants d'Angleterre, n'était qu'une coquille vide. Argent, pouvoir, force physique, il avait tout, et pourtant... il y avait en lui une faiblesse qui l'avait poussé à traiter avec mépris une des rares personnes qu'il admirait vraiment. Et il en avait honte.

Il l'avait observée pendant sa confession. Et avait vu, petit à petit, sa colère refluer. Son expression s'était adoucie, son regard s'était fait plus compréhensif.

Elle l'avait regardé comme si... comme s'il lui offrait quelque chose de précieux. Et c'était le cas. À ses conquêtes, il avait fait des cadeaux – babioles, bijoux –, mais jamais il n'avait offert quelque chose d'aussi rare et fragile que l'être brisé qu'il était devenu.

Ce cadeau, elle le recevait avec délicatesse, il le voyait à son regard et au sourire tendre qui incurvait ses lèvres.

— Il n'y a rien de petit chez vous, dit-elle. Vous êtes la personne la plus démesurée que je connaisse.

— Foutaises.

Elle secoua la tête.

— Pas du tout. Vous êtes trop dur avec vous-même.

— Pour la première fois, je suis complètement honnête avec moi-même. Et j'ai été imbuvable avec vous. J'en suis désolé. J'ai dit des choses cruelles, inconsidérées. Des choses que je regrette. Et je ne dis pas cela parce que cela sert mon objectif, mais parce que je me trompais.

Il attendit qu'elle se moque de lui ou fasse une remarque acerbe. Eleanor n'était pas une femme faible, et il l'avait blessée. L'opinion qu'il avait d'elle comptait donc pour elle. Il y voyait là une grande responsabilité, qu'il ne devait pas négliger.

Elle était fière, aussi. Daniel n'aurait pas été surpris qu'elle le remette à sa place.

— Vous êtes excusé, dit-elle simplement.

Il haussa les sourcils.

— Parce que vous avez besoin de moi pour vos articles ?

— Parce que vous avez fait une erreur et que vous l'avez reconnue. Parce que je vous crois sincère. Et même si je tiens à cette série d'articles pour le *Faucon*, j'y aurais mis un terme si je n'avais pas cru que vous vous repentiez réellement. J'accorde trop de valeur à ma personne et à mon travail pour rester aux côtés de quelqu'un qui ne me voit pas de la même façon.

— C'est très sage.

— Pas toujours, dit-elle en souriant. Et puis...

Elle hésita un instant, puis ajouta :

— ... il est possible que j'aie réagi de manière excessive.

Il la regarda, étonné.

— Ah bon ? La parfaite Eleanor Hawke admet qu'elle s'est trompée ?

— Je n'ai jamais dit que j'étais parfaite, répliqua-t-elle sèchement. Je suis faillible, comme tout le monde. Par exemple, je suis à fleur de peau pour tout ce qui concerne mon travail. Nous autres journalistes et auteurs sommes des cibles faciles. On nous traite d'écrivaillons, de scribouillards, de pisse-copie. J'ai entendu toutes les insultes possibles. Nos lecteurs sont des imbéciles ; nos rédacteurs, pareil. Nous n'avons aucun talent. Et quand une femme se mêle d'écrire autre chose que de la bouillie moralisatrice, les insultes redoublent.

Elle inspira longuement, fébrile.

— Pardonnez cette diatribe. Mais c'est un point sensible pour moi, vous l'aurez compris.

— Et avec raison. Je n'avais jamais imaginé ce que c'était que d'être l'objet de tant de mépris. Même si, avec vos articles, j'ai été bien servi dans ce domaine. Mais cela ne m'a jamais affecté.

— Je ne renoncerai pas à mon travail. Même si le prince régent lui-même s'en prend à moi publiquement.

— Tout le monde se fiche de ce qu'il pense, de toute façon.

Elle ouvrit de grands yeux.
— Vous le connaissez ?
— J'évite la clique de Carlton House. J'ai quand même des principes.
Elle rit.
— Très bien. Alors je n'arrêterais pas même si Shakespeare, le docteur Johnson et Mlle Austen me critiquaient. Pour beaucoup, mon travail n'a pas de sens, mais moi, j'y crois. Et j'ai plus de mille lecteurs qui pensent la même chose.

Elle se tut. Il fit de même. Comme si l'un et l'autre se demandaient de quelle façon prolonger ce moment.

Puis elle se pencha et prit la main de Daniel entre les siennes.

— Merci, dit-elle à mi-voix. Pour... pour tout.

Elle semblait avoir compris qu'il n'aurait pas voulu plus que cela. Ce qu'il venait de lui révéler était trop profond pour qu'il puisse accepter autre chose que le plus simple des baumes.

Il ne put que répondre d'un hochement de tête et serrer sa main, la gorge nouée par une émotion dont il ignorait le nom.

La voiture s'arrêta. Daniel regarda par la fenêtre. Ils étaient arrivés à destination.

— Vos lecteurs sont-ils prêts à découvrir ce qui se passe à un bal masqué ? demanda-t-il.

— Même s'ils ne le sont pas, moi, je le suis, répondit-elle avec un sourire.

Le valet ouvrit la portière et attendit.

Daniel offrit son bras à Eleanor.

— Alors, en avant pour ce qui promet d'être une soirée très instructive.

Lorsqu'elle glissa son bras sous le sien, Daniel se rendit compte qu'il avait attendu ce bal avec une impatience presque déplacée. Jamais, jusque-là, il ne s'était rendu à ce genre de soirée avec une femme comme elle – une femme à qui il tenait réellement.

Lorsqu'elle descendit de voiture, la main sur le bras de Daniel, Eleanor sentit l'excitation se répandre en elle avec l'énergie d'un torrent de montagne. La blessure provoquée par les paroles de Daniel était encore douloureuse, et il faudrait un peu de temps, et beaucoup d'efforts de la part du comte, pour qu'elle se referme. Mais ses révélations, cette confession intime l'avaient émue. Qu'un homme d'une telle importance puisse éprouver le moindre doute… cela la stupéfiait.

Elle était certaine que jamais il n'avait parlé de cela à quiconque. Mais ce privilège lui avait été accordé, à elle.

Il était plus qu'un simple sujet d'article à ses yeux. Beaucoup plus. Et elle avait le sentiment d'être plus pour lui qu'un simple moyen d'arriver à ses fins. Ils étaient devenus… « Amis » ne correspondait pas tout à fait à ce qu'ils étaient l'un pour l'autre, ne définissait pas complètement l'incertitude qui existait encore entre eux. Mais c'était le terme le plus proche pour qualifier ce qu'ils étaient devenus.

Elle ne pouvait pas nier non plus l'excitation qu'elle éprouvait à la perspective de passer une nuit à ses côtés en plein cœur de ce monde interlope et pervers. Elle avait déjà écrit des articles sur des soirées masquées, mais n'y avait jamais participé.

Ce soir, elle s'apprêtait à combler cette lacune. Avec lui. La présence de Daniel à ses côtés rendait l'expérience plus intéressante encore.

Daniel. Elle avait du mal à croire qu'il lui avait accordé l'honneur d'utiliser son prénom. Et pourtant, maintenant, cela lui semblait naturel. Ensemble, ils pouvaient être Eleanor et Daniel, et non plus « mademoiselle Hawke » et « lord Ashford ».

Mais elle ne pouvait oublier la raison première de leur association. Elle était ici ce soir pour observer la classe dominante en train de s'amuser et pour en faire la description à ses lecteurs. Elle allait donc étudier tout ceci avec la plus grande attention.

La maison devant laquelle ils se trouvaient était celle de lord Marwood. Située sur Mount Street, c'était une bâtisse grandiose, imposante, aussi impressionnante que celle de Daniel. Devant la façade attendaient des voitures dont descendaient des silhouettes masquées qui allaient ensuite faire la queue pour entrer. Les hautes fenêtres ouvertes de la demeure déversaient des flots de musique et de rires mêlés, offrant à la rue la promesse du plaisir.

Tandis qu'ils attendaient leur tour pour entrer, Eleanor nota la grande variété des costumes dans la file d'attente. Ils étaient encore dans la rue, mais les invités se comportaient comme si le bal avait commencé, riant, flirtant, exagérant leurs gestes et leurs compliments, s'amusant.

— Je vois trois Cléopâtre, deux César, quatre chevaliers du Moyen Âge, une reine Elizabeth, une Aphrodite, un Bacchus, dit-elle à mi-voix pour que seul Daniel l'entende. Et aussi quelque chose qui ressemble à un croisement entre un chat et un courtisan. Vous aimez vraiment vous faire passer pour ce que vous n'êtes pas, vous les aristos.

Daniel eut un sourire désabusé.

— Quand le monde entier vous observe, que faire d'autre ?

— Chacun doit pouvoir échapper à sa condition un jour ou l'autre, je suppose…

Il secoua la tête.

— Ne réfléchissez pas trop, ce soir. Ce bal, c'est l'occasion de vous libérer. Saisissez cette chance.

Il s'était libéré, dans la voiture, en lui confiant des choses qu'elle était la seule à avoir entendues.

— Et cette chance, quelle est-elle ? murmura-t-elle.

— La liberté. Un masque vous donne la possibilité d'être n'importe qui.

— Si l'on part du principe que l'on est quelqu'un au départ, souligna-t-elle. Vous oubliez que certains d'entre nous ne sont pas grand-chose.

— Mais ce n'est pas ce que vous pensez de vous-même, la taquina-t-il. Je vous ai observée. Je le sais.

Il le savait, oui. Et cela lui faisait presque peur.

— Ce soir, continua-t-il, vous n'avez pas à vous inquiéter de pages à corriger, ni du contenu d'un article, ni même de votre rôle de journaliste. Ce soir, il n'y a pas de place pour la réflexion. Ce soir, vous *vivez*, et rien d'autre.

Elle se demanda s'il disait cela pour lui autant que pour elle. À cause de ce qu'il lui avait confié dans la voiture et de ce que cela signifiait. Il s'était ouvert à elle, lui avait exposé ses réflexions les plus profondes. Maintenant était venu le temps des émotions et de la découverte.

— J'avoue que c'est tentant, reconnut-elle.

Était-elle capable de se libérer ? Chaque instant de sa vie était régi par le contrôle ou la nécessité. Elle avait un journal à faire tourner, des gens dépendaient d'elle. Et si, ce soir, son devoir était de mémoriser tout ce qu'elle voyait, peut-être pouvait-elle aussi saisir cette occasion, comme le disait Daniel, pour couper les amarres qui la retenaient au quai de la responsabilité. Pour être celle qu'elle souhaitait être et prendre ce qu'elle voulait sans se soucier des conséquences.

Une nouvelle vague d'excitation la submergea. Il y avait tant de possibilités, ce soir. Elle pouvait dériver jusqu'au cœur de la tempête et se rire des vents et de la pluie. Avec lui à ses côtés.

Subrepticement, elle observa Daniel. Il lui avait demandé ce qu'elle pensait de son costume, et si elle avait répondu de manière un peu acerbe, la vérité était qu'elle le trouvait renversant ainsi vêtu. Quiconque aurait douté de la masculinité de la mode pour hommes des siècles passés n'aurait pu que constater à quel point un homme pouvait être viril en soie moulante. Les culottes courtes soulignaient la longueur de ses cuisses, et les bas accentuaient merveilleusement le galbe de ses mollets. La redingote sanglait ses épaules et marquait sa taille étroite, tandis que le gilet brodé révélait la musculature de son torse. Il avait choisi de ne pas se raser, et une barbe naissante assombrissait les contours de son visage, lui donnant des allures de pirate. Quant à son loup, il attirait l'attention sur son regard bleu espiègle et sur sa bouche moqueuse.

Une bouche qu'elle avait goûtée et brûlait de goûter encore.

Non, vraiment, c'était un coup bas de la part d'un homme de balayer à ce point le self-control d'une femme. Une telle beauté aurait dû être réglementée, comme le port d'armes.

Il dut lire dans ses pensées, car il se pencha vers elle et murmura :

— Je n'ai jamais rien vu de plus éblouissant que vous dans cette robe.

— Vous n'êtes qu'un vil flatteur.

— Non, juste un homme sincère.

Elle en eut le souffle coupé, comme si une main l'étranglait, et sentit son corps s'embraser.

Cet homme était dévastateur.

Elle n'eut pas le temps de répondre, car ils étaient arrivés à la porte. Un domestique prit le carton d'invitation que Daniel lui tendit, avant de s'effacer pour les laisser entrer. Puis ils confièrent leurs manteaux à un autre domestique qui les conduisit à l'étage.

Dans l'escalier qui menait sans doute à la salle de bal, Eleanor remarqua mille détails. La maison était époustouflante, immense et décorée de tout ce qu'il y avait de plus luxueux. Des candélabres en argent projetaient une lumière vacillante tandis qu'une armée de domestiques allaient et venaient, chargés de plateaux de friandises et de boissons.

Enfin, ils atteignirent la salle de bal et s'arrêtèrent sur le seuil de l'immense pièce pour s'imprégner du décor. La moitié des chandelles, sur les immenses chandeliers, étaient restées éteintes afin que la lumière ne soit pas trop vive, trop révélatrice.

Mais, ici et là, brillaient de petites lanternes accrochées à des arbres en pot, créant une ambiance féerique. Suspendus au plafond, d'énormes rideaux bouillonnants en soie blanche scintillante ajoutaient à cette atmosphère enchantée. Dans un coin de la salle jouait un orchestre de musiciens masqués, abrités sous un dais de style oriental.

Une ribambelle de couleurs tournoyait à travers la salle. Les bijoux brillaient de mille feux, la soie étincelait. Des rires de femmes, cristallins, se mêlaient à ceux, plus caverneux, des hommes, formant des harmonies de bronze et d'argent. Les flûtes à champagne tintaient les unes contre les autres ; les plateaux circulaient, proposant huîtres, bouchées délicieuses, gâteaux.

— J'ai l'impression que si je mange quelque chose, je vais me retrouver prisonnière d'un royaume inconnu pour le reste de mes jours, dit-elle à Daniel.

— Mais quelle prison de rêve...

Il prit une huître. Sans quitter une seule seconde le regard d'Eleanor, il renversa la tête et avala le coquillage.

Elle eut l'impression de se liquéfier de l'intérieur. Son cœur battait à tout rompre.

— Je ne connais rien qui ressemble à l'huître, dit-il en passant la langue sur ses lèvres. Enfin, si, mais on peut difficilement l'offrir sur un plateau.

Eleanor sentit ses joues virer au cramoisi. Elle aurait pu vivre dans ce monde nouveau et étrange. Non seulement y vivre, mais y prospérer et s'y épanouir.

— Imaginez, s'ils proposaient des plateaux de saucisses...

— Je pense que cela se terminerait en orgie.

— On y est presque, déjà.

Du menton, elle indiqua les recoins un peu plus sombres de la salle.

Des couples y étaient enlacés, se caressaient, s'embrassaient au vu et au su de tous. Eleanor se força à détourner le regard. Contrairement aux ébats dont elle avait été témoin au tripot, il s'agissait ici d'aristocrates, pas de demi-mondaines et de leurs clients. Mais, visiblement, une fois le seuil de la salle de bal franchi, les limites de la bienséance étaient oubliées.

Elle sentit la chaleur pulser dans son ventre. Surtout en voyant la main d'un soldat romain disparaître sous les jupes d'une princesse chinoise. Il s'agissait peut-être des membres les plus haut placés et les plus respectés de la haute société, mais ici, ce soir, ils étaient libres de laisser parler leurs désirs les plus primaires.

— Y a-t-il des règles, ici ? murmura-t-elle à Daniel.

— Une seule, répondit-il contre sa joue, dans un souffle chaud. Il est interdit de respecter les règles.

— Larguer les amarres est plus facile à dire qu'à faire.

— Mais la seule main qui se pose sur la corde, c'est la vôtre.

Elle aurait aimé savoir qui étaient ces gens. Ses articles n'en auraient été que plus documentés. Mais elle était également tentée de laisser leur liberté aux invités, de décrire ce qu'ils faisaient sans chercher à spéculer sur leur identité.

Elle savait, en revanche, qui était l'homme tout habillé de noir : leur hôte, lord Marwood. Avec sa haute taille et son teint, il était reconnaissable entre tous. Et il était actuellement en train de danser un quadrille au centre de la salle. Un quadrille beaucoup plus… endiablé que la danse au rythme modéré que connaissait Eleanor. Les hommes soulevaient leurs partenaires, les faisaient virevolter. Les jupes se soulevaient, et les femmes nouaient leurs jambes autour de la taille de ces messieurs.

— Je n'ai jamais vu cette danse, murmura-t-elle.

— On l'appelle « la courtisane du roi », répondit Daniel. Et c'est une invention de notre hôte, si je ne m'abuse.

— Quel homme talentueux que ce Mar... je veux dire... que notre hôte.

— Et si nous nous joignions aux danseurs ?

Quelle audace de lui proposer une chose pareille ! Mais, après tout, lord Ashford était un dépravé. Qu'espérait-il en lui proposant cela ? Désirait-il plus qu'un baiser ? Et elle, que désirait-elle ?

Elle observa le groupe un moment, les imagina, Daniel et elle, au milieu de la salle. Ses jambes refermées autour de lui. Cette image l'excita et la terrifia en même temps. La terrifia, parce qu'elle en mourait d'envie. Mais elle ne pouvait pas se perdre à ce point, et certainement pas si tôt dans la soirée.

— Commençons plutôt par examiner le terrain, répondit-elle.

Il posa la main à plat sur son torse et s'inclina.

— Comme vous voudrez, ma chère.

Plusieurs corridors partaient de la salle de bal, et Daniel l'entraîna vers l'un d'eux. Une porte s'ouvrit, révélant une pièce dans laquelle des hommes et des femmes étaient réunis autour d'une table. Sur celle-ci se trouvaient des dizaines de chopes. Plusieurs domestiques déambulaient entre les invités avec des cruches de bière et remplissaient les chopes dès qu'elles avaient été vidées. Les spectateurs hurlaient leurs encouragements aux buveurs.

— Un concours de boisson ? murmura Eleanor.

— Cent livres par chope.

— On dirait que Catherine de Médicis est en tête.

En effet, la femme en question vidait chope après chope, deux fois plus vite que tous ses adversaires. Henri VIII quitta la table en titubant et s'effondra en grognant. Plusieurs autres participants avaient le regard trouble et peinaient à vider leur chope. Mais pas Catherine de Médicis. Elle continua jusqu'à ce que ses derniers adversaires se laissent glisser à terre ou courent jusqu'aux cabinets d'aisances pour se soulager.

Cris et rires accueillirent cette victoire. Des billets changèrent de main. Catherine de Médicis se laissa serrer la main et taper dans le dos. Elle avait le regard remarquablement clair pour quelqu'un qui venait de boire de quoi assommer une baleine.

Eleanor applaudit les efforts de la reine, puis Daniel et elle poursuivirent leur chemin le long du corridor.

D'un bras, il la poussa soudain contre le mur et se plaça devant elle dans un mouvement protecteur. Elle ne comprit pourquoi qu'en entendant le bruit du bois cognant contre le bois, un peu plus loin. La déesse Diane et un sultan jouaient les escrimeurs. Avec des queues de billard.

Les duellistes avançaient, reculaient, fendant et piquant en alternance, le tout en s'insultant copieusement. Puis ils disparurent dans un autre couloir, emportant leur combat avec eux.

Mais Daniel ne la lâcha pas tout de suite. C'était la première fois qu'elle le sentait ainsi, debout, contre elle. Leurs deux corps s'emboîtaient à la perfection. Il était grand, mince, raide contre sa douceur.

Il baissa les yeux vers elle, prit son visage entre ses mains. Malgré le masque, le désir se lisait ouvertement sur son visage. Ces yeux sombres. Ces narines palpitantes.

— Je ne voulais pas que vous preniez un coup, murmura-t-il d'une voix de velours.

— Diane avait l'avantage, je crois.

Eleanor était essoufflée, mais parfaitement immobile.

— N'éliminez pas le sultan trop vite. Sa technique était bonne.

Et celle de Daniel était exquise. Ses yeux glissèrent sur la bouche d'Eleanor. Elle fut tentée de se hisser sur la pointe des pieds, de poser ses lèvres sur les siennes. Pourtant, quelque chose en elle la poussait à prolonger cet instant. À repousser l'issue.

— Que dira notre hôte si ses queues de billard sont cassées ? souffla-t-elle.

Il recula enfin, et la sensation de son corps contre le sien lui manqua aussitôt.

Ils poursuivirent leur exploration des couloirs. C'était un véritable labyrinthe.

— Il encourage ce genre de chose, expliqua Daniel. Il pense qu'aucun acte créatif n'est possible sans un acte destructeur.

— Il a dû lire William Blake.

— Blake, Byron et, bien sûr, la lady de petite vertu.

Ah, oui. Cette fameuse lady anonyme qui écrivait des romans érotiques. Personne, en dehors de son éditeur, ne savait qui elle était, et ce dernier ne risquait pas de tuer la poule aux œufs d'or en le révélant. C'était un des plus grands mystères d'Angleterre. Une telle audace, un tel courage aussi forçaient l'admiration. De plus, il fallait bien le reconnaître, l'auteur inconnu n'avait pas son pareil pour écrire les scènes érotiques.

Ils trouvèrent la salle de jeu, où les invités pariaient des sommes aussi astronomiques que chez *Donnegan's*. Eleanor et Daniel firent quelques parties de vingt-et-un, au cours desquelles elle se laissa aller à une autre sorte de jeu. Elle lui touchait le bras, faisait courir sa main sur sa joue pour le féliciter quand il remportait la mise. De son côté, Daniel posa souvent sa main sur celle d'Eleanor, joua avec ses boucles. Chaque effleurement, le moindre contact de leurs peaux attisait le désir d'Eleanor.

Mais elle en voulait toujours plus.

Après avoir gagné plusieurs parties, ils quittèrent la salle de jeu. Dans une grande salle voûtée, deux hommes grimpaient aux tapisseries qui décoraient les murs, sous les encouragements d'une dizaine d'autres.

Vraiment, elle n'avait jamais rien vu de tel.

— Un simple loup, et certains se comportent comme des bêtes, murmura-t-elle en observant la scène.

— Vous avez assez observé, dit-il en l'éloignant pour reprendre la direction de la salle de bal. Maintenant, il faut passer à l'action.

Tout ce qui s'était passé ces dernières semaines, et ce soir, repassa dans l'esprit d'Eleanor. Elle se sentait capable de tout.

— Qu'avez-vous en tête, exactement ? demanda-t-elle, haletante.

Dans la salle de bal, l'orchestre attaquait une valse, et des couples se formaient. Si cette danse avait un peu perdu son goût de fruit défendu – on la pratiquait à l'*Almack's*, après tout –, les couples, ici, se tenaient beaucoup plus serrés que ne le voulaient les convenances. Les corps se touchaient, au lieu de conserver une distance respectable entre eux.

Les doigts de Daniel se glissèrent entre ceux d'Eleanor, et à ce contact, une décharge électrique la parcourut tout entière. Avec un sourire énigmatique, il l'entraîna sur la piste.

— Savez-vous valser ? susurra-t-il.

La chaleur de sa voix, cette intimité soudaine... On aurait dit qu'il lui demandait si elle avait déjà fait l'amour.

— Oui, répondit-elle.

L'aveu naïf de sa propre expérience charnelle.

Il serra la mâchoire.

Ils se mirent en position. Une main sur la taille, une autre sur l'épaule, les deux autres enlacées. Le corps de Daniel tout contre celui l'Eleanor, comme dans le couloir. Mais, cette fois, sous les regards de dizaines de personnes.

Un nouveau frisson la parcourut. De l'expérience, elle en avait. Mais pas celle-ci. En dansant de la sorte, ils se déclaraient, et déclaraient ouvertement à l'assistance ce qu'ils voulaient l'un de l'autre.

Comme ils se mettaient à danser, il se pencha à son oreille pour murmurer :

— Maintenant, vous faites partie de l'histoire.

16

Il n'y a pas d'activité plus métaphorique que la danse.

L'Œil du Faucon, 15 mai 1816

Elle aurait dû s'en douter. Aurait dû s'y attendre. Un homme capable de garder le contrôle d'un phaéton en pleine course et qui se déplaçait avec une grâce aussi virile et fluide que Daniel était forcément bon danseur. Il avait probablement eu un maître de danse, aussi, comme la plupart des gens de son rang. Quand il avait pris sa main pour l'entraîner sur la piste, elle s'était préparée, consciente qu'elle allait apprécier ce qu'elle s'apprêtait à vivre. Elle avait déjà valsé avec d'autres hommes, avait aimé le rythme cadencé, le tournoiement vertigineux, la pression d'une main d'homme sur sa taille. Dans l'ensemble, l'expérience avait été plutôt agréable.

Mais, à présent, « plutôt agréable » lui semblait terriblement faible pour décrire ce qu'elle ressentait.

Daniel la séduisait. Il n'y avait pas d'autre terme pour décrire ce qu'il lui faisait. À chaque tour, chaque balancement, elle sentait la résonance de leurs deux corps réunis. La main de Daniel, sur sa taille, était une exquise brûlure. Et la main qui enserrait la sienne était immense, éloquente. Charmeuse.

De quelle manière pouvait-il encore la toucher ? Et où ? Elle mourait d'envie de le savoir.

Elle se risqua à lever les yeux vers lui. Le regard de Daniel était de braise. Il ne quittait pas son visage, comme s'ils étaient seuls au monde et qu'elle était la seule chose digne d'être contemplée.

— Vous ne devriez pas me regarder ainsi, murmura-t-elle tandis que la salle tournoyait autour d'eux.

— Comme quoi ? souffla-t-il.

— Comme si vous m'imaginiez en sous-vêtements.

— Vous vous trompez. Je vous imagine sans sous-vêtements.

Une onde sensuelle répandit sa chaleur au creux de son ventre, pour remonter jusqu'à sa poitrine. Elle n'avait jamais été aussi excitée sexuellement en public. C'était choquant. Et délicieux.

— Vous avez beaucoup d'imagination vous-même, continua-t-il sans cesser de la faire virevolter. Je suis sûr que vous m'avez déjà imaginé nu. Je l'espère, en tout cas.

Le mot « nu » l'électrisa. C'était un mot si... dépouillé. Sans prétention aucune.

— C'est assez présomptueux de votre part de supposer cela, réussit-elle à articuler.

— Je ne suis que présomption. Mais vous l'aurez remarqué, évidemment, puisque je suis un aristo, etc.

— Il y a tant de choses dans cet « etc. ».

— Nous sommes bien plus désormais qu'un comte et une roturière l'un pour l'autre, dit-il, plus sérieux tout à coup.

Sa main se raffermit sur la taille d'Eleanor.

— Vous n'êtes plus tout à fait « ce comte hautain », reconnut-elle.

— Et cela fait un certain temps que je ne vous considère plus comme « cette journaliste ». Vous êtes Eleanor.

Elle faillit se tromper dans ses pas en l'entendant murmurer son prénom comme si c'était le premier mot d'une déclaration.

— Et vous êtes Daniel, dit-elle, s'autorisant la même audace.

Car l'appeler par son prénom ici, au milieu d'un bal masqué, en était une. Elle seule le connaissait, savait qui il était réellement.

— Alors, avouez. Vous m'avez imaginé nu, insista-t-il.

Ce n'était pas une question. Et elle ne pouvait pas nier. Combien d'heures avait-elle perdues à imaginer ce que devait être la lumière du couchant sur les muscles de ses épaules ou le relief de son abdomen ? Avait-il un peu de bedaine, comme la plupart des hommes, ou son ventre était-il plat et ferme ? Elle le sentait maintenant, à travers sa robe. Pas de bedaine. Pas une once de gras. Il n'était que muscles et minceur. Partout.

Et comment imaginer son ventre sans descendre plus bas... et imaginer cette partie-là de lui. La partie qu'en ce moment même elle sentait contre son ventre. Dressée, ferme et très attirée par elle.

— Je suis journaliste, répondit-elle en essayant de se concentrer sur ses pas de danse. Je laisse mes pensées suivre leur cours.

Et, comme elle avait besoin de se ressaisir, elle ajouta :

— Il n'est pas rare que je me demande à quoi ressembleraient les gens que je croise s'ils étaient nus.

— Mais c'est *moi* que vous imaginez. Tout comme je *vous* imagine.

Elle ne pouvait se détacher du regard de Daniel. Son cœur battait à tout rompre, sa bouche était sèche.

Ils continuèrent à tourner, encore et encore, mais la valse n'était pour rien dans son étourdissement. Daniel la serrait plus fort contre lui, leurs corps ne formaient plus qu'un.

— Je...

La mise en garde de Maggie résonna dans son esprit. *Ne succombe pas à son charme. Fais attention.*

Mais elle en était incapable. Tout arrêter maintenant était impossible. Autant essayer d'empêcher un bateau de couler sous une cascade. Il y aurait d'abord la chute, magnifique, libératrice. Mais que trouverait-elle au fond ? Des eaux limpides ou des rochers sur lesquels elle se fracasserait ?

Qu'adviendrait-il d'elle si elle continuait à danser, si elle laissait les choses arriver à leur conclusion logique ? Elle l'imaginait sans difficulté aucune. Séduite, consumée par son désir, elle se perdrait. Parce qu'elle savait qu'ensemble ils seraient magnifiques et que son corps ne pourrait plus se passer de lui une fois le pas franchi.

— Veuillez m'excuser un moment.

Elle se libéra de l'étreinte de Daniel et quitta la salle d'un pas précipité, cherchant les commodités. Tout ce qu'elle voulait, c'était une minute loin de lui, un peu de temps pour se ressaisir. Les choses allaient trop vite, elle perdait le contrôle. Il lui fallait retrouver sa lucidité.

Elle s'engagea dans un couloir étroit et mal éclairé. Elle avait vu d'autres femmes aller dans cette direction, les commodités ne devaient pas être loin. La musique baissa tandis qu'elle s'éloignait de la salle de bal. Elle croisa quelques femmes qui y retournaient.

Derrière elle résonna soudain un pas masculin. Daniel. Il la suivait.

— J'ai besoin d'être seule quelques instants, dit-elle sans se retourner.

La voix qui lui répondit n'était pas celle de Daniel.

— Mais vous risquez de vous envoler.

Elle fit volte-face quand une main se referma sur son avant-bras. Un homme, déguisé en prince indien. Il la dépassait d'une bonne tête.

— Retirez votre main, dit-elle d'un ton glacial.

— Et vous vous envolerez, répondit l'inconnu.

Son sourire se voulait enjôleur, mais il n'était que grivois. La colère monta en elle.

— Et je me permets d'insister, dit-elle en serrant les dents. Votre compagnie n'est pas la bienvenue. Lâchez-moi. Immédiatement.

L'homme l'attira à lui. Il sentait le vin.

— Allons, jolie étoile bleue. Je t'ai vue danser avec le courtisan. Ne fais pas la timide.

— Est-ce que c'est timide, ça ? demanda-t-elle en lançant son genou vers le haut.

Elle rata son entrejambe, mais le frappa durement à la cuisse.

Il se courba de douleur et la lâcha. Elle faillit tomber en arrière, mais réussit à se redresser et vit alors une silhouette menaçante se dessiner derrière son assaillant. Une silhouette qui attrapa l'homme à la gorge et serra.

— Ce que madame a commencé, gronda l'inconnu d'une voix sourde, je le terminerai.

Daniel.

— Elle l'avait cherché... souffla son agresseur d'une voix étranglée.

— Elles ne le cherchent jamais.

Et, prenant son élan, Daniel envoya son poing dans le visage de l'homme. Celui-ci s'effondra, pantin inanimé. Lorsque Daniel le lâcha, il tomba à terre.

Pendant un instant, on n'entendit plus que la musique étouffée venant de la salle de bal et le souffle laborieux de Daniel et d'Eleanor. Tous deux regardaient l'homme qui gisait devant eux, face contre terre.

— Qu'est-ce qu'on va faire de lui ? demanda-t-elle.

Daniel jeta un regard autour d'eux, puis indiqua une porte fermée.

— On va le cacher là. Attrapez ses pieds.

La porte ouvrait sur un petit salon désert. Ensemble, ils y portèrent l'homme inconscient. D'un commun accord, ils le laissèrent tomber lourdement sur le sol plutôt que de l'installer sur le sofa.

— Dommage qu'il y ait des tapis partout, soupira Eleanor, satisfaite, mais encore tremblante. Qu'est-ce que vous faites ?

Daniel fouillait dans les tiroirs d'un petit bureau. Après un instant, il brandit une plume et de l'encre.

— Tenez-moi ça, dit-il en tendant le flacon d'encre à Eleanor.

Il s'agenouilla et elle le regarda, stupéfaite, plonger la plume dans le flacon et écrire sur le front du prince indien : *J'agresse les femmes sans défense*.

La peur et la colère continuaient à courir en elle. Mais son instinct de survie lui dictait de ne pas accorder cette victoire à son agresseur.

— Je conteste l'expression « sans défense », dit-elle d'un ton léger.

Daniel la regarda, comme s'il tentait d'évaluer son état d'esprit. Puis il répondit sur le même ton :

— Autorisez-moi une certaine licence artistique.

Ils reculèrent tous les deux pour examiner leur œuvre. Il faudrait un certain temps avant que l'encre ne s'efface complètement – Eleanor était bien placée pour savoir combien il était difficile de faire partir des taches d'encre sur la peau. Ce malotru subirait les conséquences de ses actes pendant un certain temps.

Elle regarda Daniel. Il était venu pour elle. Pour la défendre. Combien d'hommes avaient fait la même chose ? Aucun. Elle était une femme moderne, indépendante, qui subvenait seule à ses besoins. Défaillir devant les manifestations d'une galanterie démodée, ce n'était pas son genre. Et pourtant, elle ne pouvait s'empêcher d'être touchée. Il l'avait protégée.

— Avez-vous encore besoin d'être seule ? demanda-t-il d'un ton sincèrement préoccupé. Je peux vous emmener ailleurs. Dans un endroit plus sûr.

— Au grand air, s'il vous plaît.

Il lui offrit son bras, qu'elle accepta. Elle le sentit solide contre elle, apaisant.

Ils revinrent dans la salle de bal, dont ils longèrent les murs en évitant d'autres couples perdus dans des ébats passionnés, et atteignirent de hautes portes-fenêtres qui ouvraient sur une large terrasse surplombant le parc, dans lequel des bosquets abritaient assurément d'autres couples.

La terrasse, elle, était presque déserte, en dehors d'un homme et d'une femme enlacés qui se murmuraient des mots tendres.

Daniel entraîna Eleanor à l'écart de la lumière. Là, ils s'arrêtèrent, et elle lâcha son bras pour s'appuyer sur la balustrade en pierre et inspirer profondément, emplissant ses poumons de l'air nocturne. Bien qu'on fût au mois de mai, la soirée était fraîche, mais cela lui fit du bien, l'apaisa un peu plus. Elle sentit la peur et la colère qui l'habitaient se dissiper.

Fermant les yeux, elle offrit son visage au ciel et revit celui de Daniel, déformé par la rage tandis qu'il corrigeait son agresseur. C'était un geste absolument barbare pour quelqu'un de son rang, surtout dans la mesure où elle était arrivée à se libérer des griffes de l'inconnu, mais elle ne pouvait le nier : le voir frapper cette brute avait fait vibrer une corde très primitive en elle.

Elle sentait la chaleur de Daniel, debout derrière elle. Il avait posé les mains à côté des siennes, sur la balustrade, et l'entourait de ses bras.

— J'ai eu envie de le tuer, dit-il d'une voix sourde qui l'ébranla.

— Moi aussi, mais il ne méritait pas qu'on soit pendu pour lui.

Elle baissa les yeux, observa le parc. Un gloussement monta de l'ombre des bosquets.

— Vous, en revanche, méritez que l'on tue pour vous.

Elle ne le regarda pas, mais ses paroles résonnèrent en elle plus violemment qu'un coup de canon. Que pouvait-elle répondre à cela ? Jamais personne ne l'avait protégée, alors un homme qui proclamait qu'il pourrait tuer pour elle...

Seigneur. Comment lui résister ?

Ici, dans la pénombre, elle n'arrivait plus à faire semblant. Les cuirasses, les boucliers derrière lesquels elle avait passé sa vie à se retrancher pour se protéger s'envolaient dans la nuit comme une brume passagère. Elle ne pouvait plus se mentir.

— Avec vous, je suis à la dérive, confessa-t-elle.

— Avec vous, je me sens enfin amarré, répondit-il.

— Je...

Elle hésita. Donner voix à des secrets qu'elle-même n'arrivait pas à admettre était difficile.

— J'ai peur.

— De moi ? s'étonna-t-il, incrédule.

— De moi. De nous.

Il resta silencieux un long moment. Sa franchise l'avait-elle effrayé ?

— Nous entrons tous les deux dans un territoire inconnu, dit-il enfin. Personne n'a l'avantage sur l'autre.

— Et maintenant ?

— Maintenant...

Il se pencha sur elle.

— Maintenant, nous l'explorons ensemble.

— Et si je n'en ai pas envie ? se sentit-elle obligée de répondre.

Il s'écarta aussitôt, et tout en elle hurla sa désapprobation.

— Alors on arrête. C'est à vous de décider.

Elle inspira, puis souffla longuement. Cette fois, elle était au pied du mur. Elle pouvait encore faire demi-tour, avant que l'irréversible n'arrive.

Mais elle en était incapable. Tout son être avait envie de lui.

— Dans ce cas, je décide...

Elle inspira une nouvelle fois. Son monde changeait, et elle était l'actrice de cette métamorphose.

— Je décide de l'explorer avec vous.

Ce fut comme si le temps s'arrêtait. Tout n'était que calme, silence. Puis Daniel s'approcha de nouveau, se plaqua contre son dos. Et quelque chose en elle vola en éclats.

Elle sentit les lèvres de Daniel courir le long de son cou, et elle s'embrasa.

— La bataille était perdue d'avance, n'est-ce pas ?

— Pour moi, cette défaite a un goût de victoire.

Ses mains remontèrent sur les bras d'Eleanor, enflammant chaque parcelle de peau qu'elles effleuraient, et s'arrêtèrent sur ses épaules. Délicatement, il la fit pivoter vers lui, prit son visage dans ses mains et baissa la tête pour poser sa bouche sur la sienne.

Leur premier baiser semblait si lointain. Et si proche. Les lèvres de Daniel caressèrent les siennes, soyeuses, délicieusement sûres d'elles. Elle vint à sa rencontre presque aussitôt, caressa sa langue, le goûta. Posant une main sur son torse, elle sentit le battement de son cœur sous sa paume et serra les doigts quand leur baiser se fit plus profond. La balustrade était dure contre ses reins, mais peu lui importait. Elle ne sentait plus que Daniel.

Ce baiser n'était que désir. Il avait pris ses lèvres d'une façon ouvertement érotique. Et elle sentait, contre son ventre, à quel point il était excité. Elle éprouvait la même chose et se frotta contre lui pour qu'il comprenne à quel point ce désir partagé la comblait. Il poussa un grognement sourd, auquel elle répondit par un gémissement.

— J'ai envie de vous, souffla-t-il. Maintenant.

— Daniel...

Il grogna de nouveau, mais se figea.

— Souhaitez-vous que j'arrête ?

— Je voulais savoir combien de temps il fallait pour faire venir votre voiture.

— Moins d'une minute.

— Alors faites-la venir.

Il s'écarta d'un pas, et malgré la pénombre, elle aperçut les contours très nets de son érection dans son pantalon. Son cœur cogna plus fort encore. Son bas-ventre palpita.

Il secoua la tête et sourit.

— Vous êtes la seule personne à me parler comme à un domestique.

— Mais puisque vous obéissez...

Il baissa les paupières.

— De mon plein gré. Jusqu'à ce que ce soit mon tour de donner des ordres.

— Je n'aime pas beaucoup qu'on me dise ce que je dois faire.

— Très bien. Nous nous battrons, alors. Venez, ajouta-t-il en lui tendant la main. Je ne vous lâcherai plus tant que vous ne serez pas nue dans mon lit.

Une nouvelle vague de désir la submergea.

Elle enlaça ses doigts à ceux de Daniel de la même façon qu'il avait pris les siens pour entrer sur la piste de danse. Le prélude qui avait mené à ce moment. Le point de départ du cheminement qui allait les conduire à ce qu'ils désiraient tous les deux.

— Et ensuite, vous me laisserez partir ? demanda-t-elle.

— C'est hors de question.

Il la prit contre elle et l'embrassa une nouvelle fois, avec une faim animale. Le comte poli, civilisé avait disparu. Ne restait qu'un homme déterminé à satisfaire ses désirs charnels.

— Vite, murmura-t-elle en s'écartant.

Elle ne voulait plus attendre. Ne voulait plus penser à la signification de ce qu'elle s'apprêtait à faire. Tout ce qu'elle voulait, c'était vivre ce moment, et au diable les conséquences.

Daniel mettait un point d'honneur à bien payer ses domestiques. Il partait du principe que, mieux ils étaient payés, plus il y avait de chances qu'ils soient efficaces.

Il avait raison, Dieu merci. Sa voiture se rangea devant la maison de Marwood quelques instants plus tard, et le valet leur ouvrit la portière. Moins d'une minute après, Eleanor et lui étaient en route, face à face dans l'habitacle. Elle avait perdu quelques épingles à cheveux, et des boucles retombaient dans son dos, encadraient son visage encore masqué. Daniel, lui, se sentait à l'étroit dans son costume.

— Vous êtes trop loin, dit-elle en posant une main sur le siège, à côté d'elle.

Il serra les poings.

— Il le faut, dit-il d'une voix toujours plus grave.

— Vous n'avez pas envie de m'embrasser encore ? demanda-t-elle avec un petit sourire coquin.

Il l'avait toujours trouvée audacieuse, mais cette audace-là était nouvelle et avait le don de le renverser.

— Je ne me souviens même plus de mon nom tellement j'ai envie de vous embrasser. Mais si je commence, je ne pourrai plus m'arrêter. Et je ne veux pas que notre première fois ait lieu dans une voiture. J'ai tant attendu cet instant…

Il serrait et desserrait les poings comme pour s'empêcher de la prendre dans ses bras.

— Vraiment ? s'étonna-t-elle.

— Vous n'imaginez pas la patience qu'il m'a fallu déployer. Je veux prendre mon temps. Toute la nuit. Ne négliger aucune parcelle de votre corps.

Chaque moment avec elle n'avait fait qu'aiguiser son appétit et tendre l'arc de son désir.

Eleanor ouvrit de grands yeux et cessa de sourire.

— Oh.

Le reste du trajet se fit en silence, et sans contact. L'atmosphère, dans la voiture, était lourde de cette attente, chargée de désir impatient. Il fallut toute la volonté du monde à Daniel pour garder ses mains sur ses genoux.

Enfin, ils arrivèrent, et la voiture s'arrêta devant le perron.

— On ne passe pas par les écuries, cette fois ? demanda Eleanor.

— Non. Pas question de se faufiler sans faire de bruit. Nous passons par la grande porte. Et ensemble.

Il descendit, puis lui offrit sa main pour l'aider à en faire autant. Debout à côté de lui, elle regarda la maison avec une expression inquiète.

Contrarié par cette hésitation soudaine, il l'entraîna à l'intérieur. Le majordome et un valet les saluèrent, prirent la canne et le chapeau de Daniel, le manteau d'Eleanor. Étrangement, ce fut d'une main un peu tremblante qu'elle défit les liens de son loup pour le tendre au majordome.

Elle regarda Daniel, puis détourna les yeux, comme si le voir sans masque – et ne plus en porter elle-même – était soudain trop intime.

— Apportez-nous du vin dans le salon, ordonna Daniel.

— Bien, Monsieur.

Le majordome s'éclipsa discrètement. Daniel ne quitta pas Eleanor des yeux tandis qu'elle tournait sur elle-même dans l'entrée voûtée de la maison.

— C'est beaucoup plus grand que je ne l'avais imaginé, murmura-t-elle.

Il haussa les épaules.

— Et la moitié des pièces ne servent pas, puisque je vis seul.

— J'ai souvent écrit sur les demeures des aristocrates, mais je n'y étais jamais entrée jusqu'à aujourd'hui. D'abord chez Marwood, et maintenant chez vous... C'est étrange de faire enfin cette expérience.

— Ces maisons sont souvent froides et pleines de courants d'air. Pas très confortables, en vérité.

— Mais conçues pour impressionner.

— Êtes-vous impressionnée ?

Il plaisantait, mais pas complètement.

— Sincèrement ? Vous et moi... venons de deux mondes très différents. Je l'ai toujours su. Mais voir cela, ajouta-t-elle en indiquant d'un geste large le dôme de l'entrée, le sol de marbre et le portrait du deuxième comte d'Ashford accroché au-dessus d'un immense escalier courbe, rend la chose beaucoup plus concrète.

— Vous me connaissez, *moi*, dit-il en s'approchant d'elle. Et nous ne sommes pas si différents l'un de l'autre.

— Peut-être, à certains égards, reconnut-elle en reculant légèrement. Mais à d'autres... Cela me fait un peu peur.

— N'ayez pas peur de moi.

Cette idée lui faisait horreur.

— Pas de vous. Non, ce n'est pas de vous que j'ai peur.

Quelque chose se détendit en lui.

— Quand vous voyez tout cela, j'espère que vous ressentez plus que de la peur.

— Je... Vous allez me trouver ridicule.

— Impossible.

— J'éprouve une certaine... excitation.

Dans les yeux d'Eleanor, les braises du désir brillaient toujours. Daniel allait devoir être très délicat. Avec ses autres maîtresses, il avait fait de son mieux pour qu'elles aient du plaisir et aient envie de lui en donner. Mais ces femmes ne lui avaient jamais inspiré le désir quasi désespéré qu'il ressentait avec Eleanor. Si elles avaient changé d'avis et décidé de ne pas coucher avec lui, il en aurait peut-être été frustré, sur le moment, mais s'en serait remis. Si Eleanor s'en allait, il savait déjà qu'il la regretterait pour le restant de ses jours.

Daniel ravala son désir impatient. Il était hors de question, bien sûr, qu'il la force à faire quoi que ce soit.

Mais cette nuit ne pouvait pas s'achever. Pas maintenant. S'ils passaient les heures qui restaient avant le lever du soleil à bavarder, cela lui suffirait. Mais il ne pouvait pas la laisser partir.

— Je vais vous montrer ce que fait un noceur la nuit quand il est seul chez lui.

Il tendit un bras en direction du salon, à l'arrière de la maison.

Ils remontèrent un long corridor dont les murs étaient tapissés de multiples portraits d'ancêtres, au-dessus de consoles Chippendale supportant des vases chinois bleu et blanc de la dynastie Yuan. Daniel la regarda noter tous les détails de la maison, vit son regard perspicace s'allumer ici et là, évaluer, analyser, son intelligence toujours en éveil. Mesurait-elle donc encore le gouffre qui les séparait à l'aune d'un candélabre en argent du XVIIIe siècle ?

Pourtant, elle avait précisé que leurs différences l'excitaient aussi. Il pouvait la faire baigner dans le luxe, lui passer tous ses caprices et tous ses désirs. Et il en avait l'intention. La bienveillance avait été si peu présente dans sa vie. Il voulait être celui qui la lui apporterait.

Ils entrèrent dans le salon, où le feu crépitait déjà. Deux verres et une carafe de vin les attendaient sur une table, devant la cheminée, de même qu'une paire de fauteuils à oreilles.

Elle s'avança jusqu'aux rangées de livres, dans la bibliothèque. Un sourire se dessina lentement sur ses lèvres.

— Vous en avez sans doute hérité, dit-elle en laissant courir ses doigts sur le dos des volumes reliés de cuir.

— J'en ai aussi beaucoup acheté moi-même.

Elle en tira un, regarda le titre.

— Les journaux de Joseph Banks à bord de l'*Endeavour*. Et c'est une parution de l'an dernier. C'est donc là ce que fait un noceur chez lui ? Il lit ? s'étonna-t-elle.

— Parfois. Ou alors, je joue contre moi-même, dit-il en indiquant un jeu d'échecs.

Elle s'approcha et étudia les pièces.

— Je ne suis bonne à rien aux échecs. Mais donnez-moi un jeu de cartes...

— Et je sais déjà ce qui arrive ensuite. Merci bien, mais je n'ai aucune envie de me faire plumer ce soir.

— Que faites-vous d'autre ici ? demanda-t-elle en s'éloignant de l'échiquier pour se diriger vers le bureau, couvert de documents et de papiers divers. Vous écrivez de la poésie ? J'ai entendu dire qu'un dépravé n'en était vraiment un que s'il était capable d'écrire quelques vers en l'honneur des seins d'une femme.

Une idée lui vint soudain, et il sourit à son tour.

— Vous pensez que vous seriez meilleure que moi à ce petit jeu ?

Elle planta les mains sur ses hanches.

— C'est moi l'écrivain, après tout.

— Parfait, mademoiselle la Fanfaronne, dit-il en croisant les bras. Je propose un concours, alors.

Elle le fixa, incrédule.

— Un concours de poésie ?

— Mieux que cela. Un duel. De poèmes grivois. Le plus grivois gagne.

— Et quel est l'enjeu ?

— Pour chaque poème, l'autre doit... relever un défi.

Elle secoua la tête.

— Je ne suis pas d'humeur à faire des bêtises, ce soir. Et nous ne pouvons pas parier de l'argent, puisque vous êtes Crésus et que je suis Diogène dans son tonneau.

— Alors que souhaiteriez-vous parier ?

Elle réfléchit en se tapotant le menton, puis son regard se fit très coquin.

— Je sais. Nos vêtements.

Cela plut à Daniel.

— Mais c'est le vainqueur qui retire un vêtement.

Le sourire d'Eleanor se fit plus coquin encore. Elle prit sur le bureau une feuille et une plume.

— Prêt pour l'effeuillage, monsieur le Comte ?

17

> *Si l'on fait grand état, en matière de flirt, du langage secret de l'éventail, des gants, des yeux et des regards obliques, peu d'entre nous accordent la reconnaissance qu'il mérite au langage le plus puissant dans ce domaine : celui des mots eux-mêmes.*
>
> L'Œil du Faucon, 15 mai 1816

Ils s'installèrent devant le feu, Daniel dans un fauteuil, Eleanor dans l'autre. Il leur servit du vin et fut soulagé de constater que ses mains ne tremblaient pas et ne trahissaient donc pas son impatience. Le reflet doré des flammes et les ombres qu'elles projetaient mettaient en valeur le visage d'Eleanor tandis qu'elle buvait une gorgée. Ce n'était pas la première fois qu'une femme s'asseyait avec lui devant l'âtre, mais maintenant qu'elle était là, le souvenir de celles qui l'avaient précédée s'évanouissait. Et il pressentait que, quoi qu'il arrive, après ce soir, ce souvenir serait effacé à jamais.

— Comment commence-t-on ? demanda-t-elle.

— Nous essayons de composer des petits poèmes grivois.

Elle leva les yeux au ciel.

— Ça, j'avais compris.

— Si vous me demandez d'établir des règles, vous faites fausse route. Je n'établis pas les règles, je les enfreins.

— Moi aussi, dit-elle en se carrant dans son fauteuil. Mais, à nous deux, je pense que nous pouvons définir quelque chose qui convienne à cette joute.

Elle regarda le plafond, songeuse, puis claqua des doigts.

— Celui qui compose le premier poème a le droit de choisir le vêtement que l'autre retire.

Une perspective très alléchante, assurément.

— Et ainsi de suite.

Elle sourit par-dessus le bord de son verre. Elle se détendait, était plus à l'aise.

— Vous m'avez l'air de vous plier aux règles très facilement. À moins que vous n'ayez déjà joué à ce jeu.

— Ce soir est une première.

Elle eut un rire grave, un peu rauque.

— Rendez-vous compte : j'ai enfin trouvé une chose que vous n'aviez jamais faite.

— Il semblerait en effet que vous apportiez un certain degré d'originalité à mon existence, reconnut-il avant de boire une gorgée, presque gêné par sa propre franchise – Eleanor n'était pas la seule à se sentir quelque peu perturbée.

Les yeux mi-clos, elle le regarda par en dessous.

— Et vous, à la mienne. Mais vous retardez l'échéance. Le moment est venu de commencer.

Le silence se fit. Daniel se demandait déjà pourquoi il avait accepté pareille compétition. Il avait cherché un moyen de la mettre à l'aise et n'avait pas pensé une seconde à cette règle du jeu. Il n'était pas mauvais avec les mots, mais face à un tel enjeu – déshabiller Eleanor –, l'inspiration lui faisait défaut.

Ce fut elle qui brisa le silence. Elle se remit debout, leva son verre et déclama avec la solennité d'un ecclésiastique :

— La demoiselle du Surrey
« Beaucoup trop vite s'habillait.
« Sa culotte un jour oublia,
« Le vent sous ses jupes souffla,
« Comme son petit cul était bien fait ! »
Il éclata de rire.

— La compétition promet d'être dure !
Entre autres choses.

— Levez-vous, ordonna-t-elle en lui faisant signe. Il est temps pour moi de choisir ma première récompense.

On aurait dit que le simple fait d'écrire, même sans plume, l'avait libérée, lui avait redonné de l'assurance, de l'audace. Tout ce qu'il cherchait en elle.

Daniel posa son verre.

— Première ? dit-il en haussant les sourcils. Vous supposez donc qu'il y en aura d'autres ?

Elle eut un sourire espiègle, qui le frappa en plein cœur.

— N'en doutez pas une seule seconde, monsieur le Comte.

Elle tourna autour de lui, l'examina des pieds à la tête en se frottant le menton. Daniel se laissa faire, le cœur battant. Oui, c'était indéniable, son audace grandissait au fur et à mesure que la soirée avançait.

— Par quoi commencer ? demanda-t-elle.

— Mes chaussures.

Elle pouffa.

— Trop prosaïque. Et même si, le moment venu, je ne serai pas contre l'idée de voir vos pieds, ce n'est pas ce qui m'intéresse pour l'instant. Non, continua-t-elle en reculant d'un pas pour avoir une vue d'ensemble. La redingote, plutôt.

Il obtempéra. Une partie de lui-même trouvait agréable de lui obéir, quand il avait tant l'habitude du contraire. Il défaisait les liens des manches pour faire glisser l'habit de soie quand elle passa derrière lui et remonta lentement ses mains le long de ses bras.

Tout son corps réagit à son contact. Il se raidit, se tendit.

Elle continua jusqu'à atteindre les épaules, laissant courir ses doigts sur les muscles de Daniel. Partout où elle le caressait, son corps s'embrasait, mais il resta immobile. Remontant le long des épaules, elle atteignit le col de la redingote, referma les mains dessus et tira.

— Ce n'est jamais comme cela, avec mon valet, dit-il d'une voix étranglée.

— J'espère bien que non. Sinon, vous devez soit le renvoyer, soit l'augmenter.

Elle tira encore, et il se dégagea de la redingote. Sans elle, il se sentit soudain complètement nu. Il était maintenant en chemise et gilet, et à fleur de peau.

Une nouvelle fois, elle recula et l'observa, s'arrêtant sur son torse, ses bras, ses épaules, le déshabillant un peu plus de son seul regard.

— C'est un jeu bien pimenté que nous avons inventé là, murmura-t-elle.

— J'ai toujours aimé manger épicé, répondit-il.

Elle eut un regard presque lubrique.

— Mais il se pourrait que ce plat-ci soit trop fort pour vous. Vous pourriez vous brûler la langue.

Seigneur, comme il avait envie de la goûter. Mais il se contrôla. Ce soir, il ne voulait se consacrer qu'à elle. À son bien-être. À son plaisir.

— Depuis quand ? demanda-t-il à mi-voix. Depuis quand n'avez-vous pas fait cela ?

— Depuis trop longtemps, répondit-elle après un silence.

L'animal en lui grogna de satisfaction. Il savait qu'elle n'était pas vierge et s'en félicitait. Mais cela ne signifiait pas pour autant qu'il aimait à l'imaginer en compagnie d'autres hommes. Et s'ils devenaient amants, il ferait en sorte qu'elle ne se souvienne plus que de lui. Les mots surgirent soudain dans son esprit, et il récita :

— Une petite dame du Somerset
« Qui vendait nombre de gazettes
« Pour s'inspirer avait besoin
« D'un godelureau au bel engin.
« Bonne chance à elle dans sa conquête ! »

Sa première récompense fut un rire délicieux, suivi d'une question :

— Au bel engin, hein ? Et où pourrais-je trouver une chose pareille ?

— J'ai ma petite idée là-dessus. Mais d'abord, je choisis un vêtement. Ne bougez pas.

Il se rapprocha, observa le soulèvement rapide de sa poitrine dans son bustier. Il lui prit la main, savourant le contact de ce bras ganté de soie.

Gant qu'il entreprit de retirer lentement.

Il tira doucement sur chaque doigt pour les libérer, puis remonta jusqu'à la lisière du gant, un peu plus haut que le coude et, centimètre par centimètre, fit glisser le satin vers le bas, dénudant son bras.

Elle le regarda faire, le souffle de plus en plus court, jusqu'à ce que, enfin, le gant tombe, laissant son bras droit nu. Il laissa courir le dos de sa main sur sa peau, depuis le creux de son coude jusqu'à son poignet, puis traça un dessin dans sa paume. Et passa à l'autre gant.

Quand le second gant tomba sur le sol, Daniel et Eleanor haletaient. Sa culotte courte ne pouvait plus cacher son érection massive – il n'avait jamais été aussi dur, et tout ça rien qu'en retirant une redingote et des gants.

Il s'approcha encore. Il voulait l'embrasser, la sentir encore. Mais avant qu'il ne bouge, elle murmura :

— Un méchant garçon des lacs
« Méritait bien des claques ;
« Tant de filles il avait eues
« De Londres à Honolulu
« Que son vit était patraque. »

Daniel sursauta. Mais, bien sûr, elle savait qu'il était originaire de Bassenthwaite, dans la région des lacs. L'aristocratie semblait n'avoir aucun secret pour elle.

Puis il éclata de rire.

— Mon vit ? Patraque ? Tout dépend de celle qui s'en servira.

Elle eut une moue ironique.

— Les gens soigneux sont rares...

Elle l'examina de nouveau, s'arrêtant ici et là. Il se sentait déjà nu sous son regard, et le désir courait dans ses veines.

Elle fit glisser ses mains sur son torse, lui tirant un grognement. Daniel était comme un étalon tendu et fébrile quand il sent une jument. Il était animal ; seuls le désir et la faim l'animaient.

Les doigts d'Eleanor contournèrent les boutons de son gilet puis montèrent plus haut, jusqu'aux plis de son jabot. Une nouvelle fois, comme pour sa redingote, elle le défit avec minutie, le dénouant lentement, très lentement. Ses doigts effleurèrent le menton de Daniel, puis son cou.

Le jabot glissa à terre, rejoignant les vêtements qui s'y trouvaient déjà.

— J'ai toujours eu envie de voir ça, murmura-t-elle en touchant délicatement, du bout du doigt, le creux de sa gorge.

Seigneur, elle allait l'achever.

D'une voix rauque, il énonça :

— À elle la plume, à lui le vin,
« Mais tous les deux ont l'esprit fin.
« Avec des mots ils s'affrontèrent,
« En guise de sabre, des rimes en r,
« Et dans un lit ils terminèrent. »

— Les rimes sont pauvres, dit-elle.
— Je m'en fiche.
— Daniel...
— À mon tour.
Il s'agenouilla.
— Posez vos mains sur mes épaules.

Sans protester, elle s'exécuta. Il passa les mains sous ses jupons dans un froissement de soie, jusqu'à ce qu'il trouve le haut de ses bas et l'étroite bande de peau nue, juste au-dessus. Il la caressa là, s'attarda sur cette peau si douce, goûtant sa victoire car elle tremblait. Pour lui.

Sans cesser de la caresser, il descendit, passa sur les jarretières, savourant le contact de ses jambes couvertes de soie. Cuisses. Genoux. Mollets. Fermeté et souplesse. Plus bas encore, chevilles.

— Appuyez-vous sur moi, dit-il.

Une nouvelle fois, elle obtempéra. Il prit son pied et défit les rubans de sa chaussure. L'étroite sandale tomba à terre, et il garda un instant son pied dans ses mains. Il n'avait jamais trouvé cette partie du corps d'une femme particulièrement érotique, mais il y avait quelque chose de si franc, de si authentique à toucher Eleanor de la sorte, qu'il en aurait rugi de plaisir.

Il fit de même avec l'autre sandale. Un léger gémissement monta dans la gorge d'Eleanor. Il resta à genoux et, à travers la soie de sa robe, enfouit son visage contre son ventre, à la naissance de ses cuisses. Le gémissement d'Eleanor monta en intensité, et elle glissa les mains dans ses cheveux.

— Daniel, souffla-t-elle. Oh oui... Embrassez-moi.

Il ne se le fit pas dire deux fois. En un éclair, il fut debout et prit sa bouche. Elle s'agrippa à lui, lui rendit son baiser avec fougue. Seigneur, quelle passion en elle... Et lui n'était qu'un tonneau de poudre prêt à exploser à la première étincelle.

— Là, dit-elle en s'écartant pour regarder le sofa.

Il brûlait de lui faire l'amour, mais secoua la tête.
— J'ai dit que je vous voulais dans mon lit, et c'est dans mon lit que je vous prendrai.
Elle parut déçappointée.
— C'est loin ?
— Je fais de grands pas.

Il la souleva dans les bras et se dirigea vers la porte, qu'il ouvrit d'un coup d'épaule avant de s'engager dans le couloir. Il monta l'escalier d'un pas sûr, refusant toute précipitation. Il allait lui donner plus de plaisir qu'elle n'en pourrait supporter et en prendrait lui aussi. Avant de recommencer.

Tout ce qu'elle lui demanderait, il le lui offrirait, se promit-il en arrivant à l'étage. Tout serait à elle. Lui, pour commencer.

Eleanor le savait, plus rien ne serait pareil après cela. Comment prétendre à l'objectivité dans ses articles puisqu'elle allait faire l'amour avec l'objet de ces mêmes articles ?

Mais, tandis qu'il la portait jusque dans sa chambre, elle savait que ce changement était inexorable. Elle le désirait, il la désirait, et plus rien d'autre ne comptait.

Daniel et elle allaient devenir amants. Le comte fier et beau qui était entré dans son bureau quelques semaines plus tôt était aujourd'hui beaucoup plus que cela. C'était un homme farouche et déterminé, qui la désirait, elle. C'était si incroyable, si irréel qu'elle se demandait parfois si son imagination ne lui jouait pas des tours.

La chambre, grande, n'était éclairée que par un feu de cheminée. Meubles de bois sombre, tapis persans, un paysage encadré au-dessus de la cheminée. Il la déposa précautionneusement au centre d'un immense lit à baldaquin, et elle ne vit plus rien d'autre que lui, debout au pied de ce lit, qui s'empressait de retirer le reste de ses vêtements.

— Doucement, dit-elle en se redressant sur les coudes. Vous n'êtes pas le seul à avoir attendu ce moment.

Il se figea.

— Pas le seul, murmura-t-il.

Quelle audace de la part d'Eleanor d'avouer ainsi ses pensées et ses désirs ! Mais en cet instant et en ce lieu, les vérités pouvaient être dites sans crainte de représailles. Il était le seul homme en qui elle ait à ce point confiance.

Elle soutint son regard. Il fit ce qu'elle lui avait demandé, défit son gilet bouton par bouton et le retira. Le feu crépitait derrière lui. Elle distinguait parfaitement sa silhouette sous sa chemise de coton fin. En prenant son temps, il en défit les liens, révélant les contours de son torse. Une toison brune couvrait ses pectoraux, et elle se demanda, la bouche sèche, jusqu'où elle descendait.

Elle n'eut pas à attendre très longtemps pour le savoir. Il attrapa le bas de sa chemise et la passa par-dessus ses épaules. Ses muscles roulaient sous sa peau à chacun de ses mouvements. Et, bientôt, il fut torse nu.

— Vous n'avez pas la mollesse d'un aristocrate, dit-elle avec un demi-sourire.

Haussant les sourcils, il planta les mains sur ses hanches.

— Vous avez donc vu beaucoup d'aristocrates torse nu ?

Le soupçon de jalousie qu'elle perçut dans le ton de Daniel la ravit.

— Aucun. Mais je procède par déduction. Boire, manger, faire la fête, cela ne va pas dans le sens de la robustesse physique, répondit-elle, étonnée elle-même de pouvoir articuler plus d'un mot en cet instant.

Il plaqua une main sur son ventre plat – et oui, les poils de son torse formaient bien une fine ligne qui disparaissait dans la ceinture de sa culotte.

— Mes ancêtres ont tous eu la goutte, alors je fais en sorte que ce fléau ne m'atteigne pas. Je boxe, je nage, je fais de l'escrime et je monte à cheval. Toute activité physique est bonne à prendre, conclut-il avec un regard plus sombre.

Que cherchait-il ainsi à dépasser ? Lui-même ? Quelle que fût la raison d'une telle frénésie, elle avait fait des merveilles sur son corps. Il était sculptural, plus beau que toutes les statues qu'elle avait vues au British Museum. Et les muscles parfaitement déliés de ses flancs, qui formaient d'élégants chevrons pointant vers le bas, comme s'ils montraient le chemin...

Elle brûlait de le toucher, mais s'ordonna d'être patiente.

— Vous pouvez continuer, dit-elle avec un petit geste de la main.

Il s'inclina courtoisement, mais sans chemise, ce salut prenait une tout autre saveur. Elle regarda bouger ses muscles, se faisant l'effet d'une reine païenne acceptant une offrande.

Il retira ses chaussures, puis ses bas. Et ne restèrent plus que sa culotte et ses sous-vêtements.

Elle sentit son cœur s'envoler quand il posa les mains sur sa braguette. Plus encore qu'avant – pour la tourmenter, peut-être ? –, il prit son temps pour chaque bouton. Puis la culotte tomba, révélant un caleçon en batiste si fine qu'il aurait aussi bien pu être nu. Enfin, elle découvrait la magnificence de son membre raidi. Il tira sur la cordelette de serrage, et le caleçon rejoignit le reste de ses vêtements.

Il était nu devant elle.

Seigneur Dieu ! Il était magnifique.

— Si c'est là le résultat d'une vie dissolue, réussit-elle à articuler, je vous félicite pour vos efforts.

— Assez parlé, dit-il en avançant jusqu'à elle, à quatre pattes sur le bord du lit. C'est votre tour, maintenant.

Mais elle connaissait le jeu de la séduction. Toujours sur les coudes, elle se cambra, remonta la poitrine pour faire pigeonner un peu plus encore son décolleté. Puis, lentement, elle roula sur le ventre, lui offrant son dos.

— Cette robe voudrait qu'on la retire.

Il ne joua pas franc-jeu. Au lieu de la déboutonner, il glissa les mains sous les jupes et remonta le long de ses jambes, jusqu'à l'arrondi de ses fesses, pour s'arrêter sur ses reins.

Un frisson courut le long de son dos. Aucun homme n'avait jamais pris son temps de cette manière avec elle, faisant du moindre geste une source de plaisir. La soie bruissait autour d'elle. Elle n'était plus que sensations.

Enfin, il défit sa robe, bouton après bouton. Son souffle caressait sa peau au fur et à mesure qu'il la découvrait. Eleanor frémit lorsqu'il posa les lèvres sur son dos.

— Voilà, ça devrait aller, murmura-t-il.

En effet. Ils venaient à peine de commencer, et déjà, elle se sentait aussi malléable que de la cire chauffée.

Elle se retourna sur le dos, s'écartant de lui, et se leva. Sous le regard incandescent de Daniel, qui lui donnait le sentiment d'être l'image même de la sensualité, elle retira sa robe.

Elle n'avait jamais rien fait de tel. Pourtant, là, avec lui, c'était profondément, absolument naturel. Elle se libérait, révélait la créature sensuelle qui se cachait sous la femme d'affaires pragmatique.

Daniel l'aida à se dégager des jupons et de la robe. Ses mains s'arrêtèrent en chemin, la caressèrent, la cajolèrent, alimentant le feu qui brûlait en elle.

À son tour, elle se retrouva vêtue de ses seuls sous-vêtements.

Quand elle voulut défaire les liens qui les retenaient, il repoussa ses mains et le fit à sa place. Elle se laissa faire, immobile.

En moins de temps qu'il n'en faut pour le dire, son corset disparut. Ne restaient que sa chemise, sa culotte et ses bas.

— C'est la première fois qu'on me retire mon corset aussi vite, dit-elle. Certains hommes pratiquent un instrument de musique, mais vous, il semblerait que vous vous soyez entraîné à un autre art.

Elle n'était pas parvenue à masquer la jalousie dans sa voix et s'en voulut. Daniel se contenta d'un sourire énigmatique.

— Disons que j'ai beaucoup répété pour arriver à ce moment.

— Vous n'êtes qu'une canaille désinvolte.

— Je ne suis pas aussi doué que vous avec les mots, dit-il en laissant courir un doigt autour de l'encolure de sa chemise. Mais le plaisir, je connais. Et les corps aussi.

— Vous connaissez bien plus de choses que cela.

Il s'approcha. Sa bouche effleura celle d'Eleanor.

— Je vous connais, *vous*, murmura-t-il.

Elle ferma les yeux tandis que le doigt de Daniel allait et venait sur son cou. Il la connaissait, oui. Mieux que quiconque. C'était à la fois excitant et effrayant.

Puis le doigt de Daniel descendit un peu plus bas, contourna le bout de son sein, et elle cessa de réfléchir, s'abandonnant tout entière au plaisir de cette intimité.

Il y eut un nouveau baiser, lent, profond. Elle s'appuya sur lui, savoura la sensation de leurs deux corps l'un contre l'autre.

Soudain, l'air frais dansa sur sa peau. Elle ouvrit les yeux et vit que sa chemise avait disparu. Sa culotte suivit rapidement. Encore un tour de magie... Elle ne portait plus que ses bas.

Il la regarda longuement, but chaque partie de son corps des yeux.

— Oui, dit-il d'une voix sourde.

Elle le laissa faire. Ce regard lui donnait de la force tout en l'excitant. Quand elle vit le désir brûler dans les yeux de Daniel, elle eut le sentiment d'être la femme la plus désirée du monde. Et la plus puissante.

— Retire-les, ordonna-t-il d'un grognement, montrant les bas.

Se sentant capable de tout, elle posa un pied sur le lit et, sans le quitter des yeux, retira une jarretière avant de faire glisser son bas sur sa jambe.

Elle fit ensuite de même avec l'autre bas. Ses efforts furent récompensés. Le sexe de Daniel se dressa plus impérieusement encore, tandis que sa mâchoire se contractait.

— Tu me rends fou, lâcha-t-il.

Elle n'était pas la seule perdue dans cet océan de désir. C'était bon à savoir.

Elle lui fit signe de la rejoindre.

— Prouve-le.

18

La poésie ne remplacera jamais l'expérience.

L'Œil du Faucon, 15 mai 1816

Il l'allongea sur le lit, puis se glissa à côté d'elle sur la courtepointe de soie. Leurs membres s'enlacèrent, leurs mains étaient partout.

Une à une, il retira les épingles de ses cheveux, jusqu'à ce que la masse de ses boucles retombe sur ses épaules. Il prit une mèche entre ses doigts, la porta à ses lèvres.

Elle se sentait droguée, à la fois à la dérive et amarrée à Daniel. La sensation un peu rêche de ses paumes, les promesses et les louanges murmurées par cette bouche brûlante et affamée sur son cou, sa nuque, l'intérieur de son poignet, la barbe naissante qui irritait délicieusement sa peau, tout l'enivrait.

S'écartant un peu, elle s'émerveilla encore de la perfection de ce corps, du contraste qu'il formait avec le sien. Ils étaient si différents et pourtant si nécessaires l'un à l'autre, pour donner ensemble forme au plaisir.

Sa grande main se posa sur son sein, en caressa la pointe, la pinça délicatement. Elle frémit. Puis il descendit entre ses seins et sur son ventre, jusqu'à son sexe, trempé et impatient.

Il la caressa avec légèreté d'abord, la parcourant pour mieux la découvrir. Son instinct était sans défaut. Le plaisir était si fort qu'elle le crut un instant en elle. Il s'attarda sur le point le plus sensible de son corps, doucement puis avec plus de fermeté quand elle réagit. Ses doigts se perdirent dans les replis de son sexe, et lorsqu'il en glissa un en elle, elle se cambra, poussa un cri. Les lèvres de Daniel ne l'avaient pas quittée. Il jouait de son corps avec savoir-faire, éveillait des sensations partout où il passait.

Puis la jouissance l'emporta. Elle se cambra en criant, électrisée par l'orgasme. Mais il continua de la caresser, à la toucher jusqu'à ce qu'elle jouisse de nouveau.

Lorsque les vagues de plaisir refluèrent, la laissant haletante et épuisée, son corps luisait de sueur.

— Oh... trouva-t-elle la force d'articuler. Cette subtilité... cette intelligence.

Il sourit, content de lui.

— Enfin, tu me trouves intelligent.

— Pour certaines choses, répondit-elle d'un air taquin. C'est quand même toujours moi le meilleur auteur.

— Ah, ça, pas question pour moi de te défier sur ce terrain. Mais j'ai un autre défi à te proposer, ajouta-t-il avec un regard lascif.

Elle haussa les sourcils.

— Ah bon ?

— Quelle quantité de plaisir es-tu capable de supporter ?

Elle l'attira contre elle et l'embrassa. Son goût était chaud et rond, comme un vieux whisky, avec une pointe de quelque chose qui aiguisa de nouveau son appétit.

Il se redressa. Elle adorait le voir en mouvement. Surtout à présent qu'il se plaçait au-dessus d'elle. Appuyé sur les bras, les muscles de ses épaules saillant sous sa peau, il la fixa d'un regard affamé, puis se glissa entre ses jambes.

Enfin. Le moment était arrivé. Cela semblait impossible, et pourtant c'était ce qu'elle désirait de tout son être. Ainsi allongés, les yeux dans les yeux, ils partageaient une intimité absolue. Elle se sentit tomber, chuter sans espoir qu'on la rattrape. Mais elle n'était pas sûre de vouloir être rattrapée.

De son gland, il caressa son sexe. Une nouvelle fois, cette intimité la bouleversa. Ce langage des amants, qui avait plus de sens et de profondeur qu'il n'en avait jamais eu et qui faisait grandir son désir. Ensemble, ils étaient extraordinaires. Il passa une main derrière sa tête et soutint son regard lorsqu'il la pénétra. Elle l'agrippa, et il s'enfonça loin en elle.

— Dieu que c'est bon, grogna-t-il.

— Oui, souffla-t-elle en s'abandonnant à cette sensation.

Ils restèrent ainsi un moment, goûtant l'un à l'autre, lui loin en elle, elle l'enserrant. Tous les deux, ensemble.

Une surprise. Une nécessité.

Ils étaient faits pour cela. Pas uniquement pour le sexe, mais pour cette fusion. Totale. Absolue.

Puis elle perdit toute capacité de réflexion lorsqu'il se mit à aller et venir en elle. Ses coups de reins étaient puissants, profonds. Parfaits.

Leurs souffles se mêlèrent, haletants, et bientôt, son dos fut trempé de sueur. Il la connaissait. Connaissait son corps, son esprit. Nouant ses jambes autour de sa taille, elle s'offrit à lui plus généreusement encore.

— Daniel... gémit-elle. Encore. Encore.

— Jusqu'au bout.

Les coups de boutoir se firent plus intenses. Il ne se retenait plus. Et elle s'abandonna, prise dans une tempête du plaisir, un plaisir absolument nouveau pour elle. Plus fulgurant et plus puissant que tout ce qu'elle avait connu.

Comment était-ce possible ? Le savoir-faire de Daniel y était forcément pour quelque chose. Cet homme connaissait les besoins des femmes et savait comment les satisfaire.

Mais, plus que le plaisir que se donnaient leurs deux corps, c'était cette fusion, cette communion qui l'émerveillait.

Quelle idiote ! Comment ai-je pu croire que je serais capable de faire l'amour avec lui sans éprouver plus que de l'affection ?

Elle avait reçu une bonne leçon.

Était-elle pour lui autre chose qu'une conquête de plus ? Ils ne s'étaient fait aucune promesse, n'avaient échangé aucun serment. Elle ne pouvait pas lui demander de tenir une parole qu'il n'avait pas donnée.

Elle aurait dû faire plus attention. Protéger son cœur.

Mais il était trop tard. Elle débordait d'une émotion qu'elle redoutait de nommer.

Elle aurait voulu se dégager, mais le plaisir était trop intense. Il l'emportait. Lutter contre les besoins de son corps était inutile.

Il bascula le bassin pour se frotter contre son point sensible. Elle jouit presque aussitôt.

Quelques secondes plus tard, il se retira et jouit à son tour, répandant sa semence brûlante sur son ventre, la tête rejetée en arrière, poussant un grognement animal où se mêlaient plaisir et satiété.

Ils restèrent ensuite pantelants un instant, secoués par l'onde de choc de cette explosion, Daniel la couvrant de son corps, presque protecteur. Puis il roula sur le côté. Elle ferma les yeux, sentit le drap sur son ventre quand il l'essuya.

Il la prit contre lui, calant sa tête contre son épaule comme s'il s'agissait d'un bien précieux mais fragile. Et sans les bras de Daniel autour d'elle, elle se serait sans doute évanouie dans la brume des sensations.

— Tu es si belle, murmura-t-il. Si parfaite.

Elle aurait donné l'éternité pour continuer à vivre cela avec lui. Pourtant, elle n'arriva pas à répondre. Perdue dans ses pensées, envahie par le bien-être, elle sentit le sommeil la gagner. Mais, derrière la fatigue qui alourdissait ses membres, d'autres sensations étaient tapies. La peur. La tristesse. Tout en dérivant doucement vers l'inconscience, elle dut se rendre à l'évidence : tout avait changé.

Pour la première fois de sa vie, Daniel était impatient de se lever. Mais son corps refusait de réagir. Ses membres étaient détendus, ses paupières lourdes. Il éprouvait le genre de fatigue que l'on n'éprouve qu'après avoir fait l'amour toute la nuit.

Les yeux encore clos, il sourit. Eleanor et lui avaient partagé un tel plaisir... Un plaisir différent de ce qu'il avait connu jusque-là dans sa vie dissipée. Plus intense parce que c'était elle. Il n'avait pas juste été question de deux corps, mais aussi de deux esprits et de deux cœurs.

Ils avaient fait l'amour encore deux fois après la première, l'un se réveillant dans la nuit pour taquiner et exciter l'autre. Il voulait garder le souvenir intact de tous ces moments avec elle. Le garder pour lui comme un dragon garde un trésor.

Il avait pressenti que faire l'amour avec Eleanor serait extraordinaire. Ce qu'il n'avait pas prévu, c'était que le plaisir dépasserait la simple jouissance physique, pour atteindre autre chose. Quelque chose de plus profond. De plus vrai. Eleanor avait de l'esprit ; elle était déterminée, courageuse, des qualités qu'il voulait protéger, chérir. Il voulait *la* chérir.

Était-il possible que ce soit... Non. Il refusait d'y croire. C'était une émotion dont il était incapable. Du moins le pensait-il. Son expérience du romantisme était inexistante. Quand il songeait aux sentiments amoureux, c'était avec la même méfiance impressionnée que l'explorateur se retrouvant face à un tigre pour la première fois.

Il ouvrit brusquement les yeux. Tournant la tête, il découvrit qu'à côté de lui le lit était vide et froid.

Eleanor n'était plus dans la pièce. Il se redressa sur un coude, vit que sa robe avait disparu. Mais un petit mot avait été posé sur son déguisement de courtisan. Un petit mot sur lequel il reconnut l'écriture d'Eleanor.

Merci pour la robe. Je m'occupe de la faire nettoyer et vous la renverrai dans la journée.

E.H.

Sa déception fut immense. D'abord parce qu'il avait espéré profiter de ce corps encore et encore, mais surtout parce qu'il avait envie de plein d'autres choses. Il voulait se réveiller à ses côtés, plaisanter avec elle, admirer la lumière du matin sur sa peau. Il voulait voir ses yeux ensommeillés au réveil, ses cheveux emmêlés, voulait connaître cette femme au quotidien après leurs ébats nocturnes. La vérité après le fantasme.

Ses maîtresses avaient toujours été interchangeables. Elle, c'était différent. Il avait pensé... Diable, il avait pensé que ce qu'ils avaient partagé était... spécial. Pourtant, le ton de ce petit mot était distant. À croire qu'il ne s'était rien passé entre eux.

Il lui sembla entendre du bruit dans l'escalier. Ce ne pouvait pas être un domestique, c'était trop discret. C'était forcément elle. Elle n'avait pas encore quitté la maison.

Il enfila une robe de chambre et sortit en trombe dans le couloir. Elle ne s'y trouvait pas. Il courut jusqu'à l'escalier. Là. Elle était au milieu des marches, la robe fripée, les cheveux défaits. De toute évidence, elle s'était habillée à la hâte, et cela attisa la colère de Daniel.

Entendant des pas derrière elle, elle se retourna, se figea et le regarda avec de grands yeux. Il la rejoignit, s'arrêta une marche au-dessus d'elle.

— C'est quoi, cette façon de partir comme une voleuse ? demanda-t-il en la prenant par le bras.

Sa colère sembla la surprendre, comme si elle ne s'attendait pas que son départ le mette en colère. Elle redressa le menton.

— Je...

— Est-ce que j'arrive au mauvais moment ? demanda une voix féminine et jeune, un peu plus bas.

Daniel et Eleanor tournèrent la tête en direction de l'entrée. Dans l'encadrement de la porte du salon jaune se tenait Catherine.

Daniel hésita. Remonter en toute hâte pour s'habiller, c'était prendre le risque de laisser Eleanor s'échapper. Mais s'adresser à Catherine vêtu en tout et pour tout d'une robe de chambre en soie était tout bonnement scandaleux.

Et puis zut. Il préférait risquer le scandale plutôt que de perdre Eleanor.

Le regard de Catherine allait et venait entre Eleanor et lui, affichant d'abord le saisissement, puis, progressivement, la compréhension. Elle n'était peut-être qu'une jeune fille, mais elle connaissait la vie. De son côté, Eleanor faisait de même entre Catherine et lui. Mais son regard était plus incisif.

Enfer et damnation. Tout lui échappait. Et, pour couronner le tout, l'épine d'une migraine se plantait derrière son œil.

S'obligeant à rester calme, il lâcha le bras d'Eleanor.

— Je t'en prie, dit-il en lui faisant signe de descendre devant lui jusqu'au salon jaune.

Elle le regarda, hésitante, puis se tourna vers le salon jaune, comme si elle craignait qu'il ne la traîne de force jusque-là. Mais il resta courtois et attendit. Enfin, elle descendit.

Lorsqu'ils furent tous les trois dans le salon, il referma la porte. Scandale pour scandale...

Il connaissait déjà la raison de la présence de Catherine. Et il n'était plus question de reculer. Tout allait bientôt être révélé.

— Il est encore un peu tôt, je pense, dit-il à la jeune fille. Il ne sortira pas avant ce soir.

Elle baissa les yeux, gênée.

— Je... j'ai payé des gamins des rues pour qu'ils le cherchent.

— Je vois.

En d'autres circonstances, sa fierté aurait peut-être été écorchée d'apprendre qu'elle ne comptait pas uniquement sur lui pour retrouver Jonathan. Mais pas aujourd'hui, avec Eleanor qui portait visiblement la même robe que la veille, et lui en robe de chambre. Tout était en train de voler en éclats, alors...

— C'est la journaliste ? demanda Catherine.

Eleanor la regarda, puis se tourna vers lui, avant de reporter son attention sur Catherine.

— Je suis la journaliste, répondit-elle. Et vous, qui êtes-vous ?

Sans laisser à Daniel le temps de parler, Catherine eut un hochement de tête poli.

— Mademoiselle Catherine Lawson.

— La seule fille du duc de Holcombe, compléta aussitôt Eleanor.

Fichtre. Évidemment, Eleanor, avec sa connaissance encyclopédique de la noblesse, savait qui était Catherine Lawson. Et elle savait aussi qu'elle n'avait pas d'autre lien avec Daniel que l'amitié qui unissait celui-ci à son frère.

D'autres questions se dessinèrent dans le regard d'Eleanor. Mais elle fit la révérence.

— À moins que ma connaissance de l'étiquette ne date, ce n'est pas précisément une heure correcte pour rendre visite à quelqu'un.

— Eh bien... non, reconnut Catherine.

— Et je sais que l'élégance et moi ne nous fréquentons guère, poursuivit Eleanor, mais cette... robe... C'est la dernière mode à Paris ? demanda-t-elle en montrant la toilette visiblement usée jusqu'à la trame que portait Catherine.

Eleanor et son imparable sagacité. Il admirait cela chez elle, entre autres choses, mais en l'occurrence, il aurait aimé qu'elle soit un peu moins perspicace.

Catherine tourna vers Daniel un regard indécis.

Il lâcha un juron à mi-voix. Que devait-il faire ? Continuer à cacher sa mission à Eleanor ? Elle la devinait déjà. Et risquait d'en apprendre encore plus de son côté si elle se mettait à fouiner. Le mieux était assurément qu'elle apprenne les faits de sa bouche plutôt que d'une autre source.

Mais la décision n'était pas facile à prendre. Pourtant, au fond, il était certain de pouvoir lui faire confiance. Suffisamment pour lui dire la vérité.

Il chercha en quels termes aborder le sujet. Mais ce secret n'était pas seulement le sien.

— Vous devez lui dire, intervint Catherine, comme si elle avait lu dans ses pensées. Sinon, qui sait ce qu'elle publiera dans son journal ?

— *Elle* se trouve devant vous, dit Eleanor, les mains sur les hanches. Et c'est votre honnêteté avec moi qui décidera de ce que je choisirai de publier.

Malgré tout, il hésitait. Jamais il n'avait eu à prendre de décision aussi cruciale.

— Dites-lui, Ashford, insista Catherine en se laissant tomber sur une chaise. Je n'arrive plus moi-même à supporter le poids de tous ces secrets.

Il y avait dans sa voix une lassitude qui lui donnait beaucoup plus que ses dix-sept ans.

C'était la seule solution. Catherine lui avait donné sa permission. Et lui-même n'en pouvait plus de ce fardeau, qui ne le quittait pas et pesait en permanence sur ses épaules. En parler lui permettrait au moins d'évacuer un peu de pression.

Alors Daniel prit une profonde inspiration et révéla à Eleanor les détails sinistres de cette histoire. Jonathan rentrant de la guerre changé. Son déclin, sa descente aux enfers et, pour finir, sa disparition et l'incapacité de sa famille à faire quoi que ce soit, même quand son frère aîné s'était éteint.

— Des gens très bien, pourtant, souffla Eleanor. J'avais entendu parler de cette histoire, bien sûr. Mais jamais en détail. Et certainement pas de la partie la plus... sinistre.

Catherine rougit.

— Face aux difficultés, il faut reconnaître que ma famille n'est pas des plus efficaces.

— Un fils en perdition n'est pas une difficulté, dit Eleanor. C'est un devoir.

— Le duc de Holcombe n'a pas beaucoup d'imagination quand il s'agit de devoir, dit Daniel. Même s'il s'agit de son fils et héritier.

Il raconta à Eleanor les recherches que Catherine et lui avaient entreprises et leurs échecs. Puis il lui avoua la véritable raison de sa venue au journal et de sa requête, les articles étant destinés à détourner son attention, pour permettre à Daniel de poursuivre ses recherches sans qu'elle s'en mêle.

Ce fut comme une purge. Un de ces remèdes médiévaux. Ou même une saignée. Une tentative de libérer les humeurs. Toute la noirceur, toute l'incertitude de ces derniers mois déversées là, sur l'épais tapis.

Lorsqu'il eut terminé, il se sentait vidé, épuisé. Catherine aussi était pâle et semblait fatiguée. L'entendre raconter l'histoire de son frère paraissait avoir ravivé sa douleur. Il traversa la pièce, lui prit la main et la serra pour la rassurer, même si l'incertitude l'habitait.

— Voilà la vérité, dit-il en s'adressant à Eleanor d'une voix éraillée. Si quelqu'un apprenait la disparition de Jonathan, ce serait pire que catastrophique. Il y a des limites au scandale, même pour un duc.

Te souviens-tu de ce qui est arrivé l'an dernier au fils du duc de Sawford quand on a découvert qu'il vivait dans une maison close et fréquentait les fumeries d'opium ? Sa famille et lui sont devenus des parias. Ses sœurs ne trouvent pas un seul homme pour les épouser, et les autres fils ont quitté l'Angleterre pour le continent.

— Je m'en souviens, oui, lui répondit-elle d'un ton détaché, avant de tourner vers Catherine un regard plus doux, presque compatissant. Je suis profondément désolée de ce qui vous arrive, mademoiselle Lawson.

La sincérité résonnait dans ses paroles et brillait dans ses yeux.

— Merci.

Catherine sortit un mouchoir et se tamponna les yeux, même si elle semblait trop fatiguée pour pouvoir pleurer.

— Trop peu de députés se sont inquiétés du sort des anciens combattants, au Parlement, dit Eleanor. Pourtant, ceux-ci ont vu et vécu de telles horreurs... Cela change un homme. Et la société attend d'eux qu'ils reviennent à la vie civile en laissant tout cela derrière eux. C'est très injuste.

— Oui, très injuste, soupira Catherine. Et j'ai peur que mon frère n'ait quitté un cauchemar pour en trouver un autre. J'espère... Nous espérons pouvoir le sortir de ces ténèbres. S'il n'est pas trop tard.

— Vous le retrouverez, déclara Eleanor avec conviction.

Elle semblait sur le point de traverser la pièce pour aller prendre Catherine dans ses bras, mais elle jeta un coup d'œil en direction de Daniel et resta immobile.

— Et avec votre aide, il redeviendra celui qu'il a été, ajouta-t-elle.

— Je l'espère.

— Vous êtes tellement jeune, et si courageuse.

— Je n'ai pas vraiment le choix.

— Mais si, vous avez le choix, répliqua Eleanor d'un ton ferme. À votre place, la plupart des jeunes filles – la plupart des *gens* – se voileraient la face ou s'effondreraient. Mais vous, vous vous battez. C'est admirable.

Malgré son chagrin, Catherine sourit, appréciant le compliment d'Eleanor, sa compassion, sa gentillesse.

Mais lorsque celle-ci leva les yeux vers Daniel, son expression était de nouveau impénétrable.

— Je dois y aller, dit-elle enfin. Il est déjà tard, et j'ai du travail.

— Nous devons y aller nous aussi, dit Catherine en lâchant la main de Daniel. Un de mes informateurs m'a parlé d'un homme qui correspondrait à la description de Jonathan, aperçu du côté de Wapping tôt ce matin. Il boitait, mais avait la même couleur de cheveux.

Eleanor traversa le salon en direction de la porte. Daniel la rattrapa, lui prit la main.

— Que vas-tu faire ? demanda-t-il à voix basse.

Il venait de lui confier son secret le plus cher et ignorait ce qu'elle comptait en faire. Leur nuit ensemble avait-elle changé quelque chose pour elle ? Et maintenant ? Elle avait enfin appris la vérité, savait pourquoi il était venu la trouver au journal.

Mais ils n'avaient pas le temps de parler de leur nuit. Ni de quoi que ce soit d'autre.

Lui en voulait-elle d'avoir gardé tout cela pour lui ? Pouvait-il lui faire confiance ? Garderait-elle le secret de la disparition de Jonathan ? Et pourquoi devinait-il une douleur dans la distance qu'il lisait dans son regard ?

Jamais il ne s'était préoccupé des sentiments de ses maîtresses. Après le plaisir partagé, ils se séparaient aussi naturellement que des associés en affaires mettant un terme à leur collaboration.

Mais aujourd'hui, il avait besoin de savoir ce qu'Eleanor pensait, ce qu'elle ressentait. Les liens qu'ils venaient de commencer à tisser ne pouvaient pas disparaître comme cela.

— Je ne sais pas, se contenta-t-elle de répondre en se dégageant doucement.

Il ne chercherait pas à la rattraper. Si elle restait, ce serait parce qu'elle le décidait. Et si elle partait... ce serait son choix aussi, et il en souffrirait. Elle pouvait ne jamais revenir.

Il la suivit des yeux quand elle quitta le salon et traversa l'entrée en direction de la porte. Sur le seuil, le soleil matinal la nimba. Puis elle disparut.

Il se tourna vers Catherine, qui s'était levée pour arpenter la pièce. Elle s'arrêta. Un autre genre de tristesse assombrissait son regard.

— C'est terrible, l'amour, n'est-ce pas ? dit-elle.

Daniel la regarda un long moment.

— Qui a parlé d'amour ? Et que savez-vous de l'amour, d'abord ? demanda-t-il sans prendre la peine de masquer sa colère. Vous n'êtes qu'une enfant.

Elle eut un sourire sans joie.

— J'ai quitté l'enfance quand Jonathan est rentré de la guerre. Et j'en sais suffisamment sur l'amour pour comprendre qu'il est avant tout source de douleur.

Il se passa une main sur le front. Était-ce de l'amour ? Comment savoir ? Il n'avait aucune expérience dans ce domaine.

Il était las, endolori, habité par une incertitude nouvelle et inconnue. Tout ce dont il avait envie, c'était de se retirer comme un animal blessé, pour lécher ses blessures. Des blessures causées par la plus exquise, la plus exaspérante des lames.

Mais Jonathan était peut-être quelque part en ville. Qu'il ait ou non des sentiments pour Eleanor, il était de son devoir d'aller chercher son ami. Il le devait à Catherine, aussi. Il se sentait déchiré, chose nouvelle pour lui. Quoi qu'il arrive aujourd'hui, l'écho de cette matinée avec Eleanor continuerait à résonner longtemps en lui. Très longtemps.

19

> *Il est assez courant d'exiger la franchise dans les paroles et les actes de ceux qui nous côtoient. Après tout, qui ne désire pas connaître la vérité ? Pourtant, aspirer à la transparence absolue – et la pratiquer – peut engendrer des réactions pour le moins variées.*
>
> L'Œil du Faucon, 18 mai 1816

Assise dans un des balcons tapissés de velours de l'Impérial, Eleanor, accoudée à la balustrade, assistait à la répétition de la dernière pièce de Maggie. Les portes étaient nombreuses et claquaient souvent. Sur la scène, les acteurs déclamaient avec plus ou moins d'affectation leur texte, qu'ils tenaient à la main, comme d'habitude. Maggie allait et venait à la lisière de la scène, mais le directeur du théâtre, M. Courtland, semblait avoir les choses en main, manœuvrant les acteurs comme les pièces d'un jeu d'échecs. Maggie assistait toujours aux répétitions. Elle avait avoué à Eleanor qu'elle était incapable d'abandonner complètement son travail à quelqu'un d'autre, ce qu'Eleanor comprenait très bien.

Maggie, justement, s'était avancée sur la scène et gesticulait tout en suggérant un mouvement. M. Courtland secoua la tête. Maggie l'ignora et insista jusqu'à ce que la comédienne change de place.

Courtland fit revenir celle-ci au même endroit. La pauvre femme semblait pétrifiée, tiraillée qu'elle était entre l'auteur et le directeur qui se disputaient sa personne comme un jouet, chacun tirant d'un côté. L'orchestre attendait, prêt à jouer dès que le problème serait résolu.

Un léger sourire se dessina sur les lèvres d'Eleanor. Mais l'indécision et l'inquiétude lui nouaient le cœur. Cela faisait deux jours qu'elle avait écrit son dernier article sur Daniel, qui devait paraître aujourd'hui, dans la nouvelle édition du *Faucon*. Il le lirait. Tout Londres le lirait.

Elle avait rendu la robe. En échange, il lui avait fait porter un nécessaire à tailler les plumes, simple mais d'excellente fabrication.

Pour la première fois de sa vie, elle s'était demandé si écrire un article était une bonne chose.

Le doute la tourmentait, s'était glissé sous sa peau jusqu'à la pousser à chercher refuge loin du journal, dans un endroit où elle pourrait au moins se distraire un peu. Alors elle était venue ici, au théâtre. Mais tous les drames qui se nouaient sur la scène n'y faisaient rien. Elle ne pensait qu'à Daniel. À eux.

Il s'était courageusement révélé à elle cette nuit-là, s'était exposé, lui avait fait confiance. Il l'avait protégée. Puis il avait fait de son mieux pour qu'elle se sente à l'aise chez lui.

Ils avaient enfin fait l'amour. Et cette expérience avait surpassé toutes les autres. Pas seulement physiquement – elle avait trouvé cela sublime –, mais parce que c'était *lui*, parce qu'il la connaissait.

La barrière entre la journaliste et son sujet avait été irrévocablement abattue. Elle vacillait depuis quelque temps déjà, mais cette nuit avait marqué la fin de toute objectivité possible.

Surtout après qu'il lui avait parlé de son ami disparu, Jonathan Lawson. Le secret le plus noir d'une famille très renommée, et puissante.

Elle avait toujours su que Daniel avait des motivations secrètes pour venir la voir. Personne ne propose d'exposer les dessous de son existence au grand public sans une bonne raison. Et quelle raison !

Elle n'arrivait pas à être en colère. Il s'était servi d'elle, mais elle aurait fait la même chose si elle avait été à sa place. Au début, surtout, quand il n'y avait rien entre eux. Ils avaient profité l'un de l'autre.

Tout cela avait changé. Lorsqu'elle pensait à lui – c'est-à-dire tout le temps –, son cœur battait, l'électricité courait dans tout son corps. Elle oscillait entre des moments de bonheur inexplicable et d'autres de mélancolie absolue.

Que lui arrivait-il ? Comment expliquer ces sentiments ?

Sur scène, la discussion aimable avait laissé la place à une dispute acharnée entre Maggie et M. Courtland. Leurs cris ricochaient contre les murs vides du théâtre. Les comédiens s'étaient regroupés et observaient la confrontation d'un œil blasé. Ce n'était pas la première fois qu'une telle chose se produisait. Une des actrices les plus âgées bâilla même à s'en décrocher la mâchoire. Mais personne n'était assez stupide pour tenter de séparer les belligérants. Comédiens et musiciens semblaient résignés. Il fallait attendre, voilà tout.

Maggie avait mis Eleanor en garde à propos de Daniel. Et Eleanor lui avait assuré qu'il ne se passerait rien entre eux, qu'elle garderait ses distances et resterait de marbre devant son charme. S'il ne s'était agi que de flatteries et de charisme de pacotille, Eleanor aurait été en sécurité. Mais il y avait eu bien autre chose.

Et cette découverte l'avait intriguée.

Il s'était montré sous son vrai jour. Avait révélé l'homme d'honneur pétri d'incertitudes qui se cachait sous le débauché.

Même s'il affectait constamment un vernis de nonchalance, elle savait qu'il avait toujours apprécié son travail. Il n'avait pu cacher son respect et son admiration quand elle lui avait montré comment on fabriquait un journal, avait semblé apprécier à sa juste valeur la quantité de travail qu'elle avait fourni pour créer le *Faucon* et le faire fructifier. Quel autre homme – de ce rang, qui plus est – aurait réagi de la sorte devant les efforts d'une femme ?

Et qu'était-elle censée faire, maintenant ? Bientôt, il lirait l'article, saurait ce qu'elle avait fait. Mais quel sens donner à tout cela ?

Elle posa le front contre la balustrade et ferma les yeux.

Était-elle tombée amoureuse de lui, malgré toutes les précautions qu'elle avait prises, et alors qu'elle savait qu'une histoire d'amour entre un homme de son rang et une femme de sa condition ne pouvait que mal, très mal finir ?

En tant que journaliste, elle devait toujours tout remettre en question. Enquêter.

À quoi ressemblait l'amour ? Qu'éprouvait-on quand on aimait ? Elle l'ignorait. Mais quand elle pensait à Daniel, son cœur bondissait dans sa poitrine. Sans lui, le monde semblait terne et gris. Elle avait beau faire, toutes ses pensées la ramenaient à lui. Et lorsqu'elle imaginait la vie sans lui, tout en elle devenait pesant et sinistre.

Si ce n'est pas de l'amour, je ne vois pas ce qui pourrait l'être.

Une catastrophe. Sans nom. Même si, par quelque hasard divin, il éprouvait les mêmes sentiments pour elle, ils ne pourraient rien faire. Un comte. Une femme de rien, sans lignée. Deux êtres qui n'auraient jamais dû se rencontrer. Pourtant, par le biais de ses articles, ils avaient appris à se connaître et n'avaient plus de secrets l'un pour l'autre.

Peut-être seraient-ils amants quelque temps, mais il ne pourrait rien y avoir d'autre. Il était noble, elle était roturière et travaillait. Ils n'avaient pas d'avenir ensemble. Elle avait lu – et écrit – des récits de ce type. Ils ne se terminaient jamais bien pour les roturiers. À la fin de l'histoire, pour eux, c'était la disgrâce. Ils finissaient seuls et humiliés, y compris par les leurs.

À cette pensée, son ventre se noua. La disgrâce, personne n'en voulait. Mais quel choix avait-elle ?

Elle repensa à Jonathan Lawson. Daniel avait tout risqué pour retrouver son ami en perdition. Un homme déchu qui s'était perdu lui-même après les horreurs de la guerre. Devant le risque de scandale, Daniel aurait pu refuser son aide à Mlle Lawson. Mais il ne l'avait pas fait, et le savoir rendait plus aiguë la douleur logée dans la poitrine d'Eleanor.

Elle était sûre d'une chose : rester assise là au théâtre, perdue dans ses pensées, ne ferait qu'accroître la confusion et le doute qui l'assaillaient. Il fallait qu'elle bouge. Qu'elle agisse. Comment ? Elle l'ignorait. C'était un territoire nouveau pour elle.

Pendant des années, elle avait raconté les histoires des autres, avait observé le monde tout en restant en retrait. Puis Daniel était entré dans sa vie, et tout avait changé. Elle faisait partie du monde, désormais. Il n'était plus question de rester cachée, ni de revenir en arrière.

Et pour commencer, elle devait faire une chose.

Daniel n'avait jamais eu de respect pour le pouvoir de la presse, quelle qu'elle fût. Il ne s'agissait que d'encre et de papier, après tout, et vu son rang dans la société, il était pratiquement intouchable. Une des prérogatives de l'aristocratie. Il n'avait pas prêté attention – en tout cas pas beaucoup – à ce que les journaux écrivaient sur lui. Mais ce n'était pas sa réputation qui le préoccupait lorsqu'il acheta le dernier numéro de *L'Œil du Faucon*.

C'était celle de Catherine et de Jonathan.

Il avait révélé leur secret à Eleanor. À la demande de Catherine, certes, mais le mal était fait. La vérité avait été dite.

Malheureusement, l'expédition que Catherine et lui avaient menée dans le quartier de Wapping n'avait rien donné. Si Jonathan s'y était trouvé, il avait disparu avant leur arrivée. Ils avaient écumé toutes les tavernes et toutes les pensions bon marché, sans succès. Toute la journée, alors qu'ils allaient de déconvenue en déconvenue, Daniel avait été partagé entre l'envie de continuer et celle de retrouver Eleanor. Ensuite, Catherine avait été trop bouleversée pour rentrer seule, et le temps qu'il la raccompagne chez elle et reste un peu, il avait été trop tard pour essayer de voir Eleanor.

À présent, il était assis dans son bureau, devant le feu, le dernier numéro du *Faucon* sur les genoux. Il ne l'avait pas encore ouvert.

Pouvait-il avoir confiance en elle, après ce qu'ils avaient vécu ?

Il n'avait fait que penser à elle. À ce qu'elle représentait pour lui. Et lui pour elle. Comment allaient-ils réussir à affronter les écueils du rang social, du devoir, de l'honnêteté ?

Il n'y avait qu'un moyen de savoir s'il avait fait ou non une erreur en lui révélant l'histoire de Jonathan.

Il ouvrit le journal et lut. On n'entendait plus dans la pièce que le crépitement du feu, celui de la pluie contre la fenêtre, et le froissement du papier chaque fois qu'il tournait une page.

Dans ce nouvel article de la série *Sur les pas d'un dépravé*, Eleanor relatait en détail le bal masqué, et il faillit sourire en lisant la description de cette scandaleuse soirée. Son sens aigu de l'observation avait remarqué des détails que lui ne voyait plus ou qu'il avait oubliés, jusqu'à la surabondance de Cléopâtre et cette façon pour le moins lascive de danser le quadrille. L'atmosphère de déchaînement sensuel était rendue avec un langage expressif, imagé mais pas grossier, et elle ne donnait aucun nom.

La façon dont elle décrivait son agression, sans cacher sa colère ni son mépris pour l'homme qui avait voulu lui faire du mal, était si précise qu'il froissa le papier en serrant les poings. La fureur en lui était intacte. Il regretta de ne pas avoir corrigé ce fumier plus méthodiquement et résolut de le faire s'il le recroisait un jour.

Personne ne faisait de mal à Eleanor. Et ceux qui essayaient le regretteraient jusqu'à la fin de leurs jours, se promit-il.

L'avait-il fait souffrir en lui mentant ? Si c'était le cas, il réparerait cela, quoi qu'il lui en coûtât.

Il poursuivit sa lecture. Après la description de son agression, elle parlait encore un peu du bal et concluait. Sans rien dire du baiser qu'ils avaient échangé, ce qui ne le surprit pas. Elle n'aurait fait qu'entacher sa propre réputation en relatant leur étreinte. Et elle ne parlait évidemment pas non plus de leur nuit passée à faire l'amour.

Mais surtout... il n'y avait rien sur Jonathan. Pas un mot sur Catherine. Ni sur le duc de Holcombe. Leur histoire sordide avait été mise de côté.

Daniel parcourut le reste du journal, cherchant un entrefilet, une brève faisant mention du secret de la famille de son ami. Rien. C'était comme si Eleanor n'avait pas entendu la confidence. Comme si leur conversation n'avait pas eu lieu.

Lentement, il referma le journal, qui glissa à terre.

Elle n'avait rien dit. S'était montrée digne de confiance. Intègre. La honte s'empara de lui. Il avait douté d'elle, sans raison.

L'émotion s'empara de nouveau de lui, cette émotion sur laquelle Catherine avait si facilement mis un nom. Il en avait peur, mais elle était là et lui donnait le sentiment d'être à la fois immense et tout petit. Mais, avant tout, puissant.

Seigneur, était-ce vrai ? Il l'aimait donc ?

Déjà, le mot le terrifiait moins. Car c'était le bon. La pierre d'angle d'une structure, qui la rendait plus stable, plus solide.

Il l'aimait. Cette pensée explosa en lui, le figeant comme si la lame d'un chevalier l'avait transpercé. Mais c'était une bonne blessure. Qui guérissait plus qu'elle ne faisait souffrir.

Une petite voix lui murmura alors : « Et si elle ne veut pas de moi ? » Après tout, il l'avait surprise cherchant à fuir de chez lui. Et, le matin même, il avait reçu la robe, sans petit mot. Une robe dans laquelle il avait enfoui son visage, pour sentir son odeur.

Se trompait-il ? Était-il possible que ce sentiment ne soit pas réciproque ? Seigneur, jamais il ne supporterait cela.

Il se leva d'un bond. Il fallait qu'il la voie. Qu'il lui parle, lui dise… il ne savait pas encore quoi exactement. Mais le besoin d'être avec elle le consumait.

Elle ne l'avait pas remercié pour le taille-plume qu'il lui avait envoyé, mais ne lui avait pas retourné son cadeau non plus. C'était un bon signe en soi. Il lui fallait se raccrocher à tous ces petits détails.

Il sonna, et son majordome apparut.

L'urgence de la situation devait se lire sur le visage de Daniel, car le majordome demanda immédiatement :

— La voiture, Monsieur ?

— Faites seller Winter, ordonna-t-il. Non, Dame, plutôt. C'est la plus rapide.

— Bien, Monsieur.

Le majordome s'inclina et se retira.

Daniel monta en courant se changer, se préparer pour traverser Londres à bride abattue.

La voir. Être près d'elle. Il ne pensait plus qu'à cela.

Que lui dirait-il ? Il faudrait qu'il la remercie pour sa discrétion. Qu'il s'excuse d'avoir douté d'elle. Qu'il lui dise... Seigneur, il ne savait pas. Devait-il lui avouer ses sentiments ? Oui. Non.

Il pouvait aussi les lui montrer. Fermer la porte de son bureau, baisser les stores et la prendre dans ses bras.

Edinger vint lui annoncer que son cheval était prêt. En un instant, Daniel fut dehors et grimpa sur sa monture. La jument était impatiente de galoper. Presque autant que lui. Il suffit d'un petit coup des talons pour qu'elle s'élance. Faisant fi des voitures, des charrettes et des autres cavaliers, ils foncèrent dans Londres. Mais pas assez vite à son gré. Son cœur battait trop fort, et Eleanor l'attendait.

Mais elle ne l'attendait pas.

En arrivant au journal, Daniel jeta une pièce à un gamin des rues pour qu'il lui garde son cheval et entra dans les bureaux. Il remonta la salle de rédaction jusqu'à celui d'Eleanor. Ce n'était pas la première fois qu'il venait, mais les rédacteurs le suivirent tous du regard. Les ignorant, il s'arrêta devant la porte close et inspira profondément. Elle était là. De l'autre côté de cette porte. Et il avait tant de choses à lui dire.

Il serra les poings. Puis les desserra.

Avant de la rencontrer, il avait rarement connu l'incertitude. Et voilà que toute sa vie n'était plus qu'incertitude. Mais il faisait face.

Il toqua.

Pas de réponse.

Il toqua de nouveau. Toujours pas de réponse.

— Elea... Mademoiselle Hawke, dit-il. C'est moi, lord Ashford, ajouta-t-il pour les oreilles indiscrètes de la rédaction.

Toujours rien. Tous les rédacteurs le regardaient. Il devait avoir l'air dangereux, car la crainte se lisait sur leurs visages. Un des plus jeunes essaya de parler, sans parvenir à faire sortir un seul mot de sa gorge.

Daniel n'en pouvait plus. Une main tremblante sur la poignée, il ouvrit la porte et entra.

Sa déception fut immense, violente. Elle n'était pas à son bureau. Elle n'était pas là.

Il retourna dans la salle de rédaction.

— Où est Mlle Hawke ? demanda-t-il au jeune rédacteur. Dans la salle des presses ?

Enfin, l'autre retrouva la voix.

— Elle est partie il y a une heure... monsieur le Comte, ajouta-t-il vivement.

— Où est-elle ?

Le rédacteur pâlit et déglutit.

— Partie enquêter pour un article.

— Un article sur quoi ?

— Elle n'a rien dit, monsieur le Comte.

Il se tut un instant puis ajouta :

— Je crois qu'elle a parlé d'un déguisement.

Daniel comprit immédiatement. Elle s'était rendue à l'endroit où elle était devenue « Ned », puis « Ruby ».

Il quitta le journal aussi vite qu'il y était entré, remonta à cheval, donna une autre pièce au gamin qui le lui avait gardé et partit pour le Théâtre Impérial.

Il arriva au théâtre tremblant d'impatience. Eleanor occupait tout son esprit, comme un phare qu'il ne faut pas perdre de vue dans la brume.

Il frappa à l'entrée des artistes. Le gardien le dévisagea avec méfiance. Daniel lui glissa une pièce – il y avait toujours un moyen de se faire ouvrir une porte.

Le premier obstacle passé, Daniel monta plusieurs étages et se retrouva dans une aile du théâtre.

Le chaos qui y régnait l'assaillit. Des danseuses allaient et venaient en s'étirant – certaines lui lancèrent une œillade suggestive – ; un baryton répétait à côté d'un pianoforte. Des ouvriers tapaient à coups de marteau sur un décor, tandis que, sur scène, les comédiens s'appliquaient à en détruire un autre, texte en main, sous la direction d'un homme assez corpulent. Pendant ce temps, un homme à la peau foncée et à l'accent antillais lançait des conseils à qui voulait l'entendre.

On était loin de l'atmosphère feutrée du *White's*.

Daniel parcourut les coulisses du regard, cherchant la tête blonde d'Eleanor. Sans succès. De nouveau, la déception le transperça. Mais il refusait de capituler.

En bon aristocrate, il savait à quoi ressemblaient les coulisses d'un théâtre. S'y succédaient des loges, occupées par moult comédiennes et danseuses plus ou moins vêtues, et des locaux où l'on rangeait les costumes et les accessoires. Eleanor pouvait être dans n'importe laquelle de ces pièces.

Il fit demi-tour, décidé à la trouver.

Et se retrouva face à Mme Delamere.

La dramaturge n'eut pas du tout l'air impressionnée de le voir. Son expression tendait même plutôt vers le mépris. Elle planta les mains sur ses hanches et le fixa du regard.

— Elle n'est pas ici, dit-elle sans préambule.

Il nota qu'elle n'avait pas terminé sa phrase par « monsieur le Comte ».

— Où est-elle ? demanda-t-il tout aussi sèchement.

— Si elle ne vous l'a pas dit, je ne vois aucune raison de le faire.

— Je veux simplement lui parler.

— Peu m'importe, répliqua-t-elle en le toisant des pieds à la tête. Je connais les hommes comme vous. Des promesses, des promesses, et du vent pour finir.

— Vous ne savez rien de moi.

— Je sais quelle tête faisait mon amie à cause de vous.

S'il n'avait pas été pris dans cette joute verbale, il aurait compris ce que cela signifiait. Ses sentiments étaient partagés.

— Comme si vous n'aviez rien remarqué, ajouta-t-elle d'un air buté.

Il serra les dents.

— Je n'ai rien remarqué, et je ne peux être sûr de rien tant que je ne l'aurai pas retrouvée.

Mme Delamere croisa les bras et leva le menton. C'était une belle femme, au regard brillant d'intelligence, avec une impressionnante masse de cheveux noirs. Mais quand elle le regardait comme s'il était Satan en personne, ses traits devenaient durs et son regard mordant.

— Pourquoi devrais-je trahir sa confiance ?

— A-t-elle demandé qu'on ne me dise pas où elle se rendait ?

Le regard mordant glissa un instant de côté.

— Pas spécifiquement.

— Vous ne faites donc aucun mal en me révélant sa destination.

— Si. Je vous le répète, je connais les gens de votre caste, *monsieur le Comte*. Les gens comme nous – les *femmes* comme nous – sont des accessoires dont vous vous débarrassez facilement après usage, vous, les aristos. Vous servir d'Eleanor pour vous distraire et la jeter ensuite comme un papier de bonbon, quand vous en aurez assez… je ne laisserai pas cela arriver.

— Mais qui a dit que j'en aurai assez d'elle un jour ? demanda Daniel avec douceur.

L'espace d'un instant, l'arrogance disparut du visage de Mme Delamere. Elle posa sur Daniel un regard étonné, curieux. Quelque chose, dans sa voix, son visage, son attitude, l'avait émue.

Autour d'eux, comédiens et machinistes s'affairaient, mais ni Daniel ni Mme Delamere ne semblaient les remarquer.

— Vous autres de la haute, c'est toujours ce que vous faites, dit-elle enfin. Vous vous servez de nous comme de jouets.

— J'ignore quel homme vous a causé du tort par le passé, dit-il. Mais je ne suis pas comme lui. Et je n'ai aucune intention de faire du mal à Eleanor. Ni maintenant ni à l'avenir.

Une fois encore, elle sembla déstabilisée. Mais elle revint à la charge malgré tout.

— Aucune intention. Ce qui ne veut pas dire que vous ne lui en ferez pas.

— Je ferai tout ce qui est en mon pouvoir pour la protéger. Et du pouvoir, j'en ai. Beaucoup.

Elle sembla hésiter, resta un moment sans rien dire, les lèvres pincées.

— Vous voulez me voir à terre, c'est ça ? demanda-t-il en écartant les mains. Je le suis. Je vous demande respectueusement, humblement de me dire où elle est. Parce que sans elle... sans elle, je ne suis qu'une coquille vide. Brillante, mais fragile, et vide. Je dois le lui dire. Quoi qu'il arrive, il faut qu'elle le sache, Margaret, ajouta-t-il.

Jamais il n'avait parlé ainsi de ses sentiments pour Eleanor. Il tremblait légèrement. Il avait livré des combats de boxe, avait participé à des courses de phaétons, s'était battu en duel sans jamais éprouver d'appréhension. Mais ce qu'il ressentait là, c'était bel et bien de la peur.

Mme Delamere l'observa un long moment sans rien dire, le jaugeant, prenant la mesure de ses sentiments, comme s'il était un comédien et qu'elle cherchait quel rôle lui confier dans une de ses pièces.

Enfin, elle lâcha :

— Elle est allée voir le costumier pour qu'il lui prête des vêtements de gueuse. Et puis elle est partie. Elle a dit qu'elle allait à St. Giles.

Un des quartiers les plus misérables de Londres.

— Et vous l'avez laissée partir ? Seule ? demanda-t-il, furieux.

— Vous connaissez Eleanor. Elle n'a rien voulu entendre. Mais elle a pris mon pistolet.

Daniel se massa le front. Que pouvait bien aller faire Eleanor dans ce quartier pouilleux ? Au journal, le jeune rédacteur lui avait dit qu'elle enquêtait pour un article. Mais, jusque-là, c'était plutôt sur la bonne société qu'elle écrivait, pas sur les taudis de St. Giles. Même pendant la journée, c'était un quartier à éviter. Des familles y habitaient, certes, mais il était avant tout réputé pour ses cafés louches et mal fréquentés.

Exactement le genre d'endroit que devait hanter Jonathan.

Et soudain il comprit. Seigneur Dieu, Eleanor était partie à la recherche de Jonathan. Seule.

20

> *C'est triste, mais il semblerait que garder pour soi une confidence est un art aujourd'hui passé de mode. Nombreux sont ceux qui préfèrent se satisfaire des récoltes temporaires du scandale, nourrissantes mais périssables, plutôt que de savourer les fruits du silence, qui rassasient pour l'éternité.*
>
> L'Œil du Faucon, 18 mai 1816

Eleanor connaissait mal l'est de Londres. *L'Œil du Faucon* relatait les excentricités des aristocrates de Marylebone et de Mayfair, pas celles des ouvriers pauvres de Whitechapel ou de Bethnal Green. D'autres journaux se chargeaient de décrire avec moult détails obscènes les rues mal famées de Londres.

Le soleil venait d'atteindre son zénith, et elle ne le voyait déjà plus. Les maisons étaient de plus en plus miteuses, serrées les unes contre les autres, parfois en ruine. Des enfants pieds nus et des gens en haillons traînaient dans les rues. Une brume sinistre et sale flottait dans les ruelles. Personne ne venait lui quémander de pièce, signe que son accoutrement était convaincant. Elle gardait malgré tout une main dans la poche où elle avait glissé le pistolet de Maggie. On était en plein jour, mais il régnait dans ces rues un crépuscule permanent, et Eleanor ne voulait prendre aucun risque.

Par où commencer ? Les cafés, c'était le mieux. Elle prit la direction de Seven Dials et s'enfonça un peu plus dans le quartier de St. Giles. La chaussée était noire de crasse ; chiens et hommes se disputaient les ordures. Eleanor referma la main sur son pistolet.

Elle avait vu, une fois, une gravure représentant Jonathan Lawson, donc elle savait à peu près à quoi il ressemblait. Sa sœur Catherine avait un peu les mêmes traits, doux, délicats. Elle imaginait aussi que, si bas soit-il tombé, son maintien et son accent le distingueraient parmi les miséreux. Au journal, elle avait dit qu'elle partait enquêter en vue d'un article. On racontait que des gens fortunés aimaient à s'aventurer dans les bas-fonds pour s'étonner et rire de la pauvreté. Un peu comme on visitait Bedlam autrefois. Ce serait donc sa couverture ici : elle voulait écrire sur ce nouveau phénomène.

Et si elle retrouvait Jonathan, que ferait-elle ? Serait-elle capable, elle, une totale inconnue, de le convaincre de retourner dans sa famille ? Elle en doutait, mais elle devait essayer. Pour lui, pour sa sœur. Et pour Daniel.

Elle traversait l'un des quartiers les plus mal famés de Londres, et pourtant, si son cœur battait à tout rompre, cela n'avait rien à voir avec le danger qui l'entourait. C'était à cause de lui.

À l'heure qu'il était, il avait probablement lu son article et compris ce qu'elle avait fait. Cette idée la plongeait dans une grande excitation, mêlée de doute. Elle avait délibérément ignoré un scoop. Pour les protéger, lui et son ami. Autant dire qu'elle avait fait une déclaration publique de ses sentiments pour lui.

Quand elle le reverrait, que dirait-elle ? Elle n'était pas certaine que ses sentiments soient réciproques, même s'il lui avait envoyé ce nécessaire à tailler les plumes. D'ailleurs, elle en avait déjà taillé plus d'une dizaine qui n'en avait pas besoin, juste pour avoir l'impression d'être avec lui.

Sur le côté d'un bâtiment était peint un corbeau perché sur une charrue, une chope à une patte, avec « Gin, un penny » en guise de légende. Elle ne voyait rien à travers les vitres, mais elle entendait les éclats de rire venant de l'intérieur et avait lu suffisamment de choses sur les cafés de ce type pour savoir ce qui l'attendait.

Ses questions étaient prêtes. Était-il vrai que des aristocrates venaient s'encanailler à St. Giles ? À quoi ressemblaient-ils ? Jeunes, vieux ? Hommes, femmes ? À partir de ces détails, elle pourrait en déduire si Jonathan avait traîné – ou pas – dans les parages.

Elle prit une profonde inspiration, qu'elle regretta en sentant l'air vicié pénétrer dans ses poumons.

Était-elle sur le point de commettre la plus grosse bêtise qu'elle ait jamais faite ?

Non. Tomber amoureuse d'un comte arrivait en premier sur la liste.

Elle s'apprêtait à entrer lorsqu'un bruit de sabots sur les pavés l'alerta. Quelqu'un avait lancé son cheval à vive allure dans les rues. Étant donné l'état de la chaussée et le nombre de passants qu'il y avait toujours dans ces ruelles, c'était de la folie. D'ailleurs, autour d'elle, on s'étonnait, on murmurait de surprise.

Eleanor se retourna pour assister au spectacle. Et se figea.

Daniel. Qui surmontait la foule et galopait dans sa direction, tel un chevalier investi d'une mission périlleuse, mais vitale. Il dirigeait son cheval avec brio entre la populace et les charrettes qui gênaient le passage, tout en scrutant la rue d'un côté, puis de l'autre. Il la cherchait. Quand leurs regards se croisèrent, ses yeux brillèrent d'une intensité féroce, et elle se crut figée à jamais.

Il arrêta son cheval juste devant elle. L'animal souffla, piaffa. Son cavalier était essoufflé lui aussi, comme s'il avait parcouru une grande distance pour la retrouver. Ce qui était le cas, comprit-elle. Il avait dû aller à l'Impérial, où Maggie lui avait tout raconté. Ce n'était pas tout près, et pourtant, il était là.

Elle le regarda. Il la fixait comme si elle était une émeraude dans le lit d'une rivière.

Ils restèrent sans rien dire pendant un long moment. Autour d'eux, un groupe se forma, attiré par cet homme fortuné sur un cheval magnifique. Mais personne n'osa s'adresser à lui.

Il se pencha, lui tendit sa main gantée.

— Monte.

— Jonathan...

— Je l'ai déjà cherché ici et n'ai trouvé aucune trace de lui. Nous reviendrons un autre jour.

Il lui tendait toujours la main. Elle la regarda, longue et large, se souvint qu'elle avait parcouru son corps et caressé les parties les plus intimes de son anatomie. Qu'elle s'était posée sur son cœur et ne le lâchait plus. C'était la main d'un homme qui avait traversé Londres au galop pour elle, un homme qui l'enflammait par la seule intensité de son regard.

Elle avait rêvé de ses caresses, ces derniers jours. Avait cru ne plus jamais les retrouver. Mais il était là. Pour combien de temps ? Et que lui demanderait-il en échange ?

Lentement, elle glissa sa main dans celle de Daniel. Il la hissa sans effort devant lui, la cala contre son corps massif.

— Accroche-toi, dit-il.

Elle attrapa la crinière du cheval, qu'il talonna. St. Giles disparut derrière eux tandis qu'ils fonçaient vers l'ouest, en direction de Mayfair, et vers des questions sans réponse.

— Quelle folie ! s'écria Daniel.

Ils n'avaient pas échangé un mot de tout le trajet de retour, mais elle avait senti la tension qui émanait de tout son être.

En arrivant, il l'avait immédiatement entraînée dans son bureau et, la porte à peine refermée derrière eux, avait laissé éclater sa colère.

— J'avais un pistolet, répondit-elle.

— Et après avoir tiré ton unique coup, tu n'aurais plus rien eu pour te défendre !

— J'ai ça, dit-elle en pointant son index sur son front.

Il eut un rire moqueur.

— Quand cinq brutes t'attaquent, tu n'as pas le temps de réfléchir à une solution.

— Mais ce n'est pas arrivé.

— Ça aurait pu.

Ils étaient face à face. Quelques centimètres à peine les séparaient. Daniel contenait à grand-peine sa fureur.

Elle se renfrogna.

— Cette colère n'est pas indispensable.

— Tu aurais pu être tuée, ou pire. Et pour quoi ?

— Pour tes amis, répondit-elle calmement. Pour toi.

Voilà. Je l'ai dit.

Et Daniel en resta muet de stupéfaction.

Elle sentit sa gorge se serrer. Elle n'avait jamais rien dit de tel à personne. Toujours, toujours, elle avait gardé son cœur à l'abri des embrasements, consciente qu'elle était de la cruauté de ce monde. Elle s'était contentée d'être ambitieuse pour son journal, de s'accorder de temps à autre une gratification physique sans engagement, en se disant que cela suffisait.

Et cela lui avait suffi. Jusqu'à ce qu'il entre dans son bureau, sûr de lui et de ses plans machiavéliques.

Lentement, très lentement, Daniel leva une main, qu'il arrêta à quelques centimètres de son visage, comme s'il lui demandait la permission de la toucher.

Le souffle court, elle la lui donna d'un hochement de tête.

Il prit son visage entre ses mains. Son expression s'était adoucie, devenait admirative. Eleanor n'en revenait pas. Daniel était un homme fier. Et pourtant, il lui semblait qu'il se faisait humble devant elle, après cet aveu.

— Tu me bouleverses, murmura-t-il.

Elle referma ses mains autour de ses poignets, sentit son pouls sous ses doigts.

— On se bouleverse l'un l'autre, dit-elle simplement.

— Ça ne peut pas finir bien, tu le sais.

Un comte et une roturière. Ils ne pourraient jamais être qu'amants. Pendant un certain temps. Jusqu'à ce que son devoir se rappelle à lui. Alors il épouserait une aristocrate, ou au moins une femme à la fortune digne de ce nom, pour engendrer une descendance. Eleanor n'était ni riche ni noble, et ne le serait jamais.

Quels que soient leurs désirs, il ne pourrait jamais être à elle pour toujours. Quelques années plus tôt, un jeune baron du nom de Fleming était tombé amoureux d'une danseuse d'opéra. Ensemble, ils avaient défié la bonne société en se mariant. Et si certaines maisons avaient continué à recevoir le baron, de mauvaise grâce, son épouse, elle, n'avait jamais été acceptée. La famille de lord Fleming avait refusé de la rencontrer, comme presque toute la bonne société. Les premières années, tous deux avaient bravement supporté leur statut de parias. Mais, au bout du compte, cette disgrâce les avait séparés. Elle habitait désormais dans une propriété à la campagne, et lui vivait à Londres. Avec une nouvelle maîtresse.

Lord Fleming et sa danseuse s'étaient aimés, au début. Mais leur amour ne les avait pas protégés. Et il en serait probablement de même pour Daniel et Eleanor s'ils tentaient autre chose qu'une simple liaison.

Une liaison ce serait, donc. C'était toujours mieux que rien.

Eleanor eut un sourire doux-amer.

— Mais ce qu'il y aura mérite d'être vécu, et nous en profiterons le temps que cela durera.

Ils restèrent silencieux. Songeant à leur situation, impossible et pourtant inévitable.

Puis, avec un léger grognement, il se baissa pour l'embrasser. Elle répondit à ce baiser avec détermination, s'ouvrit à lui, lui donnant autant qu'elle recevait. Leurs baisers lui avaient tant manqué que celui-ci lui fit l'effet de respirer enfin après un trop long moment sous l'eau. Il l'attira contre lui, tandis qu'elle refermait les bras autour de son torse, s'enivrant de ce corps et du désir qui le faisait vibrer. Elle sentit le sien s'embraser à son tour.

Mais elle ne pouvait pas céder au désir. Pas encore. Elle s'écarta.

— Je veux t'aider à le retrouver, murmura-t-elle.

— Ce fardeau n'est pas le tien.

— Mais c'est le tien depuis trop longtemps. Laisse-moi t'aider. Je fais dans le scandale, mais j'ai grimpé les échelons en écrivant des articles sur toutes sortes de sujets. Je connais quelques trucs en matière d'investigation.

Il soupira, l'enlaça.

— C'est dangereux.

— Ah bon ? dit-elle, ironique. Je n'avais pas remarqué, je visitais tranquillement St. Giles, ses cafés louches, ses coupe-gorge…

Elle sentit qu'il se détendait un peu.

— Les habitants de ce quartier sont un cran au-dessus des gens que tu fréquentes d'ordinaire. Tous ces comédiens, ces auteurs...

— Ces comtes qui font sans cesse la fête.

Elle le serra contre elle. Cet homme était en train de se faire une place dans son cœur, qu'elle le veuille ou non. Si elle avait su, elle l'aurait renvoyé de son bureau dès leur première rencontre.

Mais cela l'aurait privée de lui. De ce qu'ils vivaient ensemble. Et elle préférait souffrir plus tard plutôt que de se passer de cet homme aujourd'hui.

— Nous allons nous en occuper ensemble. Toi et moi, dit-elle.

— Tu fais preuve de beaucoup d'éthique, pour une journaliste.

Elle eut un petit rire.

— Disons que je prends exemple sur moi.

— Je suis l'incarnation même de ce qu'on appellerait un comportement exemplaire, c'est vrai.

— Surtout quand il s'agit de séduire des journalistes droites et vertueuses.

Il haussa les sourcils.

— Ce n'est pas de la séduction, quand les deux parties sont consentantes.

— Dit l'homme qui s'y connaît le mieux dans ce domaine.

— S'il y a eu séduction, alors c'était mutuel.

— Oh. T'aurais-je aguiché ?

— Mais bien sûr, jeune effrontée.

Daniel sourit, et elle se sentit fondre, en même temps que la douleur du chagrin à venir l'étreignait. Elle ne pouvait pas imaginer la vie sans lui. Ne le voulait pas. Mais c'était inévitable.

— Nous trouverons Jonathan, dit-elle avec toute la conviction dont elle était capable.

Il sembla dubitatif.

— Je commence à me demander s'il est encore en vie. Catherine et moi l'avons tant cherché, sans aucun résultat. Des indices, ici et là, mais jamais rien de tangible. J'ai parfois l'impression que nous courons après un fantôme.

Elle s'écarta et se mit à aller et venir dans le bureau. Lâcher Daniel ne lui plaisait pas, mais elle réfléchissait mieux quand elle s'activait.

— Tu n'as pas de nouvelle piste ? Rien qui indique où il pourrait se trouver ?

Il alla vers la cheminée, regarda le feu.

— Rien.

— Que sais-tu de ses anciennes habitudes ? Des endroits qu'il fréquentait ?

— Je suis allé partout. À son club, chez ses amis. Il s'est coupé de tout ce qu'il aimait et de tous ceux qui comptaient pour lui.

Pour autant qu'elle sût, Jonathan, qui n'était que le second fils du duc de Holcombe, avait toujours eu la réputation d'être un gentil garçon donnant de son temps et de son argent à des organismes de charité. La rumeur allait jusqu'à dire qu'il était *trop* bon, même s'il aimait tout ce qu'aimaient les jeunes gens fortunés – les discussions animées et les femmes. Surtout les femmes.

— De tout ? Vraiment ? insista-t-elle.

Un pli songeur se creusa sur le front de Daniel.

— Il y a peut-être quelque chose... C'est presque impossible, mais on peut toujours espérer.

Il alla prendre une jolie boîte en marqueterie posée sur un coin de son bureau, l'ouvrit et en sortit un petit cigare qu'il montra à Eleanor.

Elle ne s'attendait pas à cela.

— Un stogie ? dit-elle.

Daniel s'approcha et le lui tendit. D'un geste connaisseur, elle le passa sous son nez et inspira, humant de riches notes de terre et d'épices qu'elle avait déjà retrouvées sur les vêtements de Daniel, et dans le goût de ses baisers. Ce simple souvenir lui fit battre le cœur.

— Il s'agit d'un mélange particulier, que je fais faire chez un marchand de tabac de Church Street. Sa spécialité, ce sont les cigares et les stogies à la demande, qu'il réalise en fonction du goût de ses clients. C'est la boutique la plus chic de Londres. Et c'est là que le père de Jonathan achète ses stogies.

— Et c'est là que Jonathan achetait son tabac aussi ?

— Il fume le même mélange que son père. Enfin, il a commencé à son retour de la guerre. Catherine m'a expliqué que c'était presque devenu une manie chez son frère, juste avant qu'il ne disparaisse. Quand il en manquait, il devenait colérique, presque fou. Jusqu'à briser des objets. Il fallait que quelqu'un coure chez le marchand de tabac acheter plusieurs douzaines de stogies.

Eleanor se tapota les lèvres, songeuse.

— Avant la guerre, il fumait une autre sorte de tabac ?

— Oui. Il se fournissait sur King's Street. Mais, à son retour, il a changé. Pourquoi ?

Elle montra le cigare que Daniel lui avait donné.

— Il suffit que je le sente une fois pour penser instantanément à toi. Tous mes sens se mettent en éveil.

Malgré la nuit qu'ils avaient passée ensemble, elle rougit de se révéler ainsi à Daniel.

— Si je devais l'emporter avec moi, reprit-elle, il me suffirait de le sentir ou, mieux, de l'allumer pour être de nouveau avec toi.

Son aveu sembla lui faire plaisir.

— Alors, je t'en prie, garde-le.

— C'est ce que je vais faire. Mais si Jonathan a changé de mélange de tabac pour se mettre à fumer le même que son père... je pense que cela veut dire quelque chose. Il a sans doute grandi avec l'odeur de ce tabac. Pour lui, c'est le parfum du foyer, du bien-être et de la sécurité. Le parfum d'une époque où ses souvenirs de la guerre ne l'anéantissaient pas. L'époque de l'insouciance.

— Alors, à son retour, il a changé de tabac pour essayer de retrouver cette époque perdue. De retrouver le jeune homme d'alors, conclut Daniel.

— Exactement. Pas étonnant que le manque de tabac l'ait mis dans une rage folle. C'était un lien avec celui qu'il était autrefois.

— Bon sang, dit Daniel en se massant le front. Je savais qu'il allait très mal, mais jamais je n'aurais imaginé qu'il essaierait de se raccrocher à ce qu'il avait perdu.

Il regarda par la fenêtre. Un soleil pâle filtrait à travers les rideaux et répandait sa lumière sur le tapis persan. Dehors, la végétation sortait à peine de sa torpeur hivernale, tant le printemps était frais.

— S'il est vivant, il faut qu'on le retrouve. C'est pour cela que j'ai demandé au marchand de tabac de me prévenir si quelqu'un venait lui acheter ces stogies.

— Et ?

— Rien pour le moment. Et je crains que les chances de le retrouver ne s'amenuisent de jour en jour.

Elle le rejoignit devant la fenêtre, posa une main sur son dos. Sa façon à elle de le réconforter.

— Tu n'es pas responsable, Daniel.

Il eut un sourire triste.

— Je l'ai vu juste avant qu'il disparaisse. Je savais qu'il n'allait pas bien. Son regard… avait changé. Il était vide. Mort. Et quand il semblait vivant, c'était une bête féroce, désespérée. Et moi… j'ai feint de n'avoir rien remarqué. « C'est un grand garçon, me disais-je. Il fait ce qu'il veut de sa vie. » Mais je ne faisais qu'excuser mon propre égoïsme. La vérité…

Sa voix devint rauque. Il toussota, mais cela n'y changea rien.

— ... c'est que cela ne m'arrangeait pas de l'aider à ce moment-là. Cela entravait ma quête du plaisir. Cela m'aurait demandé de réfléchir, de me préoccuper vraiment de quelqu'un d'autre que de ma petite personne. Alors je l'ai laissé partir. J'aurais pu faire quelque chose, mais m'amuser comptait plus que le reste. Je n'ai pas prêté attention à lui. Je l'ai laissé tomber.

La douleur et la culpabilité qui perçaient dans sa voix émurent profondément Eleanor. Le voir souffrir ainsi la faisait souffrir elle aussi. Peu de gens pouvaient la toucher de la sorte. Maggie, peut-être. Mais à un autre niveau. Maggie était sa meilleure amie, mais elle n'était pas dépositaire du cœur d'Eleanor.

Que dire ? Comment le réconforter ? Il méritait mieux que des paroles dérisoires.

— Quelles que soient tes erreurs passées, murmura-t-elle en posant la tête sur l'épaule de Daniel, ce qui importe aujourd'hui, c'est que tu sois déterminé à faire mieux.

— Peut-être.

Il n'avait guère l'air convaincu.

— Après tout, dit-elle avec un sourire, tu as fait irruption dans mon bureau pour me proposer d'observer de très près les recoins les plus sombres de ton existence. Ça, c'est l'acte d'un homme qui souhaite vraiment faire le bien.

À son tour, il sourit. Un peu.

— Ou bien l'acte d'un homme souffrant de graves troubles mentaux.

— Mais regarde où cela t'a mené.

— Je regarde, dit-il en posant les yeux sur elle avant de l'enlacer.

Le désir l'embrasait, chassant la douleur.

— Je regarde, répéta-t-il. Et je suis émerveillé.

Une nuée de papillons s'envolèrent au creux du ventre d'Eleanor, battant des ailes, palpitant de toutes parts.

— Tu n'es pas le seul à être émerveillé. Il y a un mois à peine, j'aurais ri à gorge déployée si l'on m'avait dit que je donnerais mon cœur à un noble libertin.

— Et tu l'as donné ? demanda-t-il en ramenant une mèche de cheveux blonds derrière son oreille.

— Donné, oui. Pour ne jamais le reprendre.

Il la serra dans ses bras. Puis, lentement, baissa la tête, jusqu'à ce que leurs bouches se rejoignent pour un baiser plein de promesses.

Sa langue caressa la sienne. Elle y sentit le goût du tabac, mais aussi celui de Daniel, qui agissait sur elle comme un opiacé, la rendait soumise et exigeante en même temps, transformait son squelette en rubans de satin s'enroulant sur eux-mêmes, tout en l'investissant d'un immense pouvoir. Que représentait-il pour elle, aujourd'hui, cet aristocrate noceur ? Cet homme dont les sentiments étaient bien plus profonds qu'il ne le laissait croire ? Ce cher dépravé, dans les pas duquel elle mettait désormais les siens ?

Tout.

Il était ferme, possessif, et même si elle ne souhaitait appartenir à personne, il y avait quelque chose de merveilleux dans le désir de Daniel, qui la voulait tout entière, et pour lui seul. Il enlaça ses doigts aux siens, posa sa main libre sur le creux de ses reins, et ils restèrent ainsi, face à face. La courbe dure de son membre dressé appuyait contre son ventre et elle le revit, sur son cheval, arriver au galop dans la ruelle de St. Giles. Il était venu la chercher, déterminé, inquiet. Et lui avait fait tourner la tête, comme à une feuille d'automne détachée de sa branche.

Elle effleura son menton du bout des lèvres. Le frottement de sa barbe naissante contre sa peau tendre et ses joues l'excitait. Un de ses ancêtres avait dû être pirate naviguant sur les mers des Caraïbes. Il lui semblait que très peu de choses différenciaient Daniel d'un flibustier et que le sang de l'ancêtre batailleur qui coulait aujourd'hui dans ses veines était ce qui faisait de lui cet homme indocile et jamais résigné.

Suivant son instinct infaillible, il frotta sa joue piquante contre son cou, puis plus bas, déposa des baisers jusqu'à son épaule avant de redescendre vers sa poitrine. Chaque passage de ses lèvres laissait sa peau brûlante, chaque souffle attisait le feu qui la consumait. Il satisfaisait tous ses désirs, et c'était bon.

Perdue dans ses sensations, elle remarqua à peine qu'il l'entraînait vers son bureau. Sans cesser de l'embrasser, il la hissa et la posa sur le bord de la table, avant de se caler entre ses cuisses.

Quand elle le sentit défaire les boutons de sa robe, elle reprit juste assez conscience pour demander, en regardant autour d'eux :

— Ici ?

— N'importe où, gronda-t-il. Partout. J'ai tellement envie de toi.

Elle avait lu des récits du grand incendie de 1666, quand Londres avait été dévastée par les flammes jusqu'à ne plus être qu'une vaste étendue de décombres fumants. Ce qu'il y avait entre Daniel et elle tenait de l'incendie. Et pourtant, c'était avec joie qu'elle s'immolait, pour devenir cendres emportées par le vent.

Comme cet incendie, le feu qui les consumait devait être éteint. Elle disparaîtrait dans les flammes, redeviendrait poussière. Mais elle ne renoncerait pas.

— Daniel, murmura-t-elle.

— Mon faucon au regard doux, souffla-t-il en déposant de petits baisers partout sur elle. Mon oiseau de proie.

Elle sourit contre sa bouche.

— Comment arrives-tu à faire sonner cela comme un compliment ?

— C'en est un.

L'air frais caressa sa peau et elle se rendit compte que, tout en la distrayant par ses baisers et ses paroles, il avait aussi réussi à défaire sa robe. Elle glissa doucement sur elle, révélant sa chemise et la naissance de ses seins. La bouche de Daniel s'y posa aussitôt, titillant, goûtant. D'une main, il fit tomber la chemise, découvrant sa poitrine. Elle sentit durcir la pointe de ses seins, toujours plus sensible, offerte.

— Tu es belle, murmura Daniel.

Il referma ses lèvres sur un mamelon, l'aspira délicatement. Électrisée par le plaisir, elle prit sa tête entre ses mains pour l'attirer contre elle. Il fit rouler son bassin entre ses cuisses. Il la comprenait si bien !

Il changea de sein, tout en glissant une main sous ses jupes. Elle planta ses ongles dans ses épaules et fut récompensée par un frisson de plaisir. C'était très déplacé, de faire l'amour sur un bureau, en plein milieu de la journée. Mais c'était si bon. « N'importe où, partout », avait-il dit. Puisqu'une petite voix en elle murmurait que leur histoire ne durerait pas, elle était décidée à prendre ce que la vie lui offrait, sachant qu'elle chérirait ces précieux moments dans sa mémoire durant la vie terne et solitaire qui l'attendrait ensuite.

Elle cala ses talons derrière les mollets de Daniel, pour être plus près de lui encore. Comme il continuait à picorer délicieusement ses seins, elle se cambra. Le désir se faisait impérieux.

La main de Daniel remonta le long de sa cuisse, glissa sur son bas, sa jarretière. Ses pensées volèrent en éclats lorsqu'il trouva l'ouverture de sa culotte et la caressa délicatement, comme s'il la redécouvrait. Les sensations exquises qui naquirent en elle la firent frémir jusqu'au tréfonds de son être.

Elle était presque gênée qu'il la trouve dans cet état de désir – prête, trempée, impatiente. Mais elle avait vu son membre durci tendre l'étoffe de son pantalon, alors quelle importance ? Elle sentait dans cette caresse intime qu'il voulait la rejoindre autant qu'elle, pour que leurs deux corps ne forment plus qu'un.

— Oui, c'est bon, murmura-t-elle quand il glissa un doigt dans les plis de son sexe. Oh oui, soupira-t-elle encore lorsqu'il fit rouler son bouton de rose sous son pouce.

Sa caresse se fit plus intense, plus pressante. Elle sentit la vague de l'orgasme monter en elle. Et quand il glissa un doigt en elle, la vague la submergea.

Elle hurla son plaisir, s'abandonna aux soubresauts de l'orgasme qui la secouait. Le doigt légèrement recourbé, Daniel trouva le point du plaisir, loin en elle, et provoqua un nouvel orgasme, la maintenant là pendant quelques secondes d'éternité.

Enfin, elle le lâcha, se laissa tomber sur le bureau. Papiers et stylos volèrent. Daniel se pencha sur elle, la fixa d'un regard brûlant. Il semblait profondément satisfait de lui. Elle frémit d'aise lorsqu'il se lécha le doigt.

— Ton goût est le seul que je désire, à jamais, murmura-t-il, les yeux mi-clos. Et je veux te goûter encore. Et encore.

Elle se savait perdue. Ne pouvait pas l'arrêter. Ne voulait pas qu'il s'arrête. Parce qu'il était ce dont elle avait besoin. Elle vivrait cette histoire, et tant pis pour les conséquences. Elle se perdait et se moquait complètement qu'on la retrouve un jour.

21

Les cadeaux les plus beaux sont les plus éphémères. Une orange à Noël. Les premières aubépines au printemps. Le baiser d'un être aimé. Un soupir à peine, et les voilà partis. Alors chérissons ces présents avant qu'ils ne nous échappent et ne disparaissent dans les limbes de la mémoire.

L'Œil du Faucon, 18 mai 1816

Daniel n'aurait changé de place pour rien au monde. Rien n'aurait pu égaler sa félicité. Eleanor était allongée sur son bureau, les paupières alourdies par le plaisir. Avec elle, il avait tout.

Il se pencha et l'embrassa. Elle lui rendit son baiser avec la même ferveur.

Il raffolait de son goût. Aurait pu s'en nourrir. Et à sa façon de l'embrasser, impatiente, affamée, il en déduisit qu'elle éprouvait la même chose.

Il avait agrippé ses cuisses et sentait leur souplesse, la fermeté de leur musculature sous ses paumes. Elle noua ses bras autour de lui, l'attira plus près encore. Elle s'abandonnait sans retenue.

— Je meurs d'envie de te pénétrer, grogna-t-il contre sa bouche.

— Je veux te sentir en moi.

Seigneur, elle changeait la forme du monde en quelques mots.

Il défit le ruban de sa culotte et la laissa glisser à terre. Puis il fit quelques pas en arrière pour l'admirer. Les jupes remontées sur la taille, elle offrait au regard ses cuisses, la courbe délicate de son ventre, et son magnifique mont de Vénus couvert d'une toison dorée. Qui n'attendait que lui.

— Tu me fais attendre, feignit-elle de protester.
— Je veux te regarder.
— Alors regarde.

Appuyée sur les coudes, elle le regarda dans les yeux, impudique, délicieuse. Et elle écarta les cuisses. Devant le tableau qui s'offrait à lui, il tomba à genoux.

Le petit cri qu'elle poussa le réjouit. C'était bon de savoir qu'il pouvait la surprendre encore, elle qui le connaissait déjà si bien. Les mains sur ses cuisses, il se retint encore un instant, sentit sa fébrilité.

Enfin, il se baissa et posa les lèvres sur son sexe. Elle se raidit un peu. Daniel était tendu lui aussi. Son membre palpitait douloureusement. Mais il pouvait attendre encore un peu, le temps qu'il lui offre ce baiser intime, profond.

Dès son premier coup de langue, il fut ivre de plaisir. Il avait aimé son goût sur son doigt, mais elle était plus délicieuse encore ainsi. Il l'entendit haleter tandis qu'il la léchait une nouvelle fois, glissant sa langue dans les replis veloutés de son sexe. Malgré son impatience, il se força à procéder lentement.

Petit à petit, il découvrit sa géographie intime. Cet endroit magnifique qu'il vénérait déjà. Son essence.

Il la lécha, la caressa de ses lèvres et de sa langue. Elle était vivante sous sa bouche, et réactive. Elle frémissait de plaisir, faisait onduler son bassin, et ferma les poings dans ses cheveux pour le maintenir sur elle. C'était le signal qu'il attendait. Il prit sa perle entre ses lèvres et aspira. Elle poussa un gémissement et le plaqua plus violemment encore contre son sexe.

— Oh oui, lâcha-t-elle dans un souffle.

Oui, pensa-t-il.

Il plongea sa langue en elle et se mit à aller et venir. Du bout du doigt, il caressait son bouton de rose tout en lui faisant l'amour avec sa langue. Seigneur, comme tout avait été superficiel jusqu'à cet instant. Il découvrait enfin une alchimie rare, celle de l'union du plaisir physique et des sentiments profonds. Les cris qu'elle poussait étaient doux à ses oreilles parce que c'était elle qui criait, qui hurlait son plaisir et l'enserrait au creux de ses cuisses. Elle cria son nom quand l'orgasme l'emporta.

Et son nom n'avait jamais été aussi beau.

Il aurait pu continuer ainsi pendant des heures, des jours, des années. Il en avait envie. Mais elle le tira par les épaules, le poussa à se redresser.

Il sentit ses jambes trembler quand il la vit, écartelée sur son bureau, au milieu d'un chaos de papiers et de stylos.

— Viens, souffla-t-elle.

D'une main, il chercha les liens de son caleçon, les défit, libéra son membre. Il avait été comprimé si longtemps que le soulagement fut immédiat. Dans son état d'excitation, sa propre main sur son sexe faillit le faire exploser. Mais il devait garder le contrôle. Chaque moment était précieux.

— Madame est affamée, on dirait, grogna-t-il quand elle cala une nouvelle fois ses talons derrière ses cuisses pour l'attirer vers elle.

D'une main tremblante, il se plaça entre ses jambes et ne put retenir un gémissement lorsqu'il sentit le sexe d'Eleanor contre le sien. Il s'arrêta, savourant ce moment et le regard impatient, implorant d'Eleanor derrière ses paupières mi-closes.

Puis il plongea en elle, leur arrachant à tous deux un soupir. Enfer et damnation, elle était si bonne. Étroite. Soyeuse. Frénétique.

Il s'immobilisa, goûta aux délices de ce premier moment en elle. Mais l'instinct fut plus fort. Il se retira, sentit le plaisir irradier jusque dans son dos et replongea en elle. Ses va-et-vient, d'abord lents, s'accélérèrent peu à peu. Bientôt, il haleta comme un animal, penché au-dessus d'elle.

— Encore, supplia-t-elle. Encore.

Il s'exécuta. Le bureau se mit à trembler sous la puissance de ses coups de reins. L'encrier roula à terre, mais il s'en aperçut à peine. Tout ce qui comptait, c'était elle, c'était eux. La fusion de leurs êtres, de leurs cœurs.

Elle hurla son nom, s'arc-bouta contre lui, les ongles plantés dans ses fesses. Il sentit son orgasme, les contractions de son sexe autour du sien, et cela déclencha sa propre explosion. Il eut à peine le temps de se retirer et se répandit sur elle.

L'orgasme l'avait épuisé, et pourtant, il se sentait plus fort qu'un titan.

Avec un pan de sa chemise, il l'essuya. Puis, soigneusement, tendrement, il la recouvrit, avant de se rajuster à son tour. Une immense fatigue engourdissait ses membres, mais il trouva la force de la prendre dans ses bras et de la porter jusqu'à un des fauteuils, devant la cheminée. Il s'assit et l'installa sur ses genoux.

Ils restèrent ainsi un long moment, à regarder le feu. Il jouait distraitement avec les mèches de cheveux qui collaient à la peau moite de sa nuque et de son front, tandis qu'Eleanor, la tête posée contre son épaule, suivait du bout des doigts les plis froissés de sa cravate.

C'est donc ça, l'amour.

C'était étrange et terrifiant. Étonnant. Merveilleux.

Il ferma les yeux, la serrant contre lui. Il n'en revenait pas d'avoir reçu un tel cadeau.

— Qu'avais-tu l'intention de faire à St. Giles, exactement ?

En ce début de soirée, Daniel et Eleanor dînaient dans le bureau. Elle portait toujours sa robe sale et rapiécée, encore plus froissée qu'à son arrivée. Une table avait été dressée, deux chaises avaient été apportées. Assis l'un en face de l'autre, ils se régalaient d'un simple rôti accompagné d'asperges. Dans une coupe en verre taillé, deux oranges brillaient, tels deux soleils miniatures.

Un luxueux festin n'aurait pas été approprié. Pas avec elle. Elle méritait ce qu'il y avait de meilleur, mais verser dans l'extravagance, ce n'était pas Eleanor. Il était certain qu'elle préférerait une nourriture simple, savoureuse, bien préparée. C'était donc ce qu'il avait commandé.

Il lui versa un autre verre de vin. Le son du liquide dans le goulot, sur fond de crépitement du feu, était délicieusement chaud et domestique.

— Tu ne sais pas à quoi ressemble Jonathan Lawson, reprit-il. Même moi, aujourd'hui, je ne suis pas sûr que je le reconnaîtrais.

Eleanor but une gorgée, puis reposa son verre. Elle était décoiffée, et de légères ombres cernaient ses yeux. Mais à la tombée du jour, dans la lumière des flammes, elle était belle comme la rédemption.

— J'ai vu une gravure de lui, une fois. Et je suis partie du principe qu'il devait ressembler un peu à sa sœur. Et puis, j'avais un excellent prétexte pour tenter de découvrir s'il était passé par là ou pas.

Il secoua la tête.

— Cela ne t'aurait pas menée très loin. Jonathan est devenu très méfiant. La seule personne à qui il est désormais susceptible de faire confiance, c'est sa sœur.

— D'où mon rôle dans cette affaire. Pour brouiller les pistes, faire en sorte qu'on ne se doute pas de ce que vous cherchez, Catherine et toi.

Il ne pouvait nier qu'elle avait raison.

— Comment allons-nous procéder ? demanda-t-elle. Dans nos recherches ?

Il sentit une vague de chaleur se diffuser dans sa poitrine.

— Je n'avais jamais vraiment fait attention au mot « nous », jusqu'à aujourd'hui.

— Je n'avais jamais eu beaucoup d'occasions de l'utiliser, dit-elle avec un sourire très doux. Mais j'avoue que je le trouve plaisant et agréable à prononcer.

Dieu qu'il était difficile de rester assis loin d'elle. Maintenant qu'il connaissait son goût, la douceur de sa peau, il ne supportait pas de ne pas la toucher, comme s'il devait s'assurer qu'elle était bien réelle. N'y tenant plus, il se leva, prit sa chaise et vint s'installer à côté d'elle.

— Nous, répéta-t-il en lui prenant la main pour l'effleurer du bout des lèvres.

Elle entrouvrit la bouche, le souffle court.

— Ce n'est pas le mot le plus long du dictionnaire, dit-il en lui caressant l'intérieur du poignet, puis le creux de la paume. Juste quatre petites lettres. Mais elles changent tout.

Une délicieuse teinte de rose gagna les joues d'Eleanor. Elle avait les pieds sur terre, certes, mais savait se laisser émouvoir par quelques mots simples. Comme c'était étrange, de parler si franchement, si honnêtement, sans autre objectif que de dire exactement ce qu'on pensait et ressentait. Avec elle, il se sentait lui-même. Sans façade, sans déguisement cynique derrière lesquels se cacher.

— Nous retrouverons Jonathan, insista-t-elle. À ce propos, je pense qu'il vaut mieux que je continue ma série d'articles, pour détourner l'attention de votre enquête. Mais j'avoue que je n'ai guère envie de continuer à énumérer tes exploits de débauché pour mes lecteurs.

Il sourit.

— Tu connais la vérité. Mes dépravations te seront désormais réservées.

— Quelle chance j'ai, dit-elle, les yeux brillants. Où irons-nous maintenant ? Quelles aventures nous attendent ?

Il se frotta le menton.

— Les gens ont, pour la plupart, compris que j'étais lord Decadenshire. La présence d'une femme à mes côtés éveillera les soupçons.

Dire cela le peinait. Les heures passées avec elle comptaient désormais plus que tout. Mais, pour les articles et pour Jonathan, ils ne devaient plus se montrer ensemble en public.

La déception creusa une profonde ride dans le front d'Eleanor.

— Je ne peux pas écrire les articles si je ne suis pas présente, protesta-t-elle.

— Que dis-tu de ça : je te ferai un rapport détaillé chaque soir à mon retour.

— Mais tu n'as pas le même sens du détail que moi.

Il aimait cette absence de fausse modestie.

— Je ferai tout mon possible pour ne rien laisser passer. Ce sera comme si tu étais perchée sur mon épaule.

— Comme un ange, dit-elle, songeuse.

— Un petit diable, corrigea-t-il.

— Il n'est pas question de céder à la tentation, hein ? dit-elle en pointant un doigt sur lui.

Il haussa les sourcils.

— Serait-ce l'acidité de la jalousie que j'entends là ?

— Bien sûr que non.

Mais elle eut l'air songeuse. Peut-être la jalousie était-elle un sentiment nouveau pour elle aussi. Cette idée le réjouit. Il avait toujours quitté ses maîtresses avant qu'elles ne s'attachent, le couple étant pour lui synonyme de mise en cage. Il n'avait pas cette sensation avec Eleanor. Il n'éprouvait pas l'envie de se libérer d'elle. Elle le possédait, et il aimait cela.

Diantre, j'ai changé.

Mais cela non plus ne l'inquiétait pas.

— Je suis sûr que tes qualités journalistiques sont capables de compenser et de produire un article excellent à partir de mes maigres contributions.

Elle leva les yeux au ciel.

— Garde tes flatteries pour les patrons de pub et les vieilles femmes. Je sais de quoi je suis capable.

— Ça ne sera pas pareil, de sortir sans toi.

Elle rougit de nouveau, puis jura à mi-voix.

— Tu n'as pas le droit d'être aussi merveilleux.

— Je ne vis que pour te contrarier.

— Alors tu risques de vivre vieux.

— Laisse-moi goûter cette délicieuse langue de vipère, dit-il en se penchant pour l'embrasser.

Il sentit le tanin du vin et le parfum des herbes aromatiques, mêlés à la douceur épicée qui lui était propre. Ils s'abandonnèrent à ce baiser, se savourèrent l'un l'autre. Comment avait-il fait pour vivre toutes ces années sans elle ? Sa vie n'avait été que l'ombre d'une vie, aux couleurs ternes de cendre et de poussière. Aujourd'hui, le monde lui semblait scintiller de couleurs lumineuses. C'était presque trop – presque. Jamais il n'en aurait assez. Il vivrait de tout son être les moments passés ensemble, essaierait d'apprendre à être reconnaissant pour ce bonheur. Il savait néanmoins que son désir ne serait pas facilement assouvi. S'il l'était un jour.

Enfin, le dernier rédacteur et le dernier imprimeur rentrèrent chez eux. Eleanor, à présent seule dans son bureau, glissa les derniers articles à corriger dans un porte-documents en cuir – le second cadeau qu'elle avait accepté de Daniel, avec ses initiales discrètement embossées d'un côté –, puis quitta les locaux du journal, fermant derrière elle.

Dehors, son souffle forma un petit nuage dans l'air frais. Elle prit le chemin désormais familier de Manchester Square. Elle avait refusé la proposition de Daniel de lui envoyer sa voiture – ils se devaient de respecter les convenances, ne serait-ce qu'en apparence. Elle avait refusé aussi qu'il lui paie la course. Donc elle allait à pied jusqu'à cette imposante bâtisse, si différente de son petit appartement à la pension.

Valait-il mieux emprunter l'entrée de service ou l'entrée principale ? La question se posait tous les soirs. La première évoquait trop la clandestinité et le secret, comme s'il y avait quelque chose de honteux à faire ce qu'elle faisait. Pourtant, une femme seule ne pouvait guère se présenter chez un célibataire de renom en frappant à la porte principale. Il y avait encore trop de passants à cette heure. N'importe qui pouvait la voir et en tirer des conclusions erronées. Enfin, pas si erronées que cela.

Elle opta donc pour l'entrée de service. Les domestiques étaient prévenus, ils l'attendaient. Lorsque Eleanor toqua à la porte, une petite bonne aux joues roses vint lui ouvrir et la fit entrer dans un salon. Sur une table attendaient salade, agneau grillé et pommes de terre. Bien que déçue de devoir dîner seule, elle se dit que ce n'était pas grave. Elle ne pouvait pas tout avoir, et ne devait pas s'attendre à tout avoir non plus.

Son repas terminé, elle se leva et se rendit d'un pas décidé dans le bureau, où Daniel lui avait fait installer une table de travail. Elle aimait cette pièce, y sentait sa présence, pouvait y travailler confortablement, le sachant près d'elle, à sa façon. Mais elle ne pouvait poser le regard sur le bureau de Daniel sans rougir.

Une pendule sonna 1 heure. Il ne serait pas de retour avant le petit matin. Son travail terminé, elle s'étira et monta se coucher. Un bain l'attendait, comme tous les soirs, quelle que soit l'heure, et elle faillit plusieurs fois s'endormir dans l'eau chaude, après cette rude journée de travail. Mais imaginer ce qui l'attendait un peu plus tard faisait courir l'impatience et l'espoir sur sa peau.

Elle passa une chemise de nuit en coton blanc. Daniel lui avait proposé des chemises de soie, mais elle avait refusé, apportant la sienne, qu'elle rangeait dans un coin de l'armoire. Dîner chez lui et utiliser sa maison comme si elle était chez elle mettait déjà ses principes d'indépendance à rude épreuve.

Car elle n'était pas chez elle, bien sûr. Et n'y serait jamais.

Chaque soir, elle repoussait cette pensée mélancolique dans un coin de son cœur et de sa tête. Il fallait qu'elle se satisfasse de ce qu'ils vivaient en ce moment. Ils ne devaient pas espérer plus.

Elle grimpa dans l'immense lit à baldaquin, un luxe auquel elle s'était habituée un peu trop vite, et s'endormit.

Elle se réveilla quelques heures plus tard en sentant le grand corps nu de Daniel se glisser contre elle. Ils ne parlèrent pas, pas même pour se saluer, tant ils étaient affamés l'un de l'autre après une journée sans se voir. Mains et bouches et prières muettes, corps tendus par le désir, mouillés par la sueur. Gémissements et soupirs. Ce soir, ils allèrent vite, firent l'amour avec rudesse, férocité, au point que les colonnes du lit tremblèrent. À la lumière vacillante d'une seule chandelle, ils se firent des choses qui auraient ravi la lady de petite vertu.

Eleanor ne s'était jamais sentie aussi libre. Le corps de Daniel était une merveille, et elle en prenait possession avec avidité. Il faisait de même avec elle. Ils s'appartenaient charnellement l'un à l'autre. Ne cessaient jamais de se désirer.

Ce n'était qu'une fois épuisés – et cela pouvait prendre plusieurs heures – qu'ils se parlaient enfin autrement que par des encouragements érotiques ou des murmures de délices.

— Raconte-moi ta soirée, dit-elle en laissant courir ses mains sur le torse de Daniel.

Il était si beau, nu sur les couvertures, encore luisant de sueur, épuisé par leurs ébats.

— Sinistre, sans toi, répondit-il comme il le faisait toujours.

— Fais comme si je t'accompagnais, dit-elle en jouant avec les poils de son torse. Et raconte-moi une histoire.

Il s'exécuta. Il s'était rendu à une soirée privée. La veille, il était au théâtre. Et la veille encore, à une soirée de gentlemen, avec actrices et demi-mondaines – mais il lui avait assuré ne pas s'être laissé tenter. Elle l'avait cru, sans pour autant parvenir à juguler sa jalousie à l'évocation de ces femmes soyeuses et parfumées tournant autour de lui comme des fleurs grimpantes aux couleurs criardes.

— Et pour Jonathan ? Du nouveau ?

Il secoua la tête, lèvres pincées.

— C'est de pire en pire. De moins en moins de gens pensent l'avoir aperçu.

— Je suis allée à St. Giles, aujourd'hui.

— Seule ? demanda-t-il, toujours protecteur.

— Avec Henry, un des imprimeurs.

Daniel se détendit un peu.

— J'ai donné le prétexte habituel, même à Henry : je fais des recherches pour un article sur les aristocrates s'offrant la visite des bas-fonds. Mais j'ai fait chou blanc. J'ai quand même arraché à certains habitants du quartier la promesse de me prévenir s'ils apprennent quoi que ce soit.

Daniel regardait le feu, songeur.

— Je crains qu'il n'ait quitté Londres, et l'Angleterre, et qu'on ne le retrouve jamais. Ou, pire, qu'il ne soit plus de ce monde.

Elle posa la tête sur le torse de Daniel, sentit les battements de son cœur sous sa joue et soupira.

— Qu'en pense Catherine ?

— Je ne lui ai pas encore fait part de mon inquiétude. Elle garde espoir, mais à mon avis, elle aussi commence à se demander s'il refera surface un jour.

— Pauvre gamine, murmura Eleanor.

Ce poids était si lourd pour des épaules aussi frêles.

Elle se pelotonna contre Daniel, absorbant sa chaleur, sa solidité, sa réalité. Le temps passait si vite. Le monde était si fragile. Elle devait chérir ce que la vie lui accordait, même temporairement.

— Demain soir, je vais à Vauxhall, annonça Daniel.

— Ne disais-tu pas que cet endroit était plus sinistre qu'un sermon dominical ?

— Certains de mes amis y seront et s'attendent à m'y voir.

Eleanor eut soudain une idée.

— Tu ne seras pas seul, dit-elle en se redressant sur un coude. Je viendrai avec toi.

— Nous étions d'accord, soupira Daniel, circonspect. Mieux vaut qu'on ne nous voie pas ensemble.

— Mais ces soirées avec toi me manquent, dit-elle. Alors, si tu vas à Vauxhall, je viens aussi.

22

> *D'innombrables écrits ont rendu compte des plaisirs multiples et variés proposés par les jardins de Vauxhall – le foisonnement des lumières, la musique, la restauration frugale mais excellente, les spectacles pyrotechniques et celui, plus fascinant encore, des visiteurs flânant sur les célèbres promenades, parmi lesquelles la sulfureuse Promenade des Ombres. En vérité, les jardins de Vauxhall ont connu diverses fortunes au cours des années, et votre serviteur ne saurait compter le nombre de fois où ils ont fermé. Mais sachez, chers lecteurs et chères lectrices, qu'ils ont aujourd'hui retrouvé leur lustre d'antan et qu'il suffit d'acquitter un droit d'entrée pour s'assurer une nuit des plus aventureuses…*
>
> L'Œil du Faucon, 26 mai 1816

Le crépuscule jetait un voile pourpre sur les pavillons et les allées de Vauxhall, enrobant les visiteurs d'une brume légère. Eleanor serra autour d'elle la cape de soie qu'elle avait empruntée pour trouver un peu de chaleur. Un air frais et humide agitait les arbres et balayait les allées. Il faisait beaucoup trop froid pour cette période de l'année, mais cela n'avait pas empêché les gens de sortir. Les jardins regorgeaient de visiteurs venus se divertir, parmi lesquels Eleanor et Margaret.

Et Daniel, quelque part entre les lieux de restauration et les fontaines. Il restait à distance, et Eleanor ne l'avait pas encore aperçu. Le savoir ici, cependant, l'excitait beaucoup plus que n'importe quel spectacle.

On entendit un coup de sifflet. Eleanor et Maggie s'arrêtèrent, comme la plupart des gens autour d'elles, semblant retenir leur souffle. Des employés, répartis partout dans les jardins, abaissèrent des interrupteurs, et ce fut l'illumination. Des milliers de lampes multicolores s'allumèrent dans les arbres, le long des colonnes, au sommet des rotondes. Eleanor en fut presque éblouie et se protégea les yeux. La foule applaudit. L'effet était sensationnel.

— Art de la mise en scène et esbroufe, grommela Maggie.

— Mais tu as applaudi, comme tout le monde, lui fit remarquer Eleanor en souriant.

— Le théâtre, c'est ma raison de vivre. Je suis capable d'apprécier des qualités de mise en scène, même aussi élémentaires que celles-ci.

Elle prit le bras d'Eleanor, et elles continuèrent leur promenade, observant la parade des Londoniens dans leurs plus beaux atours. Le froid n'avait dissuadé aucune de ces dames de revêtir des tenues de soirée affriolantes et légères tandis que les hommes avançaient tête nue, leur chapeau sous le bras, comme le voulait la coutume. Tout le monde regardait tout le monde. Si quelqu'un voulait voir et être vu, c'était ici qu'il fallait venir, dans les jardins de Vauxhall.

La musique s'était arrêtée pour l'allumage des lumières, mais elle reprit de plus belle. Un orchestre était installé sous un kiosque très ornementé, et une soprano entonna un air italien. La foule écoutait d'une oreille distraite, plus intéressée par le défilé permanent que par le bel canto.

Où se trouvait Daniel, maintenant ? L'observait-il ? Elle avait cru qu'elle le repérerait immédiatement, mais son amant savait apparemment rester discret. Quelque chose lui soufflait qu'il le faisait exprès, pour la maintenir sous tension, sachant qu'elle était consciente de sa présence mais ignorait où il était précisément.

— Allons voir les lieux de restauration, suggéra-t-elle.

Maggie lui jeta un regard oblique.

— Il n'y a pas grand-chose à voir là-bas, à part des aristos qui font semblant de trouver que des tranches de jambon fines comme du papier à cigarette et des poulets rôtis miniatures valent le prix exorbitant auquel on les leur vend.

— Justement, ça peut être amusant à observer.

Elle guida Maggie vers l'endroit où des box étaient installés pour le souper. Chaque box était construit comme une pièce à trois murs, le quatrième étant inexistant pour permettre aux passants de regarder les convives et, surtout, pour permettre aux convives d'être vus. Ceux qui manquaient d'influence ou de prestige devaient se contenter de tables installées sous les arbres. Eleanor ne les regarda même pas. Un comte aurait assurément accès à un box.

— On dirait des théâtres miniatures, remarqua Maggie.

Des serveurs apportaient des assiettes à leurs élégants clients, qui parlaient fort, s'exclamaient, riaient, gesticulaient pour bien montrer qu'ils passaient un moment merveilleux, et n'était-ce pas dommage que cette expérience leur soit réservée ?

— Tu vois comme l'absence de quatrième mur fait de chaque box un proscenium, éclairé de l'intérieur ?

continua Maggie en souriant. Il n'y a pas mieux, même à l'Impérial.

— Et quel titre donnerais-tu à cette pièce ? demanda Eleanor.

— *Privilège*. Ou bien *Ventres pleins, ventres vides*.

— Comédie ou tragédie ?

L'expression de Maggie s'assombrit.

— Ça commence comme une comédie. Très romantique, on rit beaucoup. Puis, sans prévenir, ça tourne à la tragédie.

Eleanor connaissait l'histoire de son amie, mais elle avait de la peine, chaque fois, en voyant combien elle souffrait encore aujourd'hui des trahisons du passé.

— Et pour finir, le triomphe, lui rappela-t-elle.

Elle regarda dans les box tandis qu'elles passaient devant, à la recherche d'un visage en particulier.

— Mais il a un coût, remarqua Maggie.

— La plupart des choses qui en valent la peine en ont un, dit Eleanor.

— Comme la vénération d'un comte, par exemple ?

Eleanor s'arrêta et regarda son amie, sans faire attention aux gens qui manquaient de les bousculer.

— Je prends garde à...

— Pas assez, dit Maggie en lui prenant la main, le regard triste. Ma chérie, ne fais pas semblant, je t'en prie. Tu ne trompes personne, et j'espère que tu ne te trompes pas toi-même.

— Je ne fais pas semblant. Le comte et moi sommes amants. Je ne te l'ai jamais caché. Et je sais ce que je fais de mes soirées.

Repensant à celle de la veille et à ce qu'ils avaient fait dans le lit de Daniel, elle rougit. Puis elle sentit une vague de chaleur l'envahir quand lui revint le souvenir du long moment passé ensuite dans les bras l'un de l'autre.

Le quitter le matin était toujours un supplice. Bien qu'il n'eût pas l'habitude de se lever tôt, il était toujours réveillé quand elle partait, et l'embrassait, la caressait, rendant son départ terriblement difficile. Mais elle n'avait pas le choix.

— Tu dois protéger ton cœur, dit Maggie. Si seulement il t'aimait...

— Il m'aime, répondit aussitôt Eleanor, sûre d'elle.

— Mais il n'y a aucun espoir, pour vous deux.

Eleanor détourna le regard, fixa les lumières qui dansaient dans les arbres comme des rêves lointains. Ses yeux la piquèrent, mais elle chassa les larmes qui menaçaient d'un battement de paupières.

— Je sais tout cela.

Maggie soupira.

— Je voulais juste t'éviter de souffrir. Te prévenir.

— Tu l'as fait, dit Eleanor en regardant de nouveau son amie. Mais toutes les mises en garde du monde sont réduites à néant lorsque l'on a un homme comme Daniel devant soi.

— Daniel ? répéta Maggie en secouant la tête. Tu as vraiment plongé, mon cœur. Tu prononces son nom comme s'il contenait toute la poésie jamais écrite sur cette terre.

Un petit rire triste monta dans la gorge d'Eleanor. Elle retira sa main et donna un petit coup d'épaule à Maggie.

— Seigneur, Mag, tu ne vas tout de même pas tomber dans le sentimentalisme ? Que diraient tes critiques ?

— Mes critiques n'ont qu'à bien se tenir, dit Maggie en redressant le menton. Je suis en train de leur concocter une *burletta* tellement renversante qu'ils finiront tous à l'asile.

— Je viendrai !

— Je te réserverai une place dans la meilleure loge, au balcon, dit Maggie en montrant les box.

Eleanor les balaya du regard. Daniel n'y était pas. Mais il était ici ce soir, elle en avait la certitude. Ils avaient décidé de venir à Vauxhall séparément pour ne pas être vus ensemble, mais le savoir tout proche était réconfortant.

— On dirait que quelqu'un s'intéresse à toi, Maggie.

D'un coup d'œil sur le côté, elle indiqua un box dans lequel un groupe d'hommes et de femmes faisaient bruyamment la fête. L'un d'entre eux ne cessait de regarder Maggie. Brun, au charme canaille, c'était tout à fait le genre d'homme que les mères éloignaient de leurs filles, pour ensuite tenter leur chance elles-mêmes.

— Lord Marwood.

Maggie suivit le regard d'Eleanor et croisa celui de Marwood. Bizarrement, elle détourna aussitôt les yeux.

— Il est toujours à traîner au théâtre, dit-elle en se raidissant. Il flirte avec tout ce qui bouge.

Elle tira sur le bras d'Eleanor, et elles reprirent leur promenade. Mais quand Eleanor se retourna, elle vit que Marwood les suivait des yeux. Suivait Maggie des yeux, plus précisément.

— Tu lui as déjà parlé ? demanda-t-elle.

— Pourquoi veux-tu que je perde mon temps avec un aristo ?

— Parce qu'il est aussi riche que le prince régent et beau comme la concupiscence incarnée.

— Raison de plus pour passer au large. Les hommes de ce genre, ce sont des parasites en or massif.

— Ils ne sont pas tous comme cela, protesta Eleanor.

Elles marchèrent encore un moment le long d'une allée bordée d'arbres, passèrent des fontaines, des statues, quelques beaux paysages, et croisèrent même une chèvre décorée de fleurs dont la laisse était incrustée de pierres précieuses.

— Peut-être que ton comte est une exception, dit Maggie après un silence. Mais c'est l'exception à une règle largement prouvée.

Son comte. Eleanor aimait cette expression. Trop. Cela laissait présager de la douleur insupportable qu'elle éprouverait quand il leur faudrait se séparer. Quand il ne serait plus *son* comte.

Un comte se devait de penser aux générations futures. Il avait des responsabilités envers son titre et sa fortune, et cette responsabilité impliquait de perpétuer la lignée. Donc d'épouser une femme de son milieu social et de fonder une famille avec elle.

Voilà ce qui attendait Daniel, aussi sûrement que la Terre tournait et que les marées montaient et descendaient. C'était inévitable. Et Eleanor n'avait aucune place dans cet avenir-là.

Seigneur, comment supporter cela ?

Oubliant les jardins et leurs visiteurs, elle ne pensa plus qu'au moment où, assise à son bureau, elle verrait passer un faire-part de mariage, puis de naissance.

Lord A., après avoir renoncé à sa vie de patachon, est aujourd'hui heureux d'annoncer la venue au monde de son premier héritier.

Cette pensée fut comme un coup de poing dans le ventre qui lui coupa le souffle.

Non, ce soir, je suis ici pour m'amuser. Puisque son temps avec lui était compté, elle allait faire en sorte que ces quelques semaines – mois ? – soient les plus fantastiques de son existence.

Maggie et elle se dirigèrent vers la Colonnade, un long portique de colonnes cintrées, toutes largement éclairées. C'était magnifique. Même Maggie dut en convenir.

Un homme très élégant sortit soudain de derrière une des colonnes, pour se mettre en travers de leur chemin. Il était grand, blond, et assez beau malgré un petit nez. À sa façon de sourire, il était évident qu'il était conscient de son charme.

Eleanor vit immédiatement qu'il n'était pas dangereux. Bien qu'il fût assez large d'épaules, elle devinait que sa carrure était en grande partie due au rembourrage de sa redingote.

— Mesdames, dit-il en s'inclinant.

Elles répondirent d'une révérence.

— Monsieur.

— Il faut que je vous avoue quelque chose, dit-il avec le sourire de celui qui s'imagine que sa présence est la bienvenue. J'ai perdu mes compagnons ce soir. Et c'est dommage, vraiment, puisque tous comptaient sur moi pour leur dire quoi faire.

— Il semblerait pourtant qu'ils soient arrivés à se distraire, puisque vous ne les avez pas retrouvés, remarqua Eleanor.

— À moins, ajouta Maggie, que ses amis ne soient assis par terre quelque part, incapables de se nourrir ni de s'amuser tout seuls.

L'homme éclata d'un rire sonore.

— Je ne serais pas surpris que ce soit le cas ! Sans arrêt, avec eux, j'entends : « Où allons-nous, monsieur Smollet ? », « Quand dînons-nous, monsieur Smollet ? »

— Dois-je m'essuyer les fesses, monsieur Smollet ? murmura Maggie à l'oreille d'Eleanor, qui ne put retenir un rire.

— En effet, vous semblez leur être indispensable, dit-elle en se ressaisissant. Mais je m'étonne qu'ils aient réussi à s'égarer. Peut-être n'êtes-vous pas aussi essentiel à leur bonheur que vous le croyez.

M. Smollet fronça les sourcils. Visiblement, Eleanor et Maggie n'étaient pas aussi impressionnées qu'il l'avait prévu.

Il tenta une autre tactique.

— Je devrais partir à leur recherche, mais votre compagnie me ravit, mesdames, et je répugne à m'en aller.

— Mais s'il le faut... dit Maggie.

— Non, non, dit-il avec un geste de la main. Le galant homme en moi me souffle de rester.

— Un galant homme qui se vante de l'être... remarqua Eleanor avec un air étonné.

M. Smollet réprima un nouveau froncement de sourcils et sembla faire un effort pour continuer à se montrer agréable.

— Certes. Je me doutais que vous remarqueriez ma galanterie sans que je la mentionne. Vous semblez avoir un esprit beaucoup plus subtil que d'autres.

Eleanor fit une nouvelle révérence.

— Merci, monsieur, de cette condescendance.

— Mais je vous en prie.

Il rayonnait, comme s'il avait devant lui sa meilleure élève.

Maggie et Eleanor se regardèrent. Elles avaient beau pincer les lèvres, retenir leur hilarité devenait impossible. Ce pauvre M. Smollet allait avoir droit à une place de choix dans un article du prochain *Faucon*. Et s'il se reconnaissait, son amour-propre en prendrait un coup.

— Les lampes ont beau briller, ce soir, continua-t-il, elles ne sont pas aussi lumineuses que vous, mesdames.

— Vous nous flattez, vraiment, dit Maggie d'un ton un peu sec.

— Mais non, mais non. Je dis la vérité, voilà tout. Nous vivons dans un monde aujourd'hui où les flatteurs se prennent pour des hommes d'esprit.

— Jamais nous ne dirions une chose pareille de vous, répondit Eleanor.

— Je vous en remercie. Mesdames, me feriez-vous l'insigne honneur de m'accompagner dans les jardins ? Ce serait pour moi un immense plaisir.

Il leur offrit un bras à chacune.

Le regard de Maggie à Eleanor indiqua qu'elle aurait préféré se sortir à mains nues d'un tas de fumier plutôt que de passer une minute de plus en compagnie de ce *gentleman*.

— Je vous remercie, monsieur, dit Eleanor. C'est extrêmement aimable et flatteur de votre part. Mais je crains que nous ne devions décliner.

L'espace d'un instant, M. Smollet sembla perdu, comme s'il n'arrivait pas à croire que l'on venait de refuser sa proposition. Puis il sourit.

— Ah, je comprends. En tant que dames bien éduquées, vous ne pouvez accepter un gentleman aussi rapidement. N'ayez crainte, mesdames, ajouta-t-il avec un clin d'œil de conspirateur, vous pouvez accepter, personne d'autre n'en saura rien.

— Mais nous le saurons, nous, fit remarquer Eleanor. Et c'est la seule chose qui compte.

Elle se raidit soudain, sentant une présence familière. Juste derrière M. Smollet, une silhouette sortit de l'ombre, grande, masculine. Un seul homme pouvait lui faire cet effet.

Daniel.

Comme tous les autres gentlemen présents, il était d'une grande élégance. Ces derniers temps, elle ne l'avait guère vu autrement qu'en tenue d'Adam, aussi saisit-elle cette occasion pour passer sa tenue en revue. Une redingote vert bouteille parfaitement coupée faisait ressortir sa carrure, et il portait un gilet crème et or ainsi qu'un pantalon blanc. L'aristocrate dans toute sa splendeur, mais avec un petit air séducteur en diable qui se traduisait par un sourire en coin.

Elle sentit son ventre se nouer. Seigneur, cet homme était son amant ? Cela semblait tellement irréel, comme si elle était Psyché éclairant d'une bougie Cupidon endormi. À tout moment, elle pouvait trembler, renverser de la cire chaude sur lui, et il s'enfuirait, rompant le charme.

Mais pour l'instant, il était bien là.

Elle le regarda et lut dans ses yeux une seule question : « Veux-tu que je vous en débarrasse ? »

Elle secoua la tête, imperceptiblement. Elle pouvait s'en sortir toute seule.

— Vous êtes la modestie incarnée, continua M. Smollet, qui n'avait pas remarqué la présence de Daniel. C'est une qualité admirable chez une femme. Votre refus renforce l'excellente opinion que j'ai déjà de vous, et je me permets donc d'insister. Promenons-nous ensemble dans les jardins, voulez-vous ?

— Monsieur, dit Eleanor d'un ton un peu plus ferme. Je m'étonne que vous parliez notre belle langue sans accent.

Smollet pencha la tête sur le côté, comme un épagneul attentif au bruit du gibier.

— Vraiment, madame ?

— Assurément, l'anglais n'est pas votre langue maternelle, puisque vous ne comprenez pas que ni moi ni mon amie ne souhaitons nous promener en votre compagnie.

Il s'énerva un peu.

— Madame, les convenances...

— Notre refus n'est pas dicté par les convenances, mais par le fait que passer une minute de plus en votre compagnie ne nous intéresse pas. C'est assez modeste, comme réponse ?

Le regard de l'homme s'assombrit.

— J'ai changé d'opinion. Une dame bien éduquée ne parlerait jamais de cette façon à un gentleman.

— Non, en effet. Mais ni mon amie ni moi ne sommes des dames. Tout comme vous, monsieur Smollet, n'êtes pas un gentleman.

Il se redressa comme un coq.

— Je peux vous assurer que ma famille est tout ce qu'il y a de respectable.

— Votre nom l'est peut-être parce qu'il figure dans le *Debrett's*, dit froidement Maggie. Mais un gentleman se reconnaît à son comportement, et non à son sang. J'en ai connu beaucoup dans votre genre, qui considèrent qu'une voiture et un domaine à la campagne suffisent à définir la personnalité d'un homme.

— Je... je... bredouilla M. Smollet.

— En vous souhaitant une bonne soirée, monsieur, lança Eleanor.

— Ah non, ce n'est certainement pas une bonne soirée, grommela Smollet en s'éloignant, marmonnant Dieu sait quoi à propos des femmes qui avaient une trop haute opinion d'elles-mêmes, alors qu'elles auraient dû être honorées de l'attention qu'il leur portait, ces traînées qui ignoraient le sens du mot « gratitude ».

À peine eut-il tourné les talons que Daniel sortit de l'ombre et s'inclina.

— Remarquable, dit-il. La dernière fois que j'ai assisté à pareille éviscération, c'était au zoo, quand on a apporté une gazelle au lion.

— Les lionnes ont eu raison de leur proie, déclara Maggie avec emphase.

— Et avec quelle efficacité !

Eleanor brûlait d'envie de le toucher. Mais elle garda les bras croisés. Le moment viendrait, plus tard.

— Eleanor est sur des charbons ardents depuis le début de la soirée, mais maintenant, je comprends pourquoi. Vous étiez ici depuis le début, n'est-ce pas, monsieur ?

Il s'inclina de nouveau.

Maggie se tourna vers Eleanor.

— « Allons à Vauxhall, m'as-tu dit. Juste nous deux. On a tellement travaillé ces derniers temps, cela nous fera un peu de distraction. »

Eleanor rougit.

— Je n'avais pas l'intention de te mentir. J'avais vraiment envie de passer du temps avec toi.

Mais Maggie leva les mains.

— La vérité, c'est tout ce que je demande. Rien d'autre.

Eleanor baissa les yeux.

— Je suis désolée, Maggie. J'espère que tu me pardonneras.

— Cela ne vous consolera sans doute pas, intervint Daniel, mais puis-je vous inviter à souper toutes les deux ?

— Dans un des box ? demanda Maggie.

— Bien sûr.

L'espace d'un instant, elle parut tentée. Comment lui en vouloir ? Ce n'était pas une occasion qui se présentait tous les jours, pour des femmes comme elles. Mais Maggie secoua la tête.

— Merci, monsieur, mais non. Il est temps pour moi de rentrer. Malheureusement, mes *burlettas* ne s'écrivent pas encore toutes seules, et je dois faire courir ma plume sur le papier si je veux qu'elles existent un jour.

— Je te raccompagne, dit aussitôt Eleanor.

Malgré la présence de Daniel et son envie d'être avec lui, elle tenait à son amitié avec Maggie, et il était clair que cette dernière avait été blessée par sa façon de faire.

Mais, une fois encore, Maggie secoua la tête.

— Mes personnages ne prennent forme que si j'ai une demi-heure de solitude avant de me mettre à écrire.

C'était la première fois qu'Eleanor entendait parler de cette règle.

— Je vais rentrer seule, ajouta Maggie.

— Laissez-moi au moins vous accompagner jusqu'à ma voiture, dit Daniel. Elle vous déposera chez vous, où ailleurs, puis reviendra ici.

Maggie sembla sur le point de refuser encore, puis elle haussa les épaules.

— Repousser pareille proposition serait idiot de ma part, dit-elle avec un petit sourire. Des pieds trop fiers sont des pieds douloureux.

Daniel lui offrit son bras. Elle l'accepta.

— Je te retrouve dans la Promenade des Ombres, souffla-t-il à Eleanor. Dans dix minutes.

Elle répondit d'un hochement de tête.

Voir son amie au bras de son amant éveilla en elle une pointe de jalousie qui la surprit. Il n'y avait aucune raison à cela, elle avait parfaitement confiance en eux. Elle les regarda s'éloigner tranquillement vers la sortie des jardins et sourit lorsque Daniel se pencha pour dire à Maggie quelque chose qui la fit rire. Les deux personnes qui comptaient le plus pour elle semblaient bien s'entendre, et c'était réconfortant.

Mais à quoi bon ? Après tout, ils n'étaient pas destinés à passer du temps ensemble. La société guindée dans laquelle ils vivaient ne le permettait pas. Tout cela allait prendre fin. Le livre se refermerait et retournerait sur son étagère, pour ne jamais être rouvert.

Comme étouffé par ces sombres pensées, le brillant de Vauxhall perdit soudain son éclat, laissant Eleanor dans les ténèbres, malgré les lumières.

23

> *Depuis toujours, ce périodique s'est fait le héraut de l'honnêteté et de la vertu. Mais il arrive parfois que l'on doive quitter les chemins de la lumière pour le royaume des ténèbres. Même le plus droit des hommes a besoin de passion et d'émotion, sans quoi son existence serait froide et solitaire. Une existence qui, pour être honorable, n'en serait pas moins dénuée de plaisir et de bien-être.*
>
> L'Œil du Faucon, 26 mai 1816

Debout au milieu des arbres, dans la Promenade des Ombres, Daniel attendait Eleanor, le cœur battant, comme s'ils devaient se retrouver pour un premier rendez-vous galant, alors qu'ils passaient toutes leurs nuits depuis deux semaines à se découvrir et à s'explorer. Mais peu importait le temps passé ensemble – une journée, une semaine ou un an –, il n'était jamais rassasié d'elle. Et le jeu auquel ils s'étaient livrés dans les jardins de Vauxhall n'avait fait qu'aiguiser son appétit.

Le rire étouffé d'un couple monta des buissons, puis un soupir de femme. Cet endroit était propice aux rapprochements amoureux, il avait été conçu pour cela. Daniel le connaissait bien, mais n'en avait jamais espéré autant que ce soir.

Il ne tenait pas en place, le regard rivé sur l'allée à peine éclairée devant lui. Quand allait-elle arriver ? Il lui avait dit qu'il serait de retour dans dix minutes, mais jamais dix minutes n'avaient passé aussi lentement. Des civilisations pouvaient croître et disparaître, en dix minutes. Ses propres édifices et structures avaient succombé à la folie. Celle du désir incessant.

Il n'en revenait pas. Pendant des années, il avait été submergé par l'ennui, ne remontant à la surface que pour goûter à un plaisir jamais vraiment nouveau, tester une sensation inédite. Mais tout s'émoussait si vite, et il retombait de nouveau dans la boue de ses privilèges. Retrouver Jonathan lui avait donné un but tout en lui rappelant à quel point son existence était stérile.

Eleanor, elle, l'avait réellement tiré de ce marasme, sorti des profondeurs pour le remonter à l'air libre, l'aider à respirer, à voir, à sentir.

Et, ce soir, il éprouvait pleinement l'exquise agonie de celui qui attend sa maîtresse dans l'obscurité de la Promenade des Ombres.

Une femme passa d'un pas tranquille. Il ne bougea pas. Malgré l'obscurité, il savait que ce n'était pas elle. Il la connaissait trop bien. Sa silhouette, son pas, il les aurait reconnus entre tous.

Le simple fait de penser à son odeur, à sa façon de lui souffler les choses les plus coquines, les plus sensuelles au cœur de la nuit le faisait frémir d'impatience.

Il avait vu, de loin, cet imbécile prétentieux s'approcher d'elle et de Mme Delamere et s'était fait violence pour ne pas se précipiter et envoyer son poing dans la figure de ce malotru. Puis il avait entendu la voix d'Eleanor, claire, cinglante. Elle avait mis cet idiot à terre avec ses seuls mots, proprement, avec une précision telle que l'homme avait vu sa blessure trop tard, quand il n'avait plus été possible de le sauver.

La voir se défendre aussi efficacement avec la seule arme de son esprit avait décuplé le désir de Daniel. Quand il les avait finalement rejointes, ne pas la prendre dans ses bras, ne pas la toucher lui avait demandé un effort surhumain. Pourquoi certains hommes préféraient-ils les femmes futiles, aussi insipides et éphémères que de pâles nuages passant dans le ciel ? Eleanor, elle, était un orage d'été, puissant et sombre.

Il rit de lui-même. Voilà qu'il était devenu poète ! Ou, plutôt, elle avait fait de lui un poète. Un homme qui comparait une femme à un orage. Mais le fait était qu'elle avait soufflé la tempête dans sa vie, le laissant seul dans la plaine dévastée de son identité, prêt à tout reconstruire.

Et voilà, il repartait de plus belle. Décidément, elle l'inspirait. Mais ce n'était là que de faibles tentatives imagées incapables de résumer quelque chose d'immense, de révolutionnaire, qui dépassait largement les limites du langage.

En entendant un pas de femme dans l'allée, il se raidit. Une silhouette apparut, cherchant quelque chose autour d'elle. Il la reconnut aussitôt.

Il sortit de l'ombre et la prit par le poignet.

Elle devait posséder le même instinct que lui, car au lieu de s'écarter et de chercher à le gifler, comme elle l'aurait fait avec un importun, elle se tourna vers lui et l'enlaça.

Il distingua ses traits dans l'obscurité. Il connaissait si bien son visage, désormais, ses pommettes marquées, son menton déterminé, ses lèvres pulpeuses, l'éclat insolent de l'intelligence dans ses yeux. Des yeux qu'il avait vus se fermer de plaisir et qui le fixaient maintenant, heureux, soulagés, comme si elle avait été aussi impatiente que lui de le retrouver.

Sans rien dire, il l'entraîna à l'écart de l'allée jusqu'à un banc de pierre entre les arbres, à l'abri des regards. Il s'assit et la tira doucement pour qu'elle s'installe sur ses genoux. Aussitôt, elle noua les bras autour de ses épaules, et il l'enlaça.

— Monsieur, je vous trouve bien impertinent de prendre autant de libertés avec moi, alors que nous n'avons même pas été présentés, dit-elle d'un ton pincé.

Ah, voilà donc comment elle voulait procéder. Il n'était pas contre un petit jeu.

— Vous êtes vous-même fort impertinente, madame, répondit-il à mi-voix.

— Moi ? Et pourquoi, je vous prie ?

— Parader dans ces lieux quand on a votre visage et votre silhouette est tout bonnement indécent. Et vos yeux, madame, sont pour le moins aguicheurs. On n'a jamais vu un éclat pareil.

— Monsieur, votre raisonnement manque pour le moins de fondement, car je n'ai point de contrôle sur mon visage, ma silhouette ou mes yeux. Si vous ne parvenez pas à maîtriser vos réactions face à ces paramètres, c'est vous le responsable, pas moi. Et puis, si je suis votre logique, c'est vous que je devrais traiter d'aguicheur.

— Qu'ai-je fait, sinon répondre au chant de la sirène que vous êtes, aussi vulnérable qu'Ulysse attaché à son mât ?

— Vous avez fait étalage de votre stature, pour commencer, avant d'exhiber votre beauté et d'offrir vos mollets aux regards, comme le pire des vantards. C'est tout bonnement insupportable, monsieur.

— Et si je devais reconnaître ma faute, madame, quelle serait ma punition ? Car, assurément, une telle effronterie mérite un châtiment.

— En effet.

Elle fit glisser ses mains sur ses épaules, remonta sur sa nuque, la caressa.

— On m'a parfois dit que j'avais de l'acide sur les lèvres.

Il posa les yeux sur sa bouche, fébrile.

— Votre langue est bien affûtée, assurément.

— Encore ce comportement déplacé ! dit-elle en secouant la tête. Je n'ai d'autre solution que de vous infliger la plus sévère des punitions.

Seigneur, il adorait ça.

— C'est ce que vous dites, et pourtant, je n'ai toujours pas été puni.

Elle secoua la tête.

— Vous ne me laissez pas le choix, monsieur.

Et elle posa ses lèvres sur les siennes. Ou peut-être fut-ce lui qui prit sa bouche. Il n'aurait su le dire. Mais ils se dévorèrent d'un baiser brûlant, affamé, Eleanor se plaquant contre lui, leurs corps ne formant plus qu'un. Elle avait le goût d'un vin doux, et sa langue était vive, curieuse contre celle de Daniel. Une journée à peine s'était écoulée depuis leur dernier baiser, mais le manque était là.

Sous le manteau d'Eleanor, il trouva sa taille, remonta sur son torse jusqu'à son corset. À travers le tissu de sa robe, il caressa son sein, lui arrachant un petit cri.

Elle se frotta contre lui, fit basculer son bassin contre ses hanches, l'excitant plus encore. Il était dur comme de la pierre. Prisonnier de son pantalon, son sexe palpitait, impatient, douloureux.

— Il faut qu'on arrête, grogna-t-il.

Mais il n'y arrivait pas. Il était ivre de désir, ivre de ce qu'ils avaient créé ensemble.

— Je sais, souffla-t-elle sans arrêter elle non plus.

Mais quand les mains de Daniel, comme dotées d'une vie propre, remontèrent d'elles-mêmes sous les jupes d'Eleanor, il réussit à se contrôler. Elle protesta lorsqu'il s'écarta.

— Encore, exigea-t-elle.
— Pas ici.

— Personne ne peut nous voir.

Il résista, posa son front contre le sien.

— Je refuse de te faire l'amour dans les jardins de Vauxhall.

— Et si j'en ai envie ?

Enfer et damnation. Elle le tuerait.

— Je veux plus avec toi qu'une étreinte rapide sur un banc. Je t'ai suivie toute la soirée, et bon sang, quand je serai en toi, je veux pouvoir prendre mon temps.

Elle baissa les yeux.

— Tu crois que ta voiture est revenue de chez Maggie ?

— J'espère bien.

Au prix d'un suprême effort, il la fit descendre de ses genoux, l'aida à se lever.

— Au diable la discrétion, dit-il en se levant à son tour, gêné par son sexe encore raide. Nous allons sortir ensemble des jardins.

— Au diable tout le reste, approuva-t-elle en nouant une nouvelle fois les bras autour de ses épaules.

Mais, cette fois, ils ne s'embrassèrent pas, restèrent simplement enlacés.

Daniel sentait l'impatience et le désir palpiter entre eux. Il sentait l'alignement de leurs deux êtres. Et il savait que ce moment resterait dans sa mémoire comme l'un des plus délicieux de son existence.

Daniel allait et venait dans son bureau. Cela ne servait pas à grand-chose et laissait des traces sur le tapis, mais rester assis ou immobile était au-dessus de ses forces.

Il fit volte-face en entendant le petit coup frappé à sa porte.

— Entrez.

C'était Eleanor. Son cœur bondit en la voyant, même s'ils ne s'étaient quittés qu'au petit matin.

Elle s'avança, l'air soucieuse, prit les mains de Daniel dans les siennes.

— Je suis venue dès que j'ai reçu ton mot. Il y a du nouveau pour Jonathan ?

— Un message est arrivé par le courrier ce matin. Du marchand de tabac.

— Quelqu'un a acheté les fameux cigares, en déduisit Eleanor.

— Hier, juste avant la fermeture.

— C'était lui ?

Il haussa les épaules.

— Je n'en sais rien. Le message disait juste que quelqu'un avait acheté la variété de stogies dont j'avais parlé. Je vais aller voir de quoi il retourne. J'ignore où cela me mènera, mais il ne faut négliger aucune piste.

— Il faudrait prévenir Catherine.

— Elle a été appelée à la campagne et ne sera de retour que dans quelques jours. Mais je voulais te tenir au courant, parce que...

Parce que quoi ? Parce qu'il savait que cela comptait pour Eleanor. Parce qu'il avait besoin d'elle à ses côtés. Elle lui était devenue indispensable. Il ne voulait personne d'autre avec lui pour mener cette enquête.

Il l'aimait. Pourtant, Eleanor et lui n'avaient jamais parlé d'amour, et une partie de lui-même en avait encore peur, craignait de s'avouer encore plus vulnérable. Elle tenait à lui, de cela il était certain. Mais l'aimait-elle ? Lui poser la question était impossible. Il aurait préféré qu'on lui plante un couteau dans le cœur plutôt que d'apprendre que la profondeur de ses sentiments pour elle n'était pas réciproque.

— Parce que tu disais que tu voulais m'aider.

Elle hocha la tête, sembla se détendre un peu.

— Quand j'ai lu ton mot me disant de venir tout de suite, j'ai cru...

Elle détourna le regard avec un sourire un peu triste.

— Tu as cru quoi ? demanda-t-il, le ventre noué.

— Un mauvais réflexe de journaliste. Et puis j'ai vu trop de *burlettas* tragiques de Maggie.

Quelque chose se libéra en lui. Personne ne s'était jamais inquiété pour lui.

Eleanor semblait gênée par son aveu, son regard restait fuyant.

— Si l'achat a été fait hier, chaque minute qui passe signifie que la piste refroidit un peu plus, dit-elle en se reprenant.

Il comprenait sa réaction. Ce qu'il y avait entre eux était tellement important… éblouissant. Il était plus facile de se concentrer sur autre chose, sur un objectif identifiable et, avec un peu de chance, réalisable.

— Ma voiture est prête, dit-il.

Peu de choses distinguaient la boutique du marchand de tabac des autres échoppes. Un grand panneau en bois, devant, annonçait qu'on y vendait des cigares, des stogies et du tabac à priser. Sur la porte vitrée, des lettres en or proclamaient que cette boutique existait depuis un demi-siècle.

Daniel descendit de voiture et aida Eleanor à faire de même. Elle examina la devanture, en enregistrant tous les détails, de la poignée en cuivre rutilant à la large vitrine très propre, autant de signes dénotant un établissement bien tenu et fier de l'image qu'il donnait. La boutique était flanquée d'un côté par un bottier et de l'autre par un tailleur, dont les vitrines respectives exposaient un échantillon de leur savoir-faire.

— Pas vraiment l'endroit où l'on imagine un homme désespéré, commenta-t-elle.

— C'est peut-être la seule extravagance qu'il s'autorise. Ou alors il sera venu chercher ici le réconfort d'un souvenir agréable.

— Nous n'allons pas tarder à le savoir, de toute façon.

Elle posa la main sur le bras de Daniel et, ensemble, ils entrèrent chez le marchand de tabac.

Un riche arôme de tabac flottait dans l'air. Des pots en céramique peinte et des tonnelets de bois étaient alignés sur des étagères, contre les murs, et une petite balance trônait au milieu du comptoir. Quelques gentlemen en haut-de-forme qui discutaient avec un vendeur en tablier saluèrent Daniel et Eleanor.

C'était risqué, songea Daniel, de se montrer avec elle en public à cette heure de la journée. Mais ni lui ni elle n'y avaient pensé au moment de partir.

— Tu devrais peut-être attendre dans la voiture, murmura-t-il.

— Hors de question, répondit-elle.

— Ta réputation...

— S'en remettra. S'il arrive quoi que ce soit, si tu apprends quelque chose, je veux être avec toi.

Elle était d'une efficacité redoutable lorsqu'il s'agissait de le désarmer. Il ne pouvait rien lui refuser.

Un homme aux impressionnants favoris, plus âgé que le premier vendeur, émergea de l'arrière-boutique. Daniel reconnut le propriétaire, et l'homme sembla le reconnaître lui aussi. Surpris, il eut d'abord un regard en direction des autres clients, comme s'ils craignaient qu'ils n'entendent quelque chose.

— Bonjour, monsieur Christchurch, dit Daniel d'un ton détaché. J'ai cru comprendre que le mélange spécial que j'avais commandé était enfin arrivé ?

— Il... hum... Mais bien sûr, monsieur le Comte.

— Il est dans l'arrière-boutique, c'est cela ?

— Oui ! Oui, en effet. Par ici, je vous en prie, monsieur le Comte... euh... madame.

Christchurch leur indiqua la porte qu'il venait de franchir. Juste derrière, un rideau fermait une petite pièce où l'odeur de tabac était encore plus intense. Une seule lampe éclairait l'endroit.

— Racontez-moi tout, dit Daniel en fermant la porte avant de tirer le rideau.

Le marchand de tabac, mal à l'aise, le regarda, puis regarda Eleanor.

— Vous pouvez parler sans crainte devant mon amie, assura Daniel.

Eleanor l'encouragea d'un mouvement de tête.

— Un jeune voyou est passé hier, commença le marchand après une courte hésitation. Un gamin en guenilles. Mais il voulait ces stogies, et il avait de l'argent pour payer. Je lui ai dit que je n'avais pas ce mélange en stock – ce qui est vrai, je dois le commander spécialement –, alors il m'a dit que quand j'en aurais, il faudrait les faire livrer à cette adresse.

De la poche de son tablier, il tira un morceau de papier froissé qu'il tendit à Daniel.

C'était une adresse à Whitechapel. La première vraie piste depuis longtemps.

— Il était seul, ce gamin ? demanda Eleanor. Il n'y avait personne avec lui ? Qui attendait dehors, peut-être ?

Le marchand secoua la tête.

— Non, il n'y avait que lui. Un petit insolent avec un accent vulgaire, mais qui se donnait des airs de prince régent. En même temps, j'avais une tourte à la viande sur le comptoir, et il la regardait comme si c'était une poignée de pierres précieuses, alors je la lui ai donnée. Il l'a attrapée et l'a gobée en deux bouchées, à peine sorti de ma boutique. Puis il a disparu.

Jonathan avait-il faim lui aussi ? S'affamait-il pour pouvoir se payer un tabac hors de prix ?

— Je vous remercie, dit Daniel en tendant un billet d'une livre au marchand.

L'homme ouvrit de grands yeux.

— Au plaisir de vous rendre service, monsieur le Comte !

— Vous ferez livrer une boîte de mes stogies préférés à mon domicile.

— Mais bien sûr, monsieur le Comte ! dit le marchand en s'inclinant.

Quelques instants plus tard, Daniel et Eleanor étaient de retour dans la voiture.

— Nous ramenons Mlle Hawke au journal, lança Daniel au cocher.

— Mais pas du tout, dit-elle, assez fort pour que le domestique l'entende.

— Eleanor.

— Daniel.

Ils se fixèrent l'un l'autre.

— Je vois à ton regard que tu n'as pas l'intention de retourner travailler en attendant sagement que je te donne des nouvelles de mes recherches.

— Je ne te ferai même pas l'honneur d'une réponse, répondit-elle en prenant la main de Daniel. Et puis, c'est toi qui m'as mêlée à toute cette histoire, ajouta-t-elle avec un petit sourire.

— Moi ?

— Quand tu es entré dans mon bureau pour me proposer d'écrire des articles sur toi.

Il n'en attendait pas moins d'elle. Et, tout en donnant l'adresse de Whitechapel à son cocher, il éprouva une infinie reconnaissance pour Eleanor, qui s'était emparée de sa vie et l'avait fait voler en éclats.

Un gamin dont on n'aurait su dire à quel sexe il appartenait était assis sur les marches, devant l'immeuble, et surveillait la rue d'un regard prudent. À y regarder de plus près, un ruban effiloché, décoloré nouait sa chemise autour de son cou. C'était donc une fille. Elle tenait entre les mains un bâton taillé en pointe qu'elle plantait entre les pavés, comme si elle cherchait à y faire entrer un petit démon.

Elle ne bougea pas quand Daniel et Eleanor s'approchèrent, posa simplement sur eux des yeux qui en avaient déjà vu beaucoup trop pour une enfant de son âge. Ils n'avaient pas eu le temps de se changer, et elle n'était pas la seule, dans la rue, à les regarder. Des femmes les scrutaient de derrière leurs volets, tandis que certains hommes s'arrêtaient pour s'appuyer contre un mur et les observer à loisir. Mais personne ne s'approcha, comme si une barrière invisible les encerclait. Les privilèges, à leur manière, maintenaient le monde à distance.

Force était de constater que cet endroit, la dernière adresse connue de Jonathan, n'avait de logement que le nom. Les murs tenaient à peine debout, et la plupart des fenêtres avaient perdu leurs vitres. Des années de crasse et de fumée noircissaient la façade. À l'intérieur, un bébé pleurait. Ils firent encore quelques pas, et des visages apparurent à toutes les fenêtres. Rien qu'à une seule, Daniel en compta sept. Dieu seul savait combien de personnes habitaient ce taudis.

Eleanor nota elle aussi tous ces détails sordides et échangea avec lui un regard triste et fâché à la fois. Il comprenait sa réaction. Personne n'aurait dû vivre dans des conditions pareilles. Au cours de ses recherches, il avait visité les endroits les plus délabrés de la ville, et chaque fois, il avait été frappé par le fossé qui séparait les êtres bien nés de ceux qui n'avaient pas de nom.

Il résolut d'augmenter ses dons aux œuvres de charité. Un geste futile, sans doute, mais qu'il avait besoin de faire, ne fût-ce que pour pouvoir continuer à se regarder dans la glace.

— Le moment est peut-être venu pour *L'Œil du Faucon* d'écrire des choses un peu plus substantielles, murmura Eleanor. De consacrer un peu moins de colonnes aux frasques de lady H., et un peu plus aux scandales d'un autre genre.

— Tu risques de mécontenter tes lecteurs, non ?

— Tout le monde a besoin de se distraire, répondit-elle. Mais il faut aussi savoir affronter la réalité.

Elle se raidit un peu, serra les lèvres.

— Je crois que nous attirons l'attention.

D'autres gens s'arrêtaient pour observer ce couple d'inconnus bien habillés. Daniel glissa une pièce dans la main de la fillette, et ils entrèrent.

L'intérieur mal éclairé n'était pas plus accueillant que la façade. La peinture était écaillée, et l'escalier penchait d'un côté comme un ivrogne. Une porte s'entrouvrit, puis se referma en claquant. Par une autre porte ouverte, ils aperçurent une femme qui allait et venait, un bébé en pleurs dans les bras, deux autres petits accrochés à ses jupes.

Une femme d'âge mûr apparut en haut de l'escalier. Ses vêtements étaient usés, mais propres et bien entretenus. Ce devait être la logeuse.

— Je peux vous aider, messieurs dames ? demanda-t-elle en descendant précautionneusement les marches grinçantes.

— Je l'espère, répondit Daniel. Je cherche un ami.

— Les gens qui vivent ici n'ont pas beaucoup d'amis, en général, dit-elle en s'arrêtant sur l'avant-dernière marche, pour garder un peu de hauteur.

— Un jeune homme, qui parle comme quelqu'un de la haute mais ne se mêle pas aux autres, précisa Eleanor.

— Je sais pas s'il y a quelqu'un comme ça ici, répondit la femme en plissant les yeux.

Daniel lui tendit une pièce, mais à son grand étonnement, elle ne bougea pas, ne chercha pas à la prendre.

— Nous sommes ici pour l'aider, reprit Daniel. Le ramener à sa famille.

— Tiens donc. C'est vrai, ça ? demanda la logeuse.

Elle l'examina des pieds à la tête, puis se tourna vers Eleanor.

— C'est un ancien soldat, dit cette dernière. Il est en proie à de nombreux démons. Mais nous sommes ici pour nous assurer qu'il va bien.

Chez la logeuse, le soulagement et l'inquiétude remplacèrent la méfiance. Elle se signa.

— Dieu merci. Je me suis fait tellement de souci pour ce jeune homme.

Daniel sentit sa gorge se serrer. Était-ce vrai ? Avaient-ils enfin retrouvé Jonathan ?

— Comment se fait-il appeler ? demanda-t-il.

— Connelly. M. Jonathan Connelly.

Connelly était le deuxième prénom de Jonathan. La marque des racines irlandaises de sa mère. Daniel avait le cœur battant. Ils étaient si près du but !

— Pouvez-vous nous mener jusqu'à lui, madame... demanda Eleanor.

— Irving, répondit la logeuse. Et ce serait avec joie, mais...

— Mais ? l'interrompit Daniel.

— Il est parti ce matin. Et il ne reviendra pas.

La déception lui planta un poignard dans le ventre. Enfer et damnation !

— Comment savez-vous qu'il ne reviendra pas ? demanda Eleanor.

— Il me l'a dit. J'ai essayé de l'aider, moi aussi. Le voir si bas, vraiment, ça me brisait le cœur. On a tous nos soucis, vous savez, mais on s'accroche. J'aide quand je peux. Et celui-là, il était bien mal en point. Malade, et tourmenté, avec ça. Si vous me dites qu'il avait fait la guerre, en plus... Mais il n'a jamais voulu que je l'aide. Il ne mangeait pas ce que je lui apportais, refusait que je fasse un peu de ménage. Et surtout, il ne m'écoutait pas quand je lui disais qu'il n'aurait pas dû traîner avec cette racaille.

— Cette racaille ? s'inquiéta Daniel.

— Ah ça, oui. La pire. Des types dangereux. Et leur chef... J'ai jamais su comment il s'appelait. Mais je l'ai entendu parler d'un homme qui connaissait des richards qui avaient des trucs à se reprocher et les suçait jusqu'à la moelle.

— Et M. Connelly est avec eux en ce moment ? Avec cet homme ?

La logeuse haussa les épaules.

— Il n'a rien dit. Il a juste décidé qu'il en avait assez ce matin, et il est parti.

Daniel lâcha un juron. Ils avaient été si près de trouver Jonathan, et voilà qu'il leur échappait de nouveau.

— Pouvons-nous voir sa chambre ? demanda Eleanor. Nous y trouverons peut-être quelque chose qui nous indiquera où il a pu aller, ajouta-t-elle à l'intention de Daniel.

Il hocha la tête. C'était une bonne idée, quand les idées se faisaient rares.

— C'est par ici, dit Mme Irving en remontant l'escalier.

Daniel posa une main protectrice sur le bas du dos d'Eleanor tandis qu'elle suivait la logeuse. Cette femme était une âme bonne et serviable, mais tout le monde n'était pas comme elle à Whitechapel, et cela restait un quartier dangereux. Il avait peut-être perdu Jonathan, mais il ne laisserait personne s'en prendre à Eleanor.

Depuis qu'elle était entrée dans sa vie, son dessein avait changé. C'était à sa propre rédemption qu'il aspirait désormais. Parce qu'elle y attachait de la valeur. Et c'était tout ce qui comptait.

24

> *On ne connaît les capacités d'endurance d'un cœur que lorsqu'il est mis à l'épreuve.*
>
> L'Œil du Faucon, 28 mai 1816

Connaissant beaucoup d'écrivains, d'artistes et de comédiens, Eleanor avait l'habitude des appartements mal entretenus. Mais elle n'avait jamais rien vu de comparable à la saleté qui régnait dans la chambre de Jonathan Lawson. Le sol était jonché de détritus. Vêtements crasseux, restes de nourriture, papiers gras, journaux froissés. En guise de mobilier, une chaise cassée et un matelas jeté par terre. Et partout, des mégots de stogies. Quelques gravures, déchirées dans des magazines, avaient été punaisées aux murs lépreux. Une odeur d'urine et d'alcool imprégnait l'endroit.

Elle jeta un regard en direction de Daniel. Il avait le visage fermé, la mâchoire serrée devant les preuves de la descente aux enfers de son ami.

Ils firent quelques pas à l'intérieur, poussant les détritus du bout du pied, pendant que la logeuse, gênée, tentait de se justifier nerveusement.

— Ce n'est pas Mayfair, bien sûr, mais j'entretiens tout l'immeuble, je vous assure. M. Connelly, lui, il refusait de me laisser entrer. J'avais dit que je ferais son ménage gratuitement, mais il refusait quand même.

— C'est très généreux à vous, remarqua Eleanor, d'offrir de pareils services quand la plupart des logeuses les font payer.

Mme Irving haussa les épaules.

— J'aide toutes les familles de l'immeuble. On a tous du mal à joindre les deux bouts, et pourtant on travaille dur. Je m'occupe des enfants de Mme Farquhar quand elle doit travailler tard – elle fabrique des chapeaux. Et je fais le ménage chez M. Duggan, qui travaille sur les docks et n'a pas de femme pour s'occuper de lui. C'était un bon gars, ce M. Connelly. Un soir, il m'a ramené un de mes garçons d'un de ces lieux de perdition où le gin est bon marché et lui a fait promettre de ne plus y remettre les pieds. Il avait toujours un œil sur les petits du quartier, faisait en sorte qu'ils ne traînent pas dans les rues, leur donnait à manger quand il avait de quoi.

Un sourire triste se dessina sur les lèvres de Daniel.

— C'est tout à fait Jonathan, ça. Il ne peut pas s'empêcher d'aider les autres. Il n'y a que lui qu'il n'arrive pas à aider.

— Et vous disiez qu'il fréquentait de drôles de types ? demanda Eleanor.

— Ah ça, oui. Des brutes, qui allaient et venaient à toute heure du jour et de la nuit. Surtout ce gars dont je vous parlais. Un regard de tueur, qu'il avait. On aurait dit un loup qui traquait son repas. Et son repas, je crois que c'était M. Connelly, ajouta-t-elle en nouant ses mains sur son tablier.

Sur le palier, une porte s'ouvrit et se referma.

— C'est ma belle-fille, expliqua Mme Irving après avoir jeté un coup d'œil derrière elle. Elle aura rapporté du travail. Elle fait du raccommodage. Il faut que je vous laisse quelques instants.

— Prenez votre temps, dit Daniel, qui ne cessait de regarder autour de lui.

La logeuse fit la révérence et se retira.

Eleanor s'approcha de Daniel et posa une main sur son bras.

— Je sais que cela ne change pas grand-chose, mais… je suis désolée.

Il hocha la tête. Il était très en colère. Contre lui-même.

— Partout où je me tourne, je ne vois que la conséquence de mon manque d'intérêt pour ce qu'il endurait.

— Mais tu es ici aujourd'hui.

— Trop tard. Lui n'y est plus.

— Il n'a pas pris grand-chose, on dirait, remarqua-t-elle.

— Il est parti avant l'arrivée des stogies. Peut-être pensait-il revenir les chercher. Je n'ai pas l'impression qu'il ait laissé beaucoup d'indices sur sa destination, dit Daniel en fouillant dans un tas de détritus du bout de sa canne.

— Ça, on n'en sait rien. Il y a peut-être là-dedans quelque chose qui pourrait nous mener à lui.

Pas mécontente de porter des gants, elle examina un tas de chiffons et de bouteilles vides. Ensemble, ils passèrent ainsi au crible toute la pièce en silence. Sans rien trouver, en dehors des bouteilles qui prouvaient que Jonathan s'était mis à boire. Et puis soudain…

— Regarde, dit Daniel en montrant une pile de journaux. On dirait qu'il aime ton travail.

Il s'agissait de plusieurs numéros du *Faucon*. Elle s'approcha.

— Des numéros récents. Je me demande avec quoi il les a payés.

— Peut-être qu'il les a volés dans un café.

— On dirait que la série *Sur les pas d'un dépravé* l'intéressait particulièrement. Regarde, là. Le journal est plié de manière à ne laisser voir que l'article concerné. Et l'encre a bavé un peu.

— Comme si l'article avait été lu et relu, en déduisit Daniel.

— Il n'est peut-être pas aussi perdu que tu le crains. On dirait qu'il a compris que tu étais le sujet de ces articles, et cela l'attire encore – sa vie d'avant.

Daniel se mit à réfléchir à voix haute.

— On pourrait lui glisser un message dans un prochain article. Lui demander de revenir.

L'idée n'était pas mauvaise, mais...

— Cet endroit dégage un sentiment de désespoir, dit Eleanor. Le genre de découragement que ni la logique ni la raison ne peuvent atteindre. Mais... nous pourrions essayer de mettre dans ces articles quelque chose qui l'attirerait hors de sa cachette sans qu'il se doute que nous essayons de le faire sortir.

Elle se redressa et marcha jusqu'à l'unique fenêtre, qui donnait sur un mur, comme s'il avait choisi la chambre ayant la vue la plus sinistre.

— Nous savons pour les stogies, mais cela ne suffira pas. Qu'aimait-il d'autre ? Je veux dire, vraiment. Quelque chose qu'il aimait par-dessus tout.

Daniel se dirigea vers le lit et regarda les gravures au mur.

— Ça, dit-il en tapant du doigt sur l'une d'entre elles, qui représentait un homme et une femme sur un phaéton. Les courses de *high-flyers*. Jonathan est l'homme le plus doux du monde, mais avec un phaéton *high-flyer* entre les mains, il devient fou. Plus rien d'autre ne compte que la vitesse. J'ai pensé à lui quand nous avons fait la course ensemble. Il aurait adoré cela. Je l'ai même cherché, dans la foule. Mais s'il était là, il avait trop changé pour que je le reconnaisse. Bon sang, peut-être y était-il.

Il arracha une page punaisée au mur à côté de la gravure et la montra à Eleanor. C'était l'article qu'elle avait écrit sur la course de phaétons.

— Et si... nous annoncions quelque chose dans le *Faucon* ? À propos d'une course de phaétons. Un événement à venir, plutôt que le récit d'un événement passé...

Daniel se frotta le menton, songeur.

— En faisant paraître l'article plusieurs jours à l'avance, pour être sûr qu'il ait l'occasion de le lire.

— S'il est fou de courses de phaétons, comme tu dis...

— Alors il y sera.

— Et nous aussi, conclut-elle.

Ils se regardèrent, réfléchissant à leur plan.

— C'est un pari risqué, dit enfin Daniel.

— Au point où nous en sommes, que pouvons-nous faire d'autre ? demanda Eleanor en écartant les bras.

Il baissa les yeux sur l'article, entre ses mains. Jonathan avait abandonné tout espoir, mais s'était pourtant accroché à une facette de l'homme qu'il avait été autrefois. Comme s'il n'avait pu se résoudre à tout lâcher pour sombrer dans un abîme de désolation.

— Rien. Nous ne pouvons rien faire d'autre.

Ensemble, au journal, après le départ des rédacteurs, ils rédigèrent l'article. Un entrefilet, plutôt, mentionnant la course qui devait se tenir deux jours plus tard à Hyde Park. La rumeur se répandait déjà, écrivirent-ils, les paris étaient ouverts. Dès que l'article fut rédigé, Eleanor le relut, le corrigea, puis le confia aux typographes pour qu'ils l'insèrent dans le numéro à venir.

Quand ils rentrèrent chez Daniel, il faisait nuit.

Ils montèrent dans la chambre, et là, Daniel se laissa tomber sur le lit.

— Bon Dieu ! J'avais promis à Marwood de l'accompagner au théâtre ce soir, dit-il en bâillant. Je vais annuler.

— Non, ne fais pas ça, dit Eleanor en s'asseyant à côté de lui. Marwood est malin. Si tu annules, il risque de se douter de quelque chose.

Daniel soupira.

— Marwood ou pas, je donnerais n'importe quoi pour passer toute une nuit avec toi.

Elle sourit, mélancolique. Elle aussi en avait envie. Peut-être que s'ils retrouvaient Jonathan – et elle priait pour que leur stratagème fonctionne – Daniel et elle pourraient poursuivre leur liaison encore quelque temps. Peut-être... Tant de peut-être.

L'issue approchait, malgré tout. Inévitable. Implacable.

Daniel se leva et sonna Strathmore. Le valet apparut quelques instants plus tard.

— Je dois m'habiller pour le théâtre, ce soir.

— Bien, Monsieur.

Strathmore prépara un broc d'eau et une cuvette pour la toilette, puis disposa les vêtements de Daniel. Il n'eut pas un regard pour Eleanor.

Elle s'installa sur le lit et regarda Daniel s'habiller. À une autre époque, cela l'aurait fascinée, d'un point de vue journalistique. Aujourd'hui, elle aimait juste l'observer, regarder bouger ce corps athlétique dans la lumière tamisée de la chambre, le voir se pencher au-dessus de la table de toilette pour ses ablutions. Elle aimait par-dessus tout l'intimité de ce moment du quotidien, comme s'ils étaient un peu plus que des amants temporaires.

Le valet reprit la cuvette et le broc tandis que Daniel s'habillait.

— C'est presque une première, dit-elle en le regardant enfiler son gilet et le boutonner. J'ai plus l'habitude de te regarder te déshabiller.

— Nous y viendrons. Un peu plus tard, répondit-il.

— Très bien. Je le note dans mon carnet de bal, alors.

— Ce sera un bal très privé, je te préviens, dit-il avec un sourire qui la fit frissonner de désir.

Mais, trop vite, il fut prêt, et la voiture s'annonça. Ils s'embrassèrent, longuement, passionnément, s'accrochant l'un à l'autre comme si un malheur se préparait.

Non. Ils retrouveraient Jonathan, et tout s'arrangerait d'une manière ou d'une autre. Elle devait absolument s'en convaincre. Elle n'était pas comme Maggie, qui ne voyait que le mauvais côté des choses.

— Bonne soirée avec tes amis de débauche, dit-elle en s'écartant enfin. Enfin, pas trop bonne non plus...

— Sans toi, comment veux-tu qu'elle soit réussie ?

Elle l'accompagna en bas. Un valet lui tendit sa redingote, sa canne et son chapeau. Une nouvelle fois, la sensation d'une catastrophe imminente étreignit Eleanor. Elle ravala les mots qui auraient fait rester Daniel. Ce n'était qu'une soirée. Il serait de retour d'ici quelques heures.

Pourtant, en le regardant partir, elle sentit le froid tomber sur ses épaules, implacable. Et comprit que seul le retour de Daniel la réchaufferait.

Pour s'occuper l'esprit, elle alla travailler dans le bureau. Elle avait toute une pile d'articles à corriger, c'était un bon moyen d'oublier ses soucis.

Elle était plongée dans un article relatant les déboires de deux jeunes lords se disputant les faveurs d'une chanteuse d'opéra quand elle entendit la porte d'entrée s'ouvrir et se refermer. Son cœur fit un bond. Daniel était de retour.

Mais un coup d'œil à la pendule lui indiqua qu'il n'était que 22 heures. Elle fronça les sourcils. Était-il malade ? À moins qu'il n'ait trouvé une excuse convaincante pour annuler sa soirée avec Marwood.

Elle allait se lever lorsque la porte du bureau s'ouvrit. Mais ce ne fut pas Daniel qui entra.

Elle reconnut immédiatement l'impressionnant gentleman aux cheveux gris. Le *Faucon* avait vanté ses qualités d'homme d'honneur et son sens des convenances – même si son fils était un des pires débauchés de Londres.

Le marquis d'Allam. Le parrain de Daniel.

Se servant à peine de sa canne, il entra d'un pas sûr et la regarda. Avec insolence, aurait-elle dit, si un aristocrate avait pu s'autoriser un tel regard. Mais rien ne l'obligeait à lui répondre de la même façon.

Elle fit la révérence.

— Monsieur le marquis.

La courtoisie désarmait souvent les impertinents.

— Mademoiselle... Hawke, c'est bien cela ?

— Comment connaissez-vous mon nom ?

— Il est peu de choses que je ne sache pas, dans cette ville.

Il s'appuya légèrement sur sa canne, mais ne fit pas mine de vouloir s'asseoir. Était-ce une façon de démontrer sa puissance ? Restait-il debout pour l'intimider ?

— Je sais aussi que vous et mon filleul êtes amants.

Elle se sentit rougir.

— Monsieur, cela ne...

Le marquis avait le même regard perçant que son fils.

— Si, justement, cela me regarde. Vous lui avez complètement tourné la tête, au point qu'il néglige son devoir. La perpétuation de la lignée des Ashford relève de ma responsabilité.

— Je pensais qu'elle relevait de celle de Daniel.

Lord Allam haussa les sourcils, surpris par une telle impertinence.

— J'ai solennellement promis à ses parents que leur fils épouserait une jeune fille *convenable*, qui lui donnerait des héritiers *convenables*. Vous n'êtes pas cette femme, et les enfants qu'il pourrait vous faire ne seraient jamais admis dans la bonne société.

Ces mots la transperçaient, réveillaient ses peurs les plus profondes, mais elle ne baissa pas les armes.

— C'est à Daniel que revient cette décision, monsieur. Et à moi. Nous ferons ce que nous jugerons opportun.

Le marquis eut un sourire froid.

— Vous l'aimez, j'en suis sûr.

Elle se raidit.

— Vous aimez votre femme, monsieur le marquis, n'est-ce pas ?

— Je vous interdis de parler d'elle ! s'emporta le vieil homme. L'amour ne vous protégera pas, de toute façon. L'amour ne peut rien du tout. Vous avez peut-être entendu parler de lord Fleming et de la danseuse d'opéra qu'il a tenu à épouser ? Ils pensaient que l'amour les protégerait, mais non. Vous blêmissez ? Vous savez donc exactement de qui je parle, et quelle a été l'issue de cette union contre nature.

Eleanor avait la gorge trop serrée pour parler, mais parvint malgré tout à articuler quelques mots.

— Nous ne sommes pas comme eux, monsieur.

— Vous savez que j'ai raison. Ashford n'accomplira pas son devoir tant que vous ferez partie de sa vie, et pourtant vous n'avez pas d'avenir ensemble, sinon un avenir malheureux. Il devra vous quitter un jour ou l'autre. Préférez-vous partir maintenant, avant de le faire trop souffrir, ou attendre encore et l'anéantir ?

Elle serra les lèvres. Son point faible, c'était Daniel, pas elle-même. Le marquis l'avait bien compris. Qu'il aille au diable !

— Je sais que vous tenez à mon filleul, continua lord Allam. Je sais aussi que vous êtes une femme brillante. C'est pourquoi je suis bien sûr que vous prendrez la bonne décision. Parce que, au fond, vous savez que c'est la seule chose à faire. Bonsoir, mademoiselle Hawke, conclut-il avec un petit hochement de tête.

Elle ne répondit pas. Il tourna les talons et prit congé. Une fois seule, elle se laissa tomber sur sa chaise. La pendule sonna le premier quart de 22 heures.

En moins de quinze minutes, son univers venait de s'effondrer.

Les heures passèrent, et la porte s'ouvrit de nouveau, se referma. Elle entendit des voix murmurer dans l'entrée, puis un pas familier résonna dans le couloir, et la porte du bureau s'ouvrit.

Daniel entra, étonné de la voir assise devant le feu.

— Je pensais que tu serais couchée, à cette heure.

Elle secoua la tête. Parler était au-dessus de ses forces.

Il referma la porte derrière lui et la rejoignit.

— Tout va bien ?

— Oui, oui, réussit-elle à articuler.

Il s'accroupit à côté d'elle et lui prit les mains. Il sentait le tabac, et elle n'avait qu'une envie : se jeter dans ses bras.

— Je vois bien que non, dit-il doucement.

Elle retira ses mains et serra les poings. La peur la rongeait, et elle ne pouvait plus garder cela pour elle.

— Je ne pleurerai pas, commença-t-elle en baissant les yeux sur ses poings. Pas devant toi, en tout cas.

Mais déjà, elle devait retenir ses larmes.

— Pourquoi pleurerais-tu ?

Elle haussa les épaules. Puis les mots sortirent, douloureux.

— Depuis que nous sommes revenus de Whitechapel, je le sens, dit-elle en se levant pour aller et venir devant lui. Comme un courant d'air froid quand une porte est restée ouverte. Toi d'un côté, et moi de l'autre. Puis la porte s'est fermée.

Il se releva.

— Je ne veux pas que cela s'arrête.

Elle aurait voulu laisser parler sa rage et son chagrin. Mais mieux valait pour eux deux qu'elle s'accroche à ce qui lui restait de dignité, même si elle devait le regretter plus tard.

— Le moment est venu. Nous le savons tous les deux. Depuis le début, nous savions qu'il y aurait une fin.

— Je n'ai jamais rien dit de tel, dit-il en la prenant par les épaules pour la faire pivoter face à lui.

Elle se concentra sur son nœud de cravate un peu lâche, pour ne pas le regarder dans les yeux.

— Et je ne te laisserai pas te cacher derrière une jolie petite tirade bien déclamée, ajouta-t-il.

— Qu'est-ce que tu veux ? Une crise d'hystérie ? Que je m'arrache les cheveux et que je te supplie ? Mais non. Je ne supplie personne, moi.

— Alors ne supplie pas. Tu as décidé de ce que j'allais dire avant même qu'un seul mot ne sorte de ma bouche. Or je n'ai absolument pas envie que notre histoire se termine.

Le soulagement la fit vaciller. Mais ses jambes tinrent bon tandis que son cœur bondissait dans sa poitrine.

— Ah.

— Oui. « Ah. » Le moins que tu puisses faire, c'est te battre pour moi.

— Et risquer de passer pour une idiote ?

— Mais l'amour nous rend idiots... dit-il avec une pointe de mélancolie.

Non, elle n'avait pas bien entendu. Il n'avait pas dit...

— Mais si, mon scribe adoré, reprit-il en se rapprochant. Je t'aime.

Elle le regarda fixement sans rien dire. C'était ça ou éclater en sanglots.

— Comment...

— Les poètes disent que c'est le tour normal des choses quand on découvre qu'il est impossible de vivre l'un sans l'autre. Tu es le battement de mon cœur.

Comment pouvait-on éprouver en même temps un tel bonheur et un tel chagrin ?

— Daniel...

— Et pas question de prendre cette nouvelle avec froideur et retenue, hein. Parce que cela ne me conviendra pas.

Elle se hissa sur la pointe des pieds et prit ses lèvres avec une voracité qui l'étonna elle-même.

Un long moment s'écoula, puis elle s'écarta.

— Tu as une drôle de façon de montrer à une femme que tu l'aimes.

— Je n'ai pas l'habitude, c'est la première fois. Je ferai sûrement d'autres erreurs.

— Tu es pardonné.

Il la serra dans ses bras.

— Dis-le-moi.

— Quoi ?

— Tu sais bien.

Prononcer ces mots allait faire son malheur, mais elle le fit malgré tout.

— Je t'aime.

Dans les yeux de Daniel, elle lut le soulagement, et une satisfaction absolue. Il parut plus grand, tout à coup, plus large d'épaules. Il prit le visage d'Eleanor entre ses mains et l'embrassa de nouveau, profond et délicieux ravissement.

La douleur était indicible. Elle n'avait jamais rien vécu de pareil. Leur amour était impossible, et la déclaration de Daniel ne faisait qu'aggraver les choses. L'amour ne tiendrait pas contre la réalité de leur situation. La visite de lord Allam n'avait fait que confirmer ce qu'elle savait déjà.

Elle s'écarta.

— Je... Il faut que j'y aille.

— Eleanor... dit-il en essayant de la rattraper.

Mais elle était déjà partie. Et ne serait jamais assez loin.

25

Savoir pardonner est une qualité rare et précieuse, qui trouve ses racines dans la capacité à se pardonner soi-même.

L'Œil du Faucon, 30 mai 1816

Daniel tenait fermement les rênes, mais il les avait laissées lâches, pour ne pas communiquer sa nervosité à son cheval.

Eleanor, perchée à côté de lui sur le siège, ne cessait de bouger et tapait du pied sans s'en rendre compte. Elle regardait les quelques badauds qui avaient bravé le froid et attendaient, au coin du parc, que la fête commence. Mais de fête, il n'était pas question. Comme l'aurait dit Mme Delamere, tout ceci n'était qu'un décor de carton-pâte. Un faux événement destiné à attirer Jonathan hors de sa cachette.

Ce qui était bien réel, en revanche, c'était la tension entre Daniel et Eleanor. Une journée s'était écoulée, et le soir, il ne l'avait pas trouvée dans sa chambre. Des billets laconiques avaient été échangés, Eleanor prétendant avoir trop de travail pour faire autre chose que griffonner quelques lignes à la hâte. Et depuis que, ce soir-là, elle était entrée dans le bureau de Daniel pour l'accompagner à la course, ils s'étaient comportés l'un et l'autre de manière guindée, comme deux connaissances. Certainement pas comme deux personnes s'étant déclaré leur amour.

Daniel n'essaya pas de rompre le silence. Que dire ? Il ignorait la cause de ce qui les séparait. Ils s'étaient avoué leurs sentiments, puis elle avait disparu. Et maintenant, il avait le sentiment d'être assis à côté d'une étrangère, dont il ne parlait pas la langue et ignorait les coutumes.

Or il devait se concentrer sur Jonathan, même si le chaos régnait sur le reste de sa vie.

Dans une allée du parc, à quelques dizaines de mètres de l'endroit où il avait arrêté son phaéton, se trouvait une autre voiture. Celle de Catherine, revenue de la campagne le matin même. Le plan lui avait été soumis, elle l'avait approuvé et avait même apporté une paire de jumelles de théâtre pour pouvoir, depuis sa voiture, observer la foule en toute discrétion et y chercher son frère.

Daniel, lui, portait une large capote de cocher, au col si haut qu'on voyait à peine son visage. De cette manière, Jonathan ne le reconnaîtrait pas. Eleanor n'avait pas besoin de se cacher, mais elle s'était emmitouflée dans un épais manteau car il faisait très froid.

Ils regardèrent les phaétons arriver les uns après les autres et se mettre en place dans le parc.

— Tu le vois ? murmura Eleanor, rompant le silence.

Il balaya d'un regard les spectateurs autour d'eux. Eleanor, Catherine et lui avaient convenu de siffler dès que l'un d'eux apercevrait Jonathan.

— Pas encore.

— Les gens s'impatientent, remarqua Eleanor. Ils ont hâte que la course commence.

Les chevaux piaffaient, les badauds avaient froid, de l'argent changeait de main car les paris allaient bon train.

— Il nous faut encore un peu de temps, répondit Daniel sans desserrer les dents.

Bon sang, et si tout cela n'était qu'un faux espoir ? Jonathan avait-il seulement lu l'article annonçant la course ? Viendrait-il ?

Il croyait voir son regard partout, sur tous les visages.

Daniel était un tonneau de poudre au bord de l'explosion. Jamais il n'avait été aussi tendu, et la tension d'Eleanor s'ajoutait à la sienne. Il n'était pas sûr de tenir ainsi encore très longtemps.

— Alors, elle a lieu, cette course, oui ou non ? demanda un rouquin perché sur son phaéton.

Un murmure d'approbation parcourut la foule. Puis, en même temps, un long coup de sifflet.

Le signal.

— Il est ici, souffla Daniel à Eleanor. Quelque part parmi les badauds.

— Je ne le vois pas.

Daniel sauta de son siège et se fraya un passage dans la foule, dévisageant chacun d'un regard intense. Gêné par son haut col, il l'arracha. Mais où était Jonathan ? Quelques instants plus tard, quelqu'un cria.

Daniel fit volte-face. Là-bas, un conducteur de phaéton était aux prises avec un agresseur assez grand, maigre, mal habillé, qui le fit tomber à terre et s'empara de sa voiture.

Daniel le reconnut. C'était Jonathan. L'ombre de Jonathan, plutôt. Pâle, usé, presque transparent. Mais celui-ci vit Daniel à son tour et voulut fuir. Quand leurs regards se croisèrent, l'espace d'une seconde, les yeux de Jonathan le supplièrent. *Aide-moi. Ne m'approche pas. Je suis perdu.*

Puis quelqu'un bouscula Daniel, mettant un terme à ce dialogue muet. Jonathan fit claquer les rênes, et le phaéton démarra sur les chapeaux de roue.

Quelques instants plus tard, il disparut dans les rues sombres, sous les cris indignés de son propriétaire.

Daniel rejoignit sa voiture en courant, grimpa d'un bond sur le siège et s'empara des rênes.

— Que fait-on ? demanda Eleanor.
— On le poursuit.

La dernière fois qu'elle s'était trouvée sur un phaéton avec Daniel, c'était pour un galop enivrant à travers Londres. Ce soir, ils zigzaguaient dans les rues à la poursuite de Jonathan Lawson.

Elle s'accrochait de toutes ses forces au siège, le cœur battant. Un coup d'œil derrière eux lui confirma que la voiture de Catherine tentait vaillamment de rester en lice, même si, plus lourde, moins manœuvrable, elle perdait un peu de terrain.

Devant, Jonathan conduisait comme un homme poursuivi par les démons. C'était le cas, d'une certaine façon. Les démons de son passé. Plusieurs fois, il faillit verser en tournant et renverser des piétons. Les gens s'écartaient précipitamment, l'agonissant d'injures, avant de faire de même pour la voiture de Daniel qui arrivait en trombe derrière lui, puis pour celle de Catherine.

Ils quittèrent les beaux quartiers pour s'enfoncer dans l'est de Londres. Par deux fois, Daniel crut avoir perdu Jonathan, mais réussit à le rattraper.

— Jonathan ! hurla-t-il. Arrête-toi, bon sang ! Nous ne te voulons aucun mal !

Jonathan se retourna, visiblement terrifié, puis fit claquer les rênes et redoubla de vitesse. Quelques centaines de mètres plus tard, il s'arrêta brusquement devant un immeuble en piteux état, sauta à terre et s'engouffra à l'intérieur.

Daniel s'arrêta juste derrière lui et courut jusqu'à la porte. Elle avait été verrouillée. Alors il cogna dessus, de toutes ses forces.

La porte s'ouvrit brusquement, révélant un homme massif au visage de boxeur. Sans un mot, il lança son poing sur Daniel, qui esquiva, avant de le frapper à l'estomac, puis au menton. Plié en deux, le géant vacilla et tomba en arrière, groggy.

Eleanor sauta à terre à son tour et suivit Daniel à l'intérieur. Elle avait pris le fouet, au cas où il lui faudrait se défendre.

La pièce dans laquelle ils déboulèrent était misérable, vide et à peine éclairée. Au fond, une autre porte s'ouvrit. Un deuxième homme apparut, trapu, aux traits grossiers, aux cheveux hirsutes couleur paille. Il semblait déterminé à empêcher Daniel d'avancer.

— Vous l'aurez pas, cracha-t-il, menaçant, les poings levés.

C'était l'homme qu'avait décrit Mme Irving. Celui qui se servait de Jonathan, la sangsue qui le vidait de son sang. Et il n'avait pas l'air prêt à lâcher sa proie.

— C'est ce qu'on va voir, gronda Daniel.

L'homme se jeta sur Daniel. Ils heurtèrent le mur avant d'échanger une série de coups. Bientôt, le sang jaillit. La brute avait une lèvre éclatée.

Eleanor entendit un bruit derrière elle et se retourna. Le géant qui gardait la porte avait repris conscience et se relevait, visiblement décidé à se ruer sur elle. Sans se laisser le temps de réfléchir, elle fit claquer le fouet. Elle l'atteignit au bras une première puis une deuxième fois, déchirant sa chemise, qui se tacha de rouge.

Il baissa les yeux sur la blessure et grimaça, puis chargea une nouvelle fois. Elle le repoussa vaillamment, encore et encore, sans faiblir, jusqu'à ce qu'il décide qu'il en avait assez et se rue vers la porte, manquant de renverser Catherine, qui arrivait. On l'entendit courir dans la rue, puis plus rien.

Daniel et l'autre homme continuaient à se battre. Une ombre décharnée apparut alors sur le seuil de la petite pièce du fond. Eleanor ne reconnut pas tout de suite Jonathan.

— Arrête, Lyle, ordonna-t-il d'une voix rauque.

Distrait, le Lyle en question leva la tête un instant. Ce fut suffisant pour Daniel, qui lui lança son poing en plein sur sa mâchoire. L'homme tituba, et Daniel le frappa une nouvelle fois, l'envoyant au tapis, inconscient.

Pendant quelques secondes, il ne se passa plus rien. Puis Eleanor s'approcha de Lyle et le poussa de la pointe du pied pour s'assurer qu'il ne présentait plus aucun danger. Il avait son compte.

Alors elle leva les yeux vers Daniel, puis vers Jonathan. L'homme qu'ils cherchaient depuis si longtemps fit un pas en avant, et elle retint un cri. Comment pouvait-il encore tenir debout, dans cet état ?

Squelettique, voûté, Jonathan Lawson avait le teint cireux et les yeux creusés. Il posa sur Daniel, puis sur elle, un regard vidé de toute énergie vitale. Mais lorsqu'il vit sa sœur, il poussa un cri, comme un homme qui aurait vu son âme, et recula. Il claqua la porte de la petite pièce, et l'on entendit le cliquetis d'une serrure.

Daniel se rua sur la porte, essaya de l'ouvrir.

— Jonathan, ouvre, ordonna-t-il.

— Laissez-moi tranquille.

C'était plus un gémissement qu'une voix.

— Nous sommes ici pour t'aider, rien d'autre.

— Personne ne peut m'aider.

Daniel se redressa, fit quelques pas en arrière.

— Nom de Dieu, Jonathan, ouvre cette porte ou je la défonce !

Eleanor s'approcha doucement de lui, posa une main sur son épaule. Exiger, donner des ordres, se mettre en colère, rien de tout cela ne marcherait avec Jonathan. Elle n'était pas sûre de ce qu'il fallait faire, mais cette stratégie-là lui semblait vouée à l'échec.

Comme si elle avait deviné ses pensées, Catherine s'avança à son tour.

— Jon, pourquoi ne veux-tu pas revenir à la maison ? Je... je veux juste m'occuper de toi.

Il y eut un silence, puis Jonathan répondit :

— Cathy... S'il te plaît, va-t'en. Je ne peux pas... Il ne faut pas que tu me voies comme ça.

Un soupçon d'émotion avait teinté la voix de Jonathan quand il avait prononcé le nom de sa sœur. C'était un début.

— Ça n'a pas d'importance, dit-elle d'un ton implorant.

— Pour moi, si. Ton frère est mort en France. Tu ne peux pas t'occuper d'un fantôme.

— Mais...

— Je t'en supplie. Va-t'en.

Désespérée, Catherine se tourna vers Daniel et Eleanor. Ils étaient si près du but, et pourtant, l'homme qu'ils voulaient aider les repoussait. Dans le cœur d'Eleanor, la frustration le disputait à la pitié.

— Je pourrais enfoncer la porte, murmura Daniel. Le sortir d'ici et l'emmener chez vous.

— Et ensuite ? demanda Eleanor. L'enfermer dans une chambre pour qu'il ne s'enfuie pas de nouveau ? Quel genre de vie serait-ce là ? Non. Il faut qu'il sorte de son plein gré.

— Je suis d'accord, approuva Catherine. Mais il refuse d'écouter Daniel, et tout ce que je dis semble l'éloigner un peu plus.

— Puis-je... puis-je essayer ? demanda Eleanor.

Catherine se tourna vers Daniel.

— Ce n'est pas à moi de prendre cette décision, dit-il.

La jeune fille réfléchit un instant, puis fit signe à Eleanor qu'elle pouvait y aller.

— De toute façon, nous n'avons pas beaucoup d'autres solutions.

Le cœur battant, Eleanor prit doucement Daniel par le bras et l'éloigna de la porte, pour l'emmener jusqu'à Lyle, toujours inconscient.

— Au cas où il se réveillerait, dit-elle en guise de justification. Mademoiselle Lawson, peut-être vaudrait-il mieux que vous vous mettiez un peu à l'écart, vous aussi.

Catherine obéit et alla se placer dans un coin de la pièce, les mains nouées devant elle.

Lentement, Eleanor s'approcha de la porte, essayant de faire le tri dans ses pensées. Que dire à un homme malheureux et sans espoir qui puisse raviver sa foi en la vie ? Rien de tout ce qu'elle avait écrit jusque-là n'avait abordé cette question.

— Monsieur Lawson, dit-elle, tout contre la porte. Vous ne me connaissez pas, mais je suis une amie de Daniel. Et de votre sœur aussi, j'espère, ajouta-t-elle en regardant Catherine.

La jeune fille lui répondit d'un petit sourire encourageant.

— Ces deux personnes, reprit Eleanor, tiennent beaucoup à vous. Vous n'imaginez pas le mal qu'elles se sont donné pour vous retrouver. Daniel m'a même demandé d'écrire des articles sur lui. Vous savez, cette série que vous aimez ? *Sur les pas d'un dépravé* ? C'est moi qui l'ai écrite. Donc finalement, il y a une sorte de lien entre nous. Daniel s'est arrangé pour exposer sa vie privée afin que les gens ne prêtent pas attention à tout ce qu'il faisait pour vous retrouver. Je crois que cela a été terrible pour lui. Mais il l'a fait pour vous.

Il y eut un silence, puis la voix lasse de Jonathan résonna de l'autre côté de la porte.

— J'ai bien aimé ces articles. Ils m'ont fait sourire.

L'espoir, enfin. Ténu, insaisissable, mais là, dans ce sourire.

— Vous voyez, dit-elle. Les fantômes ne sourient pas. Ils ne lisent pas les journaux à scandale et ne vont pas non plus aux courses de phaétons. Vous n'êtes pas du tout un fantôme. Moi, je crois que Jonathan Lawson est toujours vivant. Peut-être pas en très grande forme, mais vivant. Et une petite voix vous le souffle à vous aussi.

— Non.

— Si, insista-t-elle. Les morts ne souffrent pas. Or je sais que vous souffrez, en ce moment même, monsieur Lawson. Mais... c'est une bonne chose. Cela signifie qu'une partie de vous désire guérir. Cherche à se raccrocher à la vie. Même au cœur des ténèbres, cette petite flamme brûle encore en vous. Elle est magnifique, cette flamme. Peut-être un peu vacillante pour l'instant, mais on peut la ranimer. Il ne s'agit pas d'allumer un grand feu tout de suite, non. Pour ça, on verra plus tard. Tout ce qui importe pour le moment, c'est de nourrir cette petite flamme, de l'entretenir. Juste aujourd'hui. Juste une heure, une minute. Est-ce que vous pensez que vous pouvez ?

Il y eut encore un silence, plus long.

— Peut-être.

Seigneur, est-ce que ça marchait ?

— Personne ne dit que ce sera facile. Il va falloir travailler dur. Vous aurez un avantage sur les milliers d'âmes qui errent dans les ténèbres en cet instant. Savez-vous lequel ?

— Non. Je n'en ai pas.

Elle regarda Catherine, puis Daniel.

— Nous savons tous les deux que ce n'est pas vrai. Je regarde en ce moment même cet avantage. Deux alliés. Qui tiennent énormément à vous. Qui vous acceptent tel que vous êtes. Pas tel que vous étiez, ni tel que vous pourriez être, mais tel que vous êtes, ici, maintenant. Ils seront à vos côtés. À chaque pas. À chaque hésitation.

— Je ne peux pas risquer de les laisser tomber une nouvelle fois, souffla Jonathan.

— Ça n'arrivera pas. Parce que vous ne les avez jamais laissés tomber. Ils vous aiment. Vous pensez peut-être que vous ne méritez pas cet amour, mais c'est faux. Tout le monde mérite l'amour. Et l'indulgence. Mais, pour le moment, je voudrais que vous trouviez la force d'ouvrir cette porte et de faire le premier pas. Pas pour Mlle Lawson, pas pour Daniel, mais pour vous. Parce que vous méritez ce premier pas. Est-ce que… est-ce que vous pensez pouvoir le faire ?

Dans le silence qui suivit, Eleanor regarda Daniel. Elle avait le cœur battant, n'était plus sûre de rien. En avait-elle assez dit ? Avait-elle éloigné Jonathan un peu plus encore ?

Et puis…

Dans la serrure, la clé tourna, et la porte s'entrouvrit.

Jonathan apparut, tel un naufragé solitaire. Eleanor recula pour lui laisser un peu d'espace. L'homme la regarda à peine. Il n'avait d'yeux que pour sa sœur. Lentement, il leva les mains.

Catherine courut vers lui, le prit dans ses bras. Ils s'embrassèrent en pleurant, Catherine caressant la tête de son frère en lui murmurant des mots tendres.

Eleanor sentit les larmes lui monter aux yeux. Elle regarda Daniel. Lui aussi avait les yeux brillants.

Elle le rejoignit, et il referma les bras autour d'elle.

— Bien joué, mon scribe adoré, murmura-t-il.

Ils installèrent Jonathan dans la voiture de Catherine. Il était faible, ému, perdu, mais il s'accrochait à sa sœur. Elle l'enveloppa dans une couverture, et il se cala dans un coin de l'habitacle, le regard fixe. Le chemin serait long pour ces deux-là, songea Eleanor.

Daniel referma la portière sur Catherine, qui passa la tête par la fenêtre.

— Je n'ai pas de mots, dit-elle.

— Ils sont inutiles, répondit Daniel. Je suis juste heureux de l'avoir retrouvé.

— Moi aussi. Mais... ça va être dur, n'est-ce pas ?

— J'aimerais pouvoir dire le contraire... Mais, quoi qu'il arrive, je serai là.

— Et moi aussi, ajouta Eleanor.

Catherine tourna vers elle son regard inquiet.

— Mademoiselle Hawke... ce que vous avez dit à Jonathan... c'est ce qui l'a fait changer d'avis. Sans vous, je ne pense pas qu'il serait sorti. J'ai une dette envers vous.

— Vous n'avez aucune dette envers moi, répondit Eleanor, sincère.

— Si ma famille peut faire quoi que ce soit pour vous, insista Catherine, il vous suffira de demander.

Eleanor hocha la tête. Son sens de l'honneur l'empêcherait de demander quoi que ce soit à Catherine ou à sa famille. Il arrivait qu'on fasse certaines choses sans espérer de récompense, ni même de reconnaissance. On le faisait simplement parce que la vie était un voyage dur, âpre, et que tout le monde était dans le même bateau.

— Ramenez-le vite chez vous, dit Eleanor en montrant Jonathan, qui grelottait. Il a besoin de repos. Et de beaucoup d'indulgence.

— Dieu vous bénisse, tous les deux.

Daniel déposa un baiser sur la main de Catherine et fit signe au cocher qu'il pouvait y aller. La voiture s'éloigna.

Debout dans la rue, Daniel et Eleanor la suivirent des yeux.

— Le voyage va être long, dit-elle.

— Oui. Mais, cette fois, je ne le laisserai pas tomber. Et puis, Catherine a grandi, elle est plus forte. Quoi qu'il arrive, Jonathan ne sera pas seul.

— Alors il a peut-être une chance de s'en sortir.
Elle frissonna.

— Rentrons, nous aussi, dit Daniel en la serrant contre lui.

Le trajet se fit à une vitesse beaucoup plus raisonnable qu'à l'aller, dans des rues presque désertes. Personne, dans la ville, ne savait qu'un chapitre important de la vie d'un homme venait de se refermer.

— Il est de retour, maintenant, dit-elle comme ils approchaient du quartier où elle vivait. Il n'y aura plus d'articles sur lord Decadenshire.

— C'est vrai, dit Daniel d'un ton presque solennel. Il n'y en a plus besoin.

Eleanor eut le sentiment que sa vie tout entière s'arrêtait là elle aussi. Si les articles n'étaient plus nécessaires, Daniel et elle n'avaient plus de raison de se voir. Leur collaboration était terminée. Vraiment terminée.

C'était une douleur physique. Violente. Mais que faire ?

— Rien ne nous oblige à arrêter, dit Daniel, comme s'il lisait dans ses pensées.

— Nous savons tous les deux que si. Nous n'avons pas d'avenir ensemble, Daniel. Un comte et une journaliste... ça ne peut pas marcher.

Déjà, ils arrivaient devant chez elle.

— Bon sang... grogna-t-il.

— C'est la vérité, dit-elle d'une voix rauque. Tu le sais, je le sais. Prolonger cette histoire ne fera que rendre les choses encore plus difficiles.

Et, sans lui laisser le temps de répondre, elle sauta à terre, sans le regarder. Elle en était incapable. Ce visage, ces yeux, elle les aimait trop, et ils évoquaient trop l'avenir qu'ils ne pouvaient avoir ensemble.

— Je t'aime, Daniel, dit-elle, les larmes aux yeux. Si tu m'aimes un peu aussi, n'essaie pas de me revoir. Renonce à notre histoire. Laisse-moi partir.

Elle l'entendit descendre derrière elle et courir pour la rattraper, alors elle pressa le pas, entra dans l'immeuble et referma la porte.

Elle s'adossa contre le battant tandis qu'il cognait dessus de toutes ses forces.

— Eleanor ! Eleanor ! Ouvre cette porte ! Laisse-moi entrer !

Se mordant la lèvre pour ne pas répondre, elle ferma les yeux, sentant la porte vibrer dans tout son corps. Mais peut-être était-ce elle qui tremblait.

— Eleanor ! hurla Daniel.

— C'est quoi ce raffut ? Partez d'ici, ou j'appelle la police ! fit la logeuse par sa fenêtre.

— C'est ça, la mégère, faites donc !

Eleanor faillit éclater de rire.

— Police ! hurla la vieille femme. À l'assassin ! Au voleur !

Daniel poussa un juron.

— Ce n'est pas fini, Eleanor, dit-il contre la porte.

Puis elle l'entendit faire demi-tour et descendre les marches du perron. Quelques instants plus tard, les sabots de son cheval résonnèrent dans la rue.

Eleanor ne bougea pas, resta contre la porte, le cœur en miettes. La porte de la logeuse s'ouvrit, et celle-ci sortit la tête.

— Ce genre de remue-ménage ne me plaît guère, mademoiselle Hawke, lança-t-elle d'un ton sec.

— Cela ne se reproduira pas, répondit Eleanor.

Et la douleur redoubla. Parce qu'elle savait que c'était vrai.

26

> *Rien n'est à la fois plus fragile et plus résistant que le cœur humain.*
>
> L'Œil du Faucon, 13 juin 1816

Daniel faisait les cent pas dans son bureau comme un lion en cage. Il avait déjà tenté de s'épuiser avec une séance d'entraînement à la salle de boxe, puis en se rendant à cheval jusqu'à Hamsptead Heath. Rien n'y avait fait. Il n'avait pas dormi depuis des jours et mangeait à peine. Il aurait dû être fatigué, mais non.

Deux semaines avaient passé depuis qu'Eleanor lui avait claqué la porte au nez. Daniel n'avait pas cessé de chercher à la voir. Sans succès. Ses lettres étaient restées sans réponse. Elle n'était jamais au journal quand il y passait. Il avait fait le siège du Théâtre Impérial, mais ne l'y avait pas trouvée non plus, et Mme Delamere avait refusé de lui dire quoi que ce soit. Son air compatissant avait beaucoup surpris Daniel.

Il avait attendu devant l'appartement d'Eleanor, mais elle ne devait pas coucher chez elle, car il ne l'avait pas vue rentrer.

Bon sang, il était comte, et cette femme arrivait à lui échapper, chaque fois. Qu'était-il censé faire ?

Elle n'était pas loin, puisque les numéros de *L'Œil du Faucon* continuaient à paraître. Mais la série *Sur les pas d'un dépravé* avait cessé. Était-il le seul à noter une pointe de mélancolie dans certains articles ? Mais peut-être voyait-il juste ce qu'il avait envie de voir. Pourtant, il avait entendu le désespoir dans sa voix. L'avait vu dans ses yeux.

Il ne pouvait tout simplement pas renoncer à elle, même si elle semblait déterminée à ne plus le voir. Devait-il renoncer ? Et à partir de quel moment ? Ce que désirait Eleanor passait avant tout. Si elle ne l'aimait pas, s'il ne comptait plus pour elle, il s'effacerait.

Bon sang ! Il devait bien y avoir une solution, mais laquelle ? Comment pouvait-il lui prouver la sincérité de son amour ?

On toqua à la porte, qui s'entrouvrit.

— Quoi ? aboya Daniel.

— Lord Allam, Monsieur, répondit le majordome.

— Je ne suis pas ici.

C'était la première fois que Daniel refusait de recevoir son parrain, mais il avait besoin d'être seul.

— Bien sûr que si, tu es ici, répondit Allam en bousculant le majordome pour entrer.

Daniel réprima un grognement de mécontentement, mais s'inclina devant le vieil homme, qui semblait s'appuyer sur sa canne plus lourdement que d'ordinaire.

Allam se dirigea aussitôt vers la petite table où se trouvait une carafe de whisky et se servit un verre. Daniel se rendit compte alors qu'il n'avait pas songé une seconde à boire pour tenter de juguler sa nervosité. Rien ne pouvait le satisfaire, en dehors d'Eleanor.

— Quel plaisir de vous voir, dit-il.

Allam vida son verre d'un trait, puis se tourna vers lui, visiblement en colère.

— Tu refuses de me laisser entrer, pour ensuite me servir ces amabilités de pacotille ? dit-il en ponctuant ses propos de coups de canne sur le parquet.

Daniel se dirigea vers la porte et l'ouvrit.

— Très bien. Alors sortez.

Allam se planta devant le feu, posa sa canne et croisa les bras.

— Pas question.

Allam et son fils avaient une chose en commun : l'obstination. Mais Daniel pouvait lui aussi se montrer déterminé.

— Dites ce que vous avez à dire, dans ce cas.

— Où étais-tu ?

— Ici.

— Ça suffit, cette impertinence, jeune homme, rétorqua sèchement Allam. Ces dernières semaines, on ne t'a vu à aucun bal, à aucune soirée mondaine. On ne t'a pas aperçu au théâtre non plus. Et j'ai interrogé mon fils, qui m'a répondu de mauvaise grâce que tu n'avais pas mis les pieds au cercle de jeu.

— Vous me surveillez, donc.

— Mais bien sûr ! Tu es mon filleul. Je me soucie de ton bien-être.

Finalement, un verre, ce n'était peut-être pas une mauvaise idée. Daniel se servit une généreuse dose de whisky et en but une longue gorgée.

— Je suis grand. Je n'ai pas besoin d'une nounou.

— Sauf quand tu renonces à tout ce que tu aimais jusqu'alors et que tu deviens un ermite.

Daniel regarda le fond de son verre, mais ne trouva de réponse ni dans les arêtes du cristal taillé ni dans l'ambre du whisky.

— Je n'ai plus goût à tout cela.

— Il y a une femme derrière tout ça, dit Allam en plissant les yeux.

Daniel se raidit.

— Qu'en savez-vous ?

— Qui est-ce ?

Daniel vida son verre et le jeta à terre, où il vola en éclats. La frustration le dévorait.

— C'est une femme avec laquelle je ne peux pas vivre. Parce qu'elle a un sens aigu de la façon dont il faut faire les choses, elle a décrété que nous ne pouvions pas être ensemble.

Allam regarda le verre brisé.

— Elle n'est pas convenable.

— Tout dépend de votre définition de « convenable », dit Daniel.

— Elle n'est pas pour toi, répondit simplement son parrain en s'approchant de lui. Tu as des obligations, des devoirs envers ton nom et les générations futures. Tu ne peux pas faire fi de tout cela pour une simple histoire de cœur. Au moins cette femme l'a-t-elle compris.

Daniel se figea, comprenant de quoi il retournait.

— Vous lui avez parlé. Le soir où je l'ai retrouvée dans mon bureau… vous étiez passé et vous lui aviez parlé. Vous lui avez dit de partir.

— Et elle a eu l'intelligence de le faire, répondit lord Allam.

Une rage sans nom s'empara de Daniel. Il se retint de serrer les poings.

— Comment avez-vous osé ? gronda-t-il.

— J'ai osé parce que ton avenir me préoccupe.

— Non. Le titre des Ashford vous préoccupe. Pas moi, dit Daniel en s'écartant, redoutant que la fureur ne le pousse à frapper le vieil homme.

— Tu n'as pas le choix, dit Allam. Tu le comprends, n'est-ce pas ?

— Donc je suis censé l'oublier.

— Exactement, répondit son parrain avec une franchise brutale.

— Eh bien, je refuse.

— Il ne s'agit pas d'accepter ou de refuser. C'est la réalité. Quoi que te dise ton cœur, tu ne peux pas lutter contre, déclara Allam, compatissant.

— Vous vous trompez, répondit Daniel en se retournant. La réalité est ce que nous en faisons. Je veux vivre selon la mienne. Et c'est ce que je vais faire.

Les mots dansaient devant les yeux d'Eleanor. Elle essayait de se concentrer sur l'épreuve qu'elle avait entre les mains, mais son esprit refusait de faire autre chose que de penser à Daniel. Ce qu'il faisait avec une facilité – et une fréquence – remarquable.

Elle se pinça la base du nez, tentant de repousser la fatigue qui menaçait de l'engloutir à chaque instant. Depuis plusieurs semaines, elle fuyait sans arrêt, pour échapper à Daniel. Elle ne lisait pas ses lettres, mais les rangeait dans un petit tiroir de son bureau. Un jour, dans plusieurs années, elle les lirait peut-être. Mais aujourd'hui, elle n'en avait pas la force.

Seigneur, comme la vie sans lui était difficile. Chaque jour n'était qu'une longue lutte. Elle s'astreignait à une succession de tâches, toujours dans le même ordre. Manger, dormir, écrire...

— Tu es l'ombre de toi-même, lui avait dit Maggie, un soir. Je pense que... je pense qu'il faut que tu le voies.

— C'est impossible, avait répondu Eleanor. Plus que quiconque, tu sais que ça ne peut pas marcher, une roturière et un aristocrate.

Maggie n'avait trouvé aucun argument à lui opposer. Depuis, son amie n'avait plus suggéré qu'elle revoie Daniel.

Le travail était son seul salut. La seule chose qui la faisait avancer. Mais, tout en travaillant, elle ne cessait de penser aux choses qu'elle aurait voulu dire à Daniel. Les articles qu'elle relisait parlaient tous de gens qu'il connaissait. Les exploits libertins de son ami Marwood, par exemple. Ou le dernier scandale ayant secoué les jardins de Vauxhall.

Avant que Daniel entre dans sa vie, elle était comblée, satisfaite. Mais il avait tout changé. Il avait renversé les pôles, et elle ne trouvait plus le Nord.

Fatiguée, découragée, Eleanor reposa l'article et, les coudes sur son bureau, se prit la tête entre les mains.

Une feuille de papier glissa devant elle. Un article, encore.

Elle leva les yeux et vit Harry. Le jeune homme lui sourit timidement.

— C'est pour l'édition de demain.

— Donnez-le à Mlle Voight, soupira Eleanor. Je n'en peux plus.

— Mlle Voight est sortie couvrir le retour des troupes. Il n'y a plus personne de disponible ici.

N'ayant guère le choix, Eleanor prit le court article et se mit à lire.

L'amour aurait-il enfin trouvé lord Decadenshire ? Le comte, jusque-là connu pour sa vie dissipée, aurait-il opté pour un comportement plus raisonnable ? Son absence a été largement remarquée dans tous ses lieux de débauche favoris, et la rumeur dit qu'il n'est pas sorti de chez lui depuis déjà deux semaines !

Grâce aux sources dont dispose ce journal, nous avons pu apprendre qu'effectivement lord Decadenshire n'est plus un habitué des folles nuits londoniennes depuis qu'il est tombé amoureux d'une femme dont l'arme est une plume. Certains pensent que cette femme n'est pas convenable pour un comte, mais lord Decadenshire a publiquement indiqué qu'essayer de vivre sans elle était une entreprise vouée à l'échec et qu'il refusait tout bonnement de l'envisager.

L'annonce d'un heureux événement est peut-être imminente. Tout dépend de ce que souhaitera l'intéressée.

Eleanor leva les yeux. Daniel se tenait devant elle. Impeccablement mis, comme toujours, même si ses cheveux bruns étaient légèrement décoiffés. Il avait perdu du poids, et cela lui conférait la beauté impossible d'un saint. Même s'il avait gardé le regard et la bouche d'un pécheur.

La feuille lui glissa des mains. Elle voulait se jeter dans ses bras, le toucher, le sentir, le goûter encore. Mais elle se força à rester assise.

— Le personnel était censé me prévenir de tes visites, dit-elle d'un ton qu'elle parvint, sans savoir comment, à garder calme. Je les renverrai tous, puisque c'est comme ça, ajouta-t-elle en haussant la voix.

Avant que Daniel ait pu répondre, Harry passa la tête dans l'entrebâillement de la porte.

— On vous demande pardon, mademoiselle Hawke, mais quand on a vu dans quel état vous mettait cette histoire, eh bien...

Il haussa les épaules et disparut.

— Il ne faut pas leur en vouloir, dit Daniel. Ils tiennent à toi.

— Je vais tous les mettre à la porte, répéta-t-elle en grommelant, avant de prendre l'article et de le parcourir de nouveau. Il va falloir travailler ton style. C'est un peu plat.

Il haussa les sourcils.

— Ce n'est pas le style qui compte. C'est le contenu.

Elle se leva brusquement et se dirigea vers la porte. Mais, plutôt que de s'en aller, comme elle brûlait de le faire, elle la ferma et se retourna.

— Ça ne change rien, Daniel. Toi et moi...

— ... allons nous marier.

Elle le regarda, le cœur battant. Elle avait dû mal entendre.

— Nous marier ?

— C'est ce que font les gens qui s'aiment. Enfin, c'est ce que j'ai entendu dire. Et il se trouve que je suis d'accord avec cette façon de faire un peu conventionnelle.

— Mais...

Elle ne termina pas sa phrase. Daniel avait mis un genou à terre.

— D'après ce qu'on m'a dit aussi, il est de coutume de s'agenouiller quand on demande à une femme de l'épouser. Même si les noceurs ne sont guère connus pour faire autre chose que des propositions indécentes.

Les yeux de Daniel brillaient, et sa voix tremblait un peu. Puis, soudain, son ton se fit solennel.

— Eleanor, tout ce que tu as lu dans cet article est vrai. Je ne peux pas vivre sans toi. J'ai besoin de toi à mes côtés. Maintenant. Pour toujours.

Elle porta une main tremblante à ses lèvres. Ce qu'elle n'avait jamais espéré, voilà qu'il le lui proposait.

— On ne peut pas, murmura-t-elle. Un comte et une journaliste ne peuvent pas se marier. Rappelle-toi ce qui est arrivé à lord Fleming.

— Il n'était pas assez fort. Moi, je le suis. Et puis, à quoi bon être comte, si je ne peux pas épouser la femme que j'aime ?

— Le scandale sera énorme, dit-elle dans un souffle. J'ai vu comment cela se passait. J'ai écrit des articles là-dessus.

— Mais le scandale fait vendre les journaux.

— Ne plaisante pas, dit-elle en lui tournant le dos pour s'appuyer sur son bureau.

Il s'approcha, posa les mains sur ses épaules.

— Je te taquinerai sur beaucoup de choses quand nous vivrons ensemble, mais jamais là-dessus.

Puis, doucement, il la fit pivoter vers lui et passa un doigt sous son menton pour qu'elle le regarde.

— Ces scandales, ces gens à propos desquels tu as écrit, ils ne supportaient pas les commérages. Mais moi, je suis lord Decadenshire. Le scandale n'a aucune prise sur moi. Je le balaie d'un revers de main. Et comme j'ai beaucoup d'argent et d'influence, personne ne me contredira. Je me suis toujours demandé à quoi cela servait d'avoir tant de pouvoir. Maintenant, je sais. Ça sert à ça.

Il se pencha et l'embrassa. Tendrement. Délicatement. Mais avec un trait de passion auquel elle ne résista pas.

Lentement, elle sentit sa vie retrouver de l'éclat. Il était là. Tout devenait possible.

— Je t'aime, Eleanor, souffla-t-il contre ses lèvres. Laisse-moi ouvrir les yeux chaque matin à tes côtés. Laisse-moi te serrer contre moi chaque soir. Composons des poèmes très grivois ensemble et faisons des courses de phaétons endiablées. Vieillissons ensemble. Je suis à toi pour toujours, Eleanor.

— Oui, dit-elle. Oui, oui, oui et oui.

Oui. C'était un mot magnifique. Elle les aimait tous, mais celui-là par-dessus tout. Car il ouvrait tous les possibles. La vie était une page vierge, sur laquelle ils allaient écrire leur histoire ensemble.

Épilogue

Il y a toujours dans la fin d'une chose le commencement d'une autre.

L'Œil du Faucon, 15 juillet 1816

Maggie se tenait au milieu d'un fatras de tables, de chaises, de bagages, de miroirs. Il y avait même un cheval en bois doré et un jeu de quilles. Pour être encombré, le magasin d'accessoires du Théâtre Impérial l'était. Mais c'était aussi le seul endroit où elle était sûre de trouver une tranquillité relative. En haut, sur la scène, les répétitions de sa dernière *burletta* avaient déjà commencé, et elle allait bientôt devoir répondre à d'innombrables questions. Aussi s'était-elle mise au calme pour lire le dernier numéro de *L'Œil du Faucon*, avec pour seule compagnie le chasseur de souris du théâtre, un gros chat tigré qui dormait sur un canapé en velours.

La première page du journal d'Eleanor ne parlait que de nouveaux scandales, mais ce n'est pas ce qui intéressait Maggie. Elle ouvrit le *Faucon* directement à la page trois et lut.

Cette publication relate d'ordinaire les événements mondains de la ville, mais il est certaines occasions où les conventions méritent d'être bouleversées. L'auteur de ses lignes pèche peut-être par excès d'assurance en considérant que sa vie privée est une source de spéculations parmi le public. Pourtant, il n'aura échappé à personne qu'elle, c'est-à-dire moi, a franchi une ligne. Jusque-là, j'écrivais sur les autres ; désormais, on écrit sur moi. L'opinion s'étant perdue en conjectures dernièrement, j'ai décidé de me servir de ces colonnes pour rétablir la vérité.

Oui, l'auteur de ces lignes a bien épousé lord A. La décision a été prise conjointement par les deux parties et n'a pas été motivée par la perspective d'une naissance. Si étonnant que cela puisse paraître, il s'agit d'un mariage d'amour.

Après obtention d'une autorisation spéciale, la cérémonie a eu lieu, simple, sans faste. Peu après, mon époux et moi sommes partis pour l'un de ses domaines afin d'y passer une lune de miel des plus agréables, dont les détails ne seront pas révélés ici. Depuis notre retour en ville, nous avons repris nos habitudes, mais en vivant sous le même toit. Oui, chers lecteurs et chères lectrices, c'est la vérité. Bien que désormais comtesse, je continue à travailler.

En raison des origines de votre humble servante et du fait qu'elle est investie dans une activité rémunératrice, certains, dans le cercle social du comte, ont refusé le plaisir de notre fréquentation. Ce n'est une grande perte pour personne – c'est en tout cas ce qu'affirme mon mari. Nous sommes reçus par la plupart des gens et considérons que pas un seul murmure calomniateur ne saurait entamer la félicité de notre union.

Je considère, en toute humilité, que se soumettre à l'opinion de la bonne société ne peut qu'aboutir au malheur et à la frustration. Aussi vous conseillerais-je fortement, quand vous lisez cette gazette, d'y chercher moins le malheur des autres que votre propre bonheur.

Maggie reposa le journal en soupirant. De toutes les fins possibles à la liaison d'Eleanor avec un aristocrate, même elle, dramaturge, n'aurait pu en prévoir une qui fût aussi réjouissante. Mais force était de constater qu'il s'agissait là d'une exception. Maggie pouvait hélas en témoigner. Malgré tout, elle était heureuse pour Eleanor, qui méritait ce bonheur.

Elle se souvenait des quelques instants passés avec lord Ashford, dans les jardins de Vauxhall. Il l'avait fait rire avec sa tendance à l'autodérision. En évoquant leur rencontre avec l'odieux M. Smollet, il s'était dit ravi de ne pas avoir fait les frais de l'esprit de Maggie, affirmant qu'elle était bien trop forte pour lui. Ses paroles avaient été : « Si l'on vous avait envoyée combattre Napoléon, la guerre n'aurait duré que quelques jours, et non plusieurs années. Le petit Corse aurait rampé devant vous, une main devant son orgueil masculin. » Devant une image aussi ridicule, elle n'avait pu qu'éclater de rire.

Le regard de Maggie s'arrêta sur une cage à oiseau posée sur une banquette. Elle était heureuse pour son amie, mais savait qu'il n'y aurait pas de beau et galant aristocrate pour elle. Il n'y aurait personne. Rien que le travail. Elle avait ça, et sa liberté. Il faudrait que cela lui suffise.

— Tu me déconcentres, dit Eleanor.

Daniel leva les yeux de son livre sur l'exploration de l'Amazone. Sa femme – comme il aimait dire cela, désormais ! – était à sa table de travail. Ils partageaient son bureau, Eleanor ayant préféré cela à un bureau privé. Il n'avait pas pu le lui refuser, il préférait l'avoir toujours à ses côtés.

— Je suis assis sans rien dire, fit-il remarquer. Je lis. En silence. Mes lèvres sont immobiles. Comment puis-je te déconcentrer ?

Eleanor posa sa plume avec un petit sourire en coin.

— Je ne peux pas m'empêcher de te regarder.

— Alors c'est toi la coupable, ma chérie. Mais j'ai deux solutions possibles.

Elle posa son menton sur ses mains croisées.

— Je t'écoute.

— Des œillères pourraient t'aider à ne regarder rien d'autre que ton travail.

D'un geste assez peu gracieux, elle écarta cette solution.

— Et ?

Il posa son livre.

— Viens ici, je vais te montrer.

Elle sourit.

— Et je ne ferai plus rien.

— Au contraire, à nous deux, nous ferons bien plus qu'en restant chacun de notre côté.

L'espace d'un instant, cette proposition sembla la tenter. Puis elle secoua la tête.

— Je ne peux pas. J'ai trop de choses à boucler pour le prochain numéro.

— Je te propose un compromis, alors. Je vais disparaître de ta vue une trentaine de minutes.

Elle haussa les sourcils.

— Que se passera-t-il dans trente minutes ?

— Tu poseras ta plume et tu monteras dans la chambre. Un bain t'y attendra. Et moi aussi.

Le sourire qu'il aimait par-dessus tout illumina le visage d'Eleanor.

— J'accepte les termes de ton compromis.

— Attention, dit Daniel en se levant. Si tu es en retard, je serai forcé de partir à ta recherche.

— Et ? demanda-t-elle d'un petit air insolent.

— Et alors, madame la Comtesse, vous découvrirez ce qu'il en coûte de faire attendre un comte.

— Doux Jésus, dit-elle en rosissant.

Il s'inclina.

— Trente minutes.
— Nous verrons, répondit-elle.

Les yeux d'Eleanor brillaient de gourmandise. Sa femme était une coquine. Elle avait tout changé dans sa vie, tout mis sens dessus dessous. Leur union faisait encore scandale, mais Daniel s'en moquait, et elle aussi, apparemment. Après tout, c'était au scandale qu'ils devaient leur rencontre.

Il n'avait jamais été plus heureux. Et, à en juger par le sourire qu'elle arborait en permanence et par le fait qu'il la surprenait souvent à fredonner, Eleanor devait être heureuse, elle aussi. Il ne désirait rien d'autre. C'était déjà tellement plus que ce qu'il méritait.

Lord Decadenshire avait trouvé celle qu'il lui fallait. Et elle avait toujours de l'encre sur les doigts.

AVENTURES & PASSIONS

7 mars

Suzanne Enoch
Les héros - Le héros des Highlands
Inédit

Comme toute bonne Écossaise, Fiona méprise les Anglais – et le nouveau duc de Lattimer ne fait pas exception. L'ennui, c'est qu'il est très séduisant. Alors qu'ils se livrent un bras de fer sans merci, une passion inattendue surgit entre eux. Fiona sera-t-elle assez forte pour résister aux avances de son ennemi ?

✦

Katharine Ashe
Le duc diabolique - Un ami d'enfance
Inédit

Intelligente, généreuse et passionnée, lady Emily Vane a bien l'intention d'humilier celui qui était son ami d'enfance et qu'elle déteste à présent, Colin Gray. Mais au terme d'un voyage plein de péripéties vers les terres d'Écosse, les ennemis d'hier pourraient bien devenir amants.

✦

Nicole Jordan
Désir brûlant

Après avoir été éconduit par la jeune Raven Kendrick, Sean Lasseter décide de ruiner sa réputation. Séquestrée, elle n'a aucune issue. Mais, dans la société victorienne de Londres, on ne badine pas avec l'honneur des dames. Résigné à racheter les fautes de son frère, Kell Lasseter la demande en mariage. Raven n'a d'autre choix que d'accepter...

28 mars

Kerrigan Byrne
Sans foi ni loi - Frappé en plein cœur
Inédit

Froid et intouchable, Christopher Argent est le tueur à gages le plus craint de Londres. Toutefois, lorsque sa nouvelle cible se révèle être Millicent LeCour, ses principes vacillent. Ébloui par le charme et l'innocence de l'actrice, il ne parvient pas à honorer sa mission. Pour la première fois, son cœur palpite à nouveau. Quoi qu'il lui en coûte, il fera tout pour la sauver et la faire sienne.

◆

Grace Burrowes
Les fiancées Windham - Le charme caché du Highlander
Inédit

La rumeur l'affirme, le nouveau duc de Murdoch est une brute, un meurtrier, pire, un Highlander. On murmure qu'il ne faut pas le laisser seul avec une femme. Pourtant, Megan n'est pas intimidée par sa réputation. Elle le trouve différent et, dans ses yeux, elle décèle une tristesse qui doit cacher bien des mystères.

◆

Meredith Duran
Les affranchis - Mystérieuse Olivia
Inédit

Olivia vient d'être engagée comme gouvernante chez le duc de Marwick. En réalité, elle a pour but de dérober des lettres très importantes pour elle. Or, ces documents se trouvent dans la chambre du duc qui vit reclus et se comporte en vrai sauvage. Va-t-elle apprivoiser cet homme qui hait tout le monde et surtout lui-même ?

Lisa Kleypas
Courtisane d'un soir

Par une nuit glaciale de mars, une jeune femme est repêchée dans la Tamise. Le détective Grant, appelé sur les lieux, reconnaît la célèbre courtisane de Londres, Vivian Duvall, qui a repoussé ses avances quelques mois plus tôt. Alors qu'elle est encore inconsciente, le détective décide de la ramener chez lui pour assouvir un désir de vengeance. Mais elle a perdu la mémoire et ses manières surprennent Grant. S'agit-il réellement de la même Vivian Duvall ?

LOVE *ADDICTION*

--- **7 mars** ---

Gina L. Maxwell
Premier round - Charming Kitty

Ancien sportif professionnel, Aiden O'Brien prend le premier avion pour la Louisiane en apprenant que Kat MacGregor, la petite sœur de la fiancée de son meilleur ami, a de gros ennuis. Sous couvert d'une fausse identité, Aiden se fait embaucher dans le bar où travaille la jeune femme. Mais quelle n'est pas sa surprise de découvrir une sublime rouquine au tempérament de feu ! Et à mesure qu'il côtoie la jolie Kat, il sent grandir en lui un désir qui risquerait bien de mettre à mal sa mission, tout comme son anonymat...

--- **28 mars** ---

Jennifer Probst
Kinnections - L'exaltation des sens
Inédit

Arilyn Meadows est overbookée. En plus de travailler chez *Kinnections*, une agence de rencontres, elle enseigne le yoga, est bénévole dans un refuge pour animaux, thérapeute en gestion des humeurs et aide son grand-père bien-aimé ! Lorsque l'officier de police Stone Petty, irradiant de testostérone pure, vient la voir pour obtenir d'elle des conseils de relaxation, Arilyn se promet d'ignorer les regards et le sourire sexy de ce bad boy. Mais il faut plus que de la volonté pour déjouer l'alchimie entre eux...

illicit'

7 mars
Ella Frank
Tentations - Coup d'enfer
Inédit

Ce qui n'était qu'une relation des plus torrides entre Tate et Logan s'est mué en véritable amour. Et les plus surpris par cette relation, ce sont eux ! Mais aimer un autre homme n'a rien d'évident, aussi doivent-ils affronter leurs craintes pour aller de l'avant. Seront-ils disposés à prendre ce risque ? Une chose est sûre : la passion brûlante qui les lie ne leur laisse pas le choix...

28 mars
Sylvain Reynard
Le divin enfer de Gabriel - Rédemption

Le professeur Gabriel Emerson a quitté son poste à l'université de Toronto afin de suivre Julia, son amante. Ensemble, il sait qu'ils pourront faire face à tout, et il espère bientôt devenir père. Mais les études de Julia menacent ses plans. Afin d'affronter ses vieux démons, Gabriel décide de faire des recherches sur ses parents biologiques, déclenchant une chaîne d'événements qui bouleverse bientôt son couple, et son univers tout entier. En homme intense et passionné, il est déterminé à sauver leur amour malgré les obstacles...

J'ai Lu pour Elle

Achetez vos livres préférés livrés directement chez vous, ou téléchargez-les en un clic sur

www.jailupourelle.com

Profitez de nombreux avantages!

- Précommandez les **futures parutions**
- Donnez **votre avis** sur vos lectures
- Accédez à un **service client** à votre écoute
- Recevez des **cadeaux** en édition limitée
- **Rencontrez** des auteurs et des éditeurs…

À très vite sur www.jailupourelle.com!

12069

Composition
FACOMPO

*Achevé d'imprimer en Italie
par GRAFICA VENETA
le 28 janvier 2018.*

Dépôt légal : février 2018.
EAN 9782290157022
OTP L21EPSN001816N001

ÉDITIONS J'AI LU
87, quai Panhard-et-Levassor, 75013 Paris

Diffusion France et étranger : Flammarion